WOLF SCHREINER
Stoßgebete

Buch

Baltasar Senner, katholischer Pfarrer mit einem besonderen Riecher für Weihrauch und dunkle Machenschaften, befindet sich in höchster Alarmbereitschaft: Auf dem Kartoffelacker findet einer seiner Ministranten einen kostbaren Rosenkranz und gleich daneben – einen menschlichen Knochen. Der Rosenkranz, das lässt sich leicht aufklären, wurde vor langer Zeit aus der Dorfkirche gestohlen. Der Menschenknochen wiederum führt zu einem weiblichen Skelett. Es liegt ganz in der Nähe von sogenannten Totenbrettern, die im Bayerischen Wald am Wegesrand an Verstorbene zu erinnern pflegen. Zwar erweist sich die Dorfgemeinschaft angesichts der toten Frau als nicht besonders auskunftsfreudig, doch Baltasars kriminalistischer Spürsinn ist längst geweckt ...

Autor

Wolf Schreiner wurde 1958 in Nürnberg geboren. Er wuchs in Oberbayern in der Nachbarschaft zum katholischen Wallfahrtsort Altötting auf und studierte in München Politik, Volkswirtschaft und Kommunikationswissenschaft. Wolf Schreiner arbeitete als Journalist für Zeitschriften, Rundfunk und Fernsehen, bevor er seine Leidenschaft für Krimis entdeckte. Er lebt heute in München ...

Bei Goldmann außerdem lieferbar

Beichtgeheimnis. Ein Krimi aus dem Bayerischen Wald (47569)

Wolf Schreiner
Stoßgebete

Ein Krimi
aus dem Bayerischen Wald

GOLDMANN

Verlagsgruppe Random House FSC-0100
Das FSC®-zertifizierte Papier *München Super* für dieses Buch
liefert Arctic Paper, Mochenwangen GmbH.

1. Auflage
Originalausgabe November 2012
Copyright © 2012 by Wilhelm Goldmann Verlag,
München, in der Verlagsgruppe Random House GmbH
Umschlaggestaltung: UNO Werbeagentur, München
Umschlagfoto: getty images / Finché c'è vita c'è speranza!
© 2007 Stefanie Gehrig; mauritius images / Radius Images
Redaktion: Alexander Müller
mb · Herstellung: Str.
Satz: IBV Satz- u. Datentechnik GmbH, Berlin
Druck und Bindung: GGP Media GmbH, Pößneck
Printed in Germany
ISBN: 978-3-442-47570-4

www.goldmann-verlag.de

1

Irgendetwas hatte seinen Schlaf gestört. Ein Geräusch. Irgendwo bellte ein Hund. Dann wieder Stille. War er wach, oder träumte er? Baltasar Senner versuchte sich zu erinnern, was er geträumt hatte. Vergebens. Seine Sinne begannen, wieder normal zu arbeiten. Er spürte die Kühle des Zimmers in seinem Gesicht, roch kalte Asche und Baumharz, lauschte. Alles war ruhig. Noch einige Minuten regungslos liegen. An nichts denken. Die Nestwärme des Betts genießen. Ein bisschen dösen.

Das Unterbewusstsein hinderte Baltasar daran, in Träume abzutauchen. Wie spät war es? Welcher Tag? Sein Gehirn rekonstruierte, dass es Sonntag sein musste. Arbeitstag. Baltasar seufzte. Er zwang sich, seine Augen zu öffnen. Das Grau des Morgens verwandelte die Gegenstände des Zimmers in Schemen und Schatten, er konnte seine Hose am Boden erkennen, neben dem Hemd und den Socken. Wie war er ins Bett gekommen? Der Kopf schmerzte. Mühsam richtete Baltasar sich auf. Es half nichts, er musste aufstehen. Mit den Zehen fischte er nach der Hose, hob sie auf und legte sie übers Bett. Er tastete sich mit wackligen Schritten über den Holzboden, als befürchtete er, auf einer Eisschicht einzubrechen.

Die Morgenhygiene erledigte er wie in Trance, ein Schluck Orangensaft aus dem Kühlschrank, das Frühstück musste warten. Baltasar schloss die Haustüre hinter sich, hielt einen Moment inne und sog die Luft ein. Der Herbst meldete sich im Bayerischen Wald mit dem Geruch von frischem Laub und Moos. Baltasar mochte diesen Geruch, diese einzigartige Würze, die nur die Berge entlang der Grenze hervorbrachten.

Noch dazu diese Stille. Das Schweben zwischen Nacht und Tag, als hielte die Natur den Atem an. Ein Zustand, in dem die Welt noch zu schlafen schien. Keine leise Radiomusik hinter den Vorhängen der Nachbarn, kein Brummen von Automotoren, nicht einmal das sonst übliche Rattern der Melkmaschinen aus den Ställen war zu hören. Stattdessen eine Ruhe, die Baltasar wie ein Geschenk des Himmels erschien, selten und kostbar.

Er ging die paar Schritte hinüber zur Kirche. Der Altarraum lag im Halbdunkel, nur die Jesusfigur am Kreuz erstrahlte bereits im Morgenlicht und verlieh dem Ort etwas Mystisches. Baltasar bewunderte die Kunst der alten Baumeister, die Gebäude und Kirchenfenster so geschickt angeordnet hatten, um diesen dramatischen Effekt zu erzeugen, der auch nach Jahrhunderten seine Wirkung nicht verfehlte. Zumindest für diejenigen, die es tatsächlich in aller Herrgottsfrühe in die Kirche schafften.

Baltasar zündete die Kerzen an, überprüfte die Weihwasserkessel, legte die Gesangbücher aus. Er setzte sich in die erste Reihe und ließ die Altarszene auf sich wirken, das Kruzifix, den Tabernakel auf dem Altar, umfasst von Marmorsäulen und überkrönt von einem Gemälde, das Christi Himmelfahrt darstellte. Das Arrangement, seit Ewigkeiten bewährt, war eine Einladung an den Betrachter, sich Zeit zu nehmen und sich unvoreingenommen in die Szene zu versenken. Eine Meditation. Eine Übung im Sehen und Fühlen. Eine Prüfung im Glauben. Baltasar pflegte den Glauben auf seine ganz persönliche Weise auszulegen. Ebenso hatte er eine persönliche Auffassung von Genuss und Sünde und Vergebung. Gott hatte die Freuden des Daseins in die Welt gebracht. Wer sich diesen Freuden verschloss, verschloss sich der Gnade Gottes. Und die Sünde wurde einem am Ende vergeben. Meistens jedenfalls.

Dem Idealbild eines katholischen Pfarrers entsprach Baltasar gewiss nicht, das wusste er. Nicht bloß, weil er sich zu diesem Beruf erst spät entschieden hatte. Er hatte auch einen eigenen Kopf. Seine Vorstellung von Gerechtigkeit etwa besagte, dass Menschen darauf nicht bis zum Jüngsten Tag warten sollten. Vielmehr musste jemand im Zweifel nachhelfen – und wenn es Hochwürden höchstpersönlich war. Baltasar dachte daran, wie seine Neugierde ihn in der Vergangenheit schon mehrmals in brenzlige Situationen gebracht hatte.

Andere Schwächen, wie die Leidenschaft fürs Essen und Trinken, konnte man in diesem Amt gut verbergen. Bei Hochzeiten, Taufen und beim Leichenschmaus gebot es schon die Höflichkeit, eine Einladung ins Wirtshaus anzunehmen. Vor allem, wenn es sich um die Gaststätte einer gewissen Frau handelte …

Das Knarren des Kirchenportals ließ ihn herumfahren. Eine Gestalt huschte herein, drückte sich an der Wand entlang. Baltasar rührte sich nicht. Hatte die Person ihn bemerkt? Die Meldung aus der Nachbarpfarrei von letzter Woche kam ihm in den Sinn, wo ein Unbekannter den Opferstock aufgebrochen hatte. Er duckte sich unter die Rückenlehne und schlich langsam zum Ende der

Sitzbank. Die Statue der Heiligen Jungfrau Maria sah auf ihn herab, sie schien zu lächeln über sein Gehabe wie ein Indianer auf Kriegspfad. Baltasar spähte in den Gang, konnte im schwachen Kerzenschein aber nichts erkennen. Er hielt die Luft an. Nichts. Wo steckte der Eindringling?

Baltasar stahl sich zur nächsten Säule, wartete. Noch immer sah er niemanden. Der Opferstock am Eingang war unbeschädigt. Ein Geräusch, ein Kratzen, kam aus der letzten Reihe. Dann wieder Stille. Totenstille. Er versuchte, sich den hinteren Bänken von der Seite zu nähern. Der Dieb musste sich dort versteckt haben. Baltasar war nur noch drei Reihen entfernt. Er konzentrierte sich darauf, ihn gleich zu packen.

Da spürte er einen Luftzug von der Seite, von der Ecke des Beichtstuhls. Da hatte sich der Übeltäter also verborgen. Zu einem weiteren Gedanken kam er nicht. Bevor er sich auch nur halb dem Versteck zugewandt hatte, traf ihn ein Schlag am Oberarm und ließ ihn zurücktaumeln.

»Verbrecher!«

Eine schrille Stimme. Baltasar sah einen Stock auf seinen Kopf niedersausen, duckte sich weg und wurde an der Schulter getroffen. Ein Stromstoß schien durch seinen Körper zu schießen.

»Dass di traust, du Lump!«

Er fixierte den Angreifer. Eine zierliche Person, ganz in Schwarz gekleidet, mit einem schwarzen Kopftuch. Eine Frau. Leicht gebückt stand sie da und holte gerade zu einem neuen Schlag aus.

»Gibst jetzt auf?«

Baltasar schaffte es gerade noch, das Handgelenk der

Frau zu fassen. Sie trat nach ihm und traf sein Schienbein. Er war überrascht, welche Kraft sie aufbrachte.

»Lass mi los, du Grattla!«

Er griff ihren anderen Arm und versuchte den Tritten auszuweichen. »Schluss jetzt, wir sind hier nicht im Wirtshaus!« Seine Stimme hallte in der Kirche nach.

Die Angreiferin ließ ihren Gehstock fallen, gab allen Widerstand auf. Er zog sie ans Licht. Unter dem Kopftuch lugte das tief gefurchte Gesicht einer alten Frau hervor.

»Mein Gott, Sie sind's, Hochwürden.« Die Stimme der Alten hatte sich in ein Flüstern verwandelt. »Ich ... Ich hab Sie im Dunkeln gar ... gar nicht erkannt. Noch dazu in diesem Aufzug.« Sie schlug die Hände vors Gesicht. »Bei der Jungfrau Maria, das habe ich nicht gewollt. Gott ist mein Zeuge. Einen Priester schlagen. Noch dazu in der Kirche! Oh Gott, oh mein Gott!«

»Nun beruhigen Sie sich doch wieder, es ist ja nichts Schlimmes passiert.« Baltasar rieb sich seinen Oberarm. »Was haben Sie sich nur dabei gedacht?«

»Ich ... ich wollt ganz früh in die Kirch ... damit ich in Ruhe beten kann. Da hab ich eine verdächtige Gestalt gesehen, die sich versteckte ... also ... ich meine natürlich, ich ... ich wusste ja nicht, dass Sie es waren, Hochwürden.«

»Aber selbst wenn Sie mich nicht erkannt haben – auf Fremde prügelt man für gewöhnlich nicht mit dem Gehstock ein.«

»In der Zeitung hab ich von dem Einbruch in der andern Kirch gelesen. Da hab ich gedacht, der Bazi treibt sich jetzt bei uns rum und versucht's schon wieder. Ich hab mich beim Beichtstuhl versteckt und gewartet, was der Dachara ... ich meine natürlich nicht Sie ... da treibt. Und weil er auf dem Weg zum Opferstock war, wollt ich ihn aufhalten. Zur Jungfrau Maria hab ich gebetet, wie ich da in der Eckn stand, gebetet hab ich, Jungfrau Maria, hilf, gib mir Kraft gegen den Deifi, bitte gib mir Kraft. Aber dass gerade Sie daherkommen ...«

»Nun, das ist meine Aufgabe als Pfarrer. Ich muss die Frühmesse vorbereiten. Sie sind herzlich dazu eingeladen.«

»Nun ja. Ich muss mal schau'n. Ich hoff, Sie sind mir nicht bös, Hochwürden, ich bitt Sie vielmals um Entschuldigung, es war a Sünd, ich weiß, a schlimme Sünd. Vergeben Sie mir?«

»Machen Sie sich keine Sorgen, Sie hatten keine bösen Absichten. Im Gegenteil – Sie wollten einen Dieb stellen. Das war mutig. Bleiben Sie ruhig hier und beten Sie. Wenn Sie mich jetzt entschuldigen, ich hab zu tun.«

Baltasar ging in die Sakristei und schloss den Schrank auf. Er kannte die Frau vom Sehen. Sie kam öfter allein in die Kirche, blieb häufig stundenlang auf der Bank sitzen, wobei unklar war, ob sie betete oder schlief. Sie musste weit über achtzig Jahre alt sein, ihr Name war Walburga Bichlmeier. Sie lebte allein außerhalb des Ortes und wenn sie sich mal sehen ließ, dann nur komplett in Schwarz gekleidet. Den Leuten war sie unheimlich, auch weil es hieß, sie sei nicht ganz richtig im Kopf. Klatsch und Tratsch eben. Genaues wusste keiner. Nur dass sie weder Freunde noch Verwandte hatte, darüber war man sich einig.

In der Kirche waren die ersten Besucher zu hören. Baltasar zog sein Hemd aus, sein Oberarm war geschwollen, an der Schulter hatte sich ein Bluterguss gebildet. Er streifte sich die Albe und Kasel, das Messgewand, über. Seine Laune war nach dem Vorfall gesunken. Auf was für Ideen die alte Frau kam! Zugegebenermaßen hatte ihn die Nachricht über den jüngsten Kirchendiebstahl auch ein wenig beunruhigt. Bisher hatte er die Kirchentüre immer offen gelassen und nie die Befürchtung gehabt, jemand könne sich an den paar Wertgegenständen seiner kleinen Pfarrei vergreifen. Was wollte jemand mit Gesangbüchern, vergoldeten Kerzenleuchtern oder Heiligenfiguren aus Holz?

Aus einer Kommode holte Baltasar die Zutaten für das Turibulum: sudanesischer Weihrauch, etwas Sandelholz und eine Kräutermischung, die er frisch aus dem Jemen bezogen hatte. Er zerstieß sie in einem Mörser und füllte sie in das Weihrauchfass. Er roch daran. Perfektes Aroma. Ein Blick auf die Uhr zeigte, dass es Zeit war für den Gottesdienst. Aber noch immer war der Ministrant nicht eingetroffen. Baltasar legte die Altarschellen bereit, sah wieder auf die Uhr. Er zündete die Kohletablette an und legte sie ins Turibulum. Der Duft seiner Spezialmixtur erfüllte den Raum. Wo blieb der Junge nur?

Gerade wollte sich Baltasar allein auf den Weg machen, als er den Buben hereinhuschen sah.

»Tschuldigung, Herr Pfarrer, ich bin spät dran.« Die Haare des Ministranten standen in alle Richtungen ab, das Hemd war falsch zugeknöpft, ein Schnürsenkel streifte am Boden. »Ich hab noch was erledigen müssen, was Dringendes.«

»Ich glaube eher, du bist nicht rechtzeitig aus dem Bett gekommen. Zieh dich um, Sebastian, aber schnell! Was war denn so dringend?«

»Ich wollt Sie was fragen, wenn ich darf, Herr Pfarrer.« Der Junge legte seinen Rucksack auf den Tisch.

»Nur zu.«

»Nun, nur mal angenommen, also rein theoretisch: Ist es erlaubt, etwas zu behalten, was einem nicht gehört?«

»Wenn es einem nicht gehört, muss man es selbstverständlich dem Eigentümer zurückgeben.«

»Aber wenn es keinen Eigentümer gibt, wenn man etwas findet, oder so.«

»Dann sollte man es im Fundbüro abgeben. Der, der es verloren hat, vermisst es sicher.«

Der Junge schlüpfte in sein Messgewand. Er schien zu überlegen, ob er fortfahren sollte. »Aber wenn man etwas findet, wo man sicher ist, dass es niemandem gehört? Was ist dann?«

Baltasar runzelte die Stirn. »Hast du etwas gefunden, Sebastian? Etwas Wertvolles?«

»Sie verraten aber nichts meinen Eltern, versprochen? Die werden immer so schnell grantig.«

»Ich müsste erst wissen, um was es überhaupt geht.«

»Ich hab's dabei.« Der Bub öffnete seinen Rucksack und holte einen verdreckten Lappen heraus. Behutsam deponierte er ihn auf dem Tisch, als hantiere er mit Nitroglyzerin. »Aber niemandem etwas davon erzählen, ich bitt Sie.« Er entfaltete den Stoff, eine Kette kam zum Vorschein. Baltasar nahm sie in die Hand. Es war eine silberne Kette mit Gliedern aus Halbedelsteinen. Erde klebte an mehreren Stellen, als Anhänger dienten Reste eines Kreuzes aus Horn. »Das ist ein Rosenkranz. Wo hast du ihn gefunden?«

»Gleich bei uns am Weg. In der Erde. Gehört der nun mir? Ist er was wert?«

»Das weiß ich nicht. Sieht auf jeden Fall sehr alt aus. Wo genau hast du ihn gefunden, sagst du?«

»Im Acker. War Zufall. Darf ich den Rosenkranz nun behalten oder nicht? Den vermisst niemand mehr.«

»Wieso bist du dir so sicher? Zumindest sieht er so aus, als sei er schon länger in der Erde gelegen, das stimmt.«

»Genau, der ist uralt, der geht keinem mehr ab. Dann ist er doch meiner, schon allein wegen der Verjährung und so.«

»Das klären wir später. Jetzt geht's zur Messe, mach schon, nimm den Weihrauchbehälter.«

»Der Rosenkranz ist nicht das Einzige, was ich gefunden hab.« Der Junge zog ein Zeitungspapier hervor, in dem etwas eingewickelt war. »Sieht komisch aus. Wollen's sich anschauen?«

Baltasar wickelte den Gegenstand aus. Vor Schreck ließ er ihn auf den Tisch fallen und betrachtete ihn dann näher. Ein Knochenstück. Die Form, die Zähne – kein Zweifel.

Es war der Unterkiefer eines Menschen.

2

Er hatte nun schon das zweite Mal seinen Einsatz verpasst. Es war die Stelle, wo er sich eigentlich aufrichten und die Arme heben müsste. Stattdessen starrte Baltasar auf die Hostie, als erwarte er von dort die Ankunft des Jüngsten Gerichts. Sie war weiß wie der Menschenknochen, den der Junge gebracht hatte. Was hatte der makabre Fund zu bedeuten? Es war keine Gelegenheit mehr gewesen, Sebastian zur Rede zu stellen, die Messe hätte längst beginnen sollen. Der menschliche Unterkiefer lag noch auf dem Tisch in der Sakristei, Baltasar hatte in der Eile nicht gewusst, wohin damit. Wo war der dazugehörige Schädel, wo das Skelett? Baltasar schüttelte sich. Er blickte vom Altar auf und sah in die Kirche.

Der Raum war nur zur Hälfte gefüllt. Die Besucher drängten sich in den vorderen Bänken, ihre Gesichter spiegelten Ratlosigkeit, einige unterdrückten ein Gähnen oder vertieften sich in ihr Gesangbuch. Nun denn – er hatte einen Job zu erledigen. Doch Baltasar konnte sich nicht darauf konzentrieren, weil ihm das Bild des Knochens ständig vor Augen stand. Er nahm die Schale mit der Hostie und hob sie hoch.

»Er hat sterbend die Arme ausgebreitet am Holze des Kreuzes.
Er hat die Macht des Todes gebrochen und die Auferstehung kundgetan.«

Die Hostie hielt er in beiden Händen. Er machte eine Kniebeuge und stellte die Schale auf das Korporale, während alle Augen auf ihm ruhten. Immer noch funktionierte dieses uralte Ritual, ein Zauber, der die Zuschauer jedes Mal aufs Neue in seinen Bann zog, obwohl jeder den Ablauf kannte. Eigentlich war es nur eine Oblate, ähnlich der, die Hausfrauen in der Küche verwendeten. Durch die kirchliche Weihe jedoch verwandelte sie sich in ein Symbol für das Leben und das Sterben – und die Wiederauferstehung. Das Sakrament des Abendmahls. Baltasar brach die Hostie in der Mitte auseinander und hielt inne. Er legte sich die Oblate auf die Zunge, schloss den Mund. Auch wenn die Katholiken glaubten, dass sich das Brot in diesem Moment in den Leib Christi verwandelte, fühlte Baltasar sich jedes

Mal – der Herr möge ihm verzeihen – ans Plätzchenbacken seiner Mutter zu Weihnachten erinnert, an den Geruch von Rumaroma und gemahlenen Haselnüssen, an den Geschmack des Teiges, nachdem er heimlich seinen Finger in die Schüssel getaucht hatte.

»Nehmt und esst alle davon:
Das ist mein Leib, der für euch hingegeben wird.«

Zu welchem Leib mochte der Knochen gehören? Stammte er aus einem Grab? Baltasar nahm sich vor, der Sache auf den Grund zu gehen. Der Fund ließ ihm keine Ruhe. Er drehte sich zu Sebastian, der neben ihm mit dem Weihrauchkessel stand. Ihre Blicke trafen sich. Der Bub schien zu erschrecken, er schwenkte das Turibulum, eine Verlegenheitsgeste, und der Rauch verteilte sich. Baltasar sog die Luft ein. Wunderbar! Diese Würze. Weihrauch zu inhalieren begeisterte ihn immer wieder aufs Neue, vor allem, wenn er ihn mit besonderen Zutaten aufgepeppt hatte. Es half nichts, die Pflicht rief. Baltasar straffte sich und füllte Wein in den Kelch.

»Gedenke aller, die entschlafen sind in der Hoffnung,
dass sie auferstehen,
nimm alle, die in deiner Gnade aus dieser Welt geschieden sind, in dein Reich auf.«

Er nahm einen Schluck und rollte ihn unauffällig im Mund. Den Wein hatte er sich aus einem Kloster im Badischen kommen lassen, ein Trollinger. Ein Hauch von Kardamom, eine Ahnung von Zimt und Beeren. Ausgewogenes Bouquet. Baltasar musste sich beherrschen, nicht noch einen zweiten Schluck zu probieren. Er forderte die Kirchenbesucher auf, nach vorne zu kommen.

»Nehmt und trinkt alle daraus:
Das ist mein Blut, das für euch und für alle vergossen wird
zur Vergebung der Sünden.«

Der Bürgermeister und seine Frau knieten vor ihm nieder. Für einen Moment genoss Baltasar diese Demutshaltung der Lokalprominenz, gerade bei Personen wie Xaver Wohlrab, die in dienstlichen Dingen oft sehr herrisch auftraten. Das Amt des Pfarrers zählte eben noch etwas im Bayerischen Wald. Die Leute erwiesen ihm Respekt und demonstrierten dabei gerne, dass sie gute Christen waren, genauer gesagt, gute Katholiken, eine andere Religion zählte nicht in diesem Landstrich. Was bigottes Verhalten nicht ausschloss, im Gegenteil. Er erinnerte sich an die Aufzeichnungen des königlich-bayrischen Beamten Joseph von Hazzi aus dem 19. Jahrhundert, wohl die erste zusammenfassende Dokumentation über die Gegend: »Den Rosenkranz, das Amulett, das Weihwasser und anderes verehrt man als Heiligtümer, überall stößt man auf Bilder, Figuren und andere Zeichen von Religionsschwärmerei. Die Menschen zeichnen sich durch Hartnäckigkeit, Bigotterie, Aberglaube und den Glauben an Hexereien aus«, notierte damals der Mann aus München und brachte zugleich seine Verwunderung über manch andere Sitten zu Papier: »Treue in der Liebe und Vaterpflicht scheint dem unverheirateten Volk ganz gleichgültig, denn häufig leugnen sie Vaterschaft und entziehen sich der Alimentationsbürde, sie überlassen sich dem Genuss der Liebe ohne Rückhalt und – leider oft gar zu früh. Streit endet in Beleidigungen und ist oft mit mörderischen Raufereien verbunden.«

Wie zivilisiert die Menschen doch heute sind, dachte Baltasar. Sie schlagen nur noch zu besonderen Anlässen zu, beispielsweise mit dem Bierkrug auf Volksfesten, wobei es sich von selbst verstand, dass man den Krug vorher ausgetrunken hatte – es wäre zu schade um das kostbare Bier.

Die Leute standen an, um Hostie und Wein zu empfangen. Die Frau des Metzgers hatte offenbar ihre Haare neu gefärbt, ein Bronzeton, der unnatürlich schimmerte. Ständig zupfte sie an ihren Strähnen, als sei sie mit der Frisur nicht zufrieden. Ein Mann aus dem Altenheim schob seine Lippen vor wie ein Karpfen bei der Fütterung, als Baltasar ihm die Oblate in den Mund schob, und kaute auf ihr herum, als wäre sie das erste Frühstück. Baltasar musterte die Bänke. Wo steckte eigentlich Walburga Bichlmeier? Einige Besucher waren sitzen geblieben, aber die schlagkräftige Rentnerin war nirgends zu sehen, auch nicht in den Seitengängen.

Der Rest der Messe verlief ohne Zwischenfälle, wenn auch zäh. Baltasar beschlich das Gefühl, in Honig zu waten. Die Minuten schienen sich zu dehnen, und beim Singen der Lieder ertappte er sich dabei, schon an das Ende zu denken. Selten hatte er sich den Abschluss so sehr herbeigewünscht, den Segen und das Kreuzzeichen vollzog er in Rekordzeit. Die Besucher strömten aus der Kirche, und Baltasar atmete auf. Er war schon auf dem Weg in die Sakristei, als ihn eine Stimme aufhielt.

»Hochwürden, haben Sie einen Moment Zeit?« Xaver Wohlrab stand im Seitengang.

»Herr Bürgermeister, schön Sie zu sehen. Was gibt's denn? Wollen Sie etwa beichten?«

»Danke, nein, so dringend ist es im Augenblick nicht.«

»Und ich dachte, Politiker sind niemals ohne Sünden.« Baltasar lächelte Wohlrab an, der sich daraufhin verlegen räusperte.

»Ich wollte ein Projekt mit Ihnen besprechen. Etwas Geschäftliches, zum Wohle der Gemeinde. Das wird auch in Ihrem Interesse sein.«

»Meine Arbeit zielt vor allem auf das Seelenheil meiner Schäfchen.«

»Ich habe Sie in der Vergangenheit als einen Menschen kennen gelernt, der sich durchaus auch für weltliche Dinge interessiert. Wenn es den Menschen hier besser geht, kommt das auch Ihrer Kirchengemeinde zugute. Wir sitzen im gleichen Boot.«

»Also gut, raus mit der Sprache.«

»Sie erinnern sich doch noch an meinen Versuch, eine Futtermittelfabrik bei uns anzusiedeln?«

»Sie meinen die Firma, die in Norddeutschland mehrere Gerichtsverfahren wegen Verstoßes gegen die Umweltauflagen am Hals hat? Wie könnte ich das vergessen!«

»Das sind nur bösartige Verleumdungen, von neidischen Konkurrenten gestreut. Es ist alles eine Frage des Investitionsklimas. Und wir im Bayerischen Wald sind in dieser Hinsicht großzügiger als nördliche Bundesländer. Sie wissen selbst, wie dringend wir hier Arbeitsplätze brauchen.«

»Da gebe ich Ihnen recht. Arbeitsplätze schon – aber zu welchem Preis?«

Wohlrab hob die Arme. »Wir müssen das jetzt nicht zu

Ende diskutieren. Das Thema hat sich sowieso erledigt, das Unternehmen hat sein Angebot zurückgezogen.«

»Schade drum – wo die Firma doch ein Grundstück erwerben wollte, das Ihnen persönlich gehört.«

»Na, na, daran ist nichts Verwerfliches. Aber das hat sich wie gesagt erledigt. Doch ich habe jetzt eine neue Chance aufgetan. Ein Investor will bei uns ein Sporthotel bauen, mit Spitzenrestaurant, Golfplatz, Wellness und so weiter. Eine einmalige Gelegenheit für den Ort.«

»Und welche Rolle haben Sie mir dabei zugedacht? Soll ich künftig Golfkurse geben?«

»Humor haben Sie, das muss man Ihnen lassen.« Der Bürgermeister sah verdrießlich drein. »Ich bitte Sie um Unterstützung für das Projekt. Sie haben Einfluss auf Ihre Gemeinde, wenn Sie ab und zu ein gutes Wort einlegen …«

»Ich kenne den Investor und das Bauvorhaben noch gar nicht. Aber gut, wenn's der Allgemeinheit hilft, will ich gern meinen Beitrag dazu leisten.«

»Das ist gut, sehr gut.« Wohlrab schien erleichtert. »Ich muss jetzt weiter, meine Frau wartet. Schönen Tag noch.«

Baltasar verabschiedete sich. Er ging in die Sakristei. Seltsam. Der Raum war leer. »Sebastian?« Er ging zum Kirchenvorplatz, von dem Ministranten keine Spur. Warum hatte der Junge nicht gewartet? Da kam Baltasar der Menschenknochen in den Sinn, den er auf dem Tisch zurückgelassen hatte – oder irrte er sich? Er hob das Zeitungspapier hoch, sah unter dem Tisch nach, vergebens. Vielleicht hatte der Bub das Fundstück in der Anrichte deponiert. Baltasar riss die Schubladen auf, untersuchte die Regale, nahm sich sogar den Kleiderschrank vor. Nichts.

Auf dem Stuhl lag ein Stoffknäuel, Baltasar entfaltete

es. Der Ministrantenüberwurf. Rosenkranz und Rucksack hatten sich in Luft aufgelöst. Genauso wie Sebastian.

3

Baltasar zog sich im Pfarrheim um und rief Sebastians Mutter an, um sich nach dem Verbleib des Jungen zu erkundigen. Zu Hause war er noch nicht angekommen. Baltasar gab vor, nur einen neuen Termin für den nächsten Messdienst ausmachen zu wollen, und verabschiedete sich rasch. Teresa, seine polnische Haushälterin, streckte den Kopf zur Tür herein. »Soll ich Ihnen ein belegtes Brot machen? Habe frischen Wacholderschinken vom Metzger.«

»Danke, ich bedien mich selber. Ist noch Kaffee da? Ich bin noch nicht so richtig wach.«

»In Isolierkanne am Tisch.« Teresa sprach eigentlich sehr gut Deutsch, ein Ergebnis des Unterrichts in ihrer früheren Heimat Krakau. Ihr voller Name war Teresa Kaminski, sie hatte nach der Scheidung von ihrem Mann einen Job gesucht und war durch Vermittlung der Passauer Diözese in der Gemeinde gelandet. »Was Sie wollen heute Abend zum Essen?«

»Keine Ahnung. Ein paar Semmeln oder ein Salat würden reichen, ich muss noch mal weg und weiß nicht, wann ich zurückkomme.«

»Dann werde ich was zaubern. Lassen Sie sich überraschen. Mach eine Kleinigkeit, ist kein Aufwand.«

Baltasars Misstrauen gegenüber den schwach ausgeprägten Kochkünsten seiner Haushaltshilfe erwachte. »Machen

Sie sich keine Mühe, ich kann mir auch unterwegs was besorgen.«

»Gar kein Thema. Ich koche gern. Ist doch mein Job. Bin dafür da, mich um Sie und das Haus zu kümmern.«

»Also gut, ich bin gespannt, was Sie auftischen.« Baltasar schenkte sich eine Tasse Kaffee ein. Er brauchte einen klaren Kopf, um zu überlegen, was er als Nächstes tun sollte. Das Verschwinden seines Ministranten bereitete ihm mehr Sorgen, als er sich eingestehen mochte. Es war nicht Sebastians Art, einfach so abzuhauen.

Der Junge stammte aus einem Bauernhof etwas außerhalb des Ortes, die Familie bewirtschaftete ihre Felder seit Generationen. Der Vater war auf eine unbeholfene Weise freundlich, wenn er dem Pfarrer begegnete. Er galt jedoch als jähzornig. Seine Frau musste letztes Jahr im Krankenhaus behandelt werden, Prellungen, Blutergüsse und blaue Flecken. Sie sei von der Treppe gestürzt, hatte sie erklärt, ein Versehen, eine Unaufmerksamkeit ihrerseits.

Vielleicht gab es für Sebastians überstürzten Aufbruch eine harmlose Erklärung. Nicht auszudenken, wenn etwas Schlimmes passiert wäre. War ein Fremder während des Gottesdienstes in die Sakristei eingedrungen? Bleib auf dem Teppich, dachte Baltasar, deine Fantasie geht mit dir durch. Der Junge war zu Fuß gekommen. Er konnte also nicht weit sein. Es sei denn … Baltasar beschloss, nach Sebastian zu suchen.

Zuerst fuhr er die Strecke zum Grundstück der Familie ab. Aber niemand begegnete ihm. Er drehte um und bog in einen Feldweg ab, der in den Forst führte. Am Waldrand hielt er an. »Sebastian!«, rief er, »hallo, Sebastian!« Die Worte verloren sich zwischen den Bäumen. Ein Spaziergänger kam vorbei. Baltasar fragte ihn, ob er einen Jungen gesehen hatte. Fehlanzeige. Er fuhr wieder zurück zum Ort, versuchte es auf der entgegengesetzten Seite, probierte die anderen Nebenstraßen. Leute grüßten ihn, manche schienen sich zu wundern, wohin der Pfarrer um diese Zeit mit dem Fahrrad wollte und warum er immer wieder neue Wege nahm, ohne erkennbares Ziel.

Er kümmerte sich nicht darum. Nervosität kroch in ihm hoch. Hielt Sebastian sich irgendwo versteckt? War dem Jungen doch etwas zugestoßen? Baltasar kehrte zurück ins Pfarrheim, rief nochmals bei Sebastians Mutter an, sah sogar in der Kirche und in der Sakristei nach – vergebens. Er lief in der Küche auf und ab, trank eine Tasse Kaffee, lief wieder herum und sah unentwegt auf die Uhr. Seit fast drei Stunden war der Junge nun verschwunden.

Da fiel Baltasars Blick auf die Liste mit den Ministranten-Adressen: Jonas. Warum hatte er nicht gleich daran gedacht, Jonas war Sebastians bester Freund, die beiden gingen in dieselbe Klasse. Er rief die angegebene Telefonnummer an. Eine Männerstimme meldete sich.

»Hallo.«

»Guten Tag, hier spricht Pfarrer Senner, Baltasar Senner, entschuldigen Sie die Störung am Sonntag.«

»Macht doch nichts, Hochwürden.« Der Tonfall drückte das Gegenteil aus. »Was wollen's denn?«

»Ich würde gern den Jonas sprechen wegen des Ministrantendienstes.«

»Warum? Hat sich der Saubua schlecht benommen?«

»Nein, nein, keine Sorge, alles in Ordnung. Ich sitze nur gerade an der Planung für die nächsten Termine und wollte klären, wann es dem Jungen passt.« Innerlich bat

Baltasar den lieben Gott um Verzeihung für die Notlüge.

»Der Bua hat da gar nichts zum Reden, er soll antanzen, wann Sie es ihm sagen, damit basta!«

»Dazu müsste ich ihn eben kurz sprechen, wenn es Ihnen nichts ausmacht, ihn ans Telefon zu holen.«

»Würd ich ja. Aber der Bua hat sich gleich nach dem Frühstück verdrückt, statt für die Schule zu lernen. Vermutlich steckt er in diesem Freizeittreff, bei seinen Freunden. Nichts als dumme Gedanken hat der Jonas grad im Schädel, sag ich Ihnen, und keine Zeit für Hausaufgaben.«

Mit einer weiteren Ausrede beendete Baltasar das Gespräch. Er wusste nun, wo er zu suchen hatte, und schwang sich aufs Rad. Sein Ziel war ein ehemaliger Lagerraum im Hinterhof der Metzgerei, der als provisorischer Treffpunkt für die Jugendlichen des Ortes eingerichtet worden war.

Baltasar musste sich erst an das Halbdunkel gewöhnen. Mitten im Raum stand ein Kicker, an der Wand zwei durchgesessene Sofas. Aus einer Stereoanlage dröhnte ein Lied der Rockgruppe Rammstein. Auf der anderen Seite stand ein Tisch mit zwei Computern, ein Gerät war eingeschaltet, davor saß ein Junge mit Kopfhörern.

»Jonas?«

Der Junge reagierte nicht. Baltasar drehte die Anlage leiser und schüttelte ihn an der Schulter. Jonas drehte sich um und nahm seine Kopfhörer ab. Auf dem Monitor war zu sehen, dass er gerade irgendwelche Soldaten mit Maschinenpistolen steuerte, die in Häuserruinen auf ihre Gegner lauerten.

»Sie sind's, Herr Pfarrer. Was tun Sie denn hier? Wollen's

mitmachen? Ein Platz ist noch frei.« Er grinste und deutete auf den Computer neben sich.

»Nein, danke. Dein Vater hat mir gesagt, dass ich dich hier finde. Ich habe ein Problem, bei dem du mir helfen kannst.«

»Brauchen's einen Ersatz als Ministranten? Kann ich machen, kein Problem, geht klar.«

»Ich bin auf der Suche nach Sebastian. Der ist heute nach der Messe einfach verschwunden. Vielleicht hast du eine Idee, wo er stecken könnte, ich mache mir Sorgen.«

»Da brauchen's sich keinen Kopf zu zerbrechen, der Sebastian wird schon wieder auftauchen, so wie ich ihn kenn.«

»Wo könnte er denn sein? Ich hab schon den ganzen Ort nach ihm abgesucht.«

»Weiß nicht. Vielleicht auf dem Fußballplatz?«

»Da war ich schon.«

»Probieren Sie's doch noch mal bei ihm daheim.« Jonas blinzelte. »Der liegt bestimmt wieder im Bett und pennt.«

»Hab erst vor Kurzem dort angerufen.«

»Das ist schon wieder ein Zeitlang her, denk ich. Schaun's doch direkt dort vorbei. Sie wissen ja, wo er wohnt.«

Baltasar vernahm ein Surren in gleichmäßiger Tonlage, das nicht zu der Musik im Hintergrund passte. Es schien vom Lüfter des Computers direkt vor ihm herzurühren. Da kam ihm ein Gedanke. Er setzte sich auf den freien Platz. »Ich glaube, ich habe doch Lust, eine Runde zu spielen. Ist doch was anderes, als nur Weihrauchkessel zu schwenken, oder?« Er zwinkerte Jonas zu. Der blickte entgeistert. »Also, wie geht das?« Baltasar bewegte den Joystick. Sofort leuchtete der Bildschirm auf und zeigte dieselbe Spielszene, die auch auf dem anderen Computer zu sehen war: Soldaten in einer Ruinenlandschaft. Sein Verdacht hatte sich bestätigt, das Gerät war die ganze Zeit angeschaltet gewesen. »Wie ich sehe, läuft das Spiel im Multiplayer-Modus. Wir beide sind also ein Team, oder?« Wieder zwinkerte Baltasar zu Jonas hinüber. »Nun, was ist? Wo sind unsere Feinde? Wir sind doch die Guten, oder?« Baltasar steuerte seine Kunstfigur auf dem Monitor und feuerte ein paar Mal in eine Mauer. Ziegelbrocken flogen herum. »Geht doch.«

Noch immer schaute ihn der Junge an, als sei ihm gerade der Heilige Geist erschienen. Er setzte an zu reden, brachte aber kein Wort heraus.

»Wir als Team müssen zusammenarbeiten. Ich bin nicht dein Feind, Jonas.« Baltasar sah ihm direkt in die Augen. »Also, wo steckt der Sebastian?« Er wusste die Antwort längst.

»Ich kann nicht«, brach es aus Jonas heraus.

»Willst du mir nicht helfen?«

»Ich kann keinen Freund verraten, das kann ich nicht.« Er kaute auf den Worten wie auf einem Kanten Schwarzbrot.

»Das verstehe ich, einen Freund verrät man nicht.« Baltasar stand auf, ging zur Toilettentür und klopfte.

»Sebastian, bitte komm raus.«

Es dauerte eine Weile, bis sich die Tür öffnete. Vor ihm stand ein zitterndes Bündel Mensch. Sebastian.

4

Sebastian saß am Tisch der Sakristei und nestelte am Reißverschluss seiner Jacke.

»Ich bin froh, dass es dir gut geht«, sagte Baltasar. »Du kannst dir nicht vorstellen, wo ich überall nach dir gesucht habe.«

»Was haben's denn bloß, Herr Pfarrer? Ich hab mich nur mit meinem Freund zum Spielen getroffen. Das ist doch nicht verboten, oder?« Trotz lag in der Stimme.

»Niemand will dir was verbieten, ich schon gleich gar nicht. Ich hab mir nur Sorgen gemacht, sonst nichts. Mein Fehler.«

»Gut, kann ich jetzt gehen? Meine Eltern erwarten mich sicher schon.«

»Den Eindruck hatte ich nicht, als ich mit deinem Vater telefoniert habe.«

Sebastian blickte ihn erstmals an, seitdem sie zurückgekommen waren. »Sie haben mit meinem Vater gesprochen?«

»Ich musste mich doch vergewissern, ob du zu Hause warst. Keine Sorge, ich hab nichts verraten.«

»Kann ich jetzt gehen?«

»Wir müssen nochmals über deinen Fund reden.«

»Aber Sie haben doch gesagt, ich darf's behalten. Schließlich hab ich's gefunden, ich allein. Sie wollen's mir wieder abnehmen, ich hab's gleich gewusst.«

»Sméagol hat seinen Schatz verloren, Sméagol will seinen Schatz zurück«, imitierte Baltasar die Stimme von Gollum aus dem Film *Der Herr der Ringe*. »Sei nicht albern, niemand will dir was wegnehmen.«

»Doch, wollen Sie!«

»Finderlohn gibt's auf jeden Fall. Aber ist dir bewusst, was das für ein Knochen ist?«

»Na, der Kiefer von einem Tier, einem Reh oder einem Fuchs oder so was.«

»Da täuschst du dich gewaltig. Das ist der Unterkiefer eines Menschen.« Baltasar holte den Knochen aus dem Rucksack, verfolgt von den Blicken des Jungen. »Guck genau hin, lass dich nicht von den Erdklumpen irritieren.«

Sebastian starrte auf das Kieferfragment. »Ich seh nix.«

Baltasar deutete auf einen Zahn. »Hast du schon mal ein Reh gesehen, das eine Plombe trägt?«

Der Junge hielt das Fundstück hoch. »Leck mich, Sie haben recht, eine vergammelte Zahnplombe, verreck!«

Eine Zeitlang sagten beide nichts, sondern betrachteten nur das Knochenstück, als sei es die Reliquie eines Heiligen.

»Und was machen wir jetzt, Herr Pfarrer?«

»Ich möchte dich darum bitten, dass du mir die Sachen leihst, auch den Rosenkranz, damit ich sie untersuchen lassen kann. Dir ist sicher klar, dass du den Teil eines Menschen nicht behalten kannst.«

»Aber das Sweatshirt meines Bruders habe ich auch behalten«, protestierte Sebastian, »also wollen Sie mir doch was wegnehmen.«

»Ein Menschenknochen ist etwas anderes. Davor muss man Respekt haben. Der gehört wieder beerdigt.«

»Aber die Ärzte haben doch auch Skelette bei sich rumstehen, das hab ich im Fernsehen gesehen. Warum ich nicht?«

»Weil die Verstorbenen vor ihrem Tod in ihr Testament geschrieben haben, was mit ihrem Körper und ihren Knochen geschehen soll.«

»Und wozu brauchen Sie den Rosenkranz? Der besteht doch nicht aus Knochen.«

»Er kann vielleicht helfen festzustellen, zu wem das Kieferstück gehört. Wo hast du denn alles gefunden?«

»Bei uns draußen im Feld.«

»Es wäre schön, wenn du etwas präziser sein könntest. Wo genau war der Fundort?«

»Ich hab's doch schon gesagt, im Feld.«

Baltasar seufzte. »Okay, okay, ich seh schon, so kommen wir nicht weiter. Ich schlage vor, nach dem nächsten Gottesdienst zeigst du mir die Stelle.« Er blickte auf die Uhr und reichte dem Jungen den Ministrantenumhang. »Wir müssen uns vorbereiten, es geht bald los. Und nicht wieder davonlaufen.«

Baltasar konnte es gar nicht erwarten, bis die Messe zu Ende ging. Aber je mehr er sich den erlösenden Schlusssegen herbeisehnte, desto länger schien sich die Andacht zu ziehen. In solchen Momenten verwünschte er den starren Ablauf der Liturgie. Wie gern hätte er das Ganze im Stile eines Improvisationstheaters abgekürzt... Warum nicht einfach das »Gegrüßet seist du Maria voll der Gnade« nach dem ersten Satz abschneiden? Oder ein paar Lieder auslassen? Baltasar malte sich die Gesichter der Besucher aus, wenn er solche Programmänderungen vornehmen würde. Wo doch alle Gläubigen dieses Landstriches treu der katholischen Kirche folgten und Experimente angeblich verabscheuten. Doch er wusste, in Wirklichkeit war das Leben viel komplizierter. Gerade das geistliche Leben. Menschen konnten in einem Moment ewige Treue schwören und im nächsten Moment den Partner betrügen. Sie sagten am Sonntag die Zehn Gebote auf und verstießen am Montag gegen mehrere. Baltasar konnte und wollte niemanden dafür verdammen, Menschen waren eben so, manchmal auch schwach und fehlbar, und die Sünden wurden einem sowieso vom lieben Gott vergeben – vorausgesetzt, man beichtete und bereute. Das war ein überaus praktisches Arrangement der katholischen Kirche, das den Sünder genauso zufrieden stellte wie den Heiligen. Weswegen gerade im Bayerischen Wald ein gewisser Hang zu Frömmelei und Bigotterie festzustellen war – und zu Toleranz.

Sebastian erledigte seine Aufgabe als Ministrant ohne erkennbare Gefühlsregungen. Baltasar schob ihn nach Ende der Messe zum Ausgang, bis er die Kirchgänger verabschiedet hatte. »Hol deinen Rucksack, wir marschieren los.« Er winkte dem Jungen zu. »Das Knochenstück und den Rosenkranz lass bitte auf dem Tisch.«

Sie gingen wortlos nebeneinander her, bis sie den Ort hinter sich gelassen hatten. »Wohin jetzt?«

Der Junge deutete auf einen Feldweg, der links von der Hauptstraße abzweigte. »Der macht einen Bogen und trifft später auf die Straße, die zu uns nach Hause führt. Da entlang müssen wir.«

Nach gut einem Kilometer erreichten sie offenes Land, vereinzelte Bäume, Wiesen und Felder beherrschten das Bild. »Da vorn ist es.« Von fern sah es aus wie eine Gruppe von Stelen, beim Näherkommen löste sich das Bild auf in ein Kreuz mit Jesusfigur und zwei Holzplanken, die aussahen wie senkrecht gestellte, mannshohe Bügelbretter.

Die Gruppe stand am Wegesrand, an der Kreuzung zweier Feldwege. Die Ackerfurchen bogen rechtwinklig ab, ein Muster in Schwarz, wie mit einem überdimensionalen Rechen gezogen. Auf dem Boden unter dem Kreuz duckten sich eine Vase mit frischen Blumen und eine Friedhofskerze, die bereits erloschen war. Die Planken waren Totenbretter, Mahnmale und Erinnerung an die Verstorbenen, eine Besonderheit des Bayerischen Waldes, früher häufig, heute kaum mehr anzutreffen. Das obere Ende der Bretter lief spitz zu und wurde von einem Holzdach begrenzt. Auf dem einen Mal stand unter einem eingeritzten Kreuz:

»Andenken des ehrgeachteten
Herrn Ludwig Auer
geb. am 17.3.1897, gest. am 5.11.1969

*Wenn Liebe könnte Wunder tun
und Tränen Tote wecken,
Dann würde dich, o teures Herz,
nicht die kalte Erde decken.
R.I.P.«*

Die vertieften Buchstaben hatte ein Unbekannter mit schwarzer Farbe nachgezogen. Dennoch war ein Teil der Schrift bereits verblasst, die Ränder des Brettes faulten. Das zweite Totenbrett war in einem noch schlechteren Zustand. Wind und Wetter hatten die Farben ausgelöscht. Baltasar betrachtete die Gedenktafel von mehreren Seiten, um die eingekerbte Inschrift entziffern zu können.

»Gedenktafel der achtbaren
Frau O. Reisner
Bäuerin zu ...
gest. am 1. März 1979 im ... Lebensjahre

*Weinet nicht Ihr Lieben mein,
Daß ich Euch so schnell verließ.
Denn in des Himmels Höhn
Ist ja unser Paradies.«*

Er wandte sich an Sebastian. »An dieser Stelle hast du die Sachen gefunden? Wo denn genau?«

»Na, hier halt.« Der Junge fühlte sich sichtlich unwohl.

»Unter dem Marterl, unter den Totenbrettern? Lass dir bitte nicht jede Antwort aus der Nase ziehen.«

»Direkt neben den Tafeln.« Sebastian deutete auf eine Stelle seitlich davon. »Ich bin diesen Weg von zu Hause aus gegangen. Am Vortag hat's ziemlich geregnet. Als ich hier vorbeikam, leuchtete was aus dem Acker. Ich schaute genauer hin und dachte zuerst, jemand hat etwas weggeworfen, ein Bonbon oder Plastikspielzeug. Das hat mich neugierig gemacht, ich bin näher hingegangen und hab das Teil aus der Erde gezogen. So hab ich die Kette entdeckt.«

»Und das Kieferfragment?«

»Ich dacht, vielleicht find ich noch was, wenn da eine Kette rumliegt, dann könnten da noch andere Sachen sein. Drum hab ich ein bisserl rumgebuddelt, hab tiefer gegraben, und dabei bin ich auf den Knochen gestoßen. Ich hab mir gedacht, den nehm ich mit, wer weiß, vielleicht kann ich ihn noch brauchen. Ich wusst doch nicht, dass das ein Menschenknochen ist, wusst ich nicht, wirklich, Sie müssen mir das glauben, Herr Pfarrer. Später hab ich noch ein wenig weitergegraben, mit den Händen, ich hatte ja kein Werkzeug, aber da war nix mehr.«

Baltasar hielt die Erklärung des Jungen für plausibel. Die starken Regenfälle der vergangenen Tage hatten wohl die Erde weggespült und den Rosenkranz freigelegt. Vermutlich gehörte der Kieferrest zu dem Menschen, der bei den Totenbrettern beerdigt worden war. Es war das Beste, den

Knochen an dieser Stelle zu bestatten und die Totenruhe wiederherzustellen. Doch welche der beiden Tafeln war der richtige Ort für die Bestattung?

5

Baltasar betrachtete das Knochenfragment gegen das Licht. Es war ein seltsames Gefühl, Überreste eines Toten in der Hand zu halten, berührend und ein wenig gruselig. Er hatte nie verstehen können, wie Bestatter oder Totengräber die Abgebrühtheit aufbrachten, mit den sterblichen Hüllen umzugehen, als wären sie Müllsäcke. Wer mochte dieser Mensch gewesen sein? Wie hatte er gelebt, wie war er gestorben? Ein Teil eines Unterkiefers als Symbol einer vergangenen Existenz. Baltasar war sich unsicher, wie er weiter vorgehen sollte. Am einfachsten wäre es, den Knochen bei den Totenbrettern zu bestatten. Aber irgendetwas in ihm sträubte sich dagegen, die Sache auf diese Weise zu erledigen. Schließlich stand ein Schicksal dahinter, der Verstorbene hatte ein Anrecht auf würdevolle Behandlung. Deshalb war es naheliegend zu versuchen, den Toten zu identifizieren, um ihn der richtigen Gedenktafel zuordnen zu können und ihm einen Namen zu geben.

Ein Hausarzt konnte wohl nicht weiterhelfen, deshalb entschloss sich Baltasar, den Fund ins Krankenhaus in Freyung zu bringen. Er telefonierte mit der Zentrale, und es dauerte, bis ihm ein Sachbearbeiter riet, einfach vorbeizukommen und auf eine Gelegenheit zu warten, um mit einem Arzt zu sprechen, schließlich sei montags immer viel los. Der zweite Anruf galt seinem Freund Philipp Vallerot, einem Privatier mit französischen Wurzeln, der von seinem Vermögen lebte und nur zum Zeitvertreib arbeitete, wenn er etwa kostenlos Nachhilfeunterricht gab. Offiziell bezeichnete er sich als Sicherheitsberater, aber niemand im Ort wusste, Baltasar eingeschlossen, wer seine Kunden waren und ob es überhaupt Kunden gab. Das Schlimmste aber, eine unverzeihliche Sünde, zumindest in den Augen der Einheimischen: Vallerot war Atheist, der sich mit seiner Meinung über Gott und die Welt nicht zurückhielt.

Baltasar schreckte das nicht. Er lieh sich Vallerots Auto für die Fahrt nach Freyung, denn ein eigenes Fahrzeug wollte die Diözese nicht zur Verfügung stellen, und er selbst sparte das Geld lieber für Gemeindeprojekte, das Budget war knapp bemessen. Das Krankenhaus war ein Bau mit dem Charme eines Betonbunkers, Baltasar probierte es bei der Notaufnahme.

»Wo fehlt's Ihnen?« Die Krankenschwester blickte nur kurz von ihren Unterlagen auf. »Haben's Ihre Karte dabei?«

»Ich suche einen Arzt, der mir bei einem speziellen Problem helfen kann.« Die Frau erwiderte sein Lächeln nicht.

»Die Prostata vermutlich, da brauchn's einen Urologen. Haben Sie Schwierigkeiten beim Harnlassen oder mit der Potenz?«

»Ich habe was dabei, das ich von einem Doktor begutachten lassen möchte.«

»Sagen's doch gleich, dass Sie Ihre Urinprobe abgeben wollen. Wo ham's denn des Becherl?« Sie streckte die Hand aus.

Er nahm das Kieferfragment aus der Tasche und drückte

es ihr ohne Kommentar in die Hand. Sie zuckte zurück. »Was soll das? Was ist das?«

»Genau dafür brauche ich die Meinung eines Fachmanns. Es ist ein menschlicher Knochen.«

Die Krankenschwester hatte ihre Fassung wiedergewonnen. »Was glauben Sie denn, wo wir hier sind? Im archäologischen Museum? Schaun's da drüben«, sie deutete auf die Reihe der wartenden Patienten, »jeder braucht schnell einen Arzt. Und da kommen Sie mir mit Ihrem Hobby? Als Nächstes zeigen Sie mir vielleicht noch Ihren Mammutknochen. Wo samma denn? Schaun's, dass Sie sich wieder schleichen.«

Baltasar versuchte es nochmals mit seiner Bitte, aber die Frau beachtete ihn nicht weiter, wedelte mit ihrer Akte und rief: »Der Nächste bitte!«

Er versuchte es im ersten Stock im Schwesternzimmer. Diesmal trug er das Fundstück sichtbar vor sich her. Eine Frau sah vom Schreibtisch auf. Baltasar erklärte ihr seinen Wunsch. »Warten Sie, bis der Arzt von der Visite zurückkommt. Er kann Ihnen weiterhelfen.«

Nach einer Viertelstunde federte ein Mann im weißen Kittel heran, in der Brusttasche ein Stethoskop. Baltasar begrüßte ihn und stellte sich vor.

»Guten Tag, ich bin Doktor Bauer, Sie haben Glück, mich gerade zu erwischen. Ich muss noch in den OP.« Er war vielleicht vierzig Jahre alt, die dünnen Haare waren nach hinten gekämmt.

»Ich hoffe, es geht schnell.« Baltasar zeigte ihm das Stück Unterkiefer und berichtete über den Fundort.

»Sie wollen also genauere Auskunft über den verstorbenen Menschen. Dazu müsste ich ins Labor. Wenn Sie mir folgen, ein paar Minuten Pause habe ich noch.« Der Doktor stürmte los, Baltasar hatte Mühe, mit ihm Schritt zu halten. Sie betraten einen von Deckenstrahlern hell erleuchteten Raum. An den Wänden reihten sich Regale mit Reagenzgläsern, Petrischalen und Kartons, auf Sideboards standen Bunsenbrenner und elektrisch betriebene Analysegeräte.

»Darf ich?« Der Arzt nahm den Knochen an sich und trug ihn zu einem Mikroskop, das auf einem Arbeitstisch in der Mitte stand. »Interessant. So was habe ich das letzte Mal im Studium in der Pathologie gemacht.« Er betrachtete das Fundstück eine Zeitlang unter dem Mikroskop, dann gab er es Baltasar zurück. »Also, ich kann nur einen vorläufigen Befund geben. Um Genaueres zu sagen, bräuchte man chemische Untersuchungen und eine DNA-Analyse. Wie lange der Kiefer schon in der Erde liegt, ist schwierig zu taxieren, das hängt von der Bodenbeschaffenheit ab und von der Tiefe des Skeletts. Denn irgendwo bei dem Fundort muss natürlich das restliche Skelett liegen. Wenn man das hätte, könnte man wesentlich präzisere Aussagen treffen. Wie es jetzt aussieht, war der Leichnam mindestens zehn Jahre unter der Erde, vielleicht auch deutlich länger. Form und Beschaffenheit des Kiefers führen mich zu einer Schlussfolgerung: Es handelt sich um eine Frau, dem Gebiss nach zu urteilen etwa zwanzig Jahre alt, plus minus fünf Jahre. Tut mir leid, dass ich nicht mehr für Sie habe. Ich muss jetzt los, schön, Sie kennen gelernt zu haben.« Sprach's und verschwand.

Baltasar packte sein Mitbringsel ein und machte sich auf den Heimweg. Die Auskunft des Arztes hatte ihn verwirrt. Wie passte das geschätzte Alter der Frau mit der Inschrift auf dem Totenbrett zusammen? Danach müsste die Tote wesentlich älter sein. Vermutlich war die Schätzung des Doktors viel zu ungenau, er hatte ja selbst zugegeben, aus der Übung zu sein; solche Arbeiten waren etwas für Spezialisten. Außerdem war die Knochenprobe nicht ausreichend für ein abschließendes Gutachten. Man sollte es damit auf sich beruhen lassen, dachte Baltasar, aber im selben Moment wusste er, dass er das nicht konnte, weil er sich bereits zu sehr in die Angelegenheit vertieft hatte. Außerdem gab seine angeborene Neugierde keine Ruhe, eine Schwäche, für die der liebe Gott sicher Verständnis hatte.

Am nächsten Tag fasste Baltasar einen Entschluss: Er würde sich selbst Gewissheit verschaffen, auch wenn er dafür unkonventionelle Wege gehen musste. Sein Plan erforderte Geheimhaltung, schließlich wollte er sich nicht blamieren und als Spinner abstempeln lassen. Das nötige Werkzeug hatte er bereits im Keller des Pfarrhauses entdeckt, er wickelte alles in eine Decke und befestigte es auf seinem Fahrrad. Glücklicherweise begegnete er niemandem auf der Straße, bevor er sein Ziel erreicht hatte.

Das Wetter spielte ihm in die Hände, Wind zog auf und schob die Wolken zu einer zähen, dunkelgrauen Masse zusammen, das Licht verblasst wie in der Abenddämmerung, obwohl es erst Vormittag war. Blätter wirbelten auf, die Vögel schienen zu verstummen. Der Boden war bereits umgeackert worden, Furchen zogen ein Linienmuster in das Feld. Baltasar nahm die Schaufel und ritzte ein Rechteck von der Größe einer Tür in die Erde. Systematisch trug er den Boden ab. Die Erde, schwarz und schwer, klebte am Spaten, als wollte sie Widerstand leisten gegen die Arbeit. Baltasar kam außer Atem, obwohl er erst eine Grube von dreißig Zentimetern Tiefe ausgehoben hatte. Außer Steinen und Wurzelresten fand er nichts, und er ärgerte sich, weil er den Jungen nicht genauer nach der Stelle befragt hatte. Bei einem halben Meter Tiefe legte Baltasar eine Pause ein. Es war wohl die falsche Stelle, so tief konnte das Skelett nicht liegen – wenn es überhaupt ein Skelett gab und der Bub die Wahrheit gesagt hatte. Schweiß rann ihm den Rücken hinab. Nach der dritten Grube in einem Meter Tiefe war er davon überzeugt, dass er reingelegt worden war.

Gerade wollte er aus dem Loch steigen, als er ein Motorengeräusch hörte. Er sprang zurück und presste sich flach auf die Erde. Es klang nach dem Motor eines Traktors. Das Fahrzeug verlangsamte die Fahrt, während er sich tiefer in sein selbst geschaufeltes Grab drückte und ihm Dreck ins Gesicht rieselte. Der Traktor beschleunigte, Baltasar lugte über den Rand der Grube und blickte direkt in das Gesicht von Alfons Fink, Sebastians Vater. Hatte der Bauer in der Fahrerkabine ihn entdeckt? Der Mann drehte sich um und fuhr weiter, Baltasar atmete auf. Er hatte keine rechte Lust mehr zum Weiterschaufeln. Die Blasen an den Händen brannten, die Erdkrümel auf der Haut juckten, er sehnte sich nach einer Tasse Kaffee und einer Dusche. Noch ein letzter Versuch. Er zog eine weitere Linie, diesmal schräg zu den Furchen und weiter weg von den Totenbrettern, etwa vier Meter lang. Entlang dieser Markierung nahm er sich vor zu graben und sich dabei auf einen halben Meter Tiefe zu beschränken.

Baltasar kam es vor, als müsse er dem Acker jeden Brösel Erde einzeln entreißen. Sein Rücken schmerzte, seine Arme wurden länger und länger, das Gesicht glühte wie unter einer Höhensonne. Er wollte schon aufgeben, als seine Schaufel plötzlich auf Widerstand stieß. Er hielt inne.

Zug um Zug kratzte er die Bodenschicht mit den Händen beiseite. Er fühlte etwas Hartes, und tatsächlich fand er das, wonach er gesucht hatte: ein Knochen. Baltasar buddelte weiter, so eifrig wie ein Kind im Sandkasten.

Nach einer halben Stunde hatte er mehrere Knochenfragmente freigelegt, wobei er sich nicht sicher war, ob sie zu einem Menschen gehörten. Er stieß auf Metallteile, eingebacken in einen Erdklumpen. Er steckte sie ein und grub weiter. Beim nächsten Fund war kein Zweifel mehr möglich: Die Rippenknochen und der Brustkorb waren eindeutig menschlichen Ursprungs. Wenige Minuten danach legte Baltasar einen Schädel frei. Er bekreuzigte sich und erschauerte vor dem Relikt, das einst ein Wesen aus Fleisch und Blut gewesen war. Die Symbolik des Totenkopfes kam ihm in den Sinn, die lateinische Vanitas, die für Nichtigkeit und Eitelkeit stand und auf die Vergänglichkeit alles Irdischen hinwies. Ein Sinnbild für die unerbittliche Konsequenz des Sterbens, für die vergebliche Auflehnung gegen den Lauf der Dinge, gegen Gott.

Baltasar drehte den Schädel. Ein Teil des Kiefers fehlte, Haarreste waren auszumachen, von unbestimmter Farbe. Er fragte sich, warum der Kopf vom übrigen Körper getrennt war.

»Was machen Sie da?«

Er schreckte hoch. Am Wegesrand standen zwei Personen, ein Mann und eine Frau. Er hatte sie nicht kommen hören. Sie trugen einheitliche und regenfeste Sportkleidung, ein bekannter Markenname prangte auf der Brust. Unter den Stirnbändern lugten graue Haare hervor, die Gesichter waren von Falten durchzogen.

Der Mann wiederholte die Frage. »Genau Sie meine ich.«

Er richtete seinen Nordic-Walking-Stock auf Baltasar, als wolle er ihn damit aufspießen. Die Silben wie von der Zungenspitze gespuckt, eindeutig Touristen aus Norddeutschland, wer sonst würde bei diesem Wetter im Ackerland Sport treiben?

»Ich grabe.«

»Ach was! Ist das ein Schädel, den Sie da ausgegraben haben?«

»Sieht ganz danach aus.«

»Ist das normal, hier in der Gegend Tote auszugraben? Haben Sie so eine Art wissenschaftlichen Auftrag, sind Sie von einer Universität?«

»Das gerade nicht. Es handelt sich gewissermaßen um private Nachforschungen. Nichts Illegales.«

»So, so, Sie sind also einer dieser Hobbyforscher. Und das sollen wir Ihnen glauben?«

»Wenn's nun mal die Wahrheit ist.«

»Sie können mir viel erzählen. Man liest ja jeden Tag in der Zeitung von irgendwelchen Durchgeknallten, die ihre Kinder umbringen und verscharren, von Perversen, die sich an Toten aufgeilen. Sind Sie etwa einer von der Sorte?«

»Gott bewahre. Ich bin ein Einheimischer. Ich hab nichts Böses im Sinn.« Langsam zweifelte Baltasar selbst an seinem Vorgehen. Außenstehenden musste es seltsam vorkommen, wie er mit einem Totenkopf in der Hand in einem Grab stand. Fehlte nur noch, dass er anfing, Shakespeares Hamlet zu zitieren: *Sein oder Nichtsein, das ist hier die Frage.*

»Können Sie sich ausweisen? Wie ist denn Ihr Name?« Der Mann fuchtelte mit seinem Stock in der Luft herum.

»Wie gesagt, ich bin von hier. Sie brauchen sich keine Gedanken machen, ganz bestimmt nicht.« Die Frau gab sich mit seiner Antwort nicht zufrieden und schüttelte den Kopf. »Sie haben doch was auf dem Kerbholz, ich hab's gewusst, sonst hätten Sie uns Ihren Namen gesagt.« Sie zog ihr Handy aus der Tasche und fotografierte damit Baltasar. »Jetzt haben wir Sie!«, sagte sie triumphierend. Baltasar glaubte, er müsse gleich platzen. Diese Weißwursttouristen! Diese Pseudosportler in ihren Hightech-Frischhaltefolien. Spontan hüpfte er aus der Grube, den Schädel vor sich ausgestreckt wie eine Monstranz. Die Augen theatralisch rollend, ging er auf das Pärchen zu. »Sie haben recht, Gott hat mich beauftragt, die Toten zu rächen«, röhrte er mit Grabesstimme. »Sein oder Nichtsein, das ist hier die Frage.«

Der Mann ließ vor Schreck seinen Stock sinken, die Frau wich zurück, die Augen weit aufgerissen. Baltasar fixierte sie und machte einen weiteren Schritt auf sie zu. Der Mann zog seine Frau am Arm, und im Schweinsgalopp rannten die beiden davon.

»Besuchen Sie mich bald wieder! Und weiterhin gute Erholung im Bayerischen Wald.« Baltasar konnte sich das Lachen nicht verkneifen. Die Aktion war kindisch gewesen, gewiss, aber es hatte doch großen Spaß gemacht.

In aller Ruhe legte er den Schädel zurück, bedeckte den Fundort mit Erde und sprach ein Gebet für die Tote – wer immer sie sein mochte.

6

Teresa hatte sich wieder beruhigt. Einigermaßen wenigstens. Zitronenduft erfüllte das Haus. Sie wischte den Küchenboden, wobei sie demonstrativ um Baltasars Beine herumwedelte und ihn immer noch keines Blickes würdigte. Aus dem Radio dudelten Schlager, die die Haushälterin aus vollem Hals mitsang. Baltasar vermutete, dass sie absichtlich so laut war, um ihn zu ärgern, aber er ließ sich nichts anmerken und kaute stoisch an seinem Salamibrot.

Natürlich war es nicht besonders geschickt gewesen, das Pfarrhaus zu betreten, ohne vorher die Erde abzubürsten und die Schuhe auszuziehen. So hatte sich eine Dreckspur quer durch die Räume bis in sein Schlafzimmer gebildet, was einen Aufschrei Teresas auslöste. Angesichts der offensichtlichen Beweise erforderte es für sie wenig Detektivarbeit, der Spur zu folgen und den Übeltäter zur Rede zu stellen.

Eigentlich hatte die Diözese Passau Teresa auf Drängen Baltasars engagiert, um ihn im Haushalt zu entlasten. Für Baltasar war sie der gute Geist des Hauses, nur ihre Kochkünste waren noch ausbaufähig, vorsichtig ausgedrückt. Er wollte die angespannte Stimmung nicht noch weiter aufheizen, weshalb er sich nicht traute, den Erdklumpen, den er aus dem Grab mitgebracht hatte, einfach auf dem Tisch zu untersuchen.

»Teresa, was gibt es heute Gutes zu essen?« Ein Friedensangebot. Die Haushälterin reagierte nicht und sang unverdrossen weiter: »Schönerrr fremderrr Mann, du bist lieb zu mir, schöner fremder Mann, denn ich träum von dirrr.«

»Kochen Sie heute Abend? Soll ich Ihnen beim Zubereiten helfen?« Baltasar lächelte sie an.

»Nix kochen. Sind noch Reste im Kühlschrank. Die müssen erst weg, bevor es was Frisches gibt.«

»Ich hab eh schon das Wurstbrot. Was Warmes wäre wunderbar, meinen Sie nicht? Wenigstens eine Suppe.«

»Wenn Sie was Warmes wollen, dann trinken Sie doch einen Tee. Ich sein beschäftigt, wie Sie sehen. Muss Schmutz wegmachen von gewissen Herren, weil gewisse Herren es nicht für nötig empfinden, sich zu säubern, sind ja was Besseres, diese Herren, selbst ein Bauer bei uns in Krakau ist reinlicher als diese Herren. Ich putzen, nix kochen!«

Baltasar gab auf. Er nahm eine Schüssel aus dem Schrank, füllte sie mit Wasser und ließ den Erdbatzen hineingleiten. Er tauchte die Hände hinein, zerkrümelte den Fund und wartete, bis sich das Wasser schwarz gefärbt hatte.

»Was soll das werden?« Teresa beäugte sein Treiben misstrauisch. »Sie wieder wollen herumdreckeln?«

»Keine Sorge, ich versuche nur, das freizulegen, was jahrelang unter der Erde verborgen war.«

»Jedenfalls diese Brühe bloß nicht in den Ausguss schütten, sonst bekommen Sie es mit mir zu tun. Ab ins Klo damit!«

»Ja, ja, ich pass schon auf.« Er fischte einen Gegenstand aus dem Wasser und trocknete ihn mit einem Papiertaschentuch ab. Es war ein Kreuz, besetzt mit roten Steinen.

»Wunderschönes Schmuckstück.« Teresa betrachtete das Kleinod. »Sind die Steine echt?«

»Ich weiß es nicht, könnten Rubine sein.«

»Würde sich gut an meiner Halskette machen. Wo haben Sie das Kreuz gefunden?«

»In einem Feld.« Baltasar kam ein Gedanke. Er holte den Rosenkranz, den ihm Sebastian gegeben hatte, und legte ihn neben das Kreuz. »Sehen Sie, Teresa, das passt genau zusammen.« Tatsächlich hing an dem Kreuz noch ein Verbindungsglied, das identisch war mit den übrigen Gliedern der Gebetskette. Das Schmuckstück war fein gearbeitet, Perlen aus Halbedelsteinen waren in Gruppen angeordnet und durch kleinere Perlen getrennt. Das Kreuz war an einem Strang befestigt gewesen, der einige Zentimeter von der Kette hing. Es war die klassische Anordnung, wie man sie in der katholischen Kirche kannte, jeder Schmuckstein stand für ein Gebet, mehrheitlich Ave-Maria zur Verehrung der Mutter Gottes. Das Kreuz repräsentierte das Glaubensbekenntnis, gefolgt von mehreren Vaterunser.

Für die Gläubigen war der Rosenkranz eine Leitschnur, die Glieder wie Knoten im Taschentuch, die einem beim Zählen der Gebete halfen. Es hatte etwas Meditatives, das ständige Wiederholen derselben Gebete, manche jedoch fanden es eintönig und mechanisch. Auch andere Religionen nutzten die Gebetskette für Andachten, es war ein weltumspannendes Ritual. Im Islam hieß die Kette Misbaha, in der Regel mit neunundneunzig Perlen, die die verschiedenen Namen Allahs darstellten. Im Hinduismus und Buddhismus war der Name Mala, mit hundertacht Gliedern für die Lehren Buddhas. Die orthodoxe Kirche verwendete die Tschotki für das Jesusgebet.

Für Baltasar war es der schönste Rosenkranz, den er je gesehen hatte. Was mochte er wohl wert sein? Und wer legte eine solche Kostbarkeit einer Leiche bei? Einiges bei seinem Fund im Feld war extrem ungewöhnlich gewesen:

Das Skelett hatte quasi nackt in der Erde gelegen, ohne Reste von Kleidung. Überdies hatte er keinen Sarg gefunden. War die Tote einfach so verscharrt worden? Aus welchem Grund? Je länger Baltasar darüber nachdachte, desto merkwürdiger kam ihm das Ganze vor. Alles deutete auf eine Gewalttat hin.

Er hatte keine Lust mehr, sich weiter den Kopf zu zerbrechen. Da Teresa keine Anstalten machte, doch noch zu kochen, beschloss er, einen Abstecher in das Gasthaus »Einkehr« zu unternehmen. Es bot eine seltsame Mischung aus bayerischen und asiatischen Elementen, mit Holztischen und weiß-blau-karierten Vorhängen, die Nischen dekoriert mit Bonsaibäumchen und Jadefiguren. Die Wirtin Victoria Stowasser hatte das Gasthaus nach ihrer Vorstellung umgebaut und war von dem missionarischen Eifer beseelt, den Menschen dieses Landstrichs nicht nur Schweinsbraten und Schlachtplatte näherzubringen, sondern auch ausgefallene Gaumenfreuden wie indische Reisknödel zu Hirschgulasch oder Shrimps-Teigtaschen auf Speck-Sauerkraut – was bei den Einheimischen auf ungefähr so viel Begeisterung stieß wie Karottenbrei zum Frühstück.

Im Wirtshaus saßen nur wenige Gäste. Der Metzger des Ortes starrte allein in ein Glas Bier, eine Gruppe Fremder lärmte am Ecktisch, der Sparkassendirektor zeigte seiner Gattin etwas auf dem Teller.

»Guten Abend, Frau Trumpisch, grüß Gott, Herr Trumpisch.« Baltasar blieb an ihrem Tisch stehen. »Was ist heute empfehlenswert?«

»Ich hab gerade die Form der Schupfnudeln bewundert«, sagte der Bankchef, »meine Frau lässt sich jedoch nicht überzeugen, davon zu probieren. Sehen Sie, Herr Pfarrer«, der Mann schob ein Stück auf dem Teller hin und her, »sieht aus wie ein kleines U-Boot.«

Die Frau verdrehte die Augen. »Was er heute wieder zusammenfantasiert. Also mein Surfleisch schmeckt hervorragend.«

»Sieht gut aus. Wie gehen die Geschäfte in der Sparkasse?«

»Wenn Sie damit meinen, ob unser Haus wieder eine Spende für die Gemeinde überweist, muss ich Sie enttäuschen, Herr Pfarrer. Bei den niedrigen Zinsen bleibt kaum mehr etwas hängen. Ich weiß noch gar nicht, welche Zahlen ich unserem Verwaltungsrat zum Jahresende berichten muss.«

»Für einen neuen Dienstwagen hat es aber gereicht. Oder täusche ich mich da, Herr Trumpisch? Haben Sie den etwa selbst bezahlt?«

Der Sparkassendirektor bekam einen Hustenanfall. Seine Frau schlug ihm auf die Schulter. »Sie brauchen gar keine süffisanten Bemerkungen machen, Herr Senner. Das ist ein Leasingfahrzeug, das mir mein Arbeitgeber zur Verfügung gestellt hat«, sagte er, nachdem er sich wieder beruhigt hatte. »Ich spare dem Unternehmen damit Geld. Was glauben Sie, wie viele Fahrkilometer ich sonst abrechnen müsste?«

»Keine Ahnung, aber ich gönne Ihnen selbstverständlich das Auto. Sie haben hart dafür arbeiten müssen.« Baltasar vermied jede Ironie in der Stimme. Er dachte daran, dass er bisher auf ein eigenes Fahrzeug verzichtet hatte, weil die Kirchenoberen in Passau sich knausrig zeigten. »Und ich wollte Sie nicht um eine Spende bitten.«

»Verstehen Sie mich nicht falsch, die Bank fühlt sich natürlich der Kirchengemeinde sehr verbunden, und ich bin der Letzte, der nicht mal die Kasse öffnet für Ihre sozialen Projekte. Aber die Sparkasse steht vor großen Investitionen, da muss man mit spitzem Bleistift rechnen, schließlich habe ich mich für meine Entscheidungen auch zu rechtfertigen.«

»Auf jeden Fall freue ich mich, Sie beide am Sonntag in der Kirche zu sehen. Schönen Abend noch.« Baltasar nickte und suchte sich einen freien Tisch. Die Speisekarte versprach Genuss, er freute sich auf das Essen und hatte zugleich ein schlechtes Gewissen, weil er den Kühlschrank zu Hause hatte links liegen lassen. Gut essen und trinken war ihm jedoch ein Bedürfnis, ein Vermächtnis seiner Eltern, die einen kleinen Feinkostladen betrieben hatten, bevor sie gezwungen waren, ihr Geschäft aufzugeben.

Das Ragout von Kaninchen und Bambussprossen klang gut. Dazu ein Spätburgunder aus Baden. Victoria Stowasser kam aus der Küche. Als sie den neuen Gast sah, huschte ein Lächeln über ihr Gesicht.

»Wenn Sie wüssten, wie sehr ich mich danach sehne.«

»Sie sprechen vom Kaninchenragout?«

»Ich spreche von einem besonderen Erlebnis. Ihre Kochkünste sind einfach unwiderstehlich.«

Und nicht bloß das, fügte Baltasar im Stillen hinzu. Victoria hatte die Haare mit einem Gummiband nach hinten gebunden, was die Konturen ihres Gesichts reizvoll hervorhob. Sie trug eine braune Hose und ein T-Shirt unter ihrer Schürze. Ihre rechte Hand war verbunden. »Haben Sie sich verletzt?«

Sie bemerkte Baltasars Blick. »Ach das. Nichts Schlimmes, nur eine Kleinigkeit. Ich bin an die heiße Pfanne geraten. So was kommt in einer Küche vor. Der Schmerz hat schon nachgelassen.« Sie sprach hochdeutsch mit einer Prise niederbayerisch, niemand wäre darauf gekommen, dass sie eigentlich aus Stuttgart stammte.

Wie zerbrechlich sie in diesem Moment wirkte. Baltasar hätte Victoria am liebsten in die Arme genommen und getröstet. Ein Wunsch, mächtig und unerfüllbar. Dabei bräuchte er nur die Hand auszustrecken nach ihr. Doch er blieb wie gelähmt. Es reichte ihm, still dazusitzen und ihren Zauber auf sich wirken zu lassen. Nichts analysieren, nichts denken oder hinterfragen, sie nur ansehen, ihre Anwesenheit spüren und den Moment genießen. Baltasar wünschte, er könnte diesen Augenblick festhalten, ihn einfrieren, um ihn für die Ewigkeit zu behalten.

»Was gibt's zum Nachtisch?« Er versuchte, seine Gedanken zu verscheuchen.

»Sie haben die Wahl, Herr Senner. Ich habe noch etwas Himbeermousse und eine Schokoladencreme. Für Sie mache ich aber gern eine Portion Crêpes mit Apfelstückchen, flambiert mit Calvados.«

»Lassen Sie nur, Sie haben heute schon genug Pech mit Ihrer Pfanne gehabt. Ich nehme die Schokoladencreme.«

»Haben Sie schon gehört, es soll bei uns ein Golfhotel gebaut werden, mit Hallenbad und Sauna und ganzjährigen Sportangeboten? Ein Edelrestaurant ist ebenfalls geplant.«

»Der Bürgermeister hat mir davon erzählt. Sie wissen doch, wie sehr ihm das Thema Arbeitsplätze und das Wohl der Gemeinde am Herzen liegen.«

»Sie meinen eher das Wohl seiner Brieftasche. Er soll ein Grundstück besitzen in der Gegend, wo das künftige Immobilienprojekt geplant ist.«

»Da haben Sie nicht ganz unrecht. Aber wenn Sie sich um

Ihre Gaststätte Sorgen machen, da kann ich Sie beruhigen: Sie kochen viel besser als alle anderen, die ich kenne.«

»Nun übertreiben Sie mal nicht.« Victoria lächelte und zupfte an ihren Haaren. »Eine Konkurrenz wäre so etwas schon.«

»Ein solches Hotel hat eine andere Klientel. Touristen aus Norddeutschland. Golfspieler mit komischen karierten Hosen und Schirmmützen und Lederhandschuhen, die man zu allem Überfluss nur an einer Hand tragen darf. Deren Tischgespräche drehen sich immer um Abschläge und darum, aus welchem Grund man wieder einen Ball in einem Teich versenkt hat. Wollen Sie solche Aliens in Ihrem Wirtshaus sitzen haben? Es reichen doch schon die da.« Baltasar deutete auf die Personen am Ecktisch.

»Nun, alles ist eine Konkurrenz. Es ist nicht so, dass ich mich über einen Ansturm von Besuchern zu beklagen hätte. Meine Kreationen stoßen anscheinend auf zu wenig Gegenliebe.«

»Sie müssen Geduld haben, Victoria. Bis die Leute hier von ihrem geliebten Schweinsbraten ablassen und was anderes bestellen, das dauert. Das ist Erziehungssache.«

»Sie haben leicht reden, Herr Senner. Sie bekommen Ihr Gehalt ja auch von der katholischen Kirche. Da brauchen Sie sich um den Unterhalt und die laufenden Kosten keine Gedanken machen.«

»Schön wär's. Meine Dienstherren in Passau zeigen sich recht sparsam, was unsere Gemeinde betrifft. Ich will mich nicht beklagen, aber für vieles fehlt das Geld.«

»Wenn Sie meinen.« Es klang wie ein Seufzen.

»Eins verspreche ich Ihnen: Ich werde Ihnen immer die Treue halten, auf mich können Sie als Gast immer zählen.«

Victoria lächelte. »Lassen Sie das mal Ihre Haushälterin nicht hören ...«

»Teresa ist eine wunderbare Frau. Aber Ihre Künste am Herd ... Was soll ich machen?«

»Das wird schon noch. Nur nicht aufgeben.«

7

Die Sonne schien durchs Fenster und beleuchtete die durch den Raum segelnden Staubpartikel. Wolfram Dix versuchte, sich auf ein einziges Teilchen zu konzentrieren und zu verfolgen, wo es am Ende landete, doch es gelang ihm nicht. Er dachte daran, dass man diese Partikel ständig einatmete und nichts davon merkte und dass er bei diesem Wetter eigentlich draußen sein sollte und nicht in diesem muffigen Besprechungszimmer. Die Worte des Abteilungsleiters rauschten an ihm vorbei. Es ging um die Kriminalstatistik der vergangenen beiden Monate. Langweiliges Zeug, Routinefälle.

Wolfram Dix unterdrückte ein Gähnen und schob sich ein Kräuterbonbon in den Mund, das ihm seine Frau am Morgen in die Hand gedrückt hatte, weil er vergangene Nacht im Bett angeblich gehustet hatte. Beim Frühstück hatte er keine Lust auf Diskussionen gehabt, ob denn ein einzelnes Bonbon, das hauptsächlich aus Zucker bestand, überhaupt den Husten kurieren konnte, falls er überhaupt Husten hatte, was er bezweifelte. Aber jetzt kam es ihm gerade recht, als Zeitvertreib. Seine Zunge berührte das Bonbon, das sich rau und kantig anfühlte. Er schob es im Mund hin und her in der Hoffnung, die Ecken damit abzuschleifen. Es schmeckte bitter und scharf und eklig. Am liebsten hätte Dix es vor versammelter Mannschaft ausgespuckt, besann sich aber rechtzeitig eines Besseren.

Sein junger Kollege Oliver Mirwald tippte unauffällig in sein Handy. Er war Dix zugeteilt, ein Universitätsabsolvent mit echtem Doktortitel. Für ihn war der junge Mann mit dem halblangen Haar einfach sein Assistent, ob das nun die korrekte Funktionsbezeichnung war oder nicht. Diese Akademiker hatten noch viel zu lernen, wie die Praxis bei der Kriminalpolizei in Passau ablief, wie die Menschen in dieser Region tickten, denn das war für einen Norddeutschen wie Mirwald nicht leicht zu kapieren. Wenn er einen Hauptkommissar zur Seite hatte, einen erfahrenen Beamten jenseits der fünfzig, konnte nicht so viel schiefgehen. Aber mit diesem Jungspund? Dix biss auf das Bonbon. Ein Krachen.

»Und was meinst du dazu, Wolfram?« Der Einsatzleiter sah ihn an. Was war noch mal die Frage gewesen? Dix hatte nicht aufgepasst, deshalb zog er es vor, einen Hustenanfall zu simulieren, und winkte ab. Oliver Mirwald klopfte ihm auf den Rücken. »Tief durchatmen, wird gleich wieder. Haben Sie sich heute Nacht erkältet?«

Dix lag eine Antwort auf der Zunge, aber er entschied sich lieber dafür, aufzustehen und unter weiterem Hustengebell das Zimmer zu verlassen. In seinem Büro riss er das Fenster auf. Unter ihm zog der Verkehr der Nibelungenstraße vorbei, der Himmel war makellos blau, die Sonne wärmte das Gesicht. Er hörte, wie die Tür aufging, machte sich aber nicht die Mühe, sich umzudrehen, weil normalerweise nur sein Assistent es wagte einzutreten, ohne anzuklopfen.

»Ein bisschen dick aufgetragen.«

»Was meinen Sie damit?« Dix schloss das Fenster und setzte sich hinter seinen Schreibtisch.

»Na, Ihre Show bei der Besprechung. Sie wollten sich verdrücken.«

»Und was sind Ihre Schlussfolgerungen daraus, Mirwald?«

»Langweilige Veranstaltung.«

»Sie haben einen wachen Verstand, Mirwald, aus Ihnen wird noch mal ein guter Kommissar, auch wenn Ihr Doktortitel natürlich ein ernstes Handicap ist – und Ihr Dialekt sowieso.«

»Warum, ich spreche doch ein lupenreines Hochdeutsch?«

»Genau das meine ich.«

»Soll ich lieber Englisch reden? Oder Lateinisch?«

»Sachte, sachte, wir sind hier in Niederbayern. Außerdem: Sie schienen mir auch nicht ganz bei der Sache zu sein während der Besprechung. Diese Daddelei war wohl spannender.«

»Sie meinen mein Smartphone? Das gehört zu meinem Leben wie die Luft zum Atmen.«

»Wenn Sie sonst keine Beschwerden haben. Ich wünsche Ihnen nur nicht, dass Sie irgendwann auf der Intensivstation aufwachen und ans Handy angeschlossen sind statt an die Sauerstoffmaschine. Aber zurück zu Ihrer Diagnose: Was können wir gegen die Langeweile tun? Gibt's denn überhaupt keine spannenden Fälle?«

»Sie haben es doch gehört, momentan ist es ruhig. Sie sollten froh darüber sein.«

»Zu ruhig ist auch nicht gut. Eine zünftige Aufgabe wäre

nicht schlecht. Vorzugsweise was im Freien. Haben Sie nichts im Angebot, Mirwald?«

»Nichts, was in unseren Zuständigkeitsbereich fällt. Mit einem stinknormalen Einbruch wollen Sie sich wohl kaum herumschlagen. Oder mit Ladendiebstahl.«

»Schade.«

»Wobei, ich hätte da noch ein Schmankerl, wie Sie es wohl ausdrücken würden.« Die Augen des jungen Kommissars leuchteten. »Dass mir das nicht sofort eingefallen ist. Ermittlungstechnisch eine Lappalie.«

»Nun sagen Sie schon.«

»Es geht um einen gemeinsamen Freund.«

»Raus damit, was ist es? Sie machen mich neugierig.«

»Ich hatte einen Anruf von einer Polizeidienststelle. Es geht um eine gewisse Person, mit der wir beide bereits früher zu tun hatten. Der Beamte wusste davon, deshalb hat er mich informiert. Obwohl das angebliche Delikt nicht dramatisch ist.«

»Und?«

»Es liegt eine Anzeige von einem Ehepaar aus Hamburg vor. Wegen Beleidigung und Störung der Totenruhe. Sie wissen schon, Paragraph 168, ich zitiere: ›Wer unbefugt den Körper oder Teile eines verstorbenen Menschen wegnimmt, oder wer damit Unfug verübt, wird mit Freiheitsstrafe bis zu drei Jahren oder mit Geldstrafe bestraft‹«.

»Schön, dass Sie auf der Uni aufgepasst haben. Aber das müssen Sie mir nicht unter die Nase reiben. Kommen Sie auf den Punkt. Waren es Neonazis oder Geisteskranke?«

»Sie müssen in eine ganz andere Richtung denken, Sie werden überrascht sein.«

»Raus damit, wer von denen, die wir kennen, ist als Täter verdächtig? Gibt es Beweise?«

»Es gibt sogar einen unumstößlichen Beweis. Wollen Sie ihn sehen?«

»Haben Sie ihn hier?«

»Auf meinem Smartphone. Ein Foto. Wollen Sie es sehen?« Mirwald grinste. »Oder sind solche Geräte für Sie nur Teufelszeug?«

»Treiben Sie's nicht zu bunt. Und mit dem Teufel spaßt man schon gar nicht. Aber ich habe vergessen, Ihr Glaube ist unterentwickelt. Also, her mit dem Foto.«

Mirwald tippte auf seinem Handy und hielt es Dix vor die Nase. Der starrte darauf und kippte auf seinen Stuhl zurück.

»Das ist ja ein Ding, bei allen Heiligen! Eine Pose wie im Theater. Wie heißt noch gleich dieses Stück?«

»Hamlet, von Shakespeare, ein Engländer, schon lange tot.«

»Ich weiß, wer Shakespeare ist. Werden Sie jetzt bloß nicht überheblich, ein wenig hab ich in der Schule auch aufgepasst.« Er sah sich das Foto nochmals an. Unverkennbar Hochwürden Baltasar Senner, in einer Grube stehend und einen Schädel hochhaltend.

»Das Ehepaar macht gerade in der Gegend Urlaub und ist zufällig an einem Feld vorbeigekommen. Da haben sie unseren lieben Pfarrer in dieser wirklich theatralischen Pose angetroffen. Angeblich wurde der Geistliche gegenüber den Touristen ausfällig. Deshalb auch die Anzeige wegen Beleidigung.«

»Hochwürden Senner, sieh an, sieh an.« Dix pfiff durch die Zähne. »Was der so alles treibt, kaum zu glauben.« Er dachte an den früheren Fall, bei dem sie mit dem Geistlichen zu tun hatten. Eine Reihe ungeklärter Todesfälle, ein mysteriöses Geständnis im Beichtstuhl. Eine Zeitlang hatten sie Senner in Verdacht gehabt, dahinter zu stecken.

»Ich habe damals schon gewusst, der Mann ist nicht ganz koscher.« Mirwalds Worte badeten in Genugtuung. »Sie haben mir damals nicht geglaubt.«

»Sie vergessen die Fakten. Es hat sich später alles aufgeklärt.«

»Ich weiß, ich weiß. Trotzdem: Ganz geheuer ist mir der Mann nicht. Und er hat uns aussehen lassen wie blutige Anfänger.«

Dix nickte. »Da ist was dran.«

»Mich würde es schon jucken, es diesem Menschen heimzuzahlen. Verdient hätte er es.«

»Langsam, mein Guter. Sie werden sich doch nicht von persönlichen Gefühlen leiten lassen? Haben Sie denn in Ihrer Ausbildung gar nichts gelernt? Herr Senner ist ganz in Ordnung, glaube ich, soweit ich das beurteilen kann. Aber er hat bestimmt auch eine dunkle Seite, von der niemand was weiß.«

»Schade, dass der Fall nicht in unsere Zuständigkeit fällt. Bei diesen Beweisen wäre es leicht, ihn ...«

»Was heißt hier Zuständigkeit? Wenn ich es richtig verstehe, hat man uns um Amtshilfe gebeten, oder nicht? Wie könnten wir einen Kollegen im Stich lassen? Wo wir doch den mutmaßlichen Täter ganz gut kennen, oder?«

»Amtshilfe, genau, das ist es. Ein informelles Gespräch, noch keine offiziellen Ermittlungen, das klingt perfekt.«

»Und wir kommen endlich aus dieser Bude raus. Das

Wetter ist viel zu schön. Wer weiß, wie lange es noch so bleibt. Das müssen wir ausnutzen.«

8

An der Fundstelle bei den Totenbrettern hatte sich augenscheinlich nichts verändert. Baltasar hatte auf dem Weg zur Familie Fink dieselbe Route genommen wie mit Sebastian, nun hielt er kurz an und betrachtete das Feld. Der Bereich, den er ausgegraben hatte, war gut zu erkennen. Es blieb rätselhaft, warum die Tote nicht direkt bei den Gedenktafeln bestattet worden war. Andererseits passten die Inschriften nicht zum Alter der Verstorbenen. Baltasar radelte weiter.

Nach einer Biegung sah er den Bauernhof vor sich, ein Feldweg bog rechtwinklig von der Straße ab und führte direkt zu dem Haus. Es war ein rechteckiger Bau, ein wuchtiger Kasten aus Ziegelstein, die Fassade rau und abweisend, die Fenster wie Schießscharten. Die Maschinenhallen und Ställe mussten dahinter liegen, das Muhen der Kühe war zu hören. Vor dem Haus parkte ein Kombi älteren Baujahrs.

Eine Klingel war nirgends zu entdecken. In einer Nische über der Eingangstür stand eine Marienstatue, davor eine Vase mit Blumen. Baltasar klopfte. Nichts rührte sich. Er klopfte fester. Keine Reaktion. »Hallo, ist hier jemand?« Seine Worte verhallten. Er lugte durch das Fenster neben dem Eingang, konnte aber im Halbdunkel der Küche kaum etwas erkennen.

»Hallo!«

Er wartete eine Weile, dann umrundete er das Haus. Der Boden des Hinterhofs bestand aus gestampfter Erde und

Gras, am Rand war eine Parzelle als Gemüsebeet abgeteilt. Parallel zum Hauptgebäude verlief eine Halle, links stand ein Tor offen und gab den Blick frei auf einen Traktor und einen Mähdrescher. Rechts war eine Holztür, die zum Stall führen musste. Baltasar klopfte. Als keine Reaktion kam außer einem Muhen, trat er ein. Ein Mittelgang teilte die Halle exakt in zwei Hälften, Holzverschläge links und rechts beherbergten das Vieh. Die verdreckten Fenster ließen kaum Licht herein, einzig die Deckenleuchten sorgten für Helligkeit. Direkt neben dem Eingang stand ein Bidet, wie es in manchen Badezimmern zur Intimwäsche üblich war. Baltasar war irritiert, unwillkürlich hielt er Ausschau nach einer Toilettenschüssel, aber nur das Bidet war da und passte zu diesem Ort genauso wenig wie ein Liegestuhl.

»Hallo?«

Ein Rattern übertönte den Ruf, es klang wie ein Kompressor. Niemand war zu sehen. Baltasar schritt den Gang entlang. Die Kühe hatten die Köpfe durch die Gitterstangen gesteckt und kauten das Stroh, das vor ihnen in einer Mulde lag. Träge und gleichgültig sahen sie auf, als Baltasar an ihnen vorbeiging. Es roch nach Jauche und Vergorenem. In der letzten Box machte er eine Bewegung aus. Beim Näherkommen sah er jemanden am Boden knien und mit Geräten hantieren, ein Mann in Arbeitshosen und Gummistiefeln. Es war Sebastians Vater.

»Hallo, Herr Fink.«

Der Angesprochene fuhr hoch, und es dauerte eine Sekunde, bis er den Besucher erkannt hatte. Er schaltete die Melkmaschine ab. Sofort kehrte Ruhe ein. »Ach, Sie sind's, Hochwürden. Ich hatte niemanden erwartet. Was treibt Sie denn zu uns?«

Der Hausherr machte keine Anstalten aufzustehen und den Verschlag zu verlassen. Er war von massigem Körperbau, seine Hände vernarbt. Seine Miene spiegelte Verdruss wider. Baltasar wusste nicht, wie er das Gespräch beginnen sollte, er hatte schließlich dem Jungen versprochen, ihn nicht zu verraten.

»Ich hatte vorn im Haus geklopft, aber niemand hat aufgemacht. Da ich das Auto gesehen habe, dachte ich, ich schau hier nach. Störe ich bei der Arbeit? Ich kann gerne auch ein anderes Mal wiederkommen.«

»Hab eigentlich zu tun. Was gibt es denn so Wichtiges? Hat der Sebastian wieder was ausgefressen?«

»Nein, nein, im Gegenteil. Er ist ein fleißiger Ministrant. Ich wollte mit Ihnen nur besprechen, ob es in Ordnung geht, wenn der Junge nächste Woche bei der Abendmesse aushilft. Ich habe momentan einen Engpass bei meinen Helfern.«

»Wenn's nicht zu spät wird, meinetwegen. Aber fragen Sie den Sebastian am besten selbst.«

»Wann kommt er nach Hause?«

»Die Kinder heutzutage haben ihren eigenen Kopf, wer weiß, was er gerade wieder treibt. Ich hab ihm schon hundertmal gesagt, er soll pünktlich sein, Sebastian, hör auf mich, hab ich gesagt, aber er hört nicht. Manchmal helfen nur noch ein paar ordentliche Watschn.«

»Keine gute Idee, Kinder zu schlagen.«

»Sie haben keine Kinder, da können's nicht mitreden, Hochwürden, wenn ich das sagen darf. Die Jugendlichen heute sind ganz anders, als Sie sich das vorstellen können. Durch des ganze Fernsehen und die greislige Musik und des ganze Internet-Zeugs sind die Buam ganz verdreht, richtig damisch manchmal. Und was man in der Zeitung liest von den Jugendlichen, gerade in der Großstadt, da muss man froh sein und dem Herrgott danken, dass man aufm Land lebt und nicht in so Grattler-Stadtteilen, wo man am besten mit dem Gewehr spazieren geht. Sie brauchen ja nur die Nachrichten verfolgen, da wird's einem übel.« Alfons Fink hatte sich in Rage geredet, sein Gesicht glühte. »Die Kinder wissen doch gar nicht mehr, was richtig und falsch ist, da braucht's jemanden, der sie an den Ohren zieht und ihnen zeigt, wo der Bartl den Most holt. Auch einen Obstbaum muss man kräftig stutzen, dafür wächst er später umso besser. Lieber in jungen Jahren hart durchgreifen als sich später Vorwürfe machen.«

»Die jungen Leute sind vollkommen in Ordnung, da machen Sie sich mal keine Sorgen. Und der Sebastian ist ein netter Junge. Schläge helfen bei der Erziehung überhaupt nicht. Das war vorgestern falsch, das ist heute falsch und wird morgen nicht richtig werden.«

»Sie und Ihre Theorien. Neumodisches Zeugs. Bleiben's lieber bei der Bibel. Was Hunderte von Jahren richtig war, kann jetzt nicht falsch sein. Eine Tracht Prügel hat noch niemandem geschadet. Mein Vater hat mich immer mit dem Gürtel geschlagen, und sehen's, was aus mir geworden ist.«

Baltasar wollte eine bissige Antwort geben, aber er beherrschte sich. Dieser Mann war zu verbohrt, um vernünftige Argumente anzunehmen.

»Halten Sie auch noch andere Tiere?«

Der Bauer lehnte sich an das Gitter. »Hier hab ich zwei Dutzend Rinder, mit der Erna dort drüben hab ich vor einem Jahr auf der Landwirtschaftsausstellung einen Preis gewonnen. Außerdem ein paar Hühner und meine Schweinezucht. Der Stall schließt direkt an.« Alfons Fink deutete auf eine Tür in der Ecke.

»Schau ich mir gern an.« Angesichts des Gestanks entsprach das zwar nicht ganz der Wahrheit, Baltasar wollte aber die Unterhaltung am Laufen halten.

Die Halle der Schweine war etwa gleich groß wie der Kuhstall. Der Raum war in knapp vier mal vier Meter große Quadrate unterteilt, eine Holzbrüstung trennte die Einheiten mit jeweils vier bis sechs Tieren voneinander ab. Beim Eintreten ertönte wie zur Begrüßung ein vielstimmiges Grunzen. Die Schweine reckten die Hälse, Rüssel streckten sich ihnen entgegen und beschnupperten die Neuankömmlinge. Der Geruch war noch strenger als bei den Kühen.

»Man denkt, das sind schmutzige Viecher, die sich im Dreck wälzen und stinken, aber das stimmt nicht.« Der Bauer kraulte eine Sau hinter den Ohren. »Schweine sind reinliche Tiere. Und klug.« Er tätschelte die Sau, sie antwortete mit einem Grunzen. »Ihr Intelligenzquotient soll fast so hoch wie beim Menschen sein, vielleicht sogar höher als bei manchen, die ich kenne.« Er lachte. »Und ihr Geruchssinn. Wenn ich mit dem Futter komme, merken's die Viecher bereits, wenn ich noch vor der Tür stehe.«

»Wie viele Felder bewirtschaften Sie?«

»Mir gehören schon einige Hektar. Das reicht teilweise bis zum Ortsrand. Einiges hat mein Vater schon bewirtschaftet, einiges hab ich dazugekauft und einiges gepachtet. Zum Leben reicht's. Das meiste baue ich an für Viehfutter.«

»Wie ich hergeradelt bin, kam ich an einem Feld mit Totenbrettern vorbei. Gehört das auch zu Ihrer Landwirtschaft?«

»Die direkt am Feldweg meinen Sie? Ja, die gehören zu meinem Besitz. Genauer gesagt, die hab ich gepachtet.«

»Schon seit längerer Zeit?«

»Na, etwa zwanzig Jahre, wenn ich mich recht erinnere. Ich erhielt damals das Angebot, die Felder zu übernehmen. Da hab ich zugegriffen.«

»Das mit den Totenbrettern finde ich einen ungewöhnlichen Brauch. Warum stehen die gerade da?«

»Keine Ahnung. Ich hab sie mit übernommen und einfach stehen lassen, wo sie waren. Schließlich möchte ich mich nicht an den Toten versündigen, bei der Jungfrau Maria.« Er bekreuzigte sich.

»Kannten Sie die Personen, die da vermerkt sind? Ich konnte nicht die ganze Schrift entziffern.«

»Wer weiß. Ist auch egal, die sind alle längst tot.« Wieder bekreuzigte er sich.

»Ist denn das wirklich eine Begräbnisstätte, direkt in einem Feld? Ich arbeite nicht lange genug in der Gemeinde, deshalb kenne ich nicht alle örtlichen Gepflogenheiten.«

»Sie sind ein Zugereister, das weiß jeder. Keiner von uns. Sie meinen, ob da drunten in der Erde wirklich ein Sarg liegt? Bei Gott, das will ich gar nicht wissen. Wie Sie vielleicht gesehen haben, ist der Bereich um die Totenbretter unbewirtschaftet. Kommen Sie, gehen wir zurück.«

Sie gingen schweigend in den Kuhstall. »Einen Moment.« Alfons Fink räumte die Melkmaschine beiseite, einen Edelstahlbehälter mit vier Schläuchen und Saugöffnung. »Ist bald Zeit fürs Futter. Ich bringe Sie hinaus.«

Baltasar blieb im Mittelgang stehen. »Noch mal zu den Grabmalen auf dem Feld. Sie müssen doch Informationen darüber haben, ob in Ihrer Erde jemand bestattet ist. Ich könnte mir schon vorstellen, dass die Stelle als Friedhof benutzt wurde.«

»Können Sie sich vorstellen oder wissen Sie mehr?« Die Worte des Landwirts hatten einen lauernden Unterton.

»Wie meinen Sie das?«

»Nun tun Sie nicht so, Hochwürden. Halten Sie mich nicht für damisch, nur weil ich ein einfacher Bauer bin. Ich hab Sie gesehen, wie ich mit meinem Bulldog vorbeigefahren bin.«

»Wo gesehen?« Baltasar ahnte Schlimmes.

»Als ob Sie das nicht wüssten. Wie Sie das halbe Feld umgegraben haben und sich in die Grube gelegt haben. Wollten Sie sich vor mir verstecken, oder haben Sie nur eine Liegeprobe gemacht?« Fink verzog das Gesicht zu einem schiefen Grinsen.

»Ich habe mich einfach für die Hintergründe der Totenbretter interessiert und war neugierig, ob dort wirklich jemand bestattet wurde oder nicht.« Baltasar spürte, wie er rot wurde.

»Schon gut, Sie müssen mir nichts erklären, Hochwürden. Recht seltsam ist es schon, was Sie da so treiben.«

»Ich habe ein Skelett entdeckt. Können Sie mir dazu Näheres sagen? Um wen handelt es sich?«

Alfons Fink baute sich vor ihm auf. »Ich sag Ihnen was, Hochwürden, hören Sie genau zu: Lassen Sie die Toten ruhen. Das ist ein Frevel, das gehört sich nicht. Sie können es nicht wissen, Sie sind nicht von hier, aber ich sage Ihnen bei Gott, stören Sie die Totenruhe nicht, das ist eine Sünde. Was vorbei ist, ist vorbei. Ich will nicht, dass Sie dort nochmal herumwühlen. Kümmern Sie sich um Ihren eigenen Kram! Gehen wir, ich muss jetzt arbeiten.« Alfons

Fink geleitete ihn hinaus. Vor dem Bidet machte er Halt, stellte seinen Fuß hinein und drückte die Spülung. »Für Gummistiefel ideal«, sagte er.

9

Die Kerzen waren fast niedergebrannt. Er löschte die Dochte, entfernte die Stummel und setzte neue Kerzen ein. Die Luft war erfüllt vom Duft des heißen Wachses, ein Geruch, der ihn an Weihnachten erinnerte. Baltasar staubte das Altarbild und den Tabernakel ab, wedelte über die Mutter Gottes und die anderen Heiligenfiguren. Er überlegte, ob er das Altartuch zum Waschen bringen sollte, verschob es aber auf nächste Woche. Die Rosen in der Bodenvase arrangierte er neu, entfernte die verwelkten Blütenköpfe und goss Wasser nach. Es war Routinearbeit, und doch nahm Baltasar sie genauso ernst wie die heilige Messe. Schließlich war es seine Kirche, ein Ort zum Verweilen und Nachdenken, eine Einladung an alle zum Besuch und zum Gebet.

Das Geräusch der Eingangstür ließ ihn aus seinen Gedanken hochschrecken. Zwei Männer waren eingetreten, der eine tauchte den Finger ins Weihwasser und machte das Kreuzzeichen. Sie kamen näher. Baltasar glaubte, sie zu kennen, und aus Glaube wurde Gewissheit, als die beiden vor ihm standen. Sofort sank seine Laune: Kommissar Dix und sein vorlauter Assistent, Doktor Mirwald.

»Gott zum Gruße, Hochwürden. Sie erinnern sich noch an uns?« Der Kommissar reichte ihm die Hand. »Wolfram Dix und mein Kollege Mirwald.« Während Baltasar nickte, setzte Mirwald ein falsches Lächeln auf.

»Ich hätte nicht gedacht, Sie wieder hier zu sehen, und ich bin mir, ehrlich gesagt, nicht sicher, ob ich mich über Ihren Besuch freuen sollte. Wenn die Polizei ins Haus kommt, bedeutet das meist nichts Gutes. Was treibt Sie in die Kirche, meine Herren, wollen Sie beichten?«

Mirwald lachte gackernd auf. »Sie sind gut, Herr Senner, nie um einen Spruch verlegen, ja, ja, so habe ich Sie in Erinnerung. Wir, gerade wir, sollen also beichten? Da fielen mir ganz andere Personen ein.«

»Wollen Sie damit sagen, Sie haben noch nie gesündigt? Nie gelogen, nie was für sich behalten, was jemand anderem gehört? Sie müssen ein Heiliger sein, ich werde sofort eine Kerze für Sie stiften.«

»Was hat das mit der Beichte zu tun, wollen Sie mir ein schlechtes Gewissen einreden?«

»Nun, wenn Sie gläubig sind, hilft die Beichte dem eigenen Wohlbefinden, eine Vorschau auf die endgültige Erlösung des Menschen vom irdischen Dasein. Wenn Sie so wollen, ist es der Trailer für einen klasse Spielfilm, einen Blockbuster, mit dem lieben Gott in der Hauptrolle.«

»Ich muss mich vor niemandem rechtfertigen, wie ich privat mit meinem Glauben umgehe.«

»Hauptsache, Sie glauben an etwas.«

»Mein Kollege ist nicht in dieser Region aufgewachsen, wie Sie vermutlich an seiner Aussprache hören, Hochwürden.« Dix zwinkerte seinem Begleiter zu. »Wo er herkommt, ist das Thema Kirche nicht so bestimmend. Immerhin haben wir etwas gemeinsam – wir haben hauptberuflich mit lebenden Sündern und gleichzeitig mit Toten zu tun. Bei Ihnen ist es die christliche Seele, die Sie ins Paradies geleiten, bei uns sind es die Opfer und die Täter.

Wir alle kümmern uns um das Wohl der Menschen. Und was ist ein Geständnis anderes als eine Beichte?«

»Nur dass der Täter bei uns nicht so leicht davonkommt wie bei Ihnen«, ergänzte Mirwald. »Bei uns wandert er ins Gefängnis, bei Ihnen muss er lediglich ein paar Vaterunser oder Ave-Maria aufsagen.«

»Ist es nicht ein tröstlicher Gedanke, dass sich Menschen von einer Last befreien können, wenn sie wirklich bereuen?«

Dix deutete auf den Altar. »Ich habe mich schon immer gefragt, wie der Blick von dieser Perspektive aus ist. In meiner Jugend war ich nämlich Ministrant, wie Sie wissen.« Er fuhr mit der Hand über den Altartisch. »Das muss ähnlich sein wie beim Sänger in der Oper. Als Publikum erlebt man nur den untergeordneten Blickwinkel, aber der Tenor auf der Bühne sieht alles. Darf ich?«

Dix ging um den Altar herum und nahm die Pose eines Geistlichen ein. Sein Assistent schaute betreten drein, er schien sich für seinen Vorgesetzten zu schämen. Dix störte das nicht im Geringsten, er hob theatralisch die Hände und tat so, als wolle er ein Gebet anstimmen.

»Ihnen fehlt das Publikum.« Baltasar machte eine Geste zu den leeren Bänken.

»Seltsam, hier zu stehen.« Dix ließ die Hände sinken. »Viele Menschen würden den kleinen Finger dafür geben, um einmal im Leben im Rampenlicht zu stehen. Wie fühlt man sich dabei, wenn die Kirche voll ist? Wie ein Rockstar für Arme?«

»Geben Sie mir eine E-Gitarre, und ich spiele was für Sie, vielleicht *Keep the Faith* von Bon Jovi.«

»Sie können Gitarre spielen?«

»Ein wenig. Ist lange her.« Baltasar dachte an seine wilden Jahre, die Feiern, die Mädchen ... Es war wirklich lange her.

»Bon Jovi – das will doch keiner mehr hören, das ist so was von out.« Mirwald verzog das Gesicht.

»Welche Musik bevorzugen Sie denn?«

»Egal, was Aktuelles, jedenfalls nicht diesen Grufti-Sound.«

»Soll ich Ihnen lieber die neue CD der Kastelruther Spatzen besorgen? Vielleicht liegt das mehr auf Ihrer Wellenlänge.«

»Bitte kein Streit.« Dix stellte sich zwischen die beiden. »Wir sind hier in einer Kirche. Unsere Diskussion können wir später fortsetzen. Eigentlich hat unser Besuch einen anderen Grund, Herr Senner.«

»Das habe ich mir fast gedacht.«

Dix berichtete von der Anzeige des Touristen-Ehepaars. »Einen Beweis haben wir auch.« Er überreichte Baltasar einen Ausdruck des Handy-Fotos. »Ganz gut getroffen, finden Sie nicht?«

Baltasar betrachtete das Bild und gab es wortlos zurück.

»Unsere Kollegen hatten wenig Mühe, die Person auf dem Bild zu identifizieren, wie Sie sich denken können. Sie haben uns um Mithilfe bei den Ermittlungen gebeten. Hier sind wir nun.«

»Und?«

»Jetzt tun Sie nicht so beschränkt.« Mirwalds Worte waren scharf wie Chili. »Das ist eine Straftat, falls Ihnen das nicht klar ist.«

»Eine angebliche Beleidigung?«

»Sich an Leichen zu vergehen. Dafür können Sie drei

Jahre in den Knast wandern. Na, wie gefällt Ihnen diese Vorstellung?«

»Was werfen Sie mir konkret vor? Dass ich ein Skelett gefunden habe? Verhaften Sie auch Archäologen, wenn die einen Knochen ausgraben?«

»Das lässt sich nicht miteinander vergleichen.« Dix untersuchte den Kerzenständer neben dem Altar. »Hübsche Arbeit, sehr alt.« Er wandte sich wieder Baltasar zu. »Das mit der Beleidigung kümmert uns nicht. Sie geben also zu, einen Schädel ausgegraben zu haben?«

»Ich bin bei meinen Grabungen zufällig auf die Tote gestoßen, und dann kamen diese Touristen vorbei.«

»Woher wollen Sie wissen, dass es eine Frau ist?« Mirwald runzelte die Augenbrauen.

»Geraten.« Baltasar zog es vor, seine Recherchen im Krankenhaus für sich zu behalten.

»Hochwürden, es ist schon sehr ungewöhnlich, dass ein Pfarrer irgendwo in der Wildnis in einem Feld herumbuddelt. Was hat Sie denn da geritten?«

Mirwald verschränkte die Arme. »Gibt es eine Seite an Ihnen, die wir noch nicht kennen? Einen Abgrund Ihrer Seele?«

»Ich glaube, Sie schauen zu viele Gruselfilme. Sie wissen schon, wenn Menschen nachts auf den Friedhof schleichen und Leichenteile aus Gräbern stehlen, wie in den Schwarzweißfilmen mit Boris Karloff. Mit Ihnen geht die Fantasie durch. Ich war einfach neugierig, ob die Totenbretter dort wirklich ein Grab markieren.« Baltasar sah vorerst keinen Grund, Sebastian in die Sache mit hineinzuziehen.

»Reichlich dünn, was Sie uns da auftischen.«

»Dicker geht's nicht, so leid es mir tut, Herr Doktor. Außerdem: An dem Skelett war etwas merkwürdig.«

»Merkwürdig? Könnten Sie ein wenig präziser werden, wenn es gefällt, Herr Pfarrer?«

»Ich kann es nicht genau beschreiben, ich bin kein Experte, aber alles wirkte auf mich seltsam: die Lage des Grabes, der Zustand der Knochen, das Fehlen typischer Dinge, die zu einer Beerdigung gehören.«

»Genauer bitte.«

»Beispielsweise gibt es keinen Sarg, zumindest habe ich keinen gefunden. Keine Kleidungsreste – nichts.«

»Das ist seltsam«, sagte Dix. »Aber wahrscheinlich gibt es dafür eine einfache Erklärung.«

»Oder es steckt tatsächlich mehr dahinter.«

»Ein Verbrechen, meinen Sie? Jetzt geht die Fantasie aber mit Ihnen durch. Sie schauen sich zu viele amerikanische Krimiserien an, Sie wissen schon, die, wo anhand einzelner Knochenteile ein Mord rekonstruiert wird. Das gibt es nur im Fernsehen, glauben Sie mir.«

»Glauben heißt nicht wissen.«

Daraufhin herrschte eine Weile Schweigen. »Ich habe eine Idee«, sagte Dix plötzlich in die Stille hinein. »Machen wir doch einfach eine Tatortbegehung. Herr Senner, haben Sie Ihre Schaufel griffbereit? Sie können bei uns mitfahren.«

Die Stelle in dem Feld war nur schwer auszumachen. Hatte jemand den Boden eingeebnet? Baltasar versuchte sich zu erinnern, wo genau der Totenkopf gelegen hatte. »Probieren wir es hier.«

»Und wer schaufelt?« Mirwald sah die anderen fragend an.

»Sie natürlich, Mirwald, das gehört zur Ermittlerarbeit

dazu. Ich bin zu alt für solche Scherze und hab's außerdem mit dem Kreuz«, sagte Dix. »Sonst schmiert mir meine Frau heute Abend den Rücken mit Franzbranntwein ein. Ich kann das Zeug nicht ausstehen, allein schon der Geruch. Und passen Sie ja auf, dass Sie keine Beweismittel zerstören.«

Dreißig Minuten später stieß Mirwald auf etwas Hartes. »Wir sind fündig geworden.« Er zog sich Gummihandschuhe über und legte den Knochen frei. »Das ist ein Fuß.« Es dauerte eine weitere halbe Stunde, bis er das komplette Skelett oberflächlich freigelegt hatte. Der Schädel lag etwas abseits.

»Wäre natürlich besser gewesen, Sie hätten den Totenkopf an der ursprünglichen Fundstelle gelassen, Herr Pfarrer.« Dix kniete sich nieder. »Was sehen Sie, Mirwald?«

»Stoffreste fehlen tatsächlich, ebenso Teile eines Sarges. Wobei alles bereits verrottet sein kann, wer weiß, wie lange der oder die Tote da bereits liegt. Für mich ist es ein Frauenskelett.«

»Da stimme ich Ihnen zu. Irgendwelche Spuren, die auf einen gewaltsamen Tod hindeuten?«

»Nichts außer der Tatsache, dass der Kopf vom Rumpf getrennt ist. Aber das kann auch beim Ausgraben passiert sein.«

Ein Traktor fuhr vorbei, bremste. Am Steuer saß Alfons Fink. Baltasar winkte ihm zu. Der Landwirt tat so, als habe er ihn nicht gesehen, und beschleunigte wieder.

»Ein Freund von Ihnen?«

»Der Bauer, der das Feld gepachtet hat.«

Dix holte einen Kugelschreiber aus der Tasche und reinigte damit den Bereich der Halswirbelsäule. »Gucken wir mal, was uns die alten Gebeine erzählen. Mirwald, Ihr Urteil?«

»Dazu müssten wir das Skelett im Labor haben. Aber das lohnt wohl kaum den Aufwand. Ich sehe noch keinen Hinweis auf ein Verbrechen.«

»Aber da, sehen Sie.« Dix deutete auf eine Stelle. »Bei diesem Halswirbel gibt es seltsame Kerben. Muss nichts zu bedeuten haben. Ich will nur sichergehen. Ich glaube, das ist ein Fall für unsere Spezialisten.«

10

Der Feldweg vor den Totenbrettern war von Polizeiwagen blockiert. Im Ort hatte sich das ungewöhnliche Ereignis in Windeseile herumgesprochen. Schaulustige hatten sich bereits in der Nähe versammelt, nur durch ein Absperrband vom Ort des Geschehens getrennt. Die Menschen reckten die Hälse, zückten Kameras und versorgten sich gegenseitig mit Theorien, um was es hier eigentlich ging und wer dahintersteckte und warum es nur so und nicht anders sein konnte. Es versprach ein großes Spektakel zu werden, wie man es sonst nur aus dem Fernsehen kannte, mit wichtig dreinschauenden Herren, mit Männern in weißen Schutzanzügen und Uniformierten, die versuchten, die Zaungäste auf Distanz zu halten. Für besonderen Diskussionsstoff sorgte die Tatsache, dass der Herr Pfarrer mit dabei war – als Verdächtiger? Als Zeuge? Oder sollte er dem Vorgang seinen kirchlichen Segen geben, die göttliche Legitimation gewissermaßen für das frevelhafte Treiben an einer Gedenkstätte für Verstorbene?

»Wir müssen die Menschen weiter zurückdrängen«, sagte Mirwald, »das stört die Kollegen bei der Arbeit.« Er klang genervt. »Das ist ja wie im Bauerntheater.«

»Nun seien Sie nicht so respektlos gegenüber den Einheimischen.« Dix klopfte ihm auf die Schulter. »Ist doch klar, dass das die Leute interessiert. Ein Teil unserer Arbeit findet eben in der Öffentlichkeit statt. Und Bauerntheater kann übrigens ganz lustig sein. Aber gut, damit Sie zufrieden sind, regeln wir das.« Er gab den Beamten Anweisungen, die daraufhin anfingen, die Schaulustigen auf andere Plätze zu scheuchen, was Murren und Kommentare über die »Willkür der Polizei« zur Folge hatte.

Das Team der Forensiker hatte das Skelett fast freigelegt. Mit einem Pinsel befreiten sie die Knochen von Schmutz. »Ich glaube nicht, dass wir da noch brauchbare Spuren finden«, sagte einer, »ist bereit zum Abtransport.« Ein Fotograf machte Aufnahmen. Der Totenschädel war bereits geborgen. Zwei Männer hoben das Skelett an und legten es in einen Zinksarg. Ihre Kollegen begannen, die Erde zu sieben. »Wie tief sollen wir gehen?« Die Frage richtete sich an Dix.

»Einen Meter«, antwortete er.

Mirwald zog ihn beiseite. »Herr Dix, jetzt mal ganz unter uns, ist das nicht ein wenig übertrieben? Das sieht doch jeder, dass diese Knochen schon seit Ewigkeiten unter der Erde liegen. Überlassen wir den Rest den Kollegen im Labor.«

»Sind Sie Hellseher, Mirwald? Sollen wir schlampiger arbeiten, nur weil der Todesfall länger her ist?«

»Sie wissen genau, was ich meine. Die ganze Aktion ist total überdreht.« Mirwald blickte zu Baltasar und senkte seine Stimme. »Nur weil ein Priester von dem Verdacht besessen ist, da könnte was Schlimmes passiert sein. Reine Spekulation. Genauso gut könnten wir auf den Friedhof marschieren, irgendein Grab öffnen und den gefundenen Leichnam untersuchen, das ist doch lächerlich. Der Pfarrer will uns nur wieder aufs Glatteis führen, weil er die Hosen voll hat, wegen seiner Tat eine Strafe aufgebrummt zu bekommen.«

»Wir sind verpflichtet, solchen Fragen nachzugehen, Mirwald. Ich halte die Vermutung ebenfalls für ziemlich abstrus. Sehen Sie das Ganze doch mal anders: Wenn am Ende nichts rauskommt, haben nicht wir die Probleme am Hals, sondern Herr Senner. Außerdem ist es für die Kollegen eine gute Übung, wir hatten schon länger keinen solchen Fall mehr. Nicht zu vergessen das Wetter.« Dix blinzelte gegen die Sonne. »Genießen Sie die vielleicht letzten warmen Tage des Jahres und atmen Sie tief durch – so riecht die echte Landluft.«

Lärmen und Rufen ließ sie auffahren. Ein Mann versuchte, sich zwischen die Beamten zu drängen und zur Grabstelle vorzudringen. Einen Polizisten hatte er schon beiseitegeschoben, ein anderer hielt seinen Arm umklammert, aber es sah nicht so aus, als ließe sich der Mann mit der massigen Figur davon beeindrucken. »Wo ist hier der Chef?«, rief Alfons Fink. »Des is a Schweinerei, was hier passiert, a Sauerei, jawohl! Ich will sofort den Chef sprechen.«

»Das ist der Bauer von dem Feld«, sagte Baltasar. Dix machte ein Zeichen, den Mann durchzulassen, die Polizisten blieben sprungbereit. Fink kam heran und tippte Dix auf die Brust. »Sie sind also dafür verantwortlich.« Er schnaufte wie ein Walross. »Sie ... Sie ...«

»Wenn Sie wissen wollen, wer die Untersuchungen leitet, sind Sie in der Tat bei mir richtig.« Der Kommissar ließ sich durch den Auftritt nicht beeindrucken. »Was kann ich für Sie tun?«

»Schämen Sie sich nicht, einfach Gräber aufzubrechen? Das tut man nicht, Sie Dreckhammel, Sie gottloser. Die Toten soll man ruhen lassen.« Er packte Dix am Kragen und schüttelte ihn.

»Finger weg, sonst setzt's was.« Mirwald zog den Landwirt weg. »Machen Sie nichts, was Sie später bereuen.«

»Sie haben mir gar nix zu sagen, Sie dahergelaufener Rotzlöffel. So was wie Sie hamma früher ausg'schissn und im Misthaufen entsorgt. Sie Kniebisla.« Finks Stimme überschlug sich. »Noch ein Wort, dann ...«

»Schluss jetzt, Herr Fink, reißen Sie sich zusammen.« Baltasar war hinzugetreten. »Zeigen Sie wenigstens den Respekt, den Sie von anderen verlangen.«

Der Bauer ließ die Arme sinken. »Dieser Mann«, er deutete auf Dix, »dieser Mann hat gesündigt. Soll das ungestraft bleiben?«

»Der Kommissar tut nur seine Pflicht. Dazu ist er da.«

»A Schand is des, nix anderes. Für so was kommt man in die Hölle, nix anderes. Habt's denn nix Besseres zu tun? Da laufen noch genug Gangster frei herum.«

»Gehört Ihnen das Grundstück, Herr Fink?« Mirwald blieb äußerlich gelassen.

»Mit Ihnen red i net, Sie Lalli. Und wenn Sie sich auf den Kopf stellen, Sie norddeutscher Waldaff.«

»Wenn ich Auskunft geben darf: Herr Fink hat das Feld gepachtet«, sagte Baltasar.

»Wir brauchen sicher noch Informationen von Ihnen,

Herr Fink. Deshalb werden wir bald mit Ihnen plaudern, ob Ihnen das passt oder nicht.« Mirwald hielt ihm seine Visitenkarte hin. »Oder Sie kommen zu uns nach Passau. Rufen Sie einfach an und teilen Sie uns mit, welcher Termin Ihnen genehm ist.«

Alfons Fink nahm die Karte, besah sie kurz und ließ sie dann fallen. Dann drehte er sich um und verschwand.

»Lassen Sie ihn gehen«, sagte Dix. »Ein richtiges Original.«

»Wie man's nimmt.«

»Habe ich Ihnen nicht Abwechslung versprochen, Mirwald? So ist's auf dem Land.« Er betastete die Totenbretter. »So was sieht man nur noch selten. Richtige Holzkunst. So was kennen Sie nicht in Norddeutschland, Mirwald. Ob darunter auch jemand begraben ist?«

»Weiß nicht. Den Inschriften zufolge stehen die schon eine ganze Weile hier.« Mirwald machte sich Notizen. »Ob sie etwas mit den Überresten zu tun haben, die wir exhumiert haben?«

»Wohl eher nicht. Schließlich sind die Daten der Verstorbenen völlig unterschiedlich, soweit ich das entziffern kann. Und wenn jemand wirklich ein Verbrechen vertuschen und eine Leiche beseitigen wollte, würde er die Stelle mit so auffälligen Totenbrettern markieren?«

»Wollen Sie hier zur Sicherheit weitere Grabungen vornehmen lassen? Jetzt wäre die beste Gelegenheit dazu.«

»Sie haben den wildgewordenen Stier gerade selbst erlebt. Sonst landen wir tatsächlich noch in der Hölle, und sei es nur, weil seine Verwünschungen uns dorthin befördern. Nein, im Ernst, so weit geht unser Mandat nicht. Das hat nichts mit den Ermittlungen zu tun. Wir können einpacken.«

11

Die Rubine schimmerten im Licht. Baltasar betrachtete die einzelnen Steine mit der Lupe. Sie sahen echt aus, aber er war kein Experte. Die Halbedelsteine der Kette konnte er nicht eindeutig identifizieren, einige waren wohl Amethyste. Die Knoten der Verbindungselemente wiesen leichte Abweichungen auf, was auf Handarbeit schließen ließ. Insgesamt wirkte der Rosenkranz harmonisch, das Rot des Kreuzes dominierte die Farben der anderen Perlen. Wie alt mochte das Schmuckstück sein? Und warum lag es als einziges Schmuckstück bei der Toten? Hatte sie es ursprünglich getragen, oder war es nachträglich in das Grab gelegt worden? Warum? Als gewöhnliche Grabbeigabe war das Objekt zu kostbar. Baltasar brummte der Schädel. Die Fragen wurden immer zahlreicher, während die Antworten ausblieben.

Ihm war bewusst, dass er den Kommissaren die Existenz des Rosenkranzes verschwiegen hatte, aber er wollte nicht riskieren, dass Sebastian in die Sache hineingezogen würde und sein Vater am Ende dahinterkäme. Die Folgen mochte er sich nicht ausmalen, später würde sich schon alles wieder einrenken. Außerdem hatte er mit dem Schmuckstück noch etwas vor.

Im Küchenregal entdeckte er zwei neue Kochbücher, die Teresa angeschafft haben musste. Sie waren in Folie eingeschweißt. Baltasar wagte es nicht, die Verpackung aufzureißen und in den Bänden zu schmökern. Er bediente sich im Kühlschrank an einer Schüssel mit Kompott, die sich nach dem ersten Löffel als Grundlage für eine Soße herausstellte, wie Baltasar voller Optimismus annahm. Am Ende kaute er zwei Wiener Würstchen und kippte lauwarmen Orangensaft hinterher, was seine Laune nicht gerade hob.

Baltasar schob den Rosenkranz in die Tasche und ging zu seinem Freund Philipp Vallerot. Der wohnte in einem Haus auf einer Anhöhe abseits des Zentrums. Am Eingang zu seinem verwilderten Garten stand eine Steinfigur, die aussah wie ein Drache mit menschlichen Zügen.

»Meine Überwachungskamera hat dich schon gemeldet.« Vallerot stand in der Tür, noch bevor Baltasar die Klingel hatte drücken können. »Komm rein. Ich sehe mir gerade die restaurierte Fassung von Fritz Langs *Metropolis* an.«

»Von ihm gefällt mir *M – Eine Stadt sucht einen Mörder* besser. Da war die Schnitttechnik virtuoser, und die Übergänge sind genial – die Story sowieso.«

»*Metropolis* ist der Science-Fiction-Klassiker schlechthin, dagegen ist *Star Wars* Kinderkacke.«

»Darüber kann man unterschiedlicher Meinung sein. Einigen wir uns darauf, dass Lang ein hervorragender Regisseur war.« Baltasar setzte sich in einen der Wohnzimmersessel, die aussahen wie ein halbes Ei. »Immerhin scheint es dir gut zu gehen – wenn du schon am späten Vormittag vor der Glotze hockst.«

»Nenn mein Heimkino bitte nicht Glotze. Ich betreibe quasi wissenschaftliche Studien, um die Fahne des klassischen Schwarzweißfilms hochzuhalten. Ich weiß, wir beide sind da in der Minderheit. Aber ich vermute, du bist nicht gekommen, um mit mir eine weitere DVD zu genießen?«

»Ich brauche deine Expertise für ein besonderes Stück.« Baltasar legte den Rosenkranz auf den Tisch. »Kannst du dir das ansehen, mich würde interessieren, wie alt es ist und welchen Wert so was hat.«

»Willst du die Kette einer Frau schenken? Etwa deiner Victoria? Die würde sich über eine solche Geste der Zuneigung sicher freuen.« Vallerot betonte das Wort »Zuneigung«, als meine er in Wirklichkeit etwas anderes.

»Lass deine Anspielungen. Sag mir nur, was du davon hältst.«

Vallerot ging mit Baltasar in einen Nebenraum, der wie eine Mischung aus Labor und High-Tech-Studio anmutete. Mehrere Computer, Monitore und Analysegeräte, Schränke mit Fachbüchern, ein Arbeitsbereich in Edelstahl. »Gib her.« Er legte die Kette unter ein Mikroskop und stellte scharf. »Die Rubine haben einen sehr guten Schliff und nur wenige Einschlüsse. Die Amethysten und Rosenquarze sind von exzellenter Qualität, die Fassungen von Hand hergestellt.« Er machte einige Tests. »Alle Steine sind echt, keine Imitate. Schönes Stück.«

»Und der Wert?«

»Kommt auf Angebot und Nachfrage an. Man könnte Auktionsergebnisse von ähnlichen Objekten im Internet suchen. Aber das Ding ist sehr speziell, da wäre es besser, wenn du einen Fachmann fragst, gerade, wenn du was über Alter und Herkunft wissen willst. Denn wie ich vermute, hast du das Teil nicht gekauft.«

»Das gibt meine Gemeindekasse nicht her. Es ist ein Fundstück. Ich würde es gerne dem Eigentümer zurückgeben.«

»Ihr Katholiken seid solche Samariter. Nimm es als Spende für deine Kirche und steck es ein.«

»Das kann nur ein Mann ohne Religion und Werte sagen.«

»Werte habe ich schon, nur andere als dein oberster Dienstherr.«

»Ich bringe dich schon noch so weit, dass du in die Kirche gehst.«

»Verschon mich mit deinem Missionarsdrang. Ich steh nicht auf solche Partys, wo Leute dauernd knien, als müssten sie den Boden wischen, und Lieder aus dem Mittelalter singen.«

»Für dich würde ich sogar einen Song von Ten Years After spielen, versprochen.«

»Um mich zu Kreuze kriechen zu sehen, musst du dir schon wesentlich mehr einfallen lassen. Aber ich habe einen Tipp für dich: Fahr nach Passau, dort gibt es mehrere Trödlerläden, die dir vielleicht mit deinem Rosenkranz weiterhelfen können. Und als Beweis dafür, dass auch Atheisten über Nächstenliebe verfügen, leihe ich dir mein Auto.«

Baltasar suchte sich einen Parkplatz in der Tiefgarage am Römerplatz. Reisegruppen von den Ausflugsschiffen zwängten sich durch die Altstadtgassen und nahmen Kurs auf den Dom. Er ging zur Ostspitze, zu der Stelle, wo Donau, Inn und Ilz zusammenliefen, was Passau den Beinamen Drei-Flüsse-Stadt gab. Dabei wäre Bischofsstadt die passendere Bezeichnung gewesen, überall bezeugten Kirchen und andere Gebäude die Macht des Katholizismus zu Zeiten, als Wien noch ein Ableger des Bistums war und der Einfluss weit nach Ungarn reichte.

Die Aussichtsstelle war für Baltasar ein Platz zum Ausruhen. Die Donau drängte sich Richtung Österreich, das Wasser zu dieser Jahreszeit mehr schmutzig braun, jenes Blau, das einst die Dichter rühmten, fehlte völlig. Der Inn, nach dem Weg vom Schweizer Engadin, Kufstein und Neuötting, gab nun auf und ergoss sich in den Hauptstrom, eine grün gefärbte Bahn, seine Wucht und Präsenz war unübersehbar, selbst der Hauptfluss musste diesem Ansturm weichen. Die Ilz, braunschwarz, stieß vom Norden hinzu, vom Herzen des Bayerischen Waldes kommend, unauffällig, ein Wurmfortsatz, der von der Donau an den Rand gedrängt wurde. Über Hunderte von Metern behielten die drei Flüsse ihren eigenen Charakter, als weigerten sie sich, gemeinsame Sache zu machen. Doch irgendwann verlor das Auge den Überblick, und Inn und Ilz waren Teil von etwas Größerem geworden.

Baltasar schlenderte durch die Gassen, die sich der Ostspitze anschlossen, bis er vor einer Schaufensterfront stehen blieb. Die Scheibe war milchig und trüb, in der Auslage türmten sich kleinere Podeste, auf denen, scheinbar wahllos hingeworfen, allerlei Waren lagen. Eine Schale mit Rosenkränzen stach ins Auge, gleich daneben gefasste Zähne und Hörner, wie sie als Anhänger für Charivari genutzt wurden, jenen Männerschmuck, den sich Lederhosenträger an den Gürtel hängten.

Die Türglocke ging. Ein Geruch nach Leder, Polierwachs und vergilbtem Papier empfing Baltasar. Er wartete. Niemand kam, ihn zu bedienen, so sah er sich um. Der Gang verlor sich im Dunkel des Raumes, er war gesäumt von Vitrinen, Schränken und Regalen. Die Wände hingen voller Ölgemälde mit Naturszenen, dazwischen gerahmte Urkunden, Hirschgeweihe, Fotos von Berglandschaften und Kruzifixe in allen Farben und Materialien. Ein Schaukasten beherbergte Orden und Auszeichnungen, Eiserne Kreuze aus dem Ersten Weltkrieg, russische Tapferkeitsmedaillen und Ehrenzeichen der Deutschen Volkspolizei.

Ein anderer Kasten präsentierte Spielzeugeisenbahnen, einen Trans-Europa-Express in Mini-Ausführung, ein Rhätisches Krokodil in Standardformat und eine Dampflok vom Typ P 8 in Übergröße. Daneben warteten verstaubte Fotoapparate auf Käufer, eine Kodak-Box neben einer Voigtländer, eine Plattenkamera neben einer Vorkriegs-Leica. Auf einem Tisch standen Schachteln mit alten Postkarten, ein Schuhkarton voller Christbaumkugeln und ein Teller mit Münzen, abgewetzt und oxidiert.

»Womit kann ich dienen, der Herr?«

Baltasar erschrak. Hinter ihm stand ein untersetzter Mann mit Halbglatze und Brille, die Lederweste glänzte vor Speck und schaffte es gerade noch, den Bauch in Form zu halten. Er musste aus einem Seitenzimmer gekommen sein, den Vorhang in der Ecke hatte Baltasar vorher nicht bemerkt.

»Ich hab mich umgeschaut.«

»Haben der Herr was Schönes entdeckt, was ihm behagt? Bei mir gibt es nur besondere Raritäten.« Seine Worte waren seltsam gedehnt, die Stimme schnarrte und hatte einen lauernden Unterton.

»Sie haben wirklich außergewöhnliche Stücke, alle Achtung. Da kann man sich gar nicht sattsehen.«

»Darf ich Ihnen was zeigen? Was genau suchen Sie?«

»Einen Rosenkranz.«

»Ich sehe, der Herr haben Geschmack. Ein religiöses Schmuckstück für die Frau Gemahlin? Rosenkränze sind meine Spezialität, ganz exquisit, lassen Sie sich überraschen, ich zeig Ihnen was.«

»Ich meine, eigentlich habe ich einen Rosenkranz, den ich …«

»Verkaufen wollen Sie, mein Herr, kein Problem, bei mir geht alles ganz schnell und seriös.« Der Mann zwinkerte ihm zu, doch die Geste wirkte, als hätte er Sand in die Augen bekommen. »Und das Geld, kein Problem, der Herr, ich zahle bar, ganz diskret.«

Baltasar zeigte ihm die Gebetskette. Der Ladeninhaber nahm sie in die Hand, klemmte sich eine Juwelierlupe ins Auge und studierte die Glieder. Nach einer Weile legte er den Rosenkranz auf den Tisch.

»Ist nicht ganz sauber und in schlechtem Zustand, da finden Sie keinen Abnehmer, die Kunden suchen neuwertige Ware. Ich geb Ihnen fünfzig Euro.«

»Wie viel?«

»Gut, ich könnte die Reinigung selber machen, das Gesparte würde ich Ihnen zugutekommen lassen, achtzig Euro.«

Baltasar blieb stumm.

»Der Herr scheinen mit meiner Offerte nicht zufrieden zu sein, das ist bedauerlich, sehr bedauerlich, wo ich doch bekannt dafür bin, nur das Beste für meine Kunden zu tun.« Er betrachtete nochmals die Kette. »Es gibt mir einen Stich, ich weiß auch nicht, wie ich das vor mir verantworten kann, aber Sie sind mir sympathisch, mein Herr, deshalb springe ich heute über meinen Schatten, Sie sollen nicht von mir denken, ich hätte kein Herz, sagen wir hundert Euro. Wie finden Sie das? Ist das ein Angebot?«

»Ich glaube, ich kann mich nicht davon trennen.«

»Der Herr überlegen noch? Überlegen Sie nicht zu lange, hier in Passau finden Sie kein besseres Angebot als bei mir. Was hätten Sie sich denn für einen Preis vorgestellt?«

»Keine Ahnung. Deswegen bin ich ja hier. Ich bin Pfarrer, das Stück wurde mir anvertraut. Deshalb würde ich gerne wissen, wie alt es ist und woher es stammt.«

»So kann man sich in den Menschen täuschen. Ein Geistlicher, schau an, schau an.«

»Vielleicht könnten Sie mir auch weiterhelfen, wenn heute kein Geschäft für Sie herausspringt? Was halten Sie von dem Stück, ganz ehrlich?«

»Ich bin immer ehrlich, ein ehrbarer Kaufmann. Wie könnte ich Hochwürden etwas ausschlagen? Ich bin Christ, verstehen Sie, da gehört es sich, ein gutes Werk zu tun. Und wenn Sie später an mich denken, wenn Sie wirklich was zu verkaufen haben, Holzfiguren oder Kerzenständer aus der Kirche beispielsweise, dann bin ich doch zufrieden.« Er nahm abermals die Lupe zur Hand. »Also ich würde sagen, das ist eine Arbeit aus dem Bayerischen Wald, die Knoten zwischen den Verbindungsgliedern sind typisch dafür. Wenn ich tippen müsste, würde ich sagen, sie stammt aus der Gegend von Neukirchen beim Heiligen Blut. Warten Sie, ich zeig Ihnen was.« Der Mann verschwand hinter dem Vorhang und kam mit zwei Rosenkränzen wieder. »Schauen Sie sich diese beiden Ketten an, der Herr. Da besteht eine gewisse Ähnlichkeit mit Ihrem Objekt, nur sind meine Ketten nicht so aufwändig gearbeitet. Sie besitzen wirklich einen sehr seltenen Rosenkranz, das ist keine Massenware, das ist eine Sonderanfertigung.«

Baltasar wandte sich zum Gehen. »Danke, Sie haben mir sehr geholfen. Und Hand aufs Herz: Was ist die Kette nun wirklich wert?«

»Schwer zu sagen, für Liebhaber sicher mehrere tausend Euro. Aber dazu müssten Sie erst einen Käufer finden. Wenn Sie wollen, helfe ich Ihnen dabei. Machen wir halbe-halbe. Ist das ein Angebot?«

12

Es roch nach Desinfektionsmitteln und den Ausdünstungen von Leichen, ein Aroma, an das sich Wolfram Dix auch nach Jahrzehnten im Dienst nicht gewöhnen konnte und das bei ihm Übelkeit auslöste. Doch er tat unbeteiligt, was auch dem Umstand geschuldet war, dass sein junger Kollege neben ihm stand, vor dem er sich keine Blöße geben wollte.

»Also, was haben wir da?« Oliver Mirwald beugte sich über die Skelettteile. Der Pathologe legte seine Aufzeichnungen beiseite. »Weiblich, Anfang zwanzig, ohne erkennbare Krankheiten und Deformationen im Knochenbau, gut ausgewachsen für das Alter. Gebiss in Ordnung, eine Amalgamfüllung rechts unten, Kiefer gebrochen. Das Stück, das wir von dem Pfarrer erhalten haben, fügt sich exakt in die anderen Fragmente ein.«

»Wie lange lag die Tote in der Erde?«

»Das hängt stark von der Bodenbeschaffenheit und vom Klima ab. Dazu können die Kollegen vom Labor mehr sagen. Einige Jahrzehnte sicher.«

Dix deutete auf den Kiefer, wobei er darauf achtete, die Knochen nicht zu berühren. »Wieso ist der durchgetrennt?«

»Das lässt sich nicht exakt rekonstruieren. Wir haben zwar Spuren von Gewaltanwendung gefunden, aber die erklären nicht, warum ein Teil lose ist.« Er wies auf die entsprechende Stelle. »Das sieht aus wie mit einem Hieb abgetrennt.«

»Das war aber nicht die Todesursache«, sagte Dix.

»Zum Tod hat der Schlag mit einer scharfen Waffe geführt, ich würde auf ein Beil oder einen Spaten tippen. Der Schlag muss von hinten geführt worden sein und traf das Genick. Die Frau war sofort tot. Vermutlich hat der Täter mehrmals zugeschlagen, was zur Folge hatte, dass der Kopf beinahe vom Rumpf getrennt wurde. Den Rest besorgte die Verwesung.«

»Demnach liegt definitiv ein Gewaltverbrechen vor.«

»Ja. Diese Frau wurde ermordet.«

»Danke, Herr Kollege.« Dix machte auf dem Absatz kehrt und eilte ins Freie. Er schnappte nach Luft wie ein Ertrinkender.

»Geht's Ihnen gut?« Mirwalds Miene drückte Besorgnis aus.

»Mir geht es blendend. Herrlich, dieses Wetter. Gehen wir ein paar Schritte, ins Büro müssen wir noch früh genug.«

Sie gingen nebeneinanderher. »Was halten Sie von diesem Fall, Mirwald?«

»Da hatte der Pfarrer den richtigen Riecher. Obwohl ich mir nach wie vor nicht sicher bin, ob er uns die ganze Wahrheit erzählt hat. Außerdem müssen wir klären, wer die Unbekannte ist und wie lang die Tat zurückliegt. Es käme auch Totschlag infrage. Der wäre nach dreißig Jahren verjährt. Lag das Skelett schon länger dort, bräuchten wir gar nicht mehr ermitteln.«

»Solche theoretischen Betrachtungen sind für uns nicht

relevant. Hier wurde ein Mensch gewaltsam zu Tode gebracht. Unsere Aufgabe ist es, das geschehene Unrecht aufzudecken und dadurch dem Opfer eine Stimme zu geben.«

»Wenn sich jedoch ...«

»Nicht mal dran denken. Wollen Sie lieber vor Ihrem Schreibtisch sitzen und öde Abteilungsbesprechungen besuchen? So eine Chance bietet sich so schnell nicht wieder. Außerdem tun Sie nebenbei was für Ihre Persönlichkeitsentwicklung: Sie lernen, wie die Menschen im Bayerischen Wald ticken, da können Sie sich was abschauen, das ist wie eine kostenlose Fortbildung.«

»Soll ich Lederhosen anziehen, um mich mit der Bevölkerung zu verbrüdern? Vielleicht noch Schuhplatteln?« Mirwald imitierte mehr schlecht als recht, was er für einen Schuhplattler hielt. Passanten blieben stehen, um das groteske Gehopse des Anzugträgers zu betrachten.

»Hören Sie auf, bitte, das ist doch peinlich...«

»Wie ich's mache, ist es verkehrt. Dabei kann ich mich sehr gut in diese Leute und ihre Gebräuche hineinversetzen. Sie werden schon noch sehen.«

»Herr Doktor, Ihre Talente liegen auf anderen Gebieten. Ein Fußballer muss nicht gleichzeitig stricken können. Schauen wir lieber, was das Labor über unser Opfer herausbekommen hat.«

Der Leiter der forensischen Abteilung begrüßte die beiden Kommissare. »Sie wollen sicher unsere Resultate über das Skelett abholen, einen Moment.« Er kramte in den Schubladen und holte einen Schnellhefter heraus. »Hier haben wir's. Lassen Sie mich mal sehen.« Dann war es eine Zeitlang still, bis der Mann die Akte gelesen hatte.

»Also?« Mirwald konnte seine Ungeduld nicht verbergen.

»Die Leiche ist weiblich, hat ...«

»Das wissen wir schon, beschränken Sie sich bitte auf die Highlights.«

»Highlights?« Der Abteilungsleiter sprach das Wort aus, als habe er auf ein Senfbonbon gebissen. »Sie meinen die Zusammenfassung der wichtigsten Punkte, Herr Doktor Mirwald? Na schön. Unsere Analysen haben ergeben, dass die Frau siebzehn Jahre alt war.«

»Ein Mädchen?«

»Sie war einen Meter zweiundsechzig groß, hatte braunes Haar und gesunde Zähne. Schuhgröße sechsunddreißig, schlanke Figur, ebenmäßiges Gesicht, nicht unbedingt eine Schönheit.«

»Woher stammte sie?«

»So weit sind wir mit unseren Verfahren noch nicht, dass wir aus Knochen die Postleitzahlen herauslesen können, Herr Mirwald.« Der Mann verzog das Gesicht. »Kein afrikanischer oder asiatischer Typ, falls Sie das meinen.«

»Wie lange lag die Tote in dem Acker? Ein genauer Zeitraum würde uns die Arbeit erleichtern«, sagte Dix.

»Das ist der schwierigste Teil der Untersuchungen. Wir nutzen Studienergebnisse und eigene Erkenntnisse aus dem Verwesungsprozess. Dazu haben wir die Erde des Ackers analysiert. Wir konnten es eingrenzen auf eine enge Bandbreite, zwanzig Jahre, vielleicht ein Jahr mehr, vielleicht ein Jahr weniger.«

»Das ist verdammt lang her. Da sind die meisten Spuren längst kalt, wenn es überhaupt welche gab.«

»Übrigens wissen wir nicht, ob der Fundort der Leiche

zugleich der Tatort ist. Die Frau hätte auch erst nach ihrer Ermordung dorthin transportiert und vergraben werden können.«

»Sie haben uns sehr geholfen.« Dix schüttelte dem Abteilungsleiter die Hand.

»Die Akte gebe ich Ihnen mit. Ich habe eine Röntgenaufnahme von den Zähnen machen lassen. Möglicherweise hilft das bei der Identifizierung.«

In seinem Büro riss Dix das Fenster auf. »Ganz schön stickig hier.« Er suchte in einem Büchlein nach einer Telefonnummer. »Wir sollten Pfarrer Senner anrufen und ihn über die Ergebnisse informieren.«

»Warten Sie noch eine Weile«, sagte Mirwald. »Ich genieße die Vorstellung, dass unser lieber Herr Pfarrer vor Angst schwitzt, weil er mit einer Anklage rechnen muss.«

»Das wäre unfair. Schließlich hat er uns auf die Spur gebracht. Das sind wir ihm schuldig.« Dix wählte die Nummer und berichtete Baltasar Senner von den Ermittlungsergebnissen. »Damit ist die Anzeige natürlich gegenstandslos. Schönen Tag noch.« Dix schlug nochmals die Akte auf. »Einige Dinge an diesem Fall sind höchst merkwürdig.«

»Meinen Sie den Leichenfund?«

»Ich meine die Tatsache, dass die Frau nackt in die Erde gelegt wurde. Wahrscheinlich hat man ihr auch die Haare abgeschnitten. Es fehlen sämtliche persönlichen Gegenstände. Da muss jemand großes Interesse daran gehabt haben, seine Spuren zu verwischen.«

»Täter machen meistens Fehler. Oft sind es Kleinigkeiten, die sie am Ende überführen.«

»Tatsache ist: Bis auf eine Tote haben wir nichts Konkretes. Null Komma null. Auf uns kommt verdammt viel Arbeit zu, Mirwald.«

13

Die Cellophantüten lagen in drei Reihen auf dem Esstisch. Daneben mehrere Dosen mit arabischen Schriftzügen. Die Küche war erfüllt von einem Potpourri an Düften, es roch wie auf einem orientalischen Basar. Baltasar wog zwanzig Gramm Hougari-Weihrauch aus dem Oman ab, wofür er eine altmodische Apothekerwaage mit Metallgewichten benutzte, die ihm sein Vorgänger hinterlassen hatte. Die Harzperlen rollte er zwischen den Fingern, fühlte und schmeckte und war zufrieden mit seiner Kaufentscheidung. Er hatte gleich ein Kilo importiert, direkt vom Erzeuger.

Weihrauch war Baltasars geheime Leidenschaft, das Aroma, das schon das Jesuskind und die Heiligen Drei Könige betört hatte, hatte es ihm angetan. Seit Jahrtausenden war dies der Grundstoff der Religionen für Rauchzeremonien, selbst Griechen und Römer huldigten damit ihren Göttern.

Und mit dem Handel ließ sich sogar die Gemeindekasse aufbessern, da die Spezialmischungen bei Pfarreien in ganz Bayern beliebt waren. Vorausgesetzt, die Geistlichen waren bereit, dafür deutlich mehr zu bezahlen als für gewöhnliche Massenware. Zudem half Weihrauch bei allerhand Wehwehchen, etwa als Seelenelixier, als Antidepressivum oder als Wachmacher müder Männerlenden.

Baltasar nutzte die Gelegenheit zur Produktion, solange Teresa unterwegs war, ansonsten drohte ein Gewitter, wenn er in der Küche mit seinen »Schmutzbröseln« hantierte, wie sie es nannte. Er zerstieß Kardamom, Sandelholz und Benzoe Siam in einem Mörser, mischte Kiefernnadeln dazu und rührte um. Zu dieser Basis gab er den Weihrauch. Was seine Mischungen jedoch einzigartig machte, war eine Zutat, die er mit einem Löffelchen einzeln über die Portionen verteilte und die er getrennt von den anderen Utensilien in einem Versteck aufbewahrte.

Er schnupperte die würzigen und verführerischen Aromen und konnte nicht länger widerstehen. Er musste eine Prise probieren, wenigstens eine kleine. Er brachte eine Kohletablette zum Glühen und legte die Mischung darauf. Nach einer Weile stieg Rauch auf. Baltasar inhalierte den Rauch, ließ ihn in die Lunge dringen und spürte, wie sich die Wirkstoffe in seinem Körper ausbreiteten. Eine Sekunde dachte er daran, wie absurd es eigentlich war, dass er als Nichtraucher solche Dämpfe einatmete, doch dann verging der Moment, und er sah die Räucherschale vor sich stehen, fuhr die Muster entlang und glaubte, mit seinen Fingern die Essenz des Materials zu erfühlen. Eine Melodie kam ihm in den Sinn, *White Rabbit* von Jefferson Airplane. Baltasar sang von einer Pille, die dich kleiner macht, und einer Pille, die dich größer macht. Nur die Orgelbegleitung fehlte ihm, das Schlagzeug und die Bassgitarre. Aber das machte ihm nichts aus, er hatte den Song im Kopf, das war alles, was zählte.

Eh er sich versah, hatte er die Dosen beiseitegeräumt, den Tisch gereinigt und die Päckchen ins Arbeitszimmer gebracht. Er trommelte den Takt mit, summte, sang, es war ein herrlicher Tag!

»Hier stinkt wie Schweinestall.«

Welche Engelsstimme erklang da? Baltasar musste sich

zwingen, sich umzudrehen, eine himmlische Gestalt stand vor ihm, die Arme in die Hüfte gestemmt.

»Was ist? Ist Ihnen nicht gut? Warten Sie.« Sie riss die Fenster auf, die Frischluft traf Baltasar wie ein Dampfhammer.

»Teresa, ach, Teresa.«

»Sie sehen blass aus, ich Ihnen gebe etwas zum Essen. Warten Sie.«

Baltasar wollte protestieren, suchte nach einer Ausrede, nicht für Kochexperimente missbraucht zu werden, aber seine Stimmbänder gehorchten seinen Befehlen nicht. Er ließ sich auf den Stuhl fallen, das Schicksal wollte es so, er war in Gottes Hand.

»Ich hab zwei Kotlety Grzybowe für Sie, Rezept meiner Oma aus Polen, Pilzfrikadellen.« Sie stellte den Teller vor ihm ab. »Leider kein Kartoffelsalat dazu. Soll ich sie aufwärmen?«

Baltasar schüttelte den Kopf. Die Frikadellen sahen aus wie Eishockey-Pucks. Tapfer zwang er sie hinunter, Bissen für Bissen. »Wollen was trinken? Ich hab heiliges Wasser für Sie.« Teresa holte eine Flasche ohne Etikett aus dem Kühlschrank und schenkte ein. Baltasar trank und trank. Es schmeckte wie Leitungswasser. Sein Kopf klarte langsam auf, und er leerte die ganze Flasche.

»Nicht so schnell, ist kostbar.«

»Ich besorge Ihnen eine neue Flasche.«

»Geht nicht, ist Spezialabfüllung aus dem Wald.«

»Mir egal.« Er drehte den Hahn auf und ließ das Wasser direkt in seinen Mund laufen. »Muss mich hinlegen.«

Am späten Nachmittag wachte Baltasar gut gelaunt auf. Er dachte darüber nach, was ihm der Kommissar über die tote Frau gesagt hatte: siebzehn Jahre alt, braunes Haar, mittelgroß, eher unauffälliges Aussehen, vor zwanzig Jahren umgebracht und verscharrt. Er musste herausfinden, wer sie war. Nach all der Aufregung war er es der Toten schuldig, ihr Schicksal zu klären und den Täter zu finden.

Der erste Weg führte ihn zur Gemeinde. Baltasar wandte sich an die Sekretärin von Bürgermeister Wohlrab, eine Frau in den Dreißigern, alleinstehend, wie es hieß. Nagellack und Lippenstift ließen darauf schließen, dass sie eine Schwäche für Signalfarben hatte, wie sie bei Verkehrsschildern zu finden waren. Er trug sein Anliegen vor.

»Habe ich Sie recht verstanden, Hochwürden, Sie wollen Einblick ins Melderegister vor zwanzig Jahren?« Die Stimme schwankte zwischen Unglauben und Belustigung. »Schon mal was von Datenschutz gehört, Herr Pfarrer?«

»Ich will von Ihnen keine Namen, sondern nur die Auskunft, ob es noch Personen gibt, die etwa zu jener Zeit gemeldet waren und die sich bis heute nicht abgemeldet oder ihren Umzug bekannt gegeben haben, die aber unter der alten Adresse nicht mehr erreichbar sind.«

»Sonst noch irgendwelche Extrawürste? Glauben Sie, das geht einfach so auf Knopfdruck? Warum wollen Sie das überhaupt wissen, wenn ich fragen darf?«

»Sie haben doch gehört, dass die Polizei die Leiche einer Unbekannten exhumiert hat. Ich muss die Beerdigung vorbereiten. Ich kann schließlich nicht für eine Namenlose einen Gottesdienst abhalten, das verstehen Sie doch?«

»Ich weiß nicht so recht ...«

»Haben Sie denn gar kein Mitleid mit der jungen Frau?«

»Ich kenne sie doch gar nicht.«

»Eben.«

Die Tür ging auf. »Oh, Hochwürden, Sie hier? Womit können wir Ihnen helfen?« Xaver Wohlrab sah die Sekretärin fragend an, sie berichtete von dem Anliegen.

»Ja, ja, der Datenschutz, ein heiliges Prinzip in Bayern. Nur Berechtigte haben Zugriff auf die Daten. Folgen Sie mir in mein Büro, Herr Senner, da können wir uns weiter unterhalten.«

Das Reich des Bürgermeisters war eine Mischung aus Verwaltungsbüro und Bauernstube: Stahlschränke und Computer, in der Mitte ein überdimensionierter Schreibtisch aus Naturholz, auf dem ohne Probleme das letzte Abendmahl gefeiert werden konnte, an der Wand ein Kruzifix und eine geschnitzte Marienfigur. Baltasar nahm Platz auf einem Eichenstuhl ohne Polster, der den Besucher daran erinnerte, nicht zu lange sitzen zu bleiben, wenn einem das Hinterteil lieb war.

»Sie brauchen also eine Auskunft, Hochwürden.« Baltasar wiederholte sein Anliegen.

»Das arme Mädchen. Und das ausgerechnet bei uns. Wo wir gerade erst Investoren für ein Sporthotel begeistert haben. Hat die Polizei schon einen Verdacht?« Der Bürgermeister presste die Finger gegeneinander. »Wie Sie sich vorstellen können, will ich den Fall so schnell wie möglich vom Tisch haben.«

»Gerade darum ist es wichtig, die Identität der Frau festzustellen. Können Sie sich an eine Person erinnern, auf die die Beschreibung passt?«

»Mein Gott, das ist zwanzig Jahre her. Da war ich noch gar nicht im Amt, nicht mal in der Partei. Ob mir so jemand über den Weg gelaufen ist? Keine Ahnung, obwohl mir eine schöne Frau sicher aufgefallen wäre. Wer sagt denn, dass sie von hier stammt?«

»Niemand, es ist aber eine Möglichkeit. Keine Erinnerung?«

»Leider nicht, Herr Pfarrer. Sie verlangen zu viel. Mir ist kein Fall aus jener Zeit bekannt, wo es um ein vermisstes Mädchen ging.«

»Ein Blick in die Datenbank brächte Gewissheit.«

»Schau'n mer mal.« Wohlrab tippte sein Passwort ein und sah Baltasar an. »Sie wissen schon, dass das, was ich hier tue, am Rande des Erlaubten ist. Aber als Bürgermeister hat man da natürlich einen gewissen Spielraum, wenn Sie verstehen. Eine Hand wäscht die andere, das ist meine Devise. Sie werden mich doch bei der geplanten Immobilieninvestition unterstützen, oder?«

Baltasar nickte. Er brauchte die Information, auch wenn er sich nicht wohl dabei fühlte, in die undurchsichtigen Geschäfte des Bürgermeisters verwickelt zu werden.

»Gut, dann sind wir uns einig, es bleibt selbstredend unter uns.« Er gab mehrere Befehle ein, bis eine Liste auf dem Bildschirm erschien. »Fehlanzeige. Niemand, auf den eine solche Beschreibung passen könnte. Weder bei den verwaisten Positionen im Melderegister noch bei den vermerkten Ortswechseln oder Todesfällen. Das führt mich zu dem Schluss: Diese Frau war nie hier.«

Zu Hause ging Baltasar auf den Dachboden und schleppte alte Kirchenbücher in die Küche. Er durchforstete alle Jahrgänge, die infrage kamen, wobei er besonders auf die Todesfälle achtete. Doch alle Namen aus jener Zeit trugen einen Vermerk, wo die Person bestattet worden war. Auch seine Suche nach den Geburtsdaten von Menschen, die heute siebenunddreißig Jahre alt wären, blieb ergebnislos. Er stieß zwar auf knapp zwanzig mögliche Namen, aber für alle fanden sich nachvollziehbare Lebenswege. Wer war die Unbekannte? Die Frage erschien Baltasar immer mysteriöser.

14

Baltasar blätterte in den Bänden. Er hatte seine Bitte der Lokalredaktion in Freyung vorgetragen, wo man ihm die Jahrgänge der Regionalausgaben besorgt hatte. Er startete mit den Berichten vor einundzwanzig Jahren und arbeitete sich langsam vor. Es war ein mühsames Geschäft, die endlosen Artikel über Vereinstreffen, Sitzungen des Gemeinderats, Baumaßnahmen, Landwirtschaftsausstellungen, Besuche von Landtagsabgeordneten, die alle der richtigen Partei angehörten, Reportagen über Feste, Umzüge oder Tanzveranstaltungen, Kommentare zu Entscheidungen von Lokalpolitikern. In diesem Meer von Geschichten fischte Baltasar nach Anhaltspunkten, und seine Augen schmerzten. Die eingestreuten Polizeimeldungen zu entdecken glich der Suche nach einem Kiesel im Schotterfeld. Einbrüche und Diebstahl, Alkohol am Steuer und Vandalismus, Ruhestörung und Schlägereien – nur keine Gewaltverbrechen, von Verkehrsunfällen mit Todesfolge einmal abgesehen, wo Niederbayern in der Statistik einen unrühmlichen vorderen Platz einnahm.

Ein größerer Bericht über eine Messerstecherei nach einem Volksfest fiel ihm auf, aber schon zwei Ausgaben später wurde die Verhaftung des Täters gemeldet. Zum Thema Vermisste meldete die Zeitung eine jugendliche Ausreißerin, die eine Woche später bei ihrer Oma in Heidelberg auftauchte. Mehrmals waren verwirrte Senioren aus dem Altenheim geflüchtet und durch die Straßen spaziert. Einzig ein Fall sorgte mehrere Wochen für Gesprächsstoff: Eine Frau hatte ihrem Ehemann gesagt, sie gehe einkaufen, und wurde nie mehr gesehen. Aufrufe der Kripo und des Gatten brachten keinen Erfolg. Zum Zeitpunkt ihres Verschwindens war die Frau allerdings vierunddreißig Jahre alt – und konnte damit nicht die Unbekannte im Feld sein.

Auf dem Nachhauseweg machte Baltasar einen Umweg über die Metzgerei, die frischen Leberkäs im Angebot hatte. Er mochte die saftigen Stücke, besonders das Scherzl, eingezwickt in eine Semmel und bestrichen mit süßem Senf. Leberkäs galt als Grundnahrungsmittel in der Gegend, ein niederbayerischer Döner gewissermaßen, obwohl der Name irreführend war. Denn mit Leber hatte das Ganze angeblich nichts zu tun, sondern mit dem altdeutschen Begriff Lab. Die armen Menschen außerhalb des Freistaates mussten ihren Leberkäse laut Lebensmittelgesetz trotzdem mit einem Leberanteil essen. Nur die Bayern, dieses auserwählte Volk, verputzten ihn ohne Innereien-Beigabe. Und Käse war natürlich auch nicht drin, sondern Rind- und Schweinefleisch und allerhand mehr, was ein echter Niederbayer gar nicht wissen will.

Das Erscheinen des Pfarrers löste Gerede bei den übrigen Kunden aus, schließlich hatte sich sein Fund und das Auftauchen der Kriminalbeamten längst herumgesprochen. Die Menschen gierten nach neuem Klatsch, um die eigenen Spekulationen nach Herzenslust zu befeuern. Baltasar kam die Aufmerksamkeit ganz gelegen, möglicherweise ließ sich auf diesem Weg mehr über die Tote herausfinden. Er schilderte, wie er das Skelett ausgegraben hatte, verschwieg dabei Sebastian und den Rosenkranz, und malte die Szene entsprechend gruselig aus, damit die Anhänger von Schauergeschichten auf ihre Kosten kamen. Die Zuhörer hingen an seinen Lippen und hatten längst vergessen, warum sie eigentlich im Laden waren.

»Sie scheinen einen Riecher für ungeklärte Fälle zu haben«, sagte Gabriele Fink, Sebastians Mutter, die sich gerade drei Paar Schweinswürste einpacken ließ. In ihrer Stimme lag ein seltsamer Unterton, als wüsste sie womöglich von der Entdeckung ihres Sohnes.

»Es war der Wille des Herrn, der mich geleitet hat.« Er wiederholte die Daten, die über die Tote bekannt waren.

»Sie müsste doch bei Ihnen eingekauft haben, Herr Hollerbach, an Ihrem Leberkäs kommt keiner vorbei.«

»Kann schon sein«, antwortete der Metzger. »Aber bei mir waren schon viele Leute im Laden. Da kann ich mich nicht an jeden erinnern. Hauptsache, den Kunden schmeckt's.«

»Die Polizei meint also, es war Mord?« Die Frage kam von Nepomuk Hoelzl, der in einem Sägewerk arbeitete. Er wohnte in einem ehemaligen Austragshäusl und erschien nur selten zum Gottesdienst. »Von solchen Verbrechen hört man sonst nur in den Fernsehnachrichten.«

»Kannten Sie eine Frau, auf die die Beschreibung passt?«

Für einen Moment zögerte Hoelzl. »Das wäre mir aufgefallen. So groß ist unser Ort nun auch wieder nicht.«

»Ein junges Mädchen ohne Begleitung ist doch nicht zu übersehen.« Baltasar ließ den Blick über die Anwesenden schweifen. »Sie muss irgendwo gewohnt haben, irgendwie hierhergereist sein.«

Lydia Schindler drängte sich nach vorn. Sie lebte mit ihrer Großfamilie auf einem ehemaligen Bauernhof, den einst der Großvater bewirtschaftet hatte. Durch einige gewinnträchtige Grundstücksgeschäfte waren die Schindlers zu Wohlstand gelangt, was man ihnen jedoch nicht ansah. Die Familie galt als verschlossen und empfing angeblich nur selten Gäste. »So ein Unsinn. Alle glauben, dass es jemand aus der Gemeinde war. Dabei haben wir hier so viele Besucher und Ortsfremde, die einfach durchfahren. Man hört doch immer wieder von Tätern, die sich vom Auto aus ein Opfer suchen und das arme Ding dann irgendwo verstecken.« Sie sah die anderen an, als wolle sie eine Bestätigung hören.

»Sie vergessen nur, Frau Schindler, die Fundstelle des Skeletts ist ziemlich abgelegen«, sagte der Metzger. »Da fährt man nicht eben mal so vorbei und vergräbt eine Leiche – erst recht nicht, falls man zu Fuß unterwegs ist. Nein, nein, der Mörder muss sich in der Gegend ausgekannt haben. Ich sag's Ihnen, wenn ich diesen Typen in die Hand bekäme, ich würde ihm die Eier abschneiden und an die Wand nageln. Entschuldigung die Damen, aber welche Pfundsau vergeht sich an einem Kind?«

»Eine Vergewaltigung? Oder ein Verbrechen aus Leidenschaft? Vielleicht war verschmähte Liebe das Motiv? Oder ein eifersüchtiger Ehemann?« Gabriele Fink schien von der Idee besessen.

»Du hast eine blühende Fantasie, meine Gute«, sagte Lydia Schindler. »Wir wissen doch gar nicht, was damals passiert ist.«

»So lange ist es auch nicht her. Was sind schon zwanzig

Jahre? Die vergehen wie im Fluge.« Gabriele Fink ließ sich nicht beirren. »Ich weiß noch genau, was ich vor zwanzig Jahren um diese Zeit gemacht habe. Da sind wir ein Wochenende nach Südtirol gefahren, nach Bozen und Meran. Es war wunderschön, Törggelen und Bergwandern und diese Landschaft.«

»Auch nicht schöner als bei uns«, sagte Hoelzl.

»Jeder Mensch hinterlässt Spuren«, sagte Baltasar. »Niemand verschwindet einfach so. Jemand muss das Mädchen vermissen. Ich bin mir sicher, die Kriminalpolizei wird die Verwandten ausfindig machen. Möglicherweise findet sie noch Hinweise in alten Akten.«

»Sie überschätzen die Fähigkeiten der Polizei, Hochwürden, wenn ich das bemerken darf«, sagte Hollerbach. »Wenn's drauf ankommt, ist man auf sich allein gestellt.« Er ließ das Beil auf den Hackstock krachen. »Ich wüsst', was zu tun ist.«

»Das haben Sie uns unmissverständlich klargemacht«, sagte Gabriele Fink. »Das macht die Frau auch nicht mehr lebendig.«

»Genau, was bringt's überhaupt, solch einen alten Fall wieder ans Tageslicht zu zerren?« Hoelzl schüttelte den Kopf. »Man sollte die Totenruhe achten. Der Herrgott wird schon für Gerechtigkeit sorgen am Tag des Jüngsten Gerichts, stimmt's, Herr Pfarrer?«

»Mit der Gerechtigkeit darf man nicht bis zum Sankt-Nimmerleins-Tag warten.«

»Die Polizei sollte sich lieber um die aktuellen Fälle kümmern, da laufen zu viele frei herum, grad aus dem Ausland, Drogen und so, wofür zahlen wir unsere Steuergelder?«

»Ich hab eine Idee«, sagte Sebastians Mutter. »Früher haben doch weit mehr Familien Zimmer an Urlauber vermietet. Vielleicht kann sich von denen jemand an das Mädchen erinnern.«

»Man könnte auch in den Schulen nachfragen. Möglicherweise ging die Kleine auf die Realschule oder aufs Gymnasium«, sagte Hollerbach. »Oder sie hat eine Lehre gemacht.«

»Oder sie war Austauschschülerin aus Amerika«, ergänzte Gabriele Fink. »Wer weiß denn, ob sie nicht aus Amerika angereist ist, zu ihrer Brieffreundin. Oder zu ihrer Großtante. Oder zu ihrem Brieffreund. Dann war es doch ein Liebesdrama. In Amerika wird man sie vermissen, da bin ich mir sicher, da muss sich die Polizei nur umhören. Oder sie war siebzehn Jahre in einem Keller eingesperrt und wurde auf der Flucht ermordet.«

»Jetzt reicht's aber, Gabriele«, sagte Lydia Schindler. »Wir sollten die Kirche im Dorf lassen.«

»Der Herr Pfarrer kann sicher Hilfe gebrauchen. Wenn es mein Kind wäre, würde ich zu allen Heiligen beten, damit ich weiß, was mit meiner Tochter geschehen ist. Die Unsicherheit ist das Quälendste für eine Mutter. Es kann doch sein, dass sie gerade in diesem Augenblick irgendwo sitzt und an ihre Kleine denkt.«

»Alle reden von einem Verbrechen«, sagte Hoelzl. »Dabei kann es genauso gut ein Unfall gewesen sein. Was soll man aus so einem alten Gerippe schon schlussfolgern?«

Baltasar hatte genug von den Spekulationen auf Stammtisch-Niveau. Er ließ sich seine Leberkäs-Semmel einpacken, hatte aber mittlerweile den Appetit verloren.

15

Sieben verschiedene Mappen lagen vor Wolfram Dix auf dem Schreibtisch, alle in Einheitsfarbe, säuberlich beschriftet. Wie im Finanzamt. Er konnte sich nicht überwinden, eine zu öffnen und zu lesen. Wie er dieses Aktenstudium hasste! Lieber ließ er sich im Gespräch Zusammenfassungen der Resultate geben, das war viel effektiver. Wen interessierten schon die Zahlenkolonnen aus dem Labor, die Analysen mit den lateinischen Fachbegriffen, das Wortgeblubber der Gutachter? Diese Menschen lebten in ihrem eigenen Kosmos, dachte der Kommissar, sie waren vom wirklichen Leben so weit entfernt wie die Erde von der Sonne. Manchmal stellte er sich vor, wie diese Fachidioten am Abend zur Entspannung Wörterbücher oder Listen des Statistischen Bundesamtes lasen, zitternd vor Begeisterung über jede Zeile, dazu ein Schlückchen Rotwein aus dem Reagenzglas.

Zu Dix' Missmut trug auch ein belegtes Brot bei, das er von der Hülle aus Aluminiumfolie befreit hatte. Margarine, das sei gut gegen Cholesterin, hatte seine Frau gesagt, dazu fettreduzierte Käsescheiben, quadratisch und in Fabrikqualität, dafür garantiert geschmacksfrei. Und natürlich das ballaststoffreiche Brot, ein dunkelbraunes Elend, bei dem einem die Körner zwischen den Zähnen hängen blieben und das so bekömmlich war wie eine eingeweichte Pressspanplatte. Noch dazu hatte seine herzallerliebste Gattin darauf bestanden, das Brot in eine Plastikbox zu packen, weswegen sich Dix vorkam wie ein Schuljunge mit seinem Pausenbrot. Die Box hatte er sogleich wieder in der Tasche verschwinden lassen, schließlich wollte er sich nicht dem Spott der Kollegen aussetzen. Um seinen Tagtraum von einem Schweinsbraten mit rescher Kruste zu verscheuchen, rief er seinen Assistenten an.

»Mirwald, wie schaut's aus, gehen wir raus zum Frühstücken? Da können wir in Ruhe über den Fall sprechen.«

»Ich hatte heute früh Orangensaft und ein Müsli mit Joghurt.«

»Das ist doch kein Frühstück, Mirwald, das nennt man Mangelernährung. Haben Sie die Akten gelesen?«

»Alles erledigt, und Sie?«

»Ich wollte von Ihnen das Wichtigste in Kurzform hören.«

»Also nicht gelesen.«

»Immer schön langsam, mein übereifriger Kollege. Es schult das kriminalistische Denken ungemein, wenn man aus komplexem Datenmaterial die Essenz herausfiltert.«

»Wenn Sie das sagen, wie könnte ich Ihre Weisheit anzweifeln.« Die Ironie war nicht zu überhören. »Also gut, die DNA-Analyse hat ergeben, dass das Mädchen höchstwahrscheinlich braune Augen und Haare hatte, keinerlei Veranlagungen zu Erbkrankheiten hatte, siebzehn Jahre alt war, vermutlich aber älter wirkte. Jetzt brauchen wir nur noch einen Verwandten, um die Identität zu bestätigen.«

»Sie Spaßvogel, das ist leichter gesagt als getan. Wir können schließlich nicht ins Blaue hinein DNA-Proben aller Bewohner der umliegenden Landkreise nehmen. Das geht nur bei konkretem Tatverdacht. Unser Behördenleiter fällt rückwärts vom Stuhl, wenn Sie einen solchen Antrag einreichen.«

»Könnte man nicht wenigstens einen Wachskopf aus dem Totenschädel modellieren, damit man sich die Frau besser vorstellen kann?«

»Da bekommt unser Chef garantiert einen Herzinfarkt, das ist viel zu teuer...«

»Irgendwelche anderen Vorschläge?«

»Wir schicken den Schädel zu einem Kollegen im Erkennungsdienst, der exzellent mit der Software für Personenbeschreibungen umgehen kann. Er soll den Kopf vermessen und daraus eine Phantomzeichnung erstellen. Mehr ist nicht drin. Das Bild zeigen wir überall rum, eine Kopie schicken wir an die Zeitung und eine an den Herrn Senner.«

»Muss das sein?«

»Er kennt die Leute in seiner Kirchengemeinde und kann uns Arbeit abnehmen. Das ist doch nicht schlecht. Oder wollen Sie jeden einzeln befragen? Wir haben genug zu tun.«

»Mit den Vermisstenmeldungen sind wir auch noch nicht viel weiter. In Bayern sind es fünf ungeklärte Fälle aus jener Zeit, ich lasse mir die Akten kommen und überprüfe es. Die anderen Bundesländer lassen sich Zeit mit der Antwort, diese Sesselfurzer.«

»Wo haben Sie denn den Ausdruck aufgeschnappt? Scheint, als würden Sie hier langsam heimisch werden. Machen Sie sich nichts vor, Mirwald. Wir haben einen kalten Fall, schnelle Erfolge sind nicht zu erwarten.«

»Laut Polizeistatistik werden hundertfünfzig bis zweihundertfünfzig Menschen als abgängig gemeldet, täglich wohlgemerkt. Die Hälfte der Fälle ist in einer Woche geklärt, mehr als fünfundneunzig Prozent binnen Jahresfrist.

Mehr als sechstausend Personen gelten in Deutschland derzeit als vermisst.«

»Schlaues Kerlchen. Sie haben in der Vorlesung aufgepasst, Mirwald. Blöderweise gehört unsere Unbekannte zu den restlichen fünf Prozent, also zu den Vorgängen, die nach dreißig Jahren für immer ins Archiv wandern werden.«

»Da haben wir immerhin noch zehn Jahre Zeit.«

»Sie vielleicht, ich nicht. Ich will meine Rente genießen. Und die Verbrecher machen deswegen auch keine Pause.«

»Ich setze auf das Röntgenbild des Gebisses. Alle Zahnärzte im Umkreis von fünfzig Kilometern haben von uns Post erhalten. Da landen wir vielleicht einen Treffer. Die Schulen dürfen wir übrigens auch nicht vergessen. Genauso wenig wie die Industrie- und Handelskammern wegen eines möglichen Ausbildungsnachweises.«

»Was ist eigentlich mit den Nachbarn und dem Eigentümer des Ackers?«

»Was soll mit denen sein?«

»Ich frage mich, ob die nicht etwas mitbekommen haben müssten. Da müsste es damals doch Spuren von dem Aushub gegeben haben. Prüfen Sie das, Mirwald. Ich sehe uns schon bald wieder einen Ausflug aufs Land machen. Hoffentlich hält das Wetter.«

16

Die Totenbretter wirkten von fern wie ein Totempfahl. Sie zogen die Blicke jedes Spaziergängers auf sich, und das war wohl auch ihr Zweck: den Besucher zum Halt zu bewegen, ihn die Inschrift lesen zu lassen, zum Nachdenken anzuregen über Vergänglichkeit und Tod. Warum lebte der Mensch nicht für immer? Warum riss der Allmächtige manchen so früh aus dem Leben? Was erwartete uns nach dem Sterben? Solche Fragen bewegten die Menschheit seit Jahrtausenden. Und seit Jahrtausenden lieferte die Kirche Antworten. Antworten, die nicht jedem behagten, die manche ablehnten oder lächerlich machten, und doch spendeten sie vielen Trost und Hoffnung. Sie halfen, das Unerträgliche erträglich zu machen und die unerbittlichen Launen des Schicksals zu ertragen. Nicht umsonst hatte die Kirche als einzige Institution der Welt zweitausend Jahre überlebt.

Baltasar sprach ein Gebet für jene, deren Namen auf der Tafel standen. Er war sich nach wie vor unsicher, ob unter den Brettern tatsächlich Gräber mit Särgen zu finden waren. Es selbst herauszufinden, dazu war ihm gründlich die Lust vergangen. Eine Frage drängte sich ihm dennoch auf: Bestand eine Verbindung zwischen den Totenbrettern und dem Mädchen? Hatte der Täter diesen Ort also bewusst gewählt, und wenn ja, warum?

Da konnte nur ein Fachmann weiterhelfen. Nach einigen Erkundigungen und Telefonaten hatte Baltasar einen Termin mit Emanuel Rossmüller vereinbart und sich das Auto seines Freundes Philipp Vallerot geliehen, wobei er einige spöttische Bemerkungen über die Knauserigkeit der katholischen Kirche über sich ergehen lassen musste. Wurde Zeit, dass die Diözese endlich einen Dienstwagen spendierte. Er holte den Heimatpfleger zu Hause ab und fuhr mit ihm Richtung Deggendorf, bis sie nach Lalling kamen, das bis ins 19. Jahrhundert zum Kloster Niederaltaich gehört hatte und nun ganz auf den Tourismus setzte. Während der Fahrt überkam Baltasar das Gefühl, verfolgt zu werden. Wiederholt sah er in den Rückspiegel, entdeckte aber nichts. Wahrscheinlich bildete er sich das nur ein.

Als besondere Attraktion bot die Gemeinde den »ersten Feng-Shui-Kurpark Deutschlands«, der angelegt war wie viele andere Kurparks auch: viel Wasser, viel Grün, dazwischen Gehwege. Die dabei angeblich erzeugten magischen Energieflüsse waren weder zu sehen noch zu spüren. Sie elektrisierten allein die Fremdenverkehrsmanager und hatten mit Niederbayern ungefähr so viel zu tun wie Eingeborenenhütten aus Papua-Neuguinea. Rossmüller dirigierte Baltasar auf eine Nebenstraße außerhalb des Ortes, wo sie einen Parkplatz fanden und zu Fuß weitergingen. Ziel war eine Gruppe von mehr als einem Dutzend Totenbrettern, die sich den Weg entlang aufreihten.

»Die sind typisch für den Bayerischen Wald. Besonders die Inschriften sind bemerkenswert.« Der Heimatpfleger deutete auf eines der Bretter. »Geboren 1905, gestorben 1995. Die Bretter sind also nicht sonderlich alt, das zeigt sich auch an dem guten Erhaltungszustand und der frischen Farbe der Inschrift.«

»Geh nicht vorbei, wozu die große Eile«, las Baltasar vor. »Bleib stehn und denke eine Weile an mich, an dich und all deine Lieben. Wo sind sie denn geblieben? Du gehst dahin, o Wanderer, nach dir kommt schon ein anderer.«

»Solche Sinnsprüche finden sich auf vielen der neueren Totenbretter, mehr oder weniger gut gereimt. Hier konnten sich Hobbykünstler frei entfalten. Das unterscheidet sie auch von Grabsteinen, deren Gravur meist nüchterner ausfällt.« Er ging zu einem anderen Brett und zitierte: »Der Vater in die Sense trat, das hat ihm den Tod herbeigebracht, ein Vierteljahr musste er schwer leiden, bis er konnt verscheiden.«

»Dann liegen die dazugehörigen Verstorbenen also auf dem Friedhof. Sie wissen, mich interessiert vor allem, ob die Erinnerungsstätten bei uns am Ackerrand zugleich als Friedhof dienten. Vorsicht!«

Baltasar zog den Heimatpfleger an den Wegrand, als ein dunkler Kombi an ihnen vorbeirauschte... »Heute sind wieder die Raser unterwegs.«

Rossmüller schüttelte den Kopf. Er holte einen Aktenordner aus seiner Umhängetasche. »Ich hab Fotos mitgebracht von anderen Orten mit Totenbrettern, die zeig ich Ihnen später. Der Ursprung dieser Sitte ist nicht klar, vermutlich gab es in Bayern bereits im 8. Jahrhundert Vorläufer, damals unter dem Namen Rebretter bekannt, nach dem Begriff für Leichen. Diese Bretter wurden bei der Bestattung dem Toten beigelegt, ob als Grabbeigabe oder zur Abwehr böser Geister, ist nicht überliefert.«

»Wurden sie nicht aufgestellt?«

»Das kam erst später. Bei den christlichen Beerdigungsritualen nähte man die Leiche in ein Leintuch und ließ sie über ein Brett in die Grube rutschen. Das Holz war ein reines Arbeitsmittel, wenn Sie so wollen. Oft legten die Angehörigen in ländlichen Gebieten den Verstorbenen zum Aufbahren auf ein Brett, das zwischen zwei Stühlen lag. Die Hinterbliebenen hielten eine Art Totenwache, beteten einen Rosenkranz. Am nächsten Tag wurde der Dahingeschiedene eingewickelt und auf der Planke zum Friedhof getragen. Die Hölzer waren anfangs schmucklos, erst nach und nach schnitzte man Kreuze und die Lebensdaten des Verstorbenen ein. Die ganzen Verzierungen und Sprüche sind relativ jung, das heißt, sie entstanden etwa seit Mitte des 19. Jahrhunderts.«

»Was machten die Angehörigen mit den Brettern?«

»Die wurden nach wie vor ins Grab mitgegeben, verbrannt oder für die nächste Beerdigung aufgehoben.«

»Warum hat sich der Brauch nicht auch in anderen Gegenden verbreitet?«

»In einigen Regionen, etwa im Chiemgau, finden sich vereinzelte Beispiele. Aber richtig durchgesetzt in der Bevölkerung hat es sich nur im Bayerischen Wald. Sie müssen bedenken, Hochwürden, ab dem 17. Jahrhundert kam die Sargbestattung auf, das änderte die Gewohnheiten. Die Totenbretter wandelten sich zum Erinnerungsmal.«

»Und warum sind sie so häufig entlang der Straßen zu finden wie bei uns?« Baltasar betrachtete die Beispiele, die der Heimatpfleger ihm in seinem Fotoalbum zeigte.

»Nachdem die Totenbretter ihre ursprüngliche Funktion verloren hatten, nutzten sie die Einheimischen anderweitig und stellten sie auf, wie sie es von den Marterl kannten, den Kruzifixen, die kaum ein Wanderer übersehen kann. Die Idee dahinter war und ist, dass man ein Gebet spricht für den Verstorbenen oder das Kreuzzeichen macht. Um auf Ihre Frage zurückzukommen: Bei den jüngeren Totenbrettern befinden sich keine Gräber. Kommen Sie, schauen wir uns noch die Exemplare bei Regen an. Ist nicht weit zu fahren.«

Südlich der Kreisstadt Regen fuhren sie an der Burgruine Weißenstein vorbei, die auf einem Quarzfelsen, dem Pfahl, thronte. Wieder war Baltasar mulmig zumute: Folgte ihnen ein Fahrzeug? Wurden sie beobachtet? Bald erreichten sie eine Holzkapelle, bei der sie stehen blieben. »Das ist ein

Beleg dafür, dass die Totenbretter nicht immer nur freistehend montiert wurden«, sagte der Heimatpfleger. Mehrere Exemplare hingen an der Außenwand, sie waren kleiner als jene auf den Feldwegen, wirkten wie Votivtafeln von Wallfahrtskirchen. »Die Inschriften, wie Sie sicher bemerkt haben, Hochwürden, waren bisweilen durchaus humorvoll: ›Hier ruht Barbara Genter, sie wog zweieinhalb Zentner, gebe ihr Gott in der Ewigkeit nach ihrem Gewicht die Seeligkeit.‹ Oder was halten Sie von diesem Spruch über eine siebenundsiebzigjährige Frau? ›Kaum blühte sie zur Rose auf, war ihr das Grab beschieden.‹«

Eine Zeitlang studierten sie die verschiedenen Texte, während Rossmüller einzelne Motive fotografierte. »Ich versuche alles festzuhalten, von den alten, verloren gegangenen Totenbrettern gibt es nämlich dummerweise nur wenige Aufnahmen. Fast alle antiken Stücke sind längst verschwunden. Das hatte seinen Grund. Die Leute glaubten, die Seele des Verstorbenen müsse so lange im Fegefeuer bleiben, bis das Totenbrett komplett zerfallen war. Erst dann war sie frei. Deshalb benutzten die Angehörigen meist Fichtenholz, das vergammelte schnell.«

Rossmüller schlug vor, noch eine dritte Ausflugsstation anzusteuern, die Gemeinde Arnbruck, gut zwanzig Kilometer nördlich von Regen. Die Route führte westlich von Bodenmais vorbei bis zum Ortseingang der Gemeinde Arnbruck. Baltasar sah im Rückspiegel ein dunkles Fahrzeug, das ihnen in gleichmäßigem Abstand folgte und keine Anstalten machte zu überholen. Er fuhr an den Straßenrand, stellte den Motor ab und wartete. Der Fahrer hinter ihm gab Gas und überholte sie. So sehr sich Baltasar auch bemühte, das Gesicht des Fahrers war nicht zu erkennen.

War es dasselbe Auto wie vorhin? Er war sich nicht sicher. Warum sollte ihnen jemand folgen?

Die Galerie der Totenbretter war nicht zu übersehen. Es waren etwa achtzig Exemplare, die sich bei der Liebfrauenkapelle aneinanderreihten. Das Gotteshaus aus der Barockzeit war zugleich eine kleine Wallfahrtskirche. Sie gingen hinein, Baltasar verharrte vor dem Altar mit der Statue der Mutter Gottes und dem Christuskind. Die Marienverehrung zeigte sich in weiteren Statuen an den Seitenwänden, Blumen lagen darunter, Weihekerzen unterschiedlicher Größe brannten, verziert mit Kreuzen und lateinischen Sprüchen. Eine zeigte ein Wachsbildnis der Kirche, eine andere zwei gekreuzte Rosen. Rossmüller erzählte von der Legende: Als der Schuster Wolff Schleiderl todkrank darniederlag, gelobte er den Bau einer Kapelle »Marien Heimsuchung«, wenn sie ihn errettete. So geschah es, und im Jahr 1644 wurde der Grundstein gelegt.

Baltasar und Rossmüller schritten die Straße ab, um jedes einzelne Erinnerungsmal zu inspizieren. Das älteste stammte aus dem 19. Jahrhundert, manche waren vom Wetter fast schwarz gegerbt, andere zeigten die Schriften auf weißem Grund, und auf einigen hatten die Nachfahren ein Foto des Verstorbenen angebracht.

»Der Brauch der Totenbretter ist in den vergangenen Jahren wieder aufgeblüht.« Rossmüller ging zurück zum Auto. »Das liegt allerdings weniger an einer Welle der Frömmigkeit als vielmehr daran, dass die Gemeinden durch die Brauchtumspflege Touristen anlocken wollen. Deshalb wurden neue Totenbretter aufgestellt und alte restauriert.«

Auf der Heimfahrt musste Baltasar die Frage loswerden, die ihn am meisten umtrieb. Er berichtete von dem Fund der Polizei und dem ungesühnten Verbrechen. »Glauben Sie, Herr Rossmüller, da besteht eine Verbindung zu den Totenbrettern?«

»Ich hab die rekonstruierte Zeichnung vom Gesicht des Mädchens in der Zeitung gesehen und den Artikel gelesen«, sagte der Heimatpfleger. »Die Fundstelle kenne ich, dort hab ich vor zwei Jahren fotografiert.« Er blätterte in seinem Album, bis er die Seite fand. Baltasar schielte vom Steuer auf die Aufnahmen, es war dieselbe Anordnung der Gedenktafeln, wie er sie kannte.

»Über die Familiennamen auf den Inschriften weiß ich nichts, auch nicht, wie lange die Totenbretter dort schon stehen. Wenn der Mörder das Opfer dort absichtlich vergraben hätte, zeugt das in meinen Augen von einem kranken Gehirn.«

17

Kommissar Dix lief auf und ab wie ein Panther im Käfig. Er blieb vor dem Spiegel stehen, rückte das Revers seines Sakkos gerade, ging weiter, kam zurück, überprüfte den Sitz der Krawatte.

»Mirwald, wie sehe ich aus?«

»Wie ein Kommunionsschüler.« Der Assistent lehnte am Tisch. »Musste es denn ein schwarzer Anzug sein?«

»Das verstehen Sie nicht, Mirwald, das ist hier Brauch. Und die Schuhe, passen die dazu?«

»Man könnte meinen, Sie gingen zu einem Rendezvous, so wie Sie sich anstellen, Herr Dix.«

»Ich bin verheiratet, wie Sie wissen. Ein seriöses Erscheinungsbild kann nicht schaden, das macht Eindruck. Das sollten Sie sich für künftige Ermittlungen merken, Mirwald.«

»Wissen Sie schon, was Sie sagen werden?«

»Natürlich weiß ich ... Machen Sie mich nicht nervös. Eine solche Situation hat man nicht jeden Tag.«

»Das können Sie laut sagen. Wenn Sie der Dienststellenleiter jetzt beobachten könnte, der würde vor Begeisterung ...«

»Still jetzt, ich will nichts mehr hören. Glauben Sie, ich bin angemessen gekleidet, Hochwürden?«

»Wunderbar sehen Sie aus.« Baltasar versuchte seine Worte glaubwürdig klingen zu lassen. Er holte seine Kasel aus dem Schrank und streifte sie über. »Wir sollten noch die Details Ihres Auftritts klären, Herr Dix.«

Der Kommissar hatte gebeten, vor der Gemeinde sprechen zu dürfen, um sie zur Mithilfe bei den Ermittlungen zu bewegen. Nach kurzem Zögern hatte Baltasar zugestimmt, auch um die Spannungen mit der Kriminalpolizei Passau nicht noch zu verstärken.

»Was meinen Sie damit? Ich sag einfach ein paar Worte, dann verschwinde ich wieder.«

»Ganz so einfach ist es nicht, Herr Kommissar. Schließlich feiern wir einen Gottesdienst. Deshalb sollten wir auf einen würdigen Rahmen achten.«

»Was heißt das? Soll mein Kollege als Ministrant für Sie arbeiten?«

Mirwald bekam einen Hustenanfall. »Alles, nur das nicht. Ich verdrück mich nach hinten.«

»Wann wollen Sie den Kirchenraum betreten? Sie brauchen nur durch diese Sakristeitür zu gehen und gelangen direkt zum Altar.« Baltasar deutete auf den Durchgang.

»Ich weiß nicht so recht ...«

»Wollen Sie hier drin warten, und ich lasse Sie holen?« Baltasar zwinkerte Mirwald zu. »Ich kann auch die Altarschellen erklingen lassen, als Signal für Ihren Einsatz. Oder die Orgel intoniert den Hochzeitsmarsch.« Mirwald drehte seinem Kollegen den Rücken zu und hielt sich die Hand vor den Mund, um nicht loszuprusten.

Dix achtete nicht darauf. »Was meinen Sie, Hochwürden?«

»Sie wollten doch einmal der Rockstar sein und ausprobieren, wie es sich anfühlt, wenn alle Augen auf Sie gerichtet sind. Jetzt haben Sie die Chance dazu, vermasseln Sie es nicht.«

»Gibt es denn keine andere Lösung, was Unauffälligeres?«

»Dann schlage ich vor, Sie gehen ins Freie, benutzen ganz normal den Haupteingang und setzen sich in die erste Reihe. Kurz vor Schluss der Andacht werde ich Sie ankündigen.«

»Gut, das ist gut.« Dix klang erleichtert. »Aber wo stelle ich mich hin, hinter den Altar, neben den Altar, vor den Altar?«

»Vor den Altar, da brauchen Sie nur drei Schritte zu machen. Einverstanden?«

Die Kirche war bis auf den letzten Platz gefüllt, einige Besucher mussten sogar stehen. Man sollte die Polizei öfter einladen, dachte Baltasar, als Publikumsmagnet. An dem Ansturm war er freilich nicht ganz unschuldig, schließlich hatte er im Vorfeld den Auftritt der Kriminalpolizei per Plakat angekündigt.

Und sie kamen, um zu sehen und zu hören. Es herrschte Premierenatmosphäre, und das bei freiem Eintritt. Hüsteln und Getuschel. Die Männer hatten den Sonntagsanzug herausgeholt, die Frauen übertrumpften einander mit ihren Gewändern. Vielen war die Sensationslust anzusehen: Würde der Kommissar heute neue Ermittlungsergebnisse vortragen, am Ende gar eine Verhaftung vornehmen?

Sebastian schwenkte das Turibulum. Für den besonderen Anlass hatte Baltasar eine Weihrauch-Mischung aus Ägypten gewählt, ein herbes Aroma aus Kampfer und Styrax. Er inhalierte eine Brise, ließ den Rauch in der Lunge verweilen und durch die Nase entweichen.

»Lasst uns beten.«

Die Menschen waren gekommen, um etwas Besonderes zu erleben, also lieferte er ihnen heute eine Sondervorstellung. Denn das war es im Kern, was ein katholischer Priester den Gläubigen bot, eine Aufführung jenseits des Alltagslebens, in einer Umgebung, die Respekt einforderte und die Grundstimmung festlegte. Die Lieder und Botschaften waren tausendfach erfolgreich getestete Instrumente, die Gläubigen zu erreichen und ein spirituelles Erlebnis auszulösen. Der Ablauf der Liturgie setzte auf eine raffinierte Dramaturgie mit Höhepunkten und Phasen der Entspannung, wie es sich die Theaterautoren der griechischen Antike nicht besser hätten ausdenken können.

Baltasar hielt feierlich die Arme ausgebreitet. Er wartete, bis alle Augen auf ihn gerichtet waren, dann zählte er leise bis drei, hielt die Spannung noch einen Moment und ließ die Arme wieder sinken, um sie sogleich zum Gebet zu falten. Er stimmte ein Lied an, die Gemeinde fiel ein, und die Kraft des gemeinschaftlichen Singens ließ die Gesichter glühen. Der Kommissar in der ersten Reihe war unüberhörbar, neben ihm der Bürgermeister mit seiner Frau und dem Sparkassendirektor, Vereinsvorsitzende und ein Parteifunktionär. Die Metzgersgattin Emma Hollerbach hatte ihr Haar toupiert und mit einem seltsamen Hut drapiert, der aussah, als ob Vögel darin nisteten. Am Rand saß Walburga Bichlmeier, ihre Hände auf einen Stock gestützt und ins Leere starrend.

Thema der Predigt war die Wiederauferstehung. Baltasar zog Parallelen zu der Unbekannten, die plötzlich aus ihrem Ackergrab aufgetaucht war. Er sprach von Suche und Heimat, von der Beziehung der Mutter zu ihrem Kind. Von Unrecht und Gerechtigkeit, von der Verantwortung des Einzelnen. Während seiner Ansprache beobachtete er die Besucher, versuchte in den Mienen zu lesen, ob jemand durch eine Reaktion verriet, dass er mehr über den Fall wusste. Vergeblich. Selbst Alfons Fink und seine Ehefrau Gabriele blieben reglos sitzen. In der letzten Bank entdeckte Baltasar die Familie Schindler, sonst seltene Kirchgänger, eine Reihe weiter vorn Nepomuk Hoelzl, der sich ebenfalls so gut wie nie blicken ließ.

Kurz vor Schluss der Messe suchte Baltasar den Blickkontakt mit dem Kommissar und nickte ihm zu. Dix rutschte auf seinem Sitz herum, die Hände verknoteten sich, seine Lippen bewegten sich lautlos.

»Liebe Gemeinde, bevor ich den Segen spreche, möchte ich um Ihre Aufmerksamkeit bitten.« Baltasar machte eine bedeutungsschwangere Pause. »Wie Sie wissen, ist das Skelett eines unbekannten Mädchens bei uns gefunden worden. Herr Kriminalhauptkommissar Wolfram Dix ist mit seinem Kollegen aus Passau zu uns gekommen, um ein paar Worte an die Gemeinde zu richten. Bitte, Herr Dix.«

Der Kommissar schoss hoch, sein Gesangbuch fiel zu Boden, er hob es auf und trat vor. Er räusperte sich. Baltasar gab ihm unauffällig einen Klaps auf die Schulter und flüsterte: »Das machen Sie wunderbar.«

»Hochverehrte Anwesende, meine Damen und Herren.« Dix schaute nach links und nach rechts, als erwarte er, dass jemand applaudierte. Da es ruhig blieb, setzte er erneut an und kam langsam in Fahrt. Er berichtete von den bisherigen Ermittlungsergebnissen und erklärte, die aktive Mithilfe der Bevölkerung zu benötigen. Wer die Tote kenne oder etwas über sie wisse, solle sich bei ihm melden. Schließlich bedankte er sich für die Aufmerksamkeit und sah erwartungsvoll in die Menge. Niemand klatschte. Mit gesenktem Kopf nahm Dix wieder Platz.

Nachdem Baltasar den Segen erteilt hatte, eilte er zum Ausgang, um die Kirchgänger persönlich zu verabschieden. An der Tür hatte bereits Oliver Mirwald Stellung bezogen, in der Hand einen Packen Fotokopien mit dem Bild und den Daten des Mädchens. Während er sie verteilte, ermahnte er die Menschen, sich auch bei Vermutungen und Gerüchten aus zweiter Hand an die Polizei zu wenden.

Dann trat Dix zu ihnen.

»Und, wie war ich?«

»Große Klasse, ehrlich.« Mirwalds Miene blieb ungerührt. »Sie haben Talent für die Bühne.«

»Wirklich? Mir hat's jedenfalls Spaß gemacht. Habe ich auch laut genug gesprochen, Hochwürden?«

Baltasar bestätigte ihm, alles sei klar und deutlich bei den Besuchern angekommen.

»Eine Sache noch, Herr Senner.« Mirwald drehte sich zu ihm. »Wir sind Ihnen wirklich dankbar, dass Sie diese Aktion unterstützt haben. Aber lassen Sie's nun bitte gut sein und unternehmen Sie keine Ermittlungen mehr auf eigene Faust. Das ist jetzt was für die Profis, klar?«

Baltasar wusste nicht, was er darauf antworten sollte. Besser, er hielt den Mund. Er würde ohnehin das tun, was notwendig war. Und da konnte ihn allenfalls der liebe Gott bremsen.

Dix und Mirwald verabschiedeten sich. Baltasar wollte gerade das Portal schließen, als eine Frau mit Stock heraushumpelte, in der Hand das Bild des Mädchens. Sie blickte sich um, als habe sie sich verlaufen.

»Frau Bichlmeier, ich habe Sie glatt übersehen. Geht's Ihnen gut? Soll ich Sie heimbringen, oder soll Sie jemand mit dem Auto mitnehmen?«

Die Alte schien ihn nicht zu beachten. Ihr Kopf wippte hin und her. Ständig tippte sie auf die Fotokopie und sagte: »Des Madl hat der Deifi gseng, des Madl hat der Deifi gseng!«

»Was reden Sie da, Frau Bichlmeier?«

»Der Deifi steckt in ihr. I woaß, i woaß des ganz genau. Deshalb hat's sterbn müssen, des Madl. Des is sicher. Der Deifi hat's gholt.«

18

Es roch nach frisch gebrühtem Kaffee. Baltasar verabscheute alle Maschinen, die den Kaffee mehr oder weniger automatisch produzierten, ohne die Eigenheiten der Bohnen zu berücksichtigen und das Beste aus ihnen herauszukitzeln. Deshalb ging nichts über den guten alten Handaufguss, den Teresa nach anfänglichem Widerstand pflegte – vor allem, weil er besser schmeckte als ein normales Gebräu. Baltasar goss sich eine Tasse ein und bestrich eine Semmel mit Erdbeermarmelade. Er nahm einen Schluck. Der Kaffee schmeckte anders als sonst. Ganz anders. Teresa beobachtete ihn von der Spüle aus.

»Haben Sie's gemerkt?«

»Sie sprechen in Rätseln, Teresa.«

»Der Kaffee. Ist anders heute. Besonders lecker.«

Baltasar kannte ihre eigenwillige Interpretation des Wortes »lecker«. Also war er auf der Hut.

»Was haben Sie da hineingemischt?«

»Nix. Ist wie immer. Nur anders.«

Er nahm einen weiteren Schluck. Das Aroma war nicht wie sonst, nicht schlecht, nur eben anders.

»Seltsam. Was haben Sie mit dem Wasser gemacht?« Er wusste, dass der Grundstoff elementar für das Gelingen eines guten Gebräus war, mindestens ebenso wichtig wie die Bohnen. Der Kalkgehalt, der Mineralienanteil, die Abfüllung – alles beeinflusste den Geschmack.

»Ist reines Wasser. Ein spezielles Wasser. Heiliges Wasser.«

»Heiliges Wasser? Sie meinen sicher Weihwasser. Unter uns: Das kommt aus der Leitung, ist allerdings gesegnet.«

»Nein, nein, richtiges heiliges Wasser von der Jungfrau Maria. Hab ich selbst gezapft.«

Wollte Teresa ihn auf die Probe stellen oder einfach nur veräppeln? Zuzutrauen wäre es ihr. Er hielt nichts von den diversen Wunderwässerchen, die zu Wucherpreisen an heiligen Orten angeboten wurden, egal, ob sie aus Lourdes in Frankreich oder aus dem Jordan in Israel stammten.

»Ist das eine spezielle Marke, vielleicht aus Italien?«

»Hab ich aus Quelle, im Wald.« Sie holte eine halbvolle Flasche aus dem Kühlschrank. »Hilft gegen Durchfall, Verstopfung, Herzklopfen und Unfruchtbarkeit. Sie können es auch zum Einreiben nehmen, gerade bei Rheuma.«

»Danke, ich benutze Wasser zum Waschen und zum Trinken. Wo genau haben Sie das Zeugs her?«

»Das ist kein Zeugs! Ich war bei der Marienquelle im Wald und habe es von dort geholt. Das tun viele Leute! Ich in Metzgerei ein Gespräch mit angehört.«

Baltasar hatte von einer Gesundheitsquelle gehört, die eine halbe Stunde Fußmarsch entfernt und etwas versteckt an einem Berghang lag. Wenn er sich nicht irrte, war er vor einigen Jahren selbst mal dort vorbeigewandert.

»Ich kenne den Ort. Das ist gewöhnliches Wasser, auch nicht besser als das aus dem Hahn. Die Mutter Gottes hat da nicht ihre Finger im Spiel, das dürfen Sie mir als Priester ruhig glauben, Teresa.«

»Sie wissen nichts! Sie nur reden und nichts wissen!« Die Haushälterin klang erzürnt. »Ungläubig sind Sie! Bei der schwarzen Madonna von Tschenstochau, ich sage Ihnen, das sein ein besonderes Wasser. Gehen Sie doch selbst hin und überzeugen Sie sich!«

Sie lief hinaus und knallte die Tür hinter sich zu. Baltasar seufzte. Frauen konnten manchmal anstrengend sein. Um seinen guten Willen zu demonstrieren, beschloss er, zu dieser Quelle zu gehen. Er zog sich um und suchte feste Schuhe heraus. Als er gerade das Haus verlassen wollte, spähte Teresa aus der Küchentür.

»Sie gehen?«

Er nickte.

»Dann Sie bringen mir Nachschub mit – bitte.« Sie drückte ihm einen Rucksack mit zwei Plastikflaschen in die Arme. »Sie müssen unbedingt vor Ort probieren, das ist reines Bio.«

Er hoffte, dass er sich noch an den Weg erinnern konnte. Sobald er den Ort hinter sich gelassen hatte, atmete er durch. Das Wetter war perfekt für einen Ausflug. Um diese Jahreszeit zeigte sich der Bayerische Wald von seiner schönsten Seite, wenn die Farben der Landschaft sich je nach Lichteinfall änderten.

Als er in den Wald eintauchte, musste er sich erst an das Dämmerlicht gewöhnen. Er folgte der Forststraße, die tiefer in das Dunkel führte, Furchen und Reifenspuren deuteten darauf hin, dass sie regelmäßig von Traktoren benutzt wurde. Schon bald endete die Straße, und ein schmaler Weg schloss sich an, der sich zwischen den Bäumen hindurchschlängelte und dem Hang folgte. Links ging ein Pfad ab. Baltasar war sich unsicher, ob er ihn nehmen sollte, tat es aber dann doch.

Der Boden federte unter seinen Füßen, festgetretene Erde wechselte mit Moos und Nadelteppich, während das Gelände steiler und das Licht spärlicher wurde. Nach einiger Zeit merkte er, wie der Untergrund feuchter wurde, und wenige Meter weiter hörte er ein Gurgeln. Er stieß auf einen Bach, mehr ein Rinnsal, und wusste, er war zu weit unterhalb der Quelle gelandet. Jetzt brauchte er nur noch dem Wasserlauf bergauf zu folgen. Der Anstieg wurde steiler, mehrmals glitt er aus und musste sich abstützen. Umgefallene Baumstämme standen im Weg, und an einer Stelle war der Hang ins Rutschen gekommen, sodass die Wurzeln aus der Erde hervorbrachen.

Baltasar glaubte, Stimmen zu hören. Er blieb stehen und lauschte. Tatsächlich, die Stimmen waren nun deutlich zu unterscheiden. Sie mischten sich in das Plätschern der Quelle, ein gleichmäßiges Flüstern in einer Sprache, die niemand verstand. Baltasar ging näher heran.

Hinter einem Busch blieb er stehen. Das Wasser sprudelte aus einer Mulde im Boden, sammelte sich in einem Felsbecken und nahm von dort seinen Weg bergab. Vor dem Naturbecken knieten zwei Männer und schöpften mit einem Becher das Wasser in Thermoskannen.

»Kommst du morgen?«, fragte der eine. Baltasar schob einen Zweig beiseite und erkannte Hubert Schindler, den Sohn von Lydia. Er lebte noch bei seinen Eltern und schien keiner geregelten Beschäftigung nachzugehen. Wahrscheinlich hatte er es nicht nötig zu arbeiten und konnte, wie die gesamte Familie, von den Zinsen der Immobilienverkäufe leben. Sein Gesprächspartner war Nepomuk Hoelzl, der Einsiedler. Er trug einen Blaumann. An seiner Seite standen zwei Reisetaschen mit Flaschen.

»Weiß nicht, hab eigentlich genug mit der Vorbereitung unseres nächsten Treffens zu tun. Und arbeiten muss ich auch noch.«

»Mach doch einen Tag blau. Du musst doch nicht jeden Tag wie ein Missionar auf Achse sein.«

»Ich hab meine Prinzipien, des weißt du. Daran ist nicht

zu rütteln. Schließlich profitiert unsere kleine Gemeinschaft davon.«

»Hast ja recht. Aber es gibt auch noch andere Dinge, die wichtig sind. Wir treffen uns am Freitagabend wieder hier?«

»Wie immer. Die anderen wissen Bescheid.«

Sie unterhielten sich eine Weile über Belangloses. Baltasar versuchte bequemer zu stehen und achtete auf seine Tarnung, denn um sich zu erkennen zu geben, war es nun zu spät. Plötzlich fiel das Wort »Kommissar«. Baltasar horchte auf.

»Tritt dieses Schroamaul tatsächlich in der Kirch auf, dieser herglaffane Pfiffkas«, verfiel Hoelzl in Dialekt. »Auf so ein hamma grad no g'wartet, dass der aus Passau kimmt und uns erklärn wolat, wo's langgeht.«

»Und der Begleiter erst, dieser junge Lackaff, mit seim Gfries, hält sich für was Besseres. Dabei kann er kaum bis drei zählen.«

»Dieser Pfarrer is' mit schuld, warum hat er die Schwollschädl überhaupt eingeladen? Man merkt, dass er net von hier is. Seinem Vorgänger wär ein solcher Fehler nicht passiert.«

»Jetzt laufen die Kripo-Heinis schon im Ort herum und fragen jeden nach dem Mädchen. Bin gespannt, wann sie bei mir auftauchen. Denen sag ich aber die Meinung, das kannst mir glauben.«

Hubert Schindler verstaute seine Thermoskannen. »Ich sag's ganz ehrlich, ich will von der ganzen G'schicht nix wissen, ist schon so lange her. So ein Krampf, die alten Sachen aufzuwärmen.«

»Irgendwie kam mir das Madl bekannt vor, die auf dem Bild, das die Polizisten verteilt haben.«

»Hörst du damit auf?« Schindler trompetete die Worte hinaus. »Ich will davon nichts hören, ist das klar? Hab ich mich deutlich genug ausgedrückt?«

»Jetzt krieg dich wieder ein, ich bin doch nicht schwerhörig. Wie konnt ich wissen, dass du so empfindlich bist wie ein Weibsbild.«

»Ich habe meine Gründe und damit basta! Packen wir zusammen, wir haben noch einen längeren Rückweg mit unserer Ware vor uns.«

Baltasar wartete, bis die beiden außer Hörweite waren, und ging zu der Quelle. Er konnte sich noch erinnern, wie er seinerzeit hier vorbeigekommen war, damals war es nur ein Rinnsal, das aus der Erde entsprang, nüchtern, wie die Natur es geschaffen hatte. Jetzt war dieser Ort völlig verändert. Die Quelle war mit Steinen eingefasst worden. Auf den Simsen rund um das Becken standen unzählige Devotionalien, die von Besuchern dort abgelegt worden waren: Amulette, Ringe, Schnitzereien, mehrere Ketten, Marienstatuen aus Ton, Kreuze, Teddybären, Fotografien und Grablichter. Farbige Bänder schmückten die Bäume der näheren Umgebung, in der Rinde hatten sich Liebespaare mit Monogrammen und Jahreszahlen verewigt. Alles machte einen gepflegten Eindruck, als ob jemand sich regelmäßig darum kümmerte.

Als Baltasar einige Schritte bergauf ging, bot sich die nächste Überraschung. In eine Nische des Berges war eine winzige Kapelle gebaut worden, nur zu erkennen, wenn man an der richtigen Position stand. Sie war mannshoch, eigentlich mehr wie ein Marterl aus Stein, doch sie verfügte über ein Dach und eine eingelassene Vitrine aus Glas. Darin stand, etwa einen Meter groß, eine Marienstatue, um deren Hand ein Rosenkranz gewickelt war. Solide Arbeit, dachte Baltasar, es war sicher eine große Mühe gewesen, all das Material hier hochzuschleppen und das Bauwerk zu errichten. Und bisher war alles im Verborgenen geblieben. Diejenigen, die um diesen Ort wussten, hielten ihren Mund.

In der Kapelle brannten Kerzen, von denen ihm eine besonders ins Auge stach. Sie zeigte zwei gekreuzte Rosen. In der Marienkapelle Arnbruck bei den Totenbrettern hatte er ein ähnliches Symbol gesehen. Er sah sich weiter um, betrachtete die Andachtsbildchen und Blumensträuße, die vor der Vitrine lagen. Gefaltete Zettel steckten in den Ritzen des Mauerwerks. Baltasar nahm einen heraus und las: »Hilf, dass ich wieder gesund werde.«

Was war die Anziehungskraft dieses Ortes? Warum errichteten Menschen mitten im Wald eine Gebetsstätte? Und vor allem: Wer hatte das alles in Gang gesetzt?

Baltasar probierte von der Quelle. War sie die Ursache von allem – ein heiliges Wasser, entsprungen aus der Tiefe des Berges? Er bewegte die Flüssigkeit im Mund hin und her, als ob er einen Wein kostete, spuckte aus, nahm einen neuen Schluck. Nun, ganz objektiv, es schmeckte wie Wasser. Wenn er ehrlich war, wie das Leitungswasser daheim, etwas frischer zwar, weil direkt aus der Natur, aber ansonsten – Wasser. Und der Heilige Geist war deshalb auch nicht in ihn gefahren, er fühlte sich weder jünger noch kräftiger. Aber ihm war klar, dass andere Menschen aus der Gemeinde das anders sahen. Sie glaubten daran – wie Teresa. Er füllte die Flaschen für seine Haushälterin und machte sich auf den Heimweg.

19

Für jeden katholischen Pfarrer gab es unangenehme Pflichten, über die man lieber schwieg. Zu diesen Bürden, die das Amt mit sich brachte, gehörte beispielsweise die Teilnahme an Vereinstreffen, weil Kaninchenzüchter und Sportschützen sich einbildeten, ihre neue Fahne brauche dringend göttlichen Segen und einige Spritzer Weihwasser. Oder die Einladungen zu Geschäftseröffnungen, meist mit schlechtem Essen und noch schlechteren Getränken, wo sterbenslangweilige Ansprachen einen folterten und das Prosit mit Zuckerwasserwein aus dem Supermarkt erfolgte. Dummerweise brachten all diese Veranstaltungen eine mehr oder weniger großzügige Spende in die Kasse der Kirchengemeinde, was einem half, eigene Projekte zu finanzieren. In Baltasars Augen jedoch war das schwer verdientes Schmerzensgeld.

Am schlimmsten aber für jeden Seelsorger war der Zeitpunkt, wenn er von seinem Dienstherrn zum Rapport gerufen wurde. Natürlich war es von der Diözese netter formuliert, als »Einladung«, die man aber – wie auf Sizilien – nicht ablehnen konnte. Mitbestimmung galt in diesen Kreisen nämlich als Fremdwort, das auszusprechen sofortige Mundfäule hervorrief. Man hatte zu gehorchen, da verstanden die Oberen keinen Spaß, und schon gar nicht Bischof Vinzenz Siebenhaar in Passau.

Vallerots Auto parkte Baltasar in der Nähe des Hauptbahnhofs und ging durch die Fußgängerzone bis zum Domplatz. Das Palais des Bischofs nahm fast die gesamte Breite der Ostseite ein. Durch Milchglastüren ging es hinauf ins Allerheiligste. Der Vorgesetzte empfing ihn in seinem Büro.

»Herr Senner, Gott zum Gruße, wie schön, Sie wieder bei uns zu haben.« Siebenhaar klatschte in die Hände. »Wir haben viel zu selten das Vergnügen.«

Nicht selten genug, dachte Baltasar und erwiderte den Gruß. »Sie sehen besser aus denn je, Euer Exzellenz.« Soweit man das bei der dürren Gestalt sagen konnte.

»Lassen Sie das Exzellenz weg, Senner. Wir sind doch unter uns. Was macht Ihre Gemeinde?«

»Im Moment ist alles ein bisschen aufregend, dafür ist die Kirche gut gefüllt.« Baltasar fragte sich, wann der Bischof auf den Kriminalfall zu sprechen kam. Denn deswegen war er vermutlich hierherbestellt worden.

»Das freut mich, wenn Sie solchen Zulauf haben. Bei Ihnen wohnen eben treue Katholiken.«

»Es sind liebenswerte Menschen.«

»Meinen Sie damit auch Ihren Freund, diesen Franzosen, wie heißt er doch gleich, Waller?«

»Vallerot. Philipp Vallerot.«

»Habe ich Ihnen nicht schon früher gesagt, keinen Umgang mit diesem Atheisten zu pflegen? So etwas gehört sich nicht für einen katholischen Priester.«

»Ich bin zuversichtlich, ihn noch zu bekehren – irgendwann.«

»Warum missachten Sie meinen Wunsch? Ist es zu viel verlangt, wenn ich Sie darum bitte? Sie müssen bedenken, es geht nicht nur um Ihren Sturkopf, sondern auch um das Ansehen der Diözese...«

»Der liebe Gott ist gütig und geduldig. Er sorgt sich um jedes seiner verirrten Schäfchen. So wie ich. Außerdem halte ich es für meine Privatsache, das hat nichts mit meinem Amt zu tun.«

»Ein Pfarrer ist immer im Dienst, das wissen Sie. Ich würde nichts sagen, wenn Sie sich ausschließlich um die Gemeindearbeit kümmerten.«

Jetzt sind wir beim Thema, dachte Baltasar. »Bei mir kommt kein Mensch zu kurz.«

»Aber ich mache mir Sorgen, Senner. Sehen Sie es einem alten Mann nach, dass er sich sorgt. Mir ist da einiges zu Ohren gekommen, was mich um meinen Schlaf bringt.«

»Sie schlafen schlecht? Meine Haushälterin hat dafür ein wunderbares Mittel von ihrer Großmutter aus Polen.«

»Mich hat ein Herr von der Kriminalpolizei Passau angerufen. Ein gebildeter Mann, ein Doktor Mirwald. Er hat mir von dem toten Mädchen erzählt und welche Rolle Sie dabei gespielt haben. Ein Skelett ausgraben, Senner, ich bitte Sie! War das schon peinlich genug für mich, kam es noch schlimmer. Der Beamte sagte, Sie würden sich in polizeiliche Ermittlungen einmischen. Ich habe das natürlich abgestritten, ich bin immer auf der Seite meiner Truppen, aber im Innersten meines Herzens zweifle ich. Herr Senner, befreien Sie mich von meinen Zweifeln. Sagen Sie mir, dass da nichts dran ist und dass Sie die Beamten ihre Arbeit machen lassen.«

Es trat eine kurze Pause ein. Baltasar betrachtete die Ölgemälde an den Wänden, den Bronzeengel am Fenster, das Muster des Orientteppichs. »Ich mische mich nicht in die Ermittlungen der Polizei ein. Wenn mich aber Gemeindemitglieder um etwas bitten, kann ich doch meine Hände nicht in den Schoß legen, oder?« Das entsprach zwar nicht hundertprozentig den Tatsachen, aber er betrachtete es als großzügige Auslegung der Wahrheit. »Außerdem hat die Tote ein christliches Begräbnis verdient, da ist es doch meine Pflicht, mich um die Angelegenheit zu kümmern.«

»Herr Senner, Ihre eigenwillige Art wird Sie in Schwierigkeiten bringen, ich fühle das. Warum konzentrieren Sie sich nicht auf die Seelsorge in Ihrer Gemeinde, wie es all Ihre anderen Kollegen im Bistum auch machen? Keine Extratouren. Bitte.«

»Meine eigentliche Arbeit kommt nicht zu kurz, keine Sorge.« Wobei Baltasar offen ließ, was seine eigentliche Arbeit war. »Ich war und bin immer voll bei der Sache. Darauf können Sie sich verlassen, bei Gott.«

Der Bischof seufzte. »Senner, Senner, Ihr Engagement in Ehren, aber verlieren Sie Ihre Ziele nicht aus den Augen.«

Baltasar versuchte es mit einem Themenwechsel, um das Gespräch in andere Bahnen zu lenken. »Etwas brennt mir auf der Seele, Euer Exzellenz. Da könnten Sie mir vielleicht helfen.«

»Dazu bin ich da, Senner. Und sparen Sie sich die Exzellenz. Betrachten Sie mich als Ihren Beichtvater. Wo drückt's denn?«

»Es ist mehr ein irdisches Problem. Um mich noch besser um meine Gemeindemitglieder zu kümmern, wie Sie zu Recht anregen, bräuchte ich ein eigenes Auto. Nur mit dem Fahrrad zu fahren, das reicht nicht.«

»Aber das ist gesund. Da sind Sie an der frischen Luft. Menschen aus ganz Deutschland kommen in den Bayerischen Wald, um diese Luft zu atmen. Und Sie kriegen das ganz umsonst.«

»Meine Kollegen in unserer Region haben alle ein Auto.

Bei den langen Routen, die wir teilweise abzufahren haben, ist das nur vernünftig.«

»Ich beschäftige mich nicht mit solchen Details. Mir geht es mehr um das Spirituelle. Sie werden das schon hinbekommen. Bei Ihrem Improvisationstalent.«

»Bisher habe ich mir bei Bedarf den Wagen von Herrn Vallerot ausgeliehen. Da Sie selbst das Ansehen der Diözese angesprochen haben: Wie sieht das denn aus, wenn ein katholischer Pfarrer einen Atheisten um Unterstützung bitten muss, weil die eigene Diözese nicht helfen kann oder will?«

»Wir haben Ihnen in der Vergangenheit immer großzügig unter die Arme gegriffen, wenn es nötig war. Jesus Christus ist zu Fuß durch Galiläa gewandert, hatte nur das Nötigste dabei, und uns verlangt es nach materiellem Luxus. Wir sollten uns auf die Bibel zurückbesinnen und mehr Demut zeigen.«

»Heißt das, Sie wollen mit gutem Beispiel vorangehen und künftig auf Ihr Auto verzichten?«

»Nun werden Sie nicht impertinent, Senner.« Die Worte des Bischofs zerbröselten. »Für diese Themen ist der Generalvikar zuständig. Schauen Sie gleich bei ihm vorbei und reden Sie mit ihm über Ihr Anliegen. Ich melde Sie an.«

»Dann verabschiede ich mich jetzt.« Baltasar stand auf.

»Eine Sache noch, Senner.« Der Bischof war sitzen geblieben, also nahm auch Baltasar wieder Platz. »Ich habe eine kleine Bitte an Sie.«

Baltasars innere Alarmglocken schrillten. Die Bitten seines Dienstherrn hatten meist unerwünschte Nebenwirkungen.

»Ja?«

»Unsere Diözese erhält demnächst Besuch. Von einem

alten Freund, einem Jesuitenpater. Wirklich ein netter Mensch. Er hat den Wunsch geäußert, einige Gemeinden in Niederbayern besser kennenzulernen. Es wäre wunderbar, wenn Sie sich gastfreundlich zeigten und den Mann einige Zeit bei sich aufnehmen könnten.«

»Einige Zeit?«

»Nun, ich weiß nicht, was Bruder Pretorius sonst noch besichtigen will. Ich verspreche Ihnen, er ist eine Bereicherung für Ihre Gemeinde. Ein sehr glaubensstarker Mann. Und nun gehen Sie zum Generalvikar. Gott zum Gruße, Herr Senner.«

Zumindest konnte Baltasar die Gelegenheit nutzen und einen seiner Kunden besuchen, der im Vorzimmer saß.

»Oha, Herr Senner, dass Sie sich in die Höhle des Löwen wagen«, begrüßte ihn Daniel Moor, ein jugendlich wirkender Mann Ende zwanzig. »Da muss ja was Außergewöhnliches vorgefallen sein. Hab schon von Ihrem Frankenstein-Ding gehört, Leichen ausgraben und so. Sie sollten sich mal andere Filme angucken. Was macht Ihre kleine Hausapotheke, gibt's wieder neuen Stoff?«

»Was Sie wollen. Zurzeit habe ich gleich mehrere Sorten Weihrauch im Angebot.«

»Und haut das genauso rein wie das letzte Mal? Da waren meine Freunde und ich ganz begeistert.«

»Ich könnte von allen eine kleinere Probierpackung zusammenstellen. Die Zutaten sind nur vom Allerfeinsten.«

»Das hoffe ich doch. Spezialmischung, oder? Ihr besonderes Geheimrezept.«

»Sie können sich auf mich verlassen. Bezahlung wie immer.«

»Ist gebongt. Also dann, auf in den Kampf, Torero. Der

Chef ist momentan in guter Stimmung – für seine Verhältnisse.«

»Sie verstehen es, einem Mut zu machen.« Baltasar klopfte an und betrat das Büro von Doktor Justus Castellion. Der Generalvikar begrüßte ihn und bot ihm einen Platz am Besprechungstisch an.

»Ich hab nicht viel Zeit, Herr Senner, die Akten stapeln sich bei mir. Herr Siebenhaar hat mich schon informiert, dass Sie unseren Besucher bei sich beherbergen wollen, da habe ich ein Problem weniger.«

»Über den Kollegen weiß ich ziemlich wenig ...«

»Mir hat der Bischof auch nur das Nötigste erzählt. Die beiden kennen sich von einem Symposium in Aachen. Bruder Pretorius will die Arbeit im Bistum studieren. Sie haben doch genug Platz im Pfarrheim?«

»Ja, natürlich, ich freue mich auf Gäste.«

»Da Sie über eine Haushälterin verfügen, hält sich die Mehrarbeit in Grenzen. Wie sind Sie mit Frau Kaminski zufrieden?«

»Alles bestens.« Nur bei den Kochkünsten hapert's, dachte Baltasar.

»Ausgezeichnet, dann wäre das geklärt. Der Pater wird sich bei Ihnen melden, sobald er anreist. Sonst noch was?«

Baltasar war verblüfft, wie elegant der Generalvikar sein eigentliches Anliegen überging. »Herr Siebenhaar meinte, Sie könnten einen Dienstwagen für die Gemeinde organisieren.«

»Die Kosten, Herr Senner, die Kosten. Jetzt kommen Sie mit Ihren Sonderwünschen. Als wir die Fahrzeuge für die anderen Gemeinden genehmigt hatten, da ging's uns noch besser.« Er holte einen Aktenordner und ließ ihn auf den Tisch fallen. »Da drin sind alle Rechnungen des vergangenen Monats. Was glauben Sie, was die Diözese alles bezahlen muss? Gehälter, Reisen, Kirchenrenovierungen und so weiter. Alles da drin.« Er klopfte auf den Deckel, als lauere darunter das Böse. »Noch dazu schmelzen unsere Einnahmen weg wie Schnee in der Frühlingssonne: Kirchenaustritte, weniger Erbschaften und Spenden – den Leuten sitzt das Geld nicht mehr so locker wie früher. Und jetzt halten Sie auch noch die Hand auf – wo soll ich das bloß hernehmen? Ich kann nicht wie Jesus Wasser in Wein verwandeln. Was nicht da ist, ist nicht da.«

»Verkaufen Sie doch einfach was, um die Löcher zu stopfen. Es wäre mir neu, dass die Kirche am Bettelstab geht.«

»Sie haben leicht reden, Herr Senner. Ich bin für den Haushalt im Bistum verantwortlich. Und unsere Kunstschätze sind heilig. Soll ich vielleicht den Vatikan verpfänden?«

Warum nicht, dachte Baltasar. »Denken Sie an meinen Besuch! Wie soll ich dem Pater denn die Gegend zeigen ohne fahrbaren Untersatz?«

Castellion erhob sich. »Ich will sehen, was sich machen lässt. Aber versprechen kann ich nichts. Schönen Tag noch, Herr Senner.«

20

Freitagmittag quengelte Teresa, weil ihr Vorrat an heiligem Wasser zu Ende ging und sie unbedingt ein neues Rezept für eine Fruchtschorle ausprobieren wollte, die Einkäufe aber noch nicht erledigt waren. Sie fragte Baltasar, ob er nicht zufällig einen größeren Spaziergang unternehmen und für Nachschub sorgen wollte, schließlich sei das Getränk auch für ihn gedacht.

Baltasar kam das Gespräch zwischen Nepomuk Hoelzl und Hubert Schindler wieder in den Sinn, das er in der Nähe der Quelle belauscht hatte. Sie hatten von einem ominösen Treffen am Freitagabend gesprochen. Je mehr er darüber nachdachte, desto seltsamer kam ihm eine solche Verabredung vor.

Denn nur um Flaschen aufzufüllen, brauchte es eigentlich kein Treffen, das konnte jeder auch allein erledigen. War nicht die Rede davon gewesen, dass andere Leute ebenfalls kamen? Was um Himmels willen hatten die dort oben zu suchen, warum trafen sie sich nicht im Ort?

Baltasars Neugier war geweckt. Er versprach Teresa, sich – ausnahmsweise – um das Wasser zu kümmern, sie solle allerdings nicht mit dem Abendessen auf ihn warten, da er erst später aufbrechen werde. Der Gedanke an seine kleine Expedition hob seine Laune. Er suchte sich dunkle Kleidung heraus und ging bei Philipp Vallerot vorbei, um sich ein Fernglas zu borgen.

»Gehst du auf die Pirsch?« Der Blick seines Freundes drückte Zweifel aus.

»So was Ähnliches.«

»Du hast doch gar keinen Jagdschein. Ich kenne deine verrückten Ideen, und das scheint mir gerade eine zu sein. Soll ich dich begleiten, um dich vor Dummheiten zu bewahren, falls dein Großer Außerirdischer gerade Besseres zu tun hat?«

»Es reicht, wenn du mir eine starke Taschenlampe borgst. Es könnte spät werden.«

»Je mehr du erzählst, desto mysteriöser klingt es. Ich habe ein schlechtes Gefühl, ich geh lieber mit, eine Schusswaffe kann ich auch mitnehmen, für Notfälle.«

»Ich bin doch nicht Gary Cooper in *Zwölf Uhr mittags*. Danke für dein Angebot, aber es ist nur ein Abendspaziergang.«

»Der Film war übrigens nicht schlecht. Grace Kelly hat mir in ihrer Rolle als Quäkerin besonders gut gefallen.«

»Nicht schlecht? Bist du verrückt? Das ist der beste Schwarzweiß-Western aller Zeiten!«

»Darüber ließe sich lange diskutieren. Also, pass auf dich auf, Marshal Senner!«

Da Baltasar nicht wusste, wann genau das Treffen stattfinden sollte, war er mit seinem Rucksack frühzeitig losmarschiert und hatte die Quelle diesmal sofort gefunden. Es war niemand dort. Er füllte Teresas Flaschen und suchte sich ein Versteck, von wo aus er sowohl die Quelle als auch die Kapelle im Blick hatte.

Nichts tat sich. Er hatte es sich in einer Mulde hinter einem Farnbusch bequem gemacht und kam sich vor wie ein kleiner Junge, der beim Cowboy- und Indianerspiel auf den entscheidenden Angriff der Sioux wartete. Nur dass seine Spielkameraden ihn offenbar vergessen hatten. Denn niemand kam. Die Minuten vergingen wie in Zeitlupe. Die Wipfel rauschten, die Äste knarzten, und Baltasar wurde es langweilig.

Ein Rascheln im Unterholz ließ ihn hochfahren. Und dann sah er plötzlich eine Gestalt. Er nahm das Fernglas an die Augen und stellte scharf. Die Frau trug eine Mütze, ihr Gesicht kannte er nicht; sie konnte also nicht aus seiner Gemeinde stammen. Sie holte einen Kanister aus ihrer Tasche und tauchte ihn in das Quellbecken. Dann setzte sie sich an den Rand und zündete sich eine Zigarette an. Nachdem sie zu Ende geraucht hatte, verstaute sie ihre Ladung und verschwand.

Wie spät mochte es sein? Baltasar hatte keine Uhr dabei, nur sein Magen sagte ihm, dass es Zeit zum Abendessen war. Vielleicht war es doch keine so gute Idee gewesen, hierherzukommen. Es konnte ja auch ein ganz anderer Freitag gemeint gewesen sein. Er überlegte, wie lange er noch hier liegen bleiben sollte, bis er wieder zurückging, und gab sich eine halbe Stunde. Nun schien sich die Zeit noch mehr zu dehnen. Unwillkürlich begann Baltasar die Sekunden zu zählen, unterließ es aber wieder und konzentrierte sich auf die Umgebung.

Waren die dreißig Minuten vorbei? Baltasar beschloss, dass es nun soweit war, stand auf, nahm den Rucksack und streckte seine Glieder. Fast hätte er vor Schreck sein Gepäck wieder fallen lassen. Vor ihm, keine zwanzig Meter entfernt, standen zwei Personen. Sie blickten in die entgegengesetzte Richtung. Hatten sie ihn gesehen? Warum hatte er sie nicht kommen hören? Er hielt den Atem an, ging langsam zu Boden und drückte sich in seine Mulde.

Die beiden, ein Mann und eine Frau, gingen zu der Kapelle und unterhielten sich leise. Nach und nach trafen weitere Personen ein, alle in Straßenkleidung, manche Frauen trugen ein Kopftuch, einige Männer Kappen oder Hüte. Es schien, als wartete die Gruppe auf jemanden. Baltasar zählte ein Dutzend Menschen, sie kannten sich, begrüßten sich mit Handschlag, redeten miteinander. Auffällig war, dass offenbar niemand Flaschen oder Kanister für das Wasser dabeihatte.

Wenig später kam eine Gestalt, die sofort die Aufmerksamkeit der anderen auf sich zog. Der Hut war tief ins Gesicht gezogen, der Mann trug einen dunklen Umhang, was dem Auftritt etwas Imposantes verlieh, aber Baltasar an Dracula-Filme mit Christopher Lee erinnerte. Fehlten nur noch die Fledermaus und die Beißerchen, dachte er. Nun formierte sich eine Reihe vor der Quelle, die Menschen hatten Kerzen angezündet und trugen sie vor sich her. Klein-Dracula marschierte voraus, tauchte den Finger ins Wasser und schlug das Kreuzzeichen. Er trat zur Seite, woraufhin die anderen seinem Beispiel folgten und dasselbe Ritual vollzogen. Der Mann sagte etwas, was in der Entfernung nicht zu hören war. Erneut formierte sich die Gruppe, diesmal als Zweierreihe. Sie stimmte ein Lied an, Baltasar musste sich konzentrieren, um den Text zu verstehen:

»*Sei gegrüßt, o Königin, Mutter der Barmherzigkeit,*
unser Leben, unsre Wonne und Hoffnung, sei gegrüßt!
Zu dir rufen wir verbannte Kinder, zu dir seufzen wir
trauernd und weinend in diesem Tal der Tränen.
Wohlan denn, unsre Fürsprecherin,
wende deine barmherzigen Augen uns zu.«

Er kannte das Lied, es war die deutsche Version von »Salve Regina«, einem katholischen Kirchengesang. Die Töne hallten durch den Wald, als wollten sie die Geister herbeirufen und besänftigen.

Die Prozession zog singend von der Quelle zu der kleinen Kapelle. Dort stellte jeder seine Kerze vor der Marienstatue ab, die Menschen bildeten einen Halbkreis, der Fledermausmann trat in die Mitte und hob die Arme. Sofort wurde es still. Sehr theatralisch, dachte Baltasar, der Obervampir hält eine Ansprache, bevor er sich sein Blutopfer aussucht. Biss zum Abendbrot.

Doch es kam anders. Die Anwesenden falteten die Hände und sagten etwas auf, das wie ein Gebet klang. Baltasar ärgerte sich, dass er sein Versteck so weit entfernt ausgesucht hatte, traute sich aber nicht, näher heranzuschleichen. Nicht auszudenken, wenn er jetzt ertappt würde!

Während der Zeremonienmeister eine Ansprache hielt, kam bei Baltasar nur Gemurmel an. Nur einzelne Worte konnte er in dem Sermon ausmachen: »Gelübde«, »ewiges Schweigen« und »Verdammnis«. Die Menschen nickten und riefen: »So ist es!« Der Anführer drehte sich um und kniete vor der Marienstatue nieder.

Baltasar tastete nach dem Fernglas. Vorsichtig richtete er es auf die Gruppe. Der Fledermausmann hatte ihm immer noch den Rücken zugekehrt. Sosehr er sich auch bemühte, allein anhand der Silhouette konnte er ihn nicht identifizieren. Eine gebückte Gestalt sah aus wie Walburga Bichlmeier, aber sie hatte den Kopf seitlich gedreht, Baltasar war sich unsicher. Der Mann daneben konnte Nepomuk Hoelzl sein. Oder auch nicht. Er suchte nach Gesichtern. Hubert Schindler tauchte im Feldstecher auf, die Miene konzentriert, wie abwesend. Neben ihm stand Christina Schindler, seine Ehefrau. Rechts daneben Alfons Fink und seine Frau Gabriele. Sebastian konnte er hingegen nirgends entdecken, der Körpergröße nach zu urteilen waren nur Erwachsene anwesend.

Einige Zweige verdeckten die Sicht. Baltasar versuchte sie wegzuschieben, seine Arme reichten jedoch nicht so weit. Auf dem Bauch liegend zog er sich nach vorn. Ein halber Meter fehlte. Er robbte weiter. Immer noch zu wenig. Das Fernglas war ihm im Weg. Er legte es zur Seite und versuchte, mit einer Art Liegestütz die richtige Position zu finden. Als er sich wieder zu Boden sacken ließ, spürte er etwas Hartes, und im nächsten Moment war es passiert: Der Zweig unter ihm brach. Das Knacken kam Baltasar lauter vor als ein Kanonenschlag.

Sofort erstarben die Gebete. Die Köpfe wandten sich in seine Richtung. Baltasar wagte nicht mehr zu atmen. Der Vampirkönig gab ein Zeichen, worauf sich zwei Personen von der Gruppe lösten und näher kamen. Mit Ästen bewaffnet stocherten sie in Büschen und Sträuchern, als wollten sie Wild aufscheuchen. Oder einen Menschen in seinem Versteck. Sie kamen näher. Immer näher. Baltasar konnte mittlerweile ihre Gesichter erkennen: Alfons Fink und Hubert Schindler. Was ihm ein mulmiges Gefühl einjagte, war die grimmige Entschlossenheit der beiden, als könnten sie es kaum erwarten, den Störenfried zu fassen und zu erschlagen wie eine Ratte.

Baltasar drückte den Kopf in die Erde, wagte sich nicht mehr zu bewegen. Er schickte ein Gebet gen Himmel, der liebe Gott möge ihn verschonen. So wollte er nicht enden. Die Männer waren noch zwei Meter entfernt.

»Da ist nichts«, sagte Fink. »Vielleicht war es ein Tier. Wir sollten uns nicht verrückt machen lassen.«

»Hast recht. Drehen wir um.« Schindler rief den Versammelten zu: »Alles in Ordnung.«

Sie machten kehrt. Baltasar spürte, wie ihm ein Schweißtropfen über die Stirn lief. Das war gerade noch mal gut gegangen. Jetzt bloß nicht durch fahrige Bewegungen alles zunichtemachen. Vielleicht hatte der liebe Gott wirklich geholfen, denn mittlerweile dämmerte es bereits. Das Licht im Wald war wie mit einem Dimmer heruntergedreht und ließ die Konturen verschwimmen.

Die Gruppe wandte sich wieder der Kapelle zu. Der Anführer schloss die Vitrine auf und nahm behutsam den Rosenkranz heraus, der um die Hand der Marienfigur gewickelt war. Er hob die Kette hoch und küsste sie. Anschließend wickelte er sie sich um die Hand, kniete nieder und sprach mit monotoner Stimme. Baltasar glaubte, die Verse zu hören, die beim traditionellen Rosenkranz gebetet wurden, darunter die »schmerzhaften Geheimnisse«:

»... *der für uns Blut geschwitzt hat,*
der für uns gegeißelt worden ist,
der für uns mit Dornen gekrönt worden ist,
der für uns das schwere Kreuz getragen hat ...«

Aber auch unbekannte Sätze waren darunter, eigene Gedanken, die der Vorbeter hinzufügte, Gedanken über Tod und Rache, Himmel und Hölle, Sünde und Vergebung. Es folgte die komplette Litanei des Rosenkranzes mit allen Wiederholungen. Das Grau des Waldes hatte sich in Schwarz verwandelt, die Gestalten waren nur als Schatten im Kerzenlicht auszumachen.

Endlich, Baltasar kam es wie eine Ewigkeit vor, löste sich die Gruppe auf. Man verschloss die Vitrine, die Menschen schüttelten sich die Hände und verbeugten sich vor ihrem Fledermausguru. Taschenlampen flammten auf, der Trupp setzte sich in Bewegung.

Baltasar wartete, bis die Lichtpunkte zwischen den Bäumen verschwunden waren. Er suchte seine Sachen zusammen und folgte dem Pfad, den auch die anderen genommen hatten. In Trippelschritten, um bloß nicht zu stolpern, tastete er sich durch die Dunkelheit.

Diese seltsame Versammlung ging ihm im Kopf herum. Auf den ersten Blick sah es aus wie eine Schar von Gläubigen, die sich an einem geweihten Ort zur Andacht traf. Das war eigentlich lobenswert und verdiente Anerkennung. Der Haken an der Sache war, dass der Platz nicht geweiht war, zumindest nicht offiziell. Und der Anführer verhielt sich nicht gerade wie ein Priester – im Gegenteil, die Geheimniskrämerei hatte etwas Sektiererisches. Warum musste man sich ausgerechnet zu später Stunde im Wald treffen? Warum nicht in einer normalen Kirche, wie gläubige Christen es taten? Möglicherweise hatte die Quelle damit zu tun. Oder die Marienstatue mit dem Rosenkranz. Obwohl die Marienverehrung im Bayerischen Wald nun wirklich nichts Außergewöhnliches war. In vielen Gemeinden fanden sich Kirchen, die der Gottesmutter gewidmet waren.

Auch fielen die Rituale dieser Gruppe aus dem Rahmen: katholische Gebete und Lieder, dazwischen aber auch fremde Elemente jenseits des Katechismus. Baltasar fand, dass von der Gemeinschaft etwas Bedrohliches und Aggressives ausging. Seltsam war zudem, dass sich so unterschiedliche Menschen wie die alte Bichlmeier, wie Nepomuk Hoelzl oder die Finks und die Schindlers zusammenfanden. Welche Verbindung gab es zwischen ihnen?

Aus dem Augenwinkel sah Baltasar zwei Lichtpunkte am Rande des Weges, höchstens sechs Meter entfernt. Er schob sich hinter einen Baumstamm, darauf achtend, kein Geräusch zu machen. Ein Punkt glühte auf und erleuchtete Alfons Finks Gesicht, als er an einer Zigarette zog.

»Irgendwie war heute nicht die richtige Stimmung«, sagte er. »Ich weiß auch nicht, woran es lag.«

»Ich fand's in Ordnung, feierlich und würdig wie immer.« Die Stimme gehörte seiner Frau Gabriele, die ebenfalls rauchte. »Vielleicht war das Ganze ein bisschen zu lang.«

»Unser Meister wirkte abwesend, er war nicht ganz bei der Sache. Das passiert ihm sonst nie.«

»Er sprach von dem toten Mädchen. Das schien ihm auf der Seele zu liegen. Warum sonst sollte das heute ein Thema sein?«

»Der Skelettfund ausgerechnet auf unserem Acker führt zu Unruhe. Ich musste mir von den anderen schon einige Fragen gefallen lassen. Nicht gerade angenehm, das kann ich dir sagen.«

»Kommt ja nicht alle Tage vor, eine unbekannte Leiche. Kein Wunder, dass sich die Leute das Maul zerreißen.«

»Du sagst es. Wir sollten vorsichtiger sein. Gehen wir.«

Der Strahl der Taschenlampe bohrte sich durch den Wald. Baltasar gab den beiden etwas Vorsprung, dann folgte er dem Licht in der Dunkelheit.

21

Das geheimnisvolle Treffen am Berg ließ Baltasar keine Ruhe. Besonders die Zeremonie mit der Statue und dem Rosenkranz. Er holte die Kette heraus, die Sebastian auf dem Acker seiner Familie gefunden hatte. Etwas musste es damit auf sich haben, das wertvolle Stück lag nicht zufällig neben einer Toten. Er sollte den Rat des Trödelhändlers befolgen und der Sache auf den Grund gehen, wofür ihm Neukirchen beim Heiligen Blut ein guter Ausgangspunkt schien. In dem Wallfahrtsort wohnte ein Pfarrer im Ruhestand, den Baltasar kannte. Ein Gespräch mit dem Kollegen konnte nicht schaden, er rief ihn an und kündigte seinen Besuch an.

Philipp Vallerot befragte ihn ausgiebig über seine »Jagderfolge«, aber Baltasar blieb einsilbig.

»Du warst verdammt lang weg. Ich dachte, du bringst mir das Fernglas noch am selben Abend zurück.« Philipp war der Verdruss anzumerken. »Ich hab mir Sorgen gemacht, ob du vielleicht einem Wilderer in die Quere gekommen bist.«

»Ich bin noch am Leben, wie du siehst. Auch Pfarrer haben einen Schutzengel. Genauso wie Ungläubige.«

»Bei mir im Garten schwirren nur Insekten herum. Von Schutzengeln keine Spur.«

»Lästere nur, der Schutz gilt universell, ob du willst oder nicht. Ein wenig Glauben könnte aber nicht schaden.«

»Verleiht mir der Glauben Flügel? Wohl kaum. Und dir auch nicht. Sonst könntest du zu deinen Verabredungen fliegen. Denn ich ahne, dass du schon wieder mein Auto brauchst.«

»Ich hoffe, dass mein Chef mir demnächst einen fahrbaren Untersatz zur Verfügung stellt. Bis dahin brauche ich deine Kiste.«

»Welchen Chef meinst du, den großen Außerirdischen oder den Oberboss in Passau?«

»Was für eine Frage. Her mit dem Schlüssel.«

Die Strecke führte in die Oberpfalz. Der Ort lag östlich von Cham, nur wenige Kilometer von der tschechischen

Grenze entfernt. Der Name der Gemeinde entstammte einer Legende. Ein Soldat versuchte im 15. Jahrhundert, eine Marienfigur mit dem Schwert zu spalten. Er traf den Kopf, aus dem daraufhin Blut floss. Der Frevler bekehrte sich zum katholischen Glauben, die Holzstatue blieb erhalten und wurde zum Heiligtum der Wallfahrtskirche, die alljährlich Zehntausende Gläubige anlockte.

Baltasar parkte in der Nähe des Franziskanerklosters und schlenderte zum Pfarrbüro in der Kirchstraße, wo Josef Urban ihn erwartete. Der schlaksige Mann mit den grauen Haaren hatte früher die Wallfahrtskirche betreut und wohnte seit Jahrzehnten in Neukirchen.

»Gehen wir zuerst in die Kirche. Ist zwar nicht ganz so prominent wie Altötting, ich find aber unsere schöner.« Urban lachte. »Ein wenig Konkurrenz muss schon sein, auch unter Wallfahrtsstätten. Gerade bei der Marienverehrung.«

Der Turm mit dem Zwiebeldach war unübersehbar und dominierte die Gegend. Im barocken Innenraum stach sofort der Hochaltar ins Auge. Umrahmt von Säulen, thronte die Marienfigur über dem Tabernakel. Das Gesicht war fast schwarz, die Statue war geschmückt mit einem Brokatstoff.

Urban wies auf verschiedene Details der Statue hin. »Es gibt eine Reihe von Gewändern für die Jungfrau Maria«, sagte er. »Im Laufe der Jahrhunderte haben vermögende Wallfahrer immer wieder gespendet.«

»Und wie sieht es mit Schmuck aus?«

»Die normalen Pilger haben meist kleinere Beträge in den Opferstock gesteckt, wenn sie zu Besuch kamen. Hochgestellte Persönlichkeiten, etwa Adelige, wollten sich nicht lumpen lassen und haben tiefer in die Tasche gegriffen. Sie stifteten Halsketten aus Gold und Silber, Edelsteine oder Rosenkränze. Bei passenden Gelegenheiten wurde der Statue eine dieser Kostbarkeiten angelegt. Heute lagert alles im Archiv und im örtlichen Wallfahrtsmuseum.«

»Also verwendete man auch Rosenkränze zur Dekoration der heiligen Figur?«

»Natürlich. Schließlich erwarteten die Stifter, dass ihre Geschenke auch zu sehen waren und nicht nur in einer Schatztruhe verstaubten. Deshalb wechselte man den Schmuck immer wieder durch.« Urban zeigte Baltasar die Sammlung von Votivkerzen und Votivtafeln, mit denen Besucher ihren Dank zeigten oder Bitten vortrugen. »Aber Sie sind eigentlich wegen der Rosenkränze hier, Herr Senner. Was wollten Sie wissen?«

»Zum einem: Könnte ich in Neukirchen den Produzenten einer ganz bestimmten Kette finden?«

»Kommt drauf an. Die meisten Rosenkränze sind Massenware aus Holz. Deshalb konnte sich das Handwerk im Bayerischen Wald so gut entfalten. Sie dürfen sich das nicht wie in einer Fabrik vorstellen, alles ist von Hand gemacht. Die Ketten werden bis heute in Heimarbeit hergestellt. Oft ist das ein Zuverdienst für die Hausfrauen. Sie wissen, Herr Senner, mit Vollzeit-Arbeitsplätzen sieht es bei uns nicht so toll aus. Und Ware aus einem Wallfahrtsort kommt beim Kunden gut an. Die Herkunft macht's. Das ist wie beim Champagner. Echt ist nur das Original aus der Champagne.«

»Aber könnte man erkennen, ob ein Rosenkranz aus dieser Gegend kommt?« Baltasar holte die Schachtel aus seiner Tasche. »Ich habe nämlich ein besonderes Stück mitgebracht, von dem ich nicht weiß, wer es entworfen und produziert hat.« Er hob den Deckel und holte Sebastians Rosenkranz heraus.

»Du lieber Gott!« Urban war erschrocken. Er bekreuzigte sich. »Stecken Sie das wieder weg und kommen Sie mit!«

Der Pfarrer marschierte los, sodass Baltasar nichts anderes übrig blieb, als zu folgen. Baltasars Fragen, was denn bloß los sei, ignorierte er. Erst als sie in dem Museum im ehemaligen Pflegschloss am Marktplatz waren, beendete Urban sein Schweigen.

»Ich kenne diesen Rosenkranz.«

Baltasar stand mit offenem Mund da.

»Ich bin mir ziemlich sicher. Ich müsste nur mal in den Unterlagen nachsehen. Einen Augenblick.« Urban redete mit der Museumsangestellten, verschwand mit ihr im Keller und kam mit einem Aktenordner zurück. Er streifte den Staub ab und begann, darin zu blättern.

»Da haben wir es.« Er tippte auf einen vergilbten Zeitungsausschnitt. »Lesen Sie selbst.«

Es war nur ein kurzer Artikel: Ein wertvoller Rosenkranz aus Neukirchen war entwendet worden. Ein Foto zeigte Baltasars Kirche, betitelt als »Ort des Diebstahls«, ein zweites Foto den Rosenkranz. Es war eindeutig dieselbe Kette.

»Der Rosenkranz wurde aus meiner Kirche geklaut?« Baltasar konnte es kaum glauben.

»Das hat damals ziemlich hohe Wellen geschlagen, deshalb erinnere ich mich noch daran. War Anfang der achtziger Jahre, ich hatte hier gerade angefangen. Die Kette selbst war ein Geschenk der hiesigen Pfarrei für die Marienfigur in Ihrer Kirche. So viel ich weiß, gab es einen Spender im Hintergrund, der das Ganze finanziert hat. Das Schmuckstück wurde eine Zeitlang bei uns ausgestellt, es war eine Rarität, ein Unikat, eine wunderschöne Juwelierarbeit. Und anlässlich der Übergabe gab's eine ergreifende Feier.«

»Davon hat mir mein Vorgänger nichts erzählt. Und die Diözese auch nicht.«

»Der Diebstahl ist schon lang her, etwa zwei Jahrzehnte, ist vermutlich längst vergessen. Soviel ich weiß, wurde der Täter nie geschnappt. Das ist ja aufregend, wo haben Sie die Gebetskette denn her?«

»Ein Ministrant hat sie gefunden.« Baltasar hoffte, dass sein Gesprächspartner nicht weiter nachhakte. »Ich bin froh, dass die Herkunft nun geklärt ist. Ich bitte Sie aber, die Neuigkeit vorerst noch für sich zu behalten. Es soll eine freudige Überraschung für die Gemeinde werden. Außerdem sind vorher noch einige rechtliche Fragen zu klären. Eins ist mir nämlich noch nicht klar: Wem gehörte eigentlich der Rosenkranz, rein formell betrachtet? War es eine Leihgabe der Wallfahrtskirche vom Heiligen Blut?«

»Es war ein Geschenk, soweit ich weiß. Zumindest wurde das damals offiziell verkündet. Demnach müsste Ihre Gemeinde die rechtmäßige Besitzerin sein. Weshalb interessiert Sie das denn?«

»Wegen des Finderlohns.«

22

Die Stimmung im Gasthaus »Einkehr« war verändert. Victoria Stowasser zeigte sich ungewohnt gereizt und wortkarg. Auf der Speisekarte fehlten die exotischen Kreationen, die die Wirtin sonst auszeichneten. Stattdessen standen nur noch regionale Gerichte zur Auswahl, die allerdings merkwürdig betitelt waren. Der Schweinsbraten mit Knödel beispielsweise hieß plötzlich »Aufstand der Tiere«, der Pichelsteiner Eintopf »Heimatliebe« und die Schlachtplatte mit Blut- und Leberwurst nannte sich »Revolutionsgemetzel«.

Auf jedem Tisch lag ein Flugblatt mit der Überschrift: »Der Bayerische Wald muss bayerisch bleiben – wider die Überfremdung«. Weiter hieß es in dem Papier, die Ansiedlung eines Sporthotels von ausländischen Investoren zerstöre die Umwelt und bedrohe die heimische Wirtschaft. Umrahmt war das Schreiben mit Bildern von Eulen, Hasen und Habichten, eine abwehrende Hand und ein Stopp-Schild signalisierten Gefahr.

Baltasar bestellte einen Silvaner. »Was ist denn passiert? Das wirkt hier ja wie eine Protestaktion.«

»Sie haben es erfasst.« Victoria stellte ihm das Glas hin. »Ich habe beschlossen, nicht tatenlos zuzusehen, wie neue Immobilienprojekte die gewachsene Struktur eines Ortes und meine Existenzgrundlage zerstören.«

»Ist denn schon ein Baubeschluss gefasst worden?«

»Noch nicht, aber wehret den Anfängen, sage ich. Der geplante Wellness-Komplex passt überhaupt nicht in unsere Landschaft. Und mir macht er die Kundschaft abspenstig.«

»Aber Ihre ausgefallenen Menüs sind doch unschlagbar, da haben Sie nichts zu befürchten.«

»Das Hotel wird auf jeden Fall eine mächtige Konkurrenz. Und es ist darauf ausgerichtet, dass die Gäste ihr Geld ausschließlich dort ausgeben.«

»So schlimm wird's schon nicht werden.« Baltasar schlug

einen beruhigenden Ton an. »Immerhin schafft es zusätzliche Arbeitsplätze.«

»Das ist doch genau das Totschlagargument! Jeder verspricht neue Jobs, und unterm Strich bleibt ein Minus. Für die paar Leute, die die einstellen, werden anderswo viel mehr gefeuert.«

»Warten wir's ab.«

»Gewartet haben wir lang genug. Jetzt müssen Taten folgen. Ich zähle auf Ihre Unterstützung, Herr Senner!«

»Ich helfe natürlich, wo ich kann. Ich plädiere nur dafür, mehr Informationen zu sammeln. Ohne dass wir genau wissen, wie die Pläne aussehen, kann man nur spekulieren.«

Victoria holte ein weiteres Papier von der Theke. »Das ist eine Unterschriftenliste gegen den Bau des Sporthotels. Da müssen Sie sich eintragen.«

Baltasar saß in der Zwickmühle. Einerseits verstand er Victorias Position, andererseits hielt er Aktionismus ohne eine überlegte Strategie für wenig hilfreich. Vor allem war er sich selbst noch nicht darüber im Klaren, ob er das Bauprojekt gut oder schlecht finden sollte. Es gab wie so oft im Leben überall Vor- und Nachteile.

»Aha, da ist also die Aufrührerin.« Bürgermeister Wohlrab hatte das Lokal betreten und kam zu Baltasars Tisch. Er verbeugte sich übertrieben tief vor Victoria, was wohl als humorvolle Geste gedacht war.

Die Wirtin fand das gar nicht komisch. »Dass Sie sich hertrauen, Herr Bürgermeister. Sie sind doch der Initiator dieser miesen Sache!«

»Verehrte Frau Stowasser, ich bin immer gerne hergekommen, und daran hat sich nichts geändert.« Seine Worte waren in Sirup getränkt. »Ihr Essen ist stets vorzüglich. Mir ist allerdings zugetragen worden, Sie würden einen Protest gegen die Pläne der Gemeinde organisieren. Also wollte ich mir vor Ort ein Bild machen.«

»Als Bürgerin habe ich das Recht, meine Meinung zu äußern. Daran können Sie mich nicht hindern.«

»Keiner will Sie an irgendwas hindern, Frau Stowasser, Gott bewahre. Ich bin nur hier, um Ihre Bedenken zu zerstreuen. Denken Sie doch mal an die Gewerbesteuereinnahmen, die dieses Projekt der Gemeinde bringt.«

»Sie können sich Ihre Steuer sonst wo hinstecken!« Ihre Stimme wurde lauter. »Sie wollen doch nur einen Reibach machen mit dem Grundstücksverkauf.«

»Ihre Vorwürfe kränken mich, Frau Stowasser. Die Gemeinde ist Ihnen immer entgegengekommen, bei den Bauvorschriften und den Öffnungszeiten beispielsweise. Und jetzt werden Sie gleich ausfallend und kommen mir mit absurden Anschuldigungen. Fragen Sie doch den Herrn Pfarrer. Der unterstützt das Bauvorhaben auf ganzer Linie, stimmt's, Hochwürden?«

Am liebsten wäre Baltasar im Boden versunken. Mit welcher Gerissenheit Wohlrab versuchte, die Situation zu seinen Gunsten zu wenden. Typisch Politiker!

»Sie sollten sich was schämen, Herr Bürgermeister!« Victoria bebte vor Zorn. »Sie gehen jetzt besser, und zwar schnell, bevor ich mich vergesse! Sie wissen ja, wo die Tür ist.« Sie drehte sich um und verschwand in der Küche.

Der Bürgermeister verabschiedete sich. Baltasar folgte ihm nach draußen. Er hatte einen Einfall, um seine Recherchen voranzutreiben. Dazu brauchte er die Genehmigung des Gemeindevorstehers. »Das war eben nicht ganz fair, Herr Wohlrab. Aber ich will ausnahmsweise darüber hinwegsehen. Gilt Ihr Wort noch, mich nochmal ins Melderegister schauen zu lassen?«

Wohlrab schien mit seinen eigenen Gedanken beschäftigt. »Was sagen Sie, Hochwürden? Die Akten? Meinetwegen. Ich sag der Sekretärin Bescheid.« Grußlos zog er von dannen.

Als Baltasar das Amtszimmer betrat, feilte die Sekretärin gerade ihre Fingernägel. »Der Herr Bürgermeister hat mir schon gesagt, dass Sie kommen.« Sie feilte seelenruhig weiter. Als sie Baltasars Blick bemerkte, meinte sie: »Ist notwendig, sonst kann ich auf der Computertastatur nicht ordentlich tippen. Also, wo brennt's denn?«

»Es wäre nett, wenn Sie im Melderegister nach folgenden Personen suchen könnten.« Er gab der Frau einen Zettel mit den Namen.

»Huch, das ist aber lange her. Da muss ich in den Keller, die Daten haben wir wahrscheinlich nicht elektronisch erfasst. Sie hätten auch schon früher kommen können, jetzt ruinier ich mir die Finger!«

»Kein Problem, ich helfe Ihnen. Die Akten kann ich mir auch selbst holen.«

Die Sekretärin überlegte. »Meinetwegen. Gehen wir nach unten.«

Das Archiv mit Betonfußboden und schmutzig weißen Wänden strahlte den Charme eines Luftschutzbunkers aus. »Ein bisschen staubig hier«, sagte die Sekretärin. Sie deutete auf die in mehreren Reihen aufgestellten Stahlschränke. »Die Akten sind alphabetisch geordnet. Anfangsbuchstaben stehen vorn drauf. Bitte nichts durcheinanderbringen. Und denken Sie an den Datenschutz, Herr Pfarrer. Wir zählen auf Ihre Verschwiegenheit. Wenn Sie Hilfe brauchen, wissen Sie, wo Sie mich finden.«

Baltasar suchte nach dem Buchstaben A für Auer. Ludwig Auer war der Name, der auf dem Totenbrett am Feld gestanden hatte, in der Nähe des Skelett-Fundorts. Geboren am 17. März 1897, gestorben am 5. November 1969. Wo hatte der Mann früher gewohnt? Der Name fand sich auf einem Hängeregister. Viel war in der Mappe nicht enthalten, ein Antrag für einen Reisepass und die Karte mit den Meldedaten. Es fiel auf, dass Auer kurz vor seinem Tod nochmal umgezogen war. Baltasar notierte die letzte Anschrift sowie die Daten seines vorangegangenen Wohnsitzes. Es war eine Adresse, die ihm bekannt vorkam. Ein Bauernhof etwas außerhalb.

Auch der zweite Name war in den Unterlagen registriert. Frau O. Reisner, O stand für Ottilie, Bäuerin, gestorben am 1. März 1979. Ihr erster Wohnsitz machte Baltasar stutzig – es war derselbe Bauernhof, auf dem auch Auer gelebt hatte. Die Frau hatte sich zur selben Zeit umgemeldet wie Ludwig Auer, zur selben Adresse wie er. Einziger Unterschied: Nach Auers Tod war sie ein weiteres Mal umgezogen. Die Karte vermerkte als Familienstand ledig. War Ottilie Reisner eine Geliebte gewesen, eine Verwandte, eine Angestellte? Die Akten gaben darüber keine Auskunft, das erforderte weitere Recherchen.

Da er schon einmal Zugriff auf die Daten hatte, konnte Baltasar der Versuchung nicht widerstehen. Er ging hoch zur Sekretärin des Bürgermeisters und bat um Einsicht in das elektronische Melderegister. »Ich brauche ein paar Daten, um unser Kirchenbuch zu vervollständigen.« Baltasar sandte eine Entschuldigung gen Himmel für diese Notlüge. Und da die Fingernägel der Sekretärin mittlerweile bearbeitet und lackiert waren, konnte sie sogar den Computer bedienen.

Baltasar las, was er über verschiedene Familien fand. Das Metzger-Ehepaar – schon immer Einheimische. Der Sparkassendirektor – ein Zugereister. Die Finks besaßen offenbar seit Jahrhunderten ihr Grundstück. Er probierte es mit einigen Teilnehmern der Geheimversammlung bei der heiligen Quelle. Walburga Bichlmeier war mehrmals umgezogen, aber die letzten drei Jahrzehnte im Ort geblieben. Nepomuk Hoelzl und seine Frau waren vom Norden des Bayerischen Waldes hierhergezogen.

Eine Eintragung elektrisierte Baltasar: Die Schindler-Familie war zuerst in einem Haus am Ortsrand gemeldet und hatte erst später einen Bauernhof bezogen – die Adresse war dieselbe wie die auf Ludwig Auers Meldekarte. Die Familie war dort eingezogen, kurz nachdem Auer den Hof verlassen hatte. Na so ein Zufall, dachte Baltasar. Es wurde definitiv Zeit für einen Besuch.

23

Wolken zogen auf und verknoteten sich zu einer grauen Decke. Der Wind verwirbelte die Blätter, und die Luft war abgekühlt. Baltasar trat fester in die Pedale, duckte sich über den Lenker, aber bei dem Gegenwind schien er kaum von der Stelle zu kommen. Unter seiner Regenjacke schwitzte er, das Haar war zerzaust, die Lunge pumpte wie ein Blasebalg. Er hatte den Ort bereits hinter sich gelassen und bog in eine Nebenstraße. Es ging bergauf. Seine Waden begannen zu brennen.

Baltasar strampelte im Wiegetritt den Anstieg hoch, um seinen inneren Schweinehund zu besiegen, und bog schließlich ab auf einen Schotterweg, der in den Wald führte. Nach einer Weile lichteten sich die Bäume. Der Weg mündete in ein Grundstück von der Größe mehrerer Fußballfelder. Das Zentrum bildete ein Vierseithof vom Anfang des letzten Jahrhunderts, an den sich weitere Bauten anschlossen: ein Austragshäusl, mehrere Lagerhallen und Scheunen und zwei Wohnhäuser neueren Datums. Sogar eine kleine Kapelle fand dazwischen Platz.

Ungewöhnlich war der Maschendrahtzaun, der um das Grundstück gezogen war. Kaum ein Bauer im Bayerischen Wald zäunte sein Eigentum ein; das behinderte nur beim Bestellen der Felder und war außerdem sehr kostspielig.

Der Weg endete an einem Tor. Eine Klingel war nirgends zu finden. Baltasar stellte sein Fahrrad ab und lugte durch den Zaun. Keine Menschenseele weit und breit.

»Grüß Gott, ist jemand zu Hause?« Er glaubte etwas gehört zu haben, aber nichts tat sich. Nun denn. Er zog das Tor einen Spalt auf, schlüpfte hindurch und wiederholte sein Rufen. Langsam ging er auf den Bauernhof zu. Im Vorbeigehen sah er in einer Scheune zwei Autos der gehobenen Preisklasse und ein Motorrad stehen. Die Kapelle war ein schmaler Bau mit zwei Seitenfenstern. Auf einem Altartisch standen ein Kreuz und eine Marienfigur, die einen Rosenkranz um ihre Hand gewickelt hatte. Eine Kerze brannte, sie trug das Zeichen mit den zwei gekreuzten Rosen. Eine Anspielung auf die Mutter Gottes, Sinnbild ihrer Reinheit und Schönheit. Zugleich aber auch das Symbol für ein Geheimnis, das es zu bewahren galt. Nicht umsonst zierten Rosen-Schnitzereien viele Beichtstühle.

»Was machen Sie hier?«

Baltasar erschrak. Hinter ihm stand eine Frau, etwa Ende dreißig, kurzes Haar, bekleidet mit Jeans und einer teuer aussehenden Strickjacke.

»Grüß Gott, ich bin Pfarrer Senner. Ich will zur Familie Schindler.« Die Frau kam ihm bekannt vor.

»Ach so, Hochwürden, jetzt erkenne ich Sie erst.« Sie reichte ihm die Hand. »Ich bin Christina Schindler. Hubert ist mein Ehemann. Sie hätten sich bemerkbar machen sollen, man könnte Sie sonst für einen Einbrecher halten.«

»Am Eingang war keine Klingel. Ich hab gerufen.«

»Ehrlich? Zu uns ist nichts durchgedrungen. Unsere Besucher hupen normalerweise, wenn das Tor geschlossen ist.«

»Ich bin mit dem Fahrrad da.«

»Ist Ihr Auto in der Werkstatt?«

»Die Gemeinde muss auf den Etat achten.« Das war die halbe Wahrheit, eigentlich wollte nur die Diözese sparen – auf Kosten der Gemeinde.

»Na wenn Sie jetzt schon mal da sind, kommen Sie doch mit rein.«

Baltasar folgte ihr zu einem der neueren Wohnhäuser. Im Vorgarten waren Gemüsebeete angelegt, die Eingangstür zierte ein Kranz aus Stroh. Die Wohnküche war die auf alt getrimmte Version einer Bauernstube, mit Naturholzmöbeln und karierter Tischdecke.

»Ich wusste gar nicht, dass Sie eine eigene Kapelle haben.« Baltasar hängte seine Jacke über den Stuhl.

»Mein Schwiegervater, Gott hab ihn selig, hat sie eigenhändig gebaut. Wir nutzen sie regelmäßig für kleinere Andachten.«

»Schön, dass der Glaube bei Ihnen eine so große Rolle spielt.«

»Wir stammen alle aus gläubigen Familien. Wir Schindlers halten die Tradition hoch. Was darf ich Ihnen anbieten, Herr Pfarrer? Sie müssen entschuldigen, ich habe nicht mit Besuch gerechnet, und mein Mann ist unterwegs.«

»Machen Sie sich keine Umstände.«

»Kaffee?« Sie befüllte die Maschine. »Erzählen Sie, was treibt Sie her? Schließlich waren Sie noch nie bei uns zu Besuch.«

Baltasar entschloss sich, abermals zu einer Notlüge zu greifen. »Ich habe die Totenbretter auf dem Feld der Familie Fink gesehen. Die beiden Namen fielen mir auf: Ludwig Auer und Ottilie Reisner. Irgendwie fand ich es traurig, dass keiner etwas über die beiden weiß, und ich wollte mehr in Erfahrung bringen. Sie sollen früher hier gewohnt haben.«

»Sie meinen den Acker, in dem Sie das Skelett gefunden haben?« Christina Schindlers Laune wurde merklich schlechter.

»Das tut in diesem Fall nichts zur Sache. Das Schicksal der Verstorbenen berührt mich.«

»Was hat Sie nur geritten, da herumzugraben? Was versprechen Sie sich davon?«

»Das war Zufall. Lassen Sie uns lieber über die Namen auf den Totenbrettern reden.«

Sie schenkte Kaffee ein, ließ ihre Tasse unberührt, versunken in Gedanken. »Ja, es stimmt, die beiden haben früher hier gewohnt. Damals muss alles noch ganz anders ausgesehen haben, nur der Bauernhof stand ursprünglich auf dem Grundstück. Aber das war vor meiner Zeit. Ich habe früher in Roding gewohnt.«

»Und wie verschlug es Sie hierher?«

»Ich habe Hubert bei einer Kirchweih in Cham kennengelernt. Er hat mir damals imponiert, sah gut aus, ein echter Stenz eben, aber auch ein Hallodri. Wir hatten den romantischen Plan durchzubrennen und uns im Ausland ein neues Leben aufzubauen. Hubert hatte schon früher längere Zeit in der Schweiz und in Österreich gearbeitet, hatte immer Lust aufs Reisen. Aber dann wurde ich schwanger mit unserer Tochter, das hat alle Pläne in Luft aufgelöst.«

»War es nicht schwer, sich an die neue Umgebung zu gewöhnen? Sie haben schließlich in eine komplette Familie eingeheiratet.«

»Na ja, wie soll ich sagen, man gewöhnt sich an alles. Mit dem Schwiegervater war es so eine Sache, das war ein richtiger Tyrann. Lydia, seine Frau, hat am meisten darunter gelitten. Das blieb so bis zu seinem Tod. Er hatte ein Händchen für geschäftliche Dinge, war oft unterwegs, schacherte mit diesem und jenem, kaufte und verkaufte Grundstücke. Man kann viel über ihn sagen, aber er hat den Grundstock gelegt für den Besitz der Familie. Zumindest in dieser Hinsicht hatte sie ihm einiges zu verdanken.«

»Und wie ist das Verhältnis zu Ihrer Schwiegermutter?«

»Sie war von Anfang an sehr fürsorglich. Hat sich ständig um mich gekümmert. Sie war es auch, die Hubert gedrängt hat zu heiraten.«

»War das ursprünglich anders geplant? Sie waren doch schwanger.«

»Am Anfang konnte Hubert sich nicht vorstellen, eine Verbindung auf Dauer einzugehen und eine Familie zu gründen. Sie wissen schon, der Männer-Tick mit ihrer Freiheitsliebe und dergleichen. Eine Zeitlang hatte er deswegen einen Durchhänger. Ich dachte schon, das wird nichts mehr, aber dann hat er sich entschieden. Wie Sie sehen, Hochwürden, war's die richtige Entscheidung. Wir sind bis heute glücklich verheiratet. Das ist die wahre Liebe.«

»Hat Ihr Schwiegervater den Bauernhof Herrn Auer abgekauft, kannten sich die beiden?«

»Ich glaub schon, wie gesagt, da waren wir noch nicht verheiratet. Ist lang her.«

»Ganz schön abgelegen, der Hof hier. Mir wäre es wahrscheinlich auf Dauer zu einsam.«

»Das empfinde ich nicht so. Wir haben regelmäßig Besuch, meistens Freunde von Hubert, und wenn mir die Decke auf den Kopf fällt, steig ich ins Auto und fahr los.«

»Christina, meine Liebe, am liebsten gehst du doch shoppen.« Lydia Schindler war hereingekommen. »Hab ich mich also nicht getäuscht, als ich jemanden reden hörte. Hochwürden, schönen guten Tag, da bin ich aber baff, Sie zu sehen. Ist irgendwas?«

Baltasar wiederholte die Geschichte, die er sich zurechtgelegt hatte. »Können Sie mir mehr über die beiden erzählen?«

»Mein verstorbener Mann hatte geschäftlich mit ihnen zu tun. Das ist aber auch schon alles. Ich hab die beiden vielleicht ein- oder zweimal gesehen. Kann mich, offen gestanden, nicht mehr an sie erinnern. Warum ist Ihnen das alles so wichtig, Hochwürden, dieses Stochern in der

Vergangenheit? Hat das etwas mit dieser unbekannten Frau zu tun?«

»Die Polizei versucht, die Identität des Mädchens festzustellen, das ist deren Job. Ist doch verrückt, dass niemand sich an sie erinnern kann.«

»Mein Gott, draußen laufen viele junge Frauen herum. Welche Fremde bleibt einem nach so langer Zeit noch im Gedächtnis? Erinnern Sie sich an all Ihre Kirchenbesucher von früher? Ich glaube kaum. Warum also sollte es bei der Toten anders sein?«

»Sie war vermutlich allein. Das könnte doch jemandem aufgefallen sein, eine Minderjährige, allein unterwegs.«

»Ich sage das nur ungern, Herr Pfarrer, aber es könnte auch so eine Schlampe aus Tschechien gewesen sein, die nur auf Männer aus war. So ein junges aufreizendes Ding, das an den Falschen geraten ist.«

Baltasar stellte die Tasse ab. »Ich weiß nicht, das klingt mir zu sehr nach Spekulation. Und die meisten Mädchen sind ganz anders als Sie denken, Frau Schindler.«

»Wenn ich eine Tochter hätte, ginge sie jedenfalls nie ohne Begleitung auf Reisen, das würde ich nicht erlauben. Dennoch, Hochwürden, ich verstehe nicht, was diese alten Geschichten sollen. Was soll da schon rauskommen? Das interessiert doch keinen.«

»Mich schon.«

Ein Auto fuhr in den Hof. Christina Schindler sah zum Fenster hinaus. »Mein Mann, er ist zurück.«

Kurze Zeit später ging die Tür auf. Hubert Schindler erstarrte, als er Baltasar sah. »Tag, Christina, Tag, Mutter. Herr Senner, was machen Sie hier?«

»Wir haben uns nur unterhalten.« Baltasar fühlte sich

unwohl, er spürte die Aggression hinter den Worten des Mannes. »Über das unbekannte Mädchen und die Vorbesitzer des Grundstücks.«

»Was stellen Sie solche Fragen, Hochwürden, was sollen wir Ihnen dazu erzählen?«

»Ich will einfach mehr über die Vergangenheit der Menschen wissen. Dazu baue ich auf Ihre Unterstützung.«

»Das ist doch lächerlich. Überlassen Sie das der Polizei. Kümmern Sie sich um andere Dinge.«

»Ich kann nicht erkennen, was daran so schlimm sein soll, sich um das Schicksal von Menschen Gedanken zu machen.«

»Sie kommen einfach her und dringen in mein Haus ein. Fragen meine Frau und meine Mutter aus. Verhören sie quasi. Entschuldigen Sie, wenn ich das sage, Herr Pfarrer, aber das gehört sich nicht. Was wollen Sie von uns? Lassen Sie meine Familie einfach in Ruhe!«

»Warum regen Sie sich so auf, Herr Schindler? Ich bin die falsche Zielscheibe für Ihren Ärger, ich habe kein Verbrechen begangen, sondern jemand anders.«

»Alle reden nur von Verbrechen, Sie, die Polizei, die Leute. Wer sagt denn, dass es wirklich stimmt? Waren Sie dabei, als es passiert ist? Sicher nicht. Die Dätschenköpf quatschen nur dumm herum, diese Klugscheißer, diese elendigen!«

Lydia Schindler fasste ihren Sohn am Arm. »Reg dich net auf, Hubert. Was soll der Herr Pfarrer von uns denken?«

»Ich will mich aber aufregen!« Der Mann spuckte die Worte aus. »Es ist mir scheißegal, was die andern von mir denken! Ich bin niemandem Rechenschaft schuldig, schon gar nicht einem Pfarrer.«

»Spinnst jetzt, Hubert? Hast was getrunken? Komm, setz di nieda!« Seine Frau versuchte, ihn auf den Stuhl zu ziehen. »Du beleidigst unseren Gast, das tust du!«

»Halt's Maul! Ich kann in meinem Haus tun, was mir passt.« Hubert Schindler riss sich von seiner Frau los. »Und beleidigt hat uns dieser Herr.« Er deutete auf Baltasar. »Schon rotzfrech, was sich dieser Herr erlaubt, unverschämt! Am besten Sie verschwinden jetzt, bevor ich mich vergesse! Ein bisschen plötzlich!« Er ballte die Faust.

»Gehen Sie bitte, in diesem Zustand kann ich für nichts garantieren«, sagte Christina Schindler.

Baltasar zweifelte nicht daran, dass gleich eine Explosion bevorstand. Er verabschiedete sich und ging aus dem Haus, ohne sich umzudrehen.

»Und wagen Sie nicht, hier nochmal aufzutauchen. Sonst setzt's was, ob Sie Pfarrer sind oder nicht!«, rief ihm Hubert Schindler hinterher.

Baltasar war wie betäubt. Er blieb kurz stehen und atmete durch. Warum dieser Wutausbruch? Waren es die Fragen zu dem toten Mädchen, die Hubert Schindler so in Rage versetzt hatten, oder die zu den Vorbesitzern des Hofes? Baltasar ging Richtung Tor. Plötzlich hörte er ein Scharren. Ein Hecheln. Er sah sich um. Die Schindlers waren nirgends zu sehen, vermutlich kamen die Geräusche vom Stall. Er machte einige Schritte, blieb stehen. Wieder dieses seltsame Atmen. Baltasar überkam das Gefühl, beobachtet zu werden. Jetzt lass ich mich von diesem Durchgedrehten auch noch nervös machen, dachte er, geh einfach weiter, stur geradeaus.

Das Hecheln kam näher. Es klang nicht menschlich.

Baltasar verlangsamte seine Schritte. Noch fünf Meter bis zum Tor. Er sah das Fahrrad am Zaun lehnen. Noch vier Meter.

Dann sah er ihn. Er war wie aus dem Nichts aufgetaucht und versperrte ihm den Weg. Das Fell glänzte schwarz, die Füße waren braun gefärbt, als hätte er zu lange in einem Farbeimer gestanden. Schönes Tier, dachte Baltasar für die Dauer eines Wimpernschlags. Dann wurde ihm bewusst, was er hier vor sich hatte: einen ausgewachsenen Dobermann.

Was in ihm Panik aufsteigen ließ, waren nicht die heruntergezogenen Lefzen, die ein makellos weißes Gebiss freilegten. Auch nicht das Knurren, das dunkel und bedrohlich grollte. Nein, es waren die Augen, die wie glühende Kohlen leuchteten und ihn fixierten. Der Blick drückte Entschlossenheit aus und Angriffslust, mehr noch, es spiegelte sich darin der unbedingte Wille, jeden Gegner zu erledigen. Bis zum bitteren Ende.

»Na du, suchst du dein Stöckchen zum Spielen?« Baltasar wusste in derselben Sekunde, wie lächerlich diese Ansage war. Woher kam der Hund? Er hatte ihn beim Kommen nirgends gesehen, wahrscheinlich war er normalerweise in einem Zwinger eingesperrt. Hatte ihn jemand absichtlich freigelassen? Baltasar wagte nicht, sich zu rühren.

Das Knurren wurde lauter. Geifer tropfte dem Hund von den Lefzen.

»Ganz ruhig, ganz ruhig. Bleib einfach, wo du bist. Ich tue dir nichts.« Baltasar probierte die Stimmlage, die er als Seelsorger nur für die ganz schwierigen Fälle reserviert hatte. Er schickte ein Stoßgebet gen Himmel, nein, gleich mehrere, und flehte um göttlichen Beistand. Er versprach, Maria eine Kerze zu stiften, wenn er hier heil herauskam. Der Dobermann fing an zu bellen.

Noch immer war Baltasar wie gelähmt. Er musste etwas tun. Es konnte sich nur noch um Sekunden handeln, bis die Bestie zuschnappte und ihn in Stücke riss. Wie in Zeitlupe zog er seine Regenjacke aus und ging in die Knie, den Hund nicht aus den Augen lassend. Er ertastete einige größere Kieselsteine, nahm sie in die Hand und richtete sich wieder auf.

Der Dobermann setzte zum Sprung an, die Muskeln zeichneten sich unter dem Fell ab. Baltasar machte einen Ausfallschritt auf ihn zu und schwenkte seine Jacke wie ein Torero beim Stierkampf.

Tatsächlich war das Tier für einen Sekundenbruchteil irritiert, aber nicht lange genug, dass es Baltasar an ihm vorbeischaffte. Dem ersten Biss des Dobermanns konnte er ausweichen, er hörte das Knacken, als die Kiefer zusammenschnappten. Dann schleuderte Baltasar mit aller Kraft die Kieselsteine – und traf das Ungetüm am Kopf. Es jaulte auf und wich zurück.

Aus dem Augenwinkel bemerkte Baltasar nur noch, wie ein Schatten auf ihn zugeflogen kam. Er spürte den Aufprall, die Krallen an seiner Hüfte, die Schnauze des Dobermanns Zentimeter von seinem Kopf entfernt. Reflexhaft hob er die Jacke, die Zähne verbissen sich in dem Stoff. Baltasar versuchte, die Jacke wie einen Sack über den Kopf des Hundes zu ziehen.

Der Dobermann schüttelte sich, um sich zu befreien, und nahm seine Pfoten zu Hilfe. Jetzt oder nie. Baltasar hechtete durch den Spalt des Tores, spürte den Atem des Hundes hinter sich, drückte gegen das Tor, ein Stich in seinem Arm, das Tor fiel zu.

Er zitterte am ganzen Körper und versuchte, sich aufs Rad zu schwingen, was ihm erst im zweiten Anlauf gelang. Er trat in die Pedale. Hinter sich das wütende Bellen des Wachhundes.

Seine Hüfte schmerzte, der Unterarm schmerzte. Das Hemd war blutig. Baltasar war es egal – er war froh, dem Albtraum entkommen zu sein.

24

Nun Sie sich nicht so anstellen.« Teresa hatte alles auf den Tisch gestellt. »Sie alles schmutzig machen mit Ihrem Blut.« Baltasar saß auf seinem Bett und hielt sich den linken Arm. Er konnte sich kaum rühren. So musste sich eine Voodoo-Puppe fühlen, die mit Nadeln durchstochen worden war.

»Wir Arzt holen. Er alles angucken und Sie heilen.«

»Bloß keinen Doktor. Das kann ich jetzt gar nicht brauchen. Ist nur halb so schlimm, wie's aussieht. Sie verbinden mich. Können Sie damit umgehen?« Er zeigte auf den Verbandskasten.

»Was denken Sie? Ich hatte Erste-Hilfe-Kurs in Krakau. Schon öfter Menschen verarztet.« Sie klappte den Kasten auf. »Sie müssen zuerst das Hemd ausziehen. Sonst nicht funktioniert.«

Er versuchte das Hemd abzustreifen. Sein Arm tat höllisch weh.

»Warten Sie, ich helfe Ihnen.« Sie knöpfte ihm das Hemd auf, zog vorsichtig den Stoff herunter. »Ich glaube, wir müssen Hemd wegwerfen, sehen Sie die Löcher.« An mehreren Stellen war der Ärmel zerfetzt.

»Weg damit, ich zieh ein neues an.«

An seinem Unterarm zeigten sich gleichmäßige Wundmale, die der Hundebiss hinterlassen hatte. Teresa begutachtete die Verletzung. »Ist nicht tief, dem lieben Gott sei Dank. Muss nicht genäht werden.« Das sollte aufmunternd klingen, doch Baltasar half es wenig.

»Wir tun einfach ein Desinfektionsmittel drauf.« Sie kramte in dem Kasten, zog eine Flasche mit farbloser Flüssigkeit heraus und las das Etikett. »Das ist das Richtige.« Mit einem Lappen reinigte sie die Haut um die Wunde. Sie tränkte einen Wattebausch mit dem Mittel und strich über die verletzten Stellen.

»Ahhh!« Baltasar biss sich auf die Lippen, um nicht laut aufzuschreien. Er glaubte, vor Schmerz knapp unter der Zimmerdecke zu schweben.

»Tut gut, nicht?« Teresa hielt seinen Arm fest. Ein Entkommen war unmöglich.

»Haben Sie Salzsäure in die Wunden gekippt? Lesen Sie vorsichtshalber mal das Kleingedruckte auf der Flasche.« Er hatte Mühe, regelmäßig zu atmen. Der Impuls, sich loszureißen und den Arm unter den Wasserhahn zu halten, war übermächtig.

»Kitzelt ein wenig, das ist normal. Kinder mögen so was. Gleich geht es Ihnen wieder besser. Sie werden sehen.«

»Wenn Sie meinen, ich ...« Den Rest des Satzes brachte er nicht mehr heraus, denn Teresa hatte ihre Behandlung ohne Vorwarnung wiederholt. Am liebsten hätte er losgebrüllt, doch mit letzter Willenskraft gelang es ihm, den Mund geschlossen zu halten, schließlich wollte er nicht als

Schwächling erscheinen, wenn schon Kleinkinder so tapfer waren ...

»Ich glaube, jetzt reicht's. Mir geht es schon viel besser.« Das war gelogen, aber Baltasar graute vor einer weiteren Runde Desinfektionsmittel.

»Wir noch die anderen Verletzungen ansehen. Sie Ihr Unterhemd runtertun, Herr Senner.«

Es war ihm ein wenig peinlich, in seinem Schlafzimmer mit nacktem Oberkörper dazusitzen und die prüfenden Blicke der Haushälterin über sich ergehen zu lassen. Schließlich zeigte er sich normalerweise nie unbekleidet vor anderen, zumindest nicht, seit er den Beruf des Pfarrers ergriffen hatte. Früher war das anders gewesen. Wenn er an gewisse Frauen in seiner Vergangenheit dachte ... Doch das war lange her.

Aber jetzt erwarteten die Betonköpfe der katholischen Obrigkeit, ein Priester hätte keusch zu sein – wie der beschönigende Ausdruck für den Trugschluss lautete, ein Mensch könne seine Gefühle unterdrücken und würde keine Liebe mehr empfinden. Er, Baltasar Senner, war kein Stein, und keine Vorschrift dieser Welt würde daran etwas ändern. Auch glaubte er nicht, dass der liebe Gott Beziehungsfragen so eng sah. Bei den Evangelischen war es sowieso kein Thema, und Maria Magdalena war immerhin die Begleiterin Jesu gewesen.

Hier in der Pfarrei lebte er zwar unter einem Dach mit einer Frau, aber jeder war für sich. Er duschte allein, zog sich allein an, ging allein zu Bett. Teresa hatte er noch nie unbekleidet gesehen, auch nicht zufällig. Wobei es nicht viel Fantasie brauchte, sich gewisse Körperregionen Teresas vorzustellen, bei ihrer Vorliebe für hautenge Pullover und

T-Shirts. Man lebte zusammen, und doch lebte man getrennt. Man verbrachte mehr Zeit miteinander als manches Ehepaar und blieb dennoch auf Distanz. Auf der einen Seite ging man vertraut miteinander um, auf der anderen Seite blieb man sich irgendwie fremd.

»Drehen Sie sich bitte her, ich kann sonst nicht anschauen.«

Seitlich von seiner Hüfte zogen sich mehrere rote Linien geronnenen Bluts schräg nach unten und endeten im Rücken unter der Gürtellinie, Folge der Dobermann-Krallen.

»Sieht harmlos aus, ist nur oberflächlich angeritzt.« Teresa fuhr mit dem Finger über die Kratzer. »Ich werde Salbe drauftun und dann verbinden. Sie sehen, heilt schnell.«

Sie kramte nach einer Tube im Verbandskasten, legte Kompressen, Mullbinden und Pflaster bereit. Die Salbe kühlte die brennenden Bisswunden. Bald war der Arm eingewickelt, und Baltasar fühlte sich wesentlich besser.

»Jetzt Sie auf den Bauch legen, sonst kann ich die Kratzer nicht einreiben.« Teresa drückte die Salbe heraus und verteilte sie in ihren Händen. Baltasar ließ sich aufs Bett fallen.

»Müssen Ihre Hose etwas runterziehen, die Kratzer gehen tiefer.«

»Ich soll was? Nein, das geht auch so!«

»Wollen Sie gesund werden oder nicht? Ich schon Hinterteil von Mann gesehen. Sie vergessen, dass ich früher verheiratet war. Sie brauchen die Hose nicht ganz ausziehen, nur ein kleines Stück runterschieben. Brauchen Sie Hilfe?«

»Nein, nein, ich schaff's schon selbst.« Baltasar merkte, dass er rot wurde, und drückte den Kopf ins Kissen. Er löste den Gürtel und zog die Hose nach unten. Teresa trug geschickt die Salbe auf. Ihre Hände waren warm und weich, als sie seine Haut berührten. Das Einmassieren tat ihm gut, er vergaß den Dobermann, vergaß den Schmerz, konzentrierte sich ganz auf die Berührung der Haut. Entspannte sich. Genoss es. Wie gut, dass er auf dem Bauch lag.

Am nächsten Morgen fühlte sich Baltasar wie neugeboren. Voller Tatendrang stürmte er aus dem Bett. Der Arm tat nur noch weh, wenn er ihn allzu abrupt bewegte. Er ging in die Kirche, um sein Versprechen einzulösen und eine Kerze für Maria zu stiften. Für seine wundersame Rettung vor der Bestie. Aus seinem privaten Vorrat nahm er eine besonders schöne Kerze, steckte sie auf den Ständer vor der Marienstatue und zündete sie an. Nach dem Dankgebet blieb er sitzen und dachte an die Marienstatuen bei der Quelle und bei den Schindlers. Sie waren mit einem Rosenkranz geschmückt.

Ebenso wie die Figur hier. Die Gebetskette, die Sebastian bei den Totenbrettern gefunden hatte, war ein Geschenk für sein Gotteshaus und die Maria gewesen. Er betrachtete die Figur in der Nische der Wand. Sie stand auf einem Sims, etwa drei Meter über dem Boden, eine Holzschnitzerei, das Gewand in Blau und Rot, mit Gold gefasst. Gütig und anmutig erstrahlte ihr Antlitz.

Baltasar holte eine Leiter und stieg zu der Statue hinauf. Aus der Nähe betrachtet, zeigten sich Haarrisse an der Oberfläche. Staub hatte sich abgelagert. Ein Arm wies Reibestellen auf, die Farbe war teilweise abgeblättert. Hier musste der Rosenkranz herumgewickelt gewesen sein, dachte Baltasar.

Er holte Sebastians Rosenkranz aus dem Versteck und

legte ihn um den Arm der Statue. Von unten betrachtet, wirkte es, als wolle Maria beten. Die Edelsteine schimmerten im Licht und verliehen der Figur eine besondere Würde.

»Sind Sie ein Marienkind?«

Baltasar zuckte zusammen. Hinter ihm stand Walburga Bichlmeier mit ihrem unvermeidlichen schwarzen Kopftuch.

Vermutlich hatte sie ihn schon länger beobachtet.

»Guten Morgen, was soll ich sein, ein Marienkind?«

»Von den Marienkindern, meine ich.« Ihr Kopf wackelte hin und her. Sie hatte sich auf ihren Stock gestützt.

»Wir sind alle Gottes Kinder, ob ich speziell ein Kind der Mutter Gottes bin, weiß ich nicht.«

»Die heilige Maria sieht alles, hört alles. Ich sag es Ihnen. Maria wacht über uns. Sie kann tief in unsere Herzen schauen. Ich bete regelmäßig zu ihr. Jeden Tag.«

»Deshalb kommen Sie auch zu solch ungewöhnlichen Zeiten in die Kirche, oder?«

»Wegen der da oben bin ich da. Ich flehe sie an, mir meine Sünden zu vergeben. Ich habe viel gesündigt.«

»Gehen Sie zur Beichte. Gott vergibt allen Menschen, die ihre Sünden bereuen.«

»Meine Sünden kann nur die Jungfrau verstehen. Sie wird mich davon erlösen.« Die Alte wies mit ihrem Stock auf die Statue. »Was ist das für ein Rosenkranz?«

»Ach so, das ist Ihnen natürlich aufgefallen. Den habe ich nur probehalber zur Dekoration aufgehängt. Ist ein schönes Stück. Ich zeig's Ihnen.« Er holte die Gebetskette herunter und legte sie auf die Besucherbank. Womit er nicht gerechnet hatte, war die Reaktion der alten Frau. Sie sank in die Knie, berührte den Rosenkranz und machte das Kreuzzeichen.

»Er ist zurück, bei der Mutter Gottes und allen Heiligen, der Rosenkranz der Marienkinder, auferstanden von den Toten, gebenedeit ist die Frucht deines Leibes, auferstanden von den Toten, aufgefahren gen Himmel, sitzen zur Rechten Gottes, da ist er wieder, der Rosenkranz. Des is a Zeichen, der Himmel hat uns a Zeichen g'schickt. Mein Gott, oh mein Gott, vergib mir meine Sünden.«

Walburga Bichlmeier wiegte sich hin und her, ein Beben erfasste ihren Körper, ging in ein Zucken über. Baltasar überlegte, ob er einen Arzt rufen sollte.

»Geht's Ihnen gut, Frau Bichlmeier?«

Als Antwort drang ein Schluchzen aus ihrem Mund. Tränen liefen ihr übers Gesicht. »Des is a Zeichen, Gott sei mir gnädig, ich habe gesündigt. Der Marienkinder-Rosenkranz. Auferstanden von den Toten.« Sie küsste die Gebetskette. Küsste sie wieder und wieder. »Die Vergangenheit ist auferstanden. Eine Mahnung der Heiligen Jungfrau. Gott sei uns Sündern gnädig. Der Deifi wird uns holen. Unsere Taten werden bestraft.«

Baltasar wartete, bis sich die Frau etwas beruhigt hatte. »Kennen Sie den Rosenkranz von früher?«

»Wo haben Sie den her, Hochwürden?« Noch immer war ihre Stimme zittrig. »Der Rosenkranz, wie kam der zu Ihnen?«

»Er lag im Acker, zusammen mit dem Skelett des unbekannten Mädchens.« Baltasar hatte sich entschlossen, die Wahrheit zu sagen.

Sie schrie auf und sackte zu Boden. Für einen Moment glaubte er, sie wäre ohnmächtig geworden. Er half ihr auf und setzte sie auf die Bank. Sie hielt die Augen geschlossen, nur das unregelmäßige Atmen zeigte, dass sie noch am Leben war. Nach und nach beruhigte sie sich. Sie schlug die Augen auf.

»Frau Bichlmeier, erzählen Sie bitte, befreien Sie sich von der Last, was ist Besonderes an diesem Rosenkranz?«

»Es ist der Rosenkranz der Marienkinder.« Ihre Stimme war kaum zu verstehen.

»Nie davon gehört. Wer soll das sein?«

»Ich kann nichts sagen, das Gelübde. Bei der Jungfrau Maria, ich darf nicht untreu werden, ich hab's versprochen.«

»Wem gegenüber haben Sie ein Gelübde abgelegt? Was ist das für ein Geheimnis, über das Sie nicht reden dürfen?«

»Das Madl. Nach dem die Polizei sucht. Hatte das Madl den Rosenkranz?« Walburga Bichlmeiers Worte waren voller Verzweiflung.

»Ja. Er lag bei ihr im Grab.«

»Mein Gott, mein Gott. Alles kommt ans Tageslicht. Die Jungfrau Maria hat dafür gesorgt.«

»Was kommt ans Tageslicht? Was wissen Sie? Kannten Sie die Tote?«

»Das Madl ... Ja, ich kannte sie.« Sie begann zu weinen. »Zuerst glaubte ich ... das Bild ... das Bild sah ganz anders aus, als ich sie in Erinnerung hatte. Aber mit dem Rosenkranz ... da ist kein Zweifel mehr möglich. Es muss das Madl sein.« Sie verbarg ihr Gesicht mit den Händen.

»Wie hieß die junge Frau? Kennen Sie ihren Namen?«

Walburga Bichlmeier antwortete nicht. Sie saß da und weinte. Baltasar legte ihr beruhigend die Hand auf die

Schulter. »Bitte, denken Sie nach, es ist wichtig, wie hieß die Verstorbene?«

»Ich bin schuld«, schluchzte sie. »Meine Schuld mit den beiden.«

»Bitte, Frau Bichlmeier, Sie sprechen in Rätseln. Welche beiden meinen Sie denn?«

»Die beiden. Gott, oh Gott. Ich bin schuld, ich habe gesündigt.«

»Wo haben Sie damals das Mädchen getroffen?«

»Sie ist's, jawohl, sie ist's. Oh Gott, der Deifi. Der Deifi wird uns alle holen. Das ist die Straf'. Nein, nein, nein!«

Baltasar versuchte, die alte Frau zu trösten. Aber Walburga Bichlmeier war nun in ihrer eigenen Welt gefangen. Sie stammelte immer wieder dieselben Worte und blickte starr ins Leere. Nach einer Weile stand sie unvermittelt auf und sagte: »Lassen Sie mich in Ruhe.« Dann packte sie ihren Stock und verließ die Kirche.

25

Baltasar hatte ein Problem: Den Rosenkranz der Polizei vorzuenthalten, war ein Fehler gewesen. Nach allem, was Walburga Bichlmeier angedeutet hatte, war die Gebetskette wichtiger als vermutet. Deshalb musste er einen Bußgang antreten und die Herren der Kripo Passau zu einem Gespräch bitten – eine Aussicht, die ungefähr so erbaulich war wie der Gang zum Zahnarzt.

Die zweite Unterredung war nicht weniger heikel. Baltasar erläuterte Sebastian die Umstände und Hintergründe des Fundes und bat, im Notfall seinen Namen der Polizei weitergeben zu dürfen, verknüpft mit dem Versprechen, alles dafür zu tun, dass seine Eltern nichts davon erfuhren. Der Ministrant willigte erst ein, als ihm Baltasar zusagte, er erhalte den ihm zustehenden Finderlohn.

Die Beamten kamen noch am selben Tag. Teresa servierte Kaffee und Tee und Makowiec, ein polnisches Hefegebäck mit Mohn.

»Was haben Sie uns Wichtiges mitzuteilen, Herr Senner? Ich hoffe, es war die Fahrt hierher wert.« Oliver Mirwald trommelte mit den Fingern.

»Zumindest die Luft ist herrlich«, meinte Wolfram Dix.

Ohne ein Wort zu sagen, legte Baltasar den Rosenkranz auf den Tisch. Die Kommissare besahen sich das Schmuckstück. »Und, sollen wir jetzt mit Ihnen beten, Herr Pfarrer?« Mirwald nahm sich ein Stück Gebäck.

»Der Rosenkranz wurde bei dem toten Mädchen gefunden.«

»Was, Sie ...« Der Rest ging in einem Hustenanfall unter. Mirwald lief rot an und würgte an dem Makowiec.

Dix klopfte ihm auf den Rücken. »Nicht so gierig essen, Mirwald, das ist schlecht für die Verdauung. Trinken Sie etwas Tee, das hilft.«

Nach einer Weile hatte sich Mirwald wieder gefasst. »Wollen Sie damit sagen, Hochwürden, es ist ein neues Beweismittel aufgetaucht?«

»Gewissermaßen.« Es war nur eine Frage der Zeit, bis er mit der ganzen Wahrheit herausrücken musste.

»Etwas präziser, Herr Senner, bitte.« Dix roch an dem Makowiec, traute sich aber nicht, es sich in den Mund zu schieben. »Haben Sie den Rosenkranz gefunden? Und wann?«

»Einer meiner Ministranten hat ihn zufällig entdeckt.«

»Hallo, mein Kollege wollte wissen, wann das war.«

»Noch bevor ich das Skelett ausgegraben habe.«

Mirwald klappte der Mund auf. »Sie haben uns also die ganze Zeit ein wichtiges Beweismittel vorenthalten? Wissen Sie, wie man so ein Delikt nennt?« Er griff unter seine Jacke und holte ein Paar Handschellen heraus. »Am liebsten würde ich Sie sofort verhaften, Herr Pfarrer.« Er ließ die Handschellen vor Baltasars Gesicht baumeln. »Sie hätten es wirklich verdient. Unterschlagen vorsätzlich Beweismittel!«

»Respekt, Mirwald, Respekt.« Dix deutete Applaus an. »Sie haben anscheinend Ihre ganze Ausrüstung dabei. Die Pistole auch?«

Mirwald nickte und schob die Jacke beiseite, ein Halfter mit Waffe wurde sichtbar.

»Fast wie Dirty Harry.« Baltasar grinste. »Ich wäre Ihnen sehr verbunden, wenn Sie mich nicht versehentlich über den Haufen schießen.«

»Herr Mirwald ist ein vorbildlicher Beamter, er handelt immer nach Vorschrift«, sagte Dix. »Und mein Kollege hat recht – was hat Sie nur geritten, uns diesen Fund zu verheimlichen?«

»Ich hatte dem Jungen versprochen, ihn da rauszuhalten. Außerdem wollte ich mir selbst Klarheit darüber verschaffen, wem die Gebetskette gehört. Das ist jetzt geklärt.« Baltasar berichtete von den Ergebnissen seiner Recherche. »Das Fazit lautet: Der Rosenkranz gehört zu meiner Kirche.«

»Sind Sie noch ganz bei Trost?« Mirwald schüttelte den Kopf. »Wir müssen das Teil mitnehmen. Das wandert in die

Asservatenkammer. Das gibt uns die Chance, einen Hinweis auf die Identität der Unbekannten zu finden.«

»Wie gehen Ihre Ermittlungen voran?«

»Leider haben wir noch keine konkrete Spur«, sagte Dix. »Die Anfragen bei umliegenden Zahnlabors haben nichts eingebracht, genauso wenig wie der Aktenvergleich mit den Vermisstenanzeigen jener Jahre. Die Melderegister: Fehlanzeige. Einschlägige Delikte in jener Zeit sind ebenfalls nicht vermerkt. Ein paar Raufereien, eine Messerstecherei im Wirtshaus, ein Spanner, der Pärchen beobachtete, einige Fälle von häuslicher Gewalt, alles keine Täter, die ins Raster für ein solches Verbrechen passen. Wir haben sogar nach herrenlosen Autos gesucht, die damals registriert wurden, denn irgendwie muss die Unbekannte ja hergekommen sein. Aber auch das war ein Schlag ins Wasser. Und die Veröffentlichung der Phantomzeichnung in der Presse hat bisher ebenfalls nicht gefruchtet. Ich bin fast der Meinung, die junge Frau stammte aus dem Ausland. Das würde den Mangel an verwertbaren Indizien erklären.«

»Da wird Ihnen der Rosenkranz nicht unbedingt weiterhelfen. Wir wissen nicht, wer ihn entwendet hat und ob der Diebstahl in einem Zusammenhang mit dem Verbrechen steht.«

»Vielleicht scheucht es den Mörder auf. Er sieht, dass ein wichtiges Beweismittel entdeckt wurde, das ihn belasten könnte. Das verunsichert ihn, und er macht Fehler.« Mirwald lehnte sich zurück.

»Sie gehen davon aus, dass der Täter noch hier in der Gegend wohnt, Mirwald. Das ist noch lange nicht ausgemacht.«

Baltasar stand auf. »Ich habe eine Idee, wie wir dem

Rosenkranz eine neue Rolle zuweisen, die uns weiterhilft. Lassen Sie ihn solange da. Danach kriegen Sie Ihr Beweisstück – zumindest bis zum Abschluss des Falls. Danach wandert es zurück in unser Gotteshaus, wo es hingehört.«

Die Kirche war bis auf den letzten Platz gefüllt. Sogar Zeitungsreporter waren gekommen. Baltasar hatte im Vorfeld für sein Vorhaben Reklame gemacht und sogar Interviews gegeben. Unter dem Motto »Die Heimkehr des Kirchenschatzes« hatte er die Neuigkeit verbreitet, der legendäre Edelstein-Rosenkranz der Jungfrau Maria sei auf wundersame Weise wieder aufgetaucht und werde nun den endgültigen Platz an seinem Bestimmungsort einnehmen. Garniert hatte er die Geschichte mit Hinweisen auf die segensreiche Wirkung der Gebetskette, die vor so langer Zeit gestohlen worden war, was zweifelsohne einer Todsünde gleichkam.

Die Leute strömten in Massen in die Kirche, als gäbe es das Grabtuch von Turin zu sehen. Selbst Bischof Siebenhaar bequemte sich zu einem Anruf und gratulierte zu dem spektakulären Fund, nicht ohne den Hinweis anzubringen, »künftig besser auf dieses einzigartige Kleinod aufzupassen«.

Das Kirchenportal flankierten zwei übermannsgroße Kerzen mit Marienbildern, über dem Eingang prangte eine Seidenbanderole in Rot mit der gestickten Inschrift »Gegrüßet seist du Maria«. Die Farbe setzte sich fort in den Rosenblättern, die auf den Mittelgang gestreut waren und im Altarbereich in einen See von Rot mündeten. Unter der Statue der Gottesmutter in der Nische stand ein Tisch mit roter Samtdecke, alles erleuchtet vom Licht hunderter Kerzen im Innenraum.

Baltasar hatte eine kleine Prozession organisiert, die am Pfarrheim startete. Sebastian und sein Freund Jonas trugen den Rosenkranz vorneweg. Die Gebetskette wurde wie eine Reliquie präsentiert – unter Glas, auf Samt gebettet, eingefasst von einem Goldrahmen. Hinter den Buben folgte Baltasar in einer rotgewirkten Stola. Dahinter die Priester benachbarter Pfarreien, Josef Urban aus Neukirchen beim Heiligen Blut, Vertreter der örtlichen Parteien, Bürgermeister Wohlrab und seine Frau, der Landrat und ein Landtagsabgeordneter aus München. Sogar Daniel Moor, der Assistent des Generalvikars, war als offizielle Abordnung der Diözese angereist und hatte Baltasar im Vorbeigehen zugeraunt: »Welche Mischung präsentieren Sie uns heute? Ich hoffe auf was Gutes für die Nase, etwas, was einen umhaut.«

In der Tat hatte er zur Feier des Tages einen extrafeinen Rosenweihrauch ausgesucht, ergänzt mit Propolis und heimischem Waldweihrauch, einer Rarität, die aus Fichten des Bayerischen Waldes gewonnen wurde. Das Aroma aus dem Turibulum verteilte sich, mild und duftend. Die Gruppe setzte sich in Bewegung. Die Fanfarenbläser des Spielmannszugs setzten ihre Instrumente an und schmetterten ein Begrüßungssignal. Die Mitglieder des lokalen Schützenvereins, einheitlich gekleidet, traten vor und jagten zwölf Salutschüsse in die Luft.

Beim Betreten der Kirche spielte der Organist eine Eröffnungsmelodie, die Gäste erhoben sich von ihren Bänken. Der feierliche Einmarsch endete vor dem Altar, wo die Ministranten das Rosenkranz-Objekt abstellten. Baltasar drehte sich zur Gemeinde, die Sondervorstellung konnte beginnen.

Denn eine Sondervorstellung war es, was er der Gemeinde bot, eine heilige Messe, extra für ein Schmuckstück arrangiert.

In der ersten Reihe saß wieder Kommissar Wolfram Dix, hinter ihm das Metzger-Ehepaar Max und Emma Hollerbach, daneben der Bankdirektor. Die Finks waren ebenfalls gekommen, ob wegen des Rosenkranzes oder wegen Sebastian, blieb offen. Nepomuk Hoelzl hatte einen Platz am Rand gewählt. In der Ecke beim Beichtstuhl, halb im Schatten, stand Walburga Bichlmeier.

Für seine Predigt hatte Baltasar das Thema Maria als Sinnbild für die Selbstbehauptung der Frau in heutiger Zeit gewählt. Er leitete über auf das Leben und Sterben, verwies auf die unbekannte Siebzehnjährige, die der Gewalt zum Opfer gefallen war, und ermahnte die Besucher, ihrer Christenpflicht nachzukommen und mitzuhelfen, das Schicksal der jungen Frau aufzuklären, um ihr den Frieden wiederzugeben. Von seiner Kanzel aus sah er zu seiner Überraschung, dass die Familie Schindler vollständig erschienen war, halb versteckt in der letzten Reihe. Mutig, hier zu erscheinen, dachte Baltasar. Hatten sie ihren Riesenköter auch mitgebracht? In ihren Mienen war keine Regung, kein schlechtes Gewissen zu erkennen.

Für die eigentliche Zeremonie ließ er den Rosenkranz von den Ministranten zurück zum Haupteingang tragen. Die Gottesdienstbesucher reckten die Hälse, manche versuchten, die Aufbewahrungsvitrine zu berühren, die meisten machten ein Kreuzzeichen. Dann wurde er im Seitengang wieder nach vorne getragen, damit die anderen Gemeindemitglieder ebenfalls die Chance erhielten, die Kostbarkeit zu bestaunen. Vor der Marienstatue übernahm

Baltasar den Rosenkranz, hob ihn hoch und legte ihn auf den Tisch unter der Figur. Ein Raunen ging durch die Menge, manche wollten wohl Beifall klatschen, unterließen es aber im letzten Moment.

Vor dem Abschlusssegen wies er darauf hin, Herzen und Geldbeutel zu öffnen und für Maria und die Kirche zu spenden. Die Einnahmen flossen in die Kasse der eigenen Pfarrei und sollten nicht zur Diözese weitergereicht werden – aber das behielt er für sich. Die Orgel spielte auf, das Eingangstor öffnete sich, die Gläubigen strömten nach draußen.

Baltasar wollte eigentlich mit Walburga Bichlmeier reden, er suchte nach ihr, aber sie war verschwunden. Er begrüßte das Ehepaar Fink, das an ihm vorbeigehen wollte. »Na, wie hat Ihnen der Gottesdienst gefallen? Sebastian hat seine Sache gut gemacht.«

Gabriele Fink strahlte, sie wollte etwas sagen, aber ihr Mann fuhr dazwischen. »Woher haben Sie den Rosenkranz? Erzählen Sie, wie er in Ihre Hände kam.«

»Ein Zufallsfund.« Er blickte Sebastians Mutter an, ob ihrer Mimik abzulesen war, dass sie über die Aktion ihres Sohnes Bescheid wusste. Aber entweder hatte sie ein Pokergesicht aufgesetzt, oder sie war ahnungslos.

»Zufall gibt's nicht. Sagen Sie schon, wo haben Sie das Stück gefunden? Das fällt doch nicht einfach vom Himmel.«

»Es war eine Fügung der Mutter Gottes. So wie sie es in ihrer Weisheit geregelt hat, dass die unbekannte Tote auf Ihrem Acker entdeckt wurde.« Baltasar beschloss, einen Vorstoß zu wagen. »Wenn Sie schon Zufälle ansprechen, Herr Fink: Ist doch seltsam, dass das Mädchen gerade auf Ihrem Grund verscharrt wurde.«

»Also. Hören Sie mal ...«

»Sie glauben doch an die Jungfrau Maria. Was, glauben Sie, wollte sie Ihnen durch den Fund mitteilen?«

Alfons Fink riss die Augen auf. Er wirkte, als ob ihn ein Faustschlag erwischt hätte. »Ich ... Ich ...« Er drehte sich um und ging wortlos.

»Sonst ist er nicht so«, sagte seine Frau. »Sie müssen wissen, Hochwürden, wir sind sehr gläubig. Gerade zur Heiligen Jungfrau Maria beten wir sehr oft, sie gibt uns Kraft.«

Während Sebastians Mutter redete, kam Baltasar ein Gedanke. Marienkinder. War das nicht der Begriff, den Walburga Bichlmeier mehrmals gebraucht hatte? Nun kam es darauf an, überzeugend zu sein. »Frau Fink, ich weiß, Sie bevorzugen die Mutter Jesu wie so viele andere in Ihrem Bekanntenkreis. Wie lange sind Sie schon eines der Marienkinder?«

Gabriele Fink wurde rot. »Woher wissen Sie ... Das darf doch nicht sein ... Wir ... Wir haben gelobt ...« Sie hielt sich die Hand vor den Mund und schwieg.

Treffer, dachte Baltasar. Was wohl Herr Fink nun denken wird? Die Unterredung war beendet. Sebastians Mutter verabschiedete sich und ging zu ihrem Mann, der bereits am Auto wartete. Kommissar Dix fragte nach seinem Assistenten Mirwald, der nochmal Blätter mit dem Phantombild der Unbekannten verteilen sollte und den er bisher nicht gesehen hatte. »Vielleicht hat er sich verspätet«, sagte Baltasar. Der Bürgermeister kam und gratulierte zu der gelungenen Feier, bemängelte allerdings, dass der Herr Pfarrer das geplante Sporthotel nicht in seiner Predigt erwähnt hätte; da hätte er doch sicher etwas aus dem Ärmel schütteln können. Der Landtagsabgeordnete lobte Baltasar und bat um ein gemeinsames Foto für die Presse. Der Landrat tat es ihm nach.

Baltasar riss sich los, murmelte eine Entschuldigung und ging zurück in die Kirche. Vor der Statue der Gottesmutter stand Nepomuk Hoelzl und betete.

»Schön, nicht?« Baltasar trat hinzu.

Der Mann schreckte hoch. »Was meinen Sie? Entschuldigung, Hochwürden, ich war ganz in die Andacht versunken.«

»Ich meine die Kette, sie ist zweifellos ein besonderes Stück. Ich bin froh, sie wieder hier zu haben.«

»Ein ungewöhnlicher Rosenkranz, in der Tat.« Hoelzl fuhr mit dem Finger über den Objektkasten. »Wie haben Sie ihn gefunden?«

Das schien die Frage des Tages zu sein. »Er wurde mir angeboten. Gegen Finderlohn. Da hab ich zugegriffen.«

»Wer war das?« Hoelzls Tonfall hatte etwas Drängendes. »Sagen Sie, Hochwürden, von wem ist die Kette?«

»Der Finder wollte anonym bleiben. Das muss ich respektieren. Wichtig ist doch, der kleine Schatz ist wieder da. Erkennen Sie den Rosenkranz?«

»Wieso ... Was meinen Sie?« Hoelzl versteifte sich.

»Nun, dieser Rosenkranz gehörte früher schon zum Inventar unserer Gemeinde, genauer gesagt, war er eine Spende für die Jungfrau Maria.« Er deutete auf die Statue. »Aber das ist lange her.«

»Ich sehe ihn zum ersten Mal. Er ist wirklich ungewöhnlich, wunderbar, wirklich wunderbar.«

Baltasar war sich sicher, dass Hoelzl log. »Und was sagen die Marienkinder dazu?« Er hatte die Frage abgeschossen wie einen Pfeil.

Nepomuk Hoelzl richtete sich auf. Er betrachtete Baltasar. »Ich weiß nicht, wovon Sie reden, Hochwürden.«

»Das sagen Sie vor dem Antlitz der Gottesmutter?«

»Mit Verlaub, Herr Pfarrer, die Mysterien unserer lieben Jungfrau gehen viel tiefer, als Sie denken. Sie spendet uns Trost, sie ist unsere Beschützerin im Alltag, sie gibt den Menschen Kraft und Freude. Man muss nur sein Herz öffnen und genau hinhören, um ihre Botschaften aufzunehmen. Für Sie ist sie wohl nur eine Heilige von vielen, Herr Pfarrer, aber ich sage Ihnen: Sie ist die Allerheiligste, die Göttliche. Wir verbeugen uns vor ihr. Wir lassen nicht zu, dass ihr Name in den Schmutz gezogen wird.« Hoelzls Worte triefen vor Pathos.

»Wichtig ist, dass wir an denselben Gott glauben. Ich will mir nicht anmaßen zu bestimmen, was die richtige Religiosität ist. Ich lasse Sie jetzt wieder allein mit dem Rosenkranz.« In Baltasar reifte die Idee, er müsse mehr über diesen Nepomuk Hoelzl in Erfahrung bringen.

Draußen standen die Menschen in Gruppen zusammen und unterhielten sich. Der Schwatz nach einer Messe, der gemeinsame Frühschoppen im Wirtshaus, war eine gute alte Tradition im Bayerischen Wald, der ideale Markplatz zum Austausch von Klatsch und Gerüchten. Außerdem eine gute Gelegenheit, sein Sonntagsgewand herzuzeigen, das sonst in der Gruft des Kleiderschranks vermoderte. Bei den Männern war es der schwarze Anzug, während die Frauen kreativer mit ihren Moden umgingen, was natürlich zusätzlichen Gesprächsstoff und Anlass zu Lästereien hinter dem Rücken der Betroffenen lieferte.

»Hat sich mein Kollege bei Ihnen gemeldet?« Dix war ungehalten.

Baltasar schüttelte den Kopf. »Entschuldigen Sie mich, wir sehen uns später.«

Lydia Schindler und ihre Schwiegertochter kamen auf ihn zu.

»Herr Senner, haben Sie einen Moment Zeit?«, fragte Christina Schindler.

»Natürlich, Frau Schindler, mein Abschied bei Ihnen war, wie soll ich sagen, etwas abrupt.«

»Sie wissen gar nicht, wie unendlich leid es mir tut«, sagte Lydia Schindler. »Das haben wir auf dem Grundstück gefunden.«

Sie überreichte ihm eine Tüte. Darin lag seine völlig zerfetzte Regenjacke.

»Max hat sie in den Klauen gehabt, tut uns leid.«

»Max?«

»Unser Haushund. Er ist normalerweise eingesperrt.« Lydia senkte den Kopf. »Wir haben keine Ahnung, wie er aus dem Zwinger entkommen konnte. Ich werde Ihnen den Schaden selbstverständlich ersetzen.«

»Vergessen Sie's. Spenden Sie lieber für unsere Kirche.«

»Für alle Fälle gebe ich Ihnen die Adresse unserer Haftpflichtversicherung.« Sie holte einen Stift heraus, notierte die Daten auf einem Zettel und überreichte ihn Baltasar. »Heben Sie das auf. Falls die Schäden schlimmer sind als gedacht. Meinem Sohn tut es auch leid. Ich entschuldige mich für ihn und seinen Ausbruch. Er ist momentan nicht gut drauf.«

Baltasar hatte Mühe, die krakelige Schrift der Frau zu entziffern. »Warum sagt mir das Herr Schindler nicht selbst?«

»Er ist, wie gesagt, ein wenig von der Rolle. Aber er ist

ein guter Mensch und meint es nicht so. Ich kenne meinen Sohn genau.«

»Bemerkenswert, wie Sie Ihren Hubert verteidigen.«

»Ich bin seine Mutter. Und als seine Mutter tue ich alles, um ihm zu helfen. Aber das können Sie nicht verstehen, Sie haben keine Kinder.«

»Eine andere Frage: Wie finden Sie unseren Rosenkranz?«

»Ein ungewöhnliches Stück, passen Sie gut darauf auf, Herr Pfarrer, sonst kommt es Ihnen wieder abhanden. Schönen Tag noch, wir müssen los.« Sie hakte ihre Schwiegertochter unter.

»Wo ist mein Kollege?« Wolfram Dix ging auf und ab. »Haben Sie ihn gesehen, Herr Senner?«

»Sind Sie nicht gemeinsam da?«

»Er sagte, er wolle nachkommen, er habe noch etwas vor.«

Eine Autotür schlug zu. Oliver Mirwald bahnte sich einen Weg durch die Menge, wobei ihn die Leute fassungslos anstarrten. Als Dix seinen Assistenten endlich erblickte, traute er seinen Augen nicht.

»Bei allen guten Geistern, was ist denn in Sie gefahren, Mirwald, sind Sie jetzt total durchgedreht?«

»Schick, nicht?« Mirwald lächelte. Er trug eine kurze Lederhose, Wollstrümpfe, Haferlschuhe, ein besticktes Hemd und eine Trachtenjacke.

»Mirwald, wir sind doch hier nicht beim Fasching.«

»Was haben Sie denn? Sie haben mir doch vorgeworfen, ich würde mich nicht genügend dem Bayerischen Wald anpassen. Da habe ich mir eben diese Ausrüstung besorgt.« Er klopfte auf seine Hose. »Echt Hirschleder.«

»Mein lieber Herr Doktor, darf ich Sie mal aufklären? Bei uns hier gibt es diese Trachten- und Lederhosenkultur nicht. Das ist Touristenzeug in Oberbayern, aber nicht bei uns. Ich wiederhole: nicht bei uns! Ziehen Sie das sofort aus!«

»Aber der Verkäufer meinte ...«

»Ich hoffe, Sie haben noch den Kassenzettel und können den Krempel umtauschen. Das ist ja so was von peinlich. Fehlt bloß noch, dass Sie einen Schuhplattler-Kurs belegen. Stehen Sie bloß nicht in meiner Nähe, Mirwald, die Leute denken sonst, wir gehören zusammen.« Er schüttelte den Kopf. »Mein Gott, wie daneben. Lassen Sie's besser, Mirwald, stehen Sie zu Ihrer Abstammung – es gibt Menschen mit ernsteren Behinderungen.«

»Das ist aber ...« Mirwald zog eine Schnute.

»Genug, gehen Sie mir aus den Augen. Wir fahren getrennt zurück. Holen Sie den Rosenkranz. Wir treffen uns im Büro.«

Baltasar führte den Assistenten in die Sakristei. »Also, wie abgemacht, Sie nehmen das gute Stück für Ihre Untersuchungen mit, ohne dass es jemand merkt, und ich bekomme es so schnell wie möglich zurück. Und zu niemandem ein Wort!«

26

Baltasar wälzte sich im Bett, gähnte und versuchte, noch mal einzuschlafen. Er wollte einfach nicht richtig wach werden. Vielleicht war der Weihrauch schuld, den er sich am Vorabend genehmigt hatte. Oder die Hektik des vergangenen Tages mit der Rosenkranz-Prozession. Es war schwieriger gewesen als gedacht, den verspäteten Besuchern zu erklären, warum die Reliquie nicht mehr zu sehen war. Mit »Sicherheitsbedenken« hatte er sich schließlich herausgeredet.

Auch das Gespräch des Kommissars mit Sebastian hatte länger gedauert. Zumindest konnte er Mirwald das Versprechen abringen, den Jungen möglichst außen vor zu lassen und die Eltern vorerst nicht zu informieren. Einen Zweck hatte die Veranstaltung jedoch bisher verfehlt: Es gab keine neuen Hinweise auf das tote Mädchen.

Es klingelte. Wer um Himmels willen wollte um sechs Uhr früh was von ihm? Er zog die Bettdecke über den Kopf und hoffte, Teresa würde öffnen. Nach einer Weile klopfte es an der Tür.

»Herr Senner, aufstehen, Sie haben Besuch!«

»Wer ist es denn? Er soll später wiederkommen.«

»Der Mann will mit Ihnen persönlich reden.«

Baltasar überlegte, ob er seine Amtstracht anlegen sollte, entschied sich aber für Jeans und Sweatshirt. Als er die Küche betrat, wartete dort ein etwa sechzig Jahre alter Mann in Soutane auf ihn. Das Gesicht war ausgemergelt, man fragte sich unwillkürlich, ob er an Vitaminmangel litt.

»Herr Senner?«

»Das bin ich.« Er unterdrückte ein Gähnen.

»Gott möge Sie segnen. Ich bin Bruder Pretorius.«

Baltasar musste wie ein wandelndes Fragezeichen wirken, denn der Mann fügte hinzu: »Hat Ihnen Bischof Siebenhaar nicht angekündigt, dass ich komme? Er sagte, ich könne auf Ihre Gastfreundschaft zählen.«

Das war also der »gute Freund«, von dem Seine Exzellenz gesprochen hatte.

»Nun, der Zeitpunkt ist etwas überraschend. Aber seien Sie willkommen. Ich helfe Ihnen mit dem Gepäck.«

Sie gingen nach draußen. Im Hof stand ein alter VW-Käfer mit Passauer Nummernschild, die Kotflügel waren verbeult, ein Kratzer lief durch die Fahrertür, und statt einer Antenne steckte ein Kleiderbügel aus Draht in der Halterung.

»Das ist ja eine richtige Antiquität.« Baltasar klopfte aufs Autodach. »Wo haben Sie den ausgegraben?«

»Ist nur geliehen, von einer Klosterschwester. Fährt noch einwandfrei, trotz der zweihundertvierzigtausend auf dem Tacho. Nur der zweite Gang geht manchmal schwer rein. Ich selbst habe kein eigenes Auto. Ich bin bedürfnislos. Gott sorgt schon für seine Diener.« Er zog ein Kruzifix an einer Kette unter der Jacke hervor und küsste es. »Mir reicht eine Matratze zum Schlafen und ein Stück Brot. Es ist zu liebenswürdig, dass Sie mich aufnehmen. Ich werde Ihnen nicht zur Last fallen, Sie werden mich gar nicht bemerken.«

Baltasar zeigte ihm das Gästezimmer. Als Gepäck hatte Bruder Pretorius nur einen Pappkoffer dabei. »Fühlen Sie sich wie zu Hause, gleich gibt's Frühstück.«

»Können wir nicht zuerst eine kleine Andacht zelebrieren, nur wir beide? Wenigstens eine *Liturgia horarum*, oder die *Laudes*? Ich finde, man sollte den Tag mit Gott einläuten.«

Das fängt ja gut an, dachte Baltasar, ein Stundengebet am frühen Morgen. »Ich brauch jetzt erst einen Kaffee. Stärken Sie sich doch auch ein wenig, danach ist genug Zeit für die Kirche. Sie läuft Ihnen nicht weg.« Baltasar lächelte.

Bruder Pretorius sah ihn verständnislos an. »Meine

Pflichten stehen für mich an erster Stelle. Davon rücke ich normalerweise nie ab. Doch ich bin hier Gast und will mich natürlich an Ihre Gepflogenheiten anpassen.«

Teresa hatte bereits den Tisch gedeckt und einen Teller ihrer übrig gebliebenen Makowiec hingestellt. Die Dinger mussten mittlerweile steinhart sein, vermutete Baltasar. Da half nur noch ein Hammer beim Essen. Bruder Pretorius sprach ein Gebet, bekreuzigte sich und griff zu. Er schob sich ein Gebäckstück in den Mund, biss zu, ein Knacken war zu hören, sein Gesicht zeigte Überraschung, wieder knackte es, doch danach kaute er, als wäre nichts geschehen.

»Vorzüglich, sehr verehrte Frau Teresa, wirklich vorzüglich.« Er griff sich den nächsten Makowiec.

Baltasar hatte unwillkürlich eine Vision von einer Steinlaus. »Erzählen Sie, Bruder Pretorius, was treibt Sie in unsere Gegend?«

»Ich mache gerade eine Reise durch Deutschland. Und da darf der Bayerische Wald nicht fehlen. Bischof Siebenhaar hat mich zu sich nach Passau eingeladen.«

»Woher kennen Sie ihn?«

»Wir haben uns vor längerer Zeit auf einem Kongress in Rom kennengelernt. Seitdem haben wir Kontakt gehalten. Nach Passau will ich nun die Region erkunden. Hier sollen die Menschen besonders gläubig sein, heißt es.«

»Soll ich Ihnen die Gegend zeigen? Oder gehen Sie wandern? Bei uns ist jede Menge geboten. Oder eine Kur, tun Sie was Gutes für Ihre Gesundheit.«

»Nein danke, meine Interessen sind mehr spiritueller Natur. Ich komme schon zurecht, jedoch danke ich Ihnen für Ihr Angebot.«

»Wo sind Sie eigentlich stationiert? Anders gefragt: Wo ist Ihre Heimat?«

»Meine Heimat ist die katholische Kirche. Ich bin Jesuit. Ich gehe dahin, wo ich gebraucht werde. Gerade komme ich aus Stuttgart, davor war ich in Köln und in einem Dorf bei Neuss und in Flensburg.«

Er erzählte weiter von seinen Reisen, ließ sich Kaffee nachschenken, leerte den Teller mit Makowiec, griff zur Konfitüre. Dann, zwei Marmeladenbrote später, stand er auf. »Ich werde jetzt auspacken und in die Kirche gehen. Ihr Mahl war wirklich vorzüglich, sehr verehrte Frau Teresa.«

»Ein feiner Herr, der Herr Bruder Pretorius«, sagte Teresa später. Sie strahlte. »Ich gleich nachsehen, was ich heute Abend koche.«

Baltasar sprach innerlich ein Dankgebet, dass er nun von Bruder Pretorius erlöst war. Das versprachen anstrengende Tage zu werden, wobei er vergessen hatte zu fragen, wie lange der Pater eigentlich bleiben wollte. Seine Pläne für den Tag sahen jedenfalls anders aus. Er wollte herausfinden, was mit den beiden früheren Bewohnern des Schindler-Anwesens passiert war. Er lieh sich von Philipp Vallerot das Auto und kündigte ihm an, er habe demnächst noch einen Auftrag für ihn.

Der einzige Anhaltspunkt, den er hatte, war die letzte Adresse von Ottilie Reisner in der Kreisstadt Regen. Baltasar musste mehrmals wenden, bis er die Straße fand, die zu einem Gebäudekomplex am Stadtrand führte. Er vergewisserte sich, dass er die richtige Hausnummer erwischt hatte – ein Altenheim. Am Empfang fragte er sich zur Verwaltung durch. Die Sekretärin empfing ihn mit professioneller Höflichkeit. Er stellte sich vor und fragte, ob noch Unterlagen über eine Ottilie Reisner vorhanden waren, gestorben 1979.

»Wofür brauchen Sie denn die Informationen?«

»Ein Gefallen für Verwandte.« Was nicht stimmte, der liebe Gott möge ihm verzeihen. Aber die Sekretärin fragte nicht weiter nach – ein Vorteil seines Berufs. Bei Priestern nahm man automatisch an, dass sie immer die Wahrheit sagten.

Es dauerte eine halbe Stunde, bis die Sekretärin die entsprechende Karteikarte gefunden hatte. »Das Todesjahr stimmt. Sie wurde auf dem örtlichen Friedhof beerdigt. Keine direkten Nachkommen, zumindest steht hier nichts. Hatte ein Eckzimmer im ersten Stock.« Sie wedelte mit der Karte. »Tut mir leid, Hochwürden, mehr haben wir nicht.«

Baltasar war schon zur Tür hinaus, als die Frau rief: »Warten Sie, mir fällt da was ein.« Sie tippte in ihren Computer. »Da haben wir's. Anna Herzog, Zimmer siebzehn, erster Stock. Die Dame ist schon steinalt, kann nicht mehr richtig gehen, ist aber noch fit im Kopf. Sie war schon zu der Zeit bei uns, als Frau Reisner ebenfalls hier war. Vielleicht erinnert sie sich noch an sie.«

Baltasar bedankte sich und suchte nach dem Zimmer. Er klopfte. Als niemand antwortete, klopfte er noch einmal. Er hörte ein schwaches »Herein«. Die Einrichtung bestand aus einem Bett, einem Schrank, einem Tisch und einem Stuhl. Und einem Fernseher. Ein Orchideenstock stand auf dem Fensterbrett, an der Wand hingen Reproduktionen von Gebirgslandschaften. Alles wirkte einfach, freundlich und sauber.

»Guten Tag, wer sind Sie?« Anna Herzog saß am Tisch, ihre Haut war wie Pergament, das graue Haar nach hinten gekämmt, die Stimme klar. »Entschuldigen Sie, ich muss einen Moment eingenickt sein.«

Baltasar stellte sich vor.

»Ein Pfarrer sind Sie? Wollen Sie mir etwa die Letzte Ölung erteilen? So weit ist es bei mir noch lange nicht. Ich will die Hundert voll machen, lange hab ich nicht mehr hin.«

»Ich bin hier, weil ich Ihre Hilfe brauche. Ich würde gerne etwas über eine gewisse Ottilie Reisner wissen.«

»Ottilie Reisner.« Anna Herzog dachte nach. »Wissen Sie, ich bin schon eine Ewigkeit in dem Heim. Da habe ich viele kommen und gehen sehen. Wobei die meisten es nur bis zum Friedhof geschafft haben. Dort ist es schön, ich hab mir auch schon mein Plätzchen reservieren lassen. Aber ich sag Ihnen was, Herr Pfarrer, gehen wir ein Stück, wenn Sie mir helfen könnten, ich würde gerne wieder mal an die frische Luft.« Sie nahm ihren Gehstock und hakte sich bei Baltasar ein. »Auf geht's.«

Es ging langsam voran, während Anna Herzog begann sich zu erinnern. »Über Ottilie wollen Sie etwas wissen, ist gut. Sie hatte ihr Zimmer schräg gegenüber von meinem. Am Anfang war sie sehr zurückhaltend, aber wir haben uns angefreundet, haben gern zusammen ein Glas Wein getrunken oder gemeinsam Fernsehen geschaut.«

Sie nahmen den Aufzug ins Erdgeschoss. Baltasar erzählte ihr von den Totenbrettern und den Namen darauf und was er bisher erfahren hatte.

»Sie wollen also mehr über die beiden wissen. Es war eine traurige Geschichte. Ottilie hat sie mir nach und nach erzählt. Wir haben hier sehr viel Zeit zum Geschichtenerzählen, wissen Sie.« Sie kicherte wie ein kleines Mädchen. »Ottilie stammte von einem Bauernhof, sie war das dritte von fünf Kindern. Die Familie hielt sich mehr schlecht als recht über Wasser, das Sacherl warf nicht viel ab. Der älteste Sohn sollte einmal den Hof erben, während die anderen früh aus dem Haus und sich eine Arbeit suchen mussten. Die Kinder an weiterführende Schulen zu schicken, daran war damals nicht zu denken. Man war froh, einen Esser weniger im Haus zu haben. Und die Frauen sollten sowieso möglichst bald heiraten und einen Haushalt führen.«

Sie betraten den Garten. Anna Herzog knöpfte ihre Jacke zu. »Schaffen wir's bis zur Parkbank, Herr Pfarrer?« Sie zeigte auf eine Bank, die in zwanzig Meter Entfernung stand. »Ich hab schon so lange nicht mehr dort gesessen. Meine Hüfte und meine Knie wollen nicht mehr richtig, jetzt bin ich froh, dass ich eine so fesche Herrenbegleitung habe.« Sie kicherte. »Wo waren wir stehen geblieben? Ach ja, Ottilie fand erst nach langem Suchen eine Anstellung als Magd auf einem Bauernhof. Die Bezahlung war schlecht, die Arbeitszeiten lang, sie war der Fußabstreifer für jeden. Aber damals war man froh, überhaupt eine bezahlte Arbeit zu haben. Es ging jedoch nicht lange gut, sie wechselte auf einen anderen Bauernhof, wechselte wieder und wieder.«

»Und dann traf sie Ludwig Auer?«

»Geduld, junger Mann, Geduld.« Sie hatten die Bank erreicht, Baltasar stützte Anna Herzog beim Hinsetzen. »Gott, ist das schön. Draußen in der Natur sieht alles gleich herrlicher aus als von meinem Zimmerfenster.« Sie schloss die Augen. »Hören Sie die Vögel? Ich glaube, es ist eine Amsel.« Sie öffnete ihre Augen wieder. »Ottilie war schon Ende dreißig, aber sie hatte noch immer keinen Mann fürs

Leben gefunden. Nur Männer, die ihr Versprechungen machten und sie danach sitzen ließen. Deshalb hatte sie es aufgegeben, nach der großen Liebe zu suchen. Dann lief ihr Ludwig Auer über den Weg, der einen Bekannten auf dem Bauernhof besuchte, auf dem sie arbeitete. Ottilie war von dem älteren Mann angetan. Er fand Gefallen an ihr und überredete sie, zu kündigen und auf seinem Bauernhof zu arbeiten, auf genau dem Grundstück, das nun der Familie Schindler gehört.«

»Die beiden wurden ein Liebespaar.«

»Herr Pfarrer, Sie sind mir ja einer, Sie können es kaum erwarten.« Sie schmunzelte. »Es war etwas komplizierter. Auer hatte daheim eine kranke Frau, die bettlägerig und pflegebedürftig war. Ob die beiden in der Zeit ... Sie wissen schon, was ich meine ... Ottilie jedenfalls redete nicht über dieses Thema, so sehr ich sie auch bedrängte. Es dauerte zwei Jahre, bis seine Ehefrau starb. Aber eine neue Heirat kam für Ludwig nicht infrage. Deshalb lebten die beiden, wie man sagt, in wilder Ehe zusammen. Ottilie war anfangs enttäuscht, sie hätte gerne geheiratet, aber sie hat sich schnell mit der Situation arrangiert. Die beiden führten, glaube ich, ein zufriedenes Leben.«

»Wie kam es zu dem Verkauf des Grundstücks?«

»Ludwig hatte sich finanziell übernommen. Er hatte zu viele und zu teure Maschinen gekauft und den Hof erweitert. Einige Missernten führten dazu, dass er zahlungsunfähig war. Von der Bank bekam er kein Geld mehr, weil das Grundstück bereits mit Hypotheken belastet war.« Sie holte ein Taschentuch heraus und schnäuzte sich. »Da kam Karl Heinz Schindler ins Spiel, der Vater von Hubert. Er hatte die finanziellen Mittel, um Ludwig vor der Schande der Pleite zu bewahren, und setzte ihm zu, rasch zu verkaufen, als letzte Rettung gewissermaßen. In seiner Not ging Ludwig darauf ein, machte aber zur Bedingung, gegen Pacht weiter auf dem Hof wohnen zu dürfen. Die beiden einigten sich per Handschlag, ein Fehler, wie sich später herausstellen sollte. Sobald der Vertrag beim Notar unterschrieben war, forderte Schindler Ludwig auf, sofort den Hof zu verlassen, sonst drohe ihm die Zwangsräumung. Außerdem kam heraus, dass Schindler mit der Bank unter einer Decke steckte. Auf sein Betreiben hin hatte sie Ludwig den Geldhahn zugedreht, sodass überhaupt erst die Notlage entstand. Aber Ludwig konnte das natürlich nicht beweisen, also verließ er zähneknirschend sein jahrelanges Zuhause und zog mit Ottilie in eine Zweizimmerwohnung. Das Glück der beiden war dahin. Ludwig war verbittert und konnte den Schlag nie verwinden, er starb bald darauf. Ottilie zog daraufhin hierher. Hier lebte sie bis zu ihrem Tod. Das ist die Geschichte.«

27

Im Hintergrund lief *Heroes* von David Bowie in der deutschen Version. Philipp Vallerot drehte den Ton leiser. »Was willst du von mir, ich soll auf die Jagd gehen?«

»Nicht direkt auf die Jagd, aber so was Ähnliches.« Baltasar schilderte seine Erlebnisse an der Quelle auf dem Berg und seinen Besuch bei den Schindlers mitsamt der Attacke des Hundes.

»Da hast du verdammtes Glück gehabt, nicht zerfleischt worden zu sein. Mit diesen Viechern ist nicht zu spaßen.

Sieht aus, als ob sie dir den Dobermann absichtlich auf den Hals gehetzt haben.«

»Laut Lydia Schindler war es ein Versehen, sie hat sich bei mir entschuldigt.« So ganz glaubte Baltasar selbst nicht daran.

»Dass ich nicht lache. Ich hatte dich vorher gewarnt, aber du wolltest nicht hören. Mit einer Schusswaffe wäre dir das nicht passiert!«

»Jedenfalls kommt mir dieser Hubert Schindler nicht ganz knusprig vor. Es wäre klasse, wenn du dich auf die Lauer legst und schaust, was er eigentlich den ganzen Tag so treibt. Ich werde nicht schlau aus dem Mann.«

»Warum machst du es nicht selbst? Mit der Hilfe des Großen Außerirdischen dürfte das doch kein Problem sein.«

»Mir fehlt die Übung. Außerdem ist die Gefahr zu groß, entdeckt zu werden. Dein Gesicht hingegen ist den Schindlers nicht bekannt – beste Voraussetzungen für eine Observation.«

»Gut, was springt dabei für mich raus?« Vallerot warf sich spielerisch einige Erdnüsse in den Mund.

»Ein Gebet für dich und deinen Seelenfrieden – und zwei Flaschen Bio-Rotwein aus einem französischen Kloster.«

»Wie gelangst du an solche Raritäten?«

»War ein Tauschgeschäft – die Fratres waren knapp bei Kasse und konnten die Weihrauchlieferung nicht bezahlen, deshalb haben sie stattdessen einige Kisten Wein geschickt.«

»Du solltest dieses Geschäftsmodell ausbauen – einmal Generalabsolution gegen ein Abendessen, ein Segen gegen eine Rock-CD nach Wahl. Ich sehe mich im Geiste schon Werbeplakate für dich entwerfen.«

»Konzentriere dich lieber auf deine Aufgabe. Und sieh dich vor. Ich will nicht, dass dir was passiert. Wenn's brenzlig wird, rufst du mich an.«

Philipp Vallerot saß in seinem Auto und hörte Musik aus dem Radio. Er hatte überlegt, einen Tarnanzug anzulegen, aber das war ihm dann doch übertrieben vorgekommen. Sein Wagen parkte im Schatten eines Stadels. Wenn Hubert Schindler den Hof verließ, musste er hier vorbeikommen. Seit drei Stunden hatte sich jedoch nichts dergleichen getan. Nur ein mit Strohballen beladener Traktor war vorbeigerattert.

Seinem Freund Baltasar konnte er kaum einen Gefallen abschlagen, doch je länger er hier herumlungerte, desto mehr kam ihm dies wie eine Schnapsidee vor. Was hatte dieser Hubert schon verbrochen? Einen Hund zu besitzen und sich seltsam zu verhalten, war keine Straftat. Die Gefängnisse wären sonst komplett überfüllt. Er sah auf die Uhr, es war später Nachmittag. Eine halbe Stunde gab er sich noch, dann würde er die Aktion abbrechen.

Ein Fahrzeug näherte sich. Philipp Vallerot duckte sich in den Sitz und wartete, bis der Wagen ihn passiert hatte. Baltasars Beschreibung passte. Am Steuer saß Hubert Schindler, die Dame daneben musste seine Frau Christina sein. Vallerot nahm die Verfolgung auf und achtete darauf, genügend Abstand zu halten. Die Schindlers fuhren in den Ort und holten einen älteren Mann ab. Zu dritt ging es weiter auf die Landstraße.

Sie fuhren nach Arnbruck und parkten in der Nähe der Totenbretter. Hubert Schindler holte einen länglichen Gegenstand, eingepackt in Zeitungspapier, aus dem Kofferraum. Die drei gingen in die kleine Kirche. Vallerot traute sich nicht, ihnen zu folgen, da er keine Möglichkeit sah, sich zu verbergen.

Er brachte seine Fotokamera mit Teleobjektiv in Anschlag und wartete auf das Trio. Nach einer Viertelstunde kamen sie wieder heraus, ohne den Gegenstand, und Vallerot drückte den Auslöser. Sie stiegen ins Auto. Nun ging es in Richtung Süden, nach Tittling nördlich von Passau. Sie durchquerten den Ort und fuhren bis zum Dreiburgensee, wo sie auf den Parkplatz des Museumsdorfes Bayerischer Wald abbogen. Vallerot kannte die Anlage, es war ein beliebtes Ausflugsziel für Urlauber. Ein Privatunternehmer hatte nach und nach alte Bauernhäuser und Scheunen aus der Region gekauft und auf dem Areal wieder aufgebaut. Mittlerweile standen dort über 150 Gebäude, manche mehr als 400 Jahre alt.

Er rief Baltasar an und informierte ihn. »Schau, ob du ein anderes Auto organisieren kannst, und komm her.« Die Schindlers und ihr Begleiter waren bereits auf dem Gelände. Wieder hatten sie ihre ominöse Ware mitgenommen. Vallerot setzte sich eine Baseballkappe auf und hängte sich die Kamera um, damit er als vermeintlicher Tourist nicht auffiel. An der Kasse löste er eine Eintrittskarte und ließ sich einen Ortsplan geben. Er sah sich nach der Gruppe um.

Das Trio war plötzlich verschwunden. Das darf doch nicht wahr sein, dachte Vallerot, ich hab sie höchstens drei Minuten aus den Augen verloren. Er machte sich auf die Suche. Zuerst steuerte er das Wirtshaus an. Ziegen und Schafe grasten auf den Wiesen, die Besucher drängten sich auf den Gehwegen, Reisegruppen, Familien mit Kindern, selbst das Lokal war gut besucht. Nur von den Schindlers keine Spur.

Theoretisch konnten sie in jedem der 150 Häuser stecken. Er würde mindestens bis Weihnachten brauchen, wenn er die alle durchsuchen wollte. Worauf hatte er sich da nur wieder eingelassen! Am liebsten hätte er laut den Namen der Schindlers gerufen, um die Suche abzukürzen, sah aber ein, dass das keine gute Idee war.

Er nahm sich das erste Gebäude vor, die angeblich älteste noch erhaltene Volksschule Deutschlands, die einst sogar ein Gefängnis beherbergt hatte und über Jahrzehnte als Wohnhaus des Lehrers und Marktschreibers diente. Vallerot fragte sich, ob die unartigen Schüler, die ihre Hausaufgaben nicht gemacht hatten, damals womöglich direkt hinter Gitter kamen. Er zwängte sich die Treppe in den ersten Stock hoch, wobei er Massen von Kindern mit Eistüten in den Händen ausweichen musste. Oben angekommen sah er sich um. Vergebens. Auch in den Ausstellungen für Stoffdruck oder Tabakspfeifen wurde er nicht fündig.

Einmal glaubte Vallerot, die Schindlers in einem Hauseingang verschwinden zu sehen. Als er dorthin lief, hätte er fast einen Kinderwagen umgerannt. Es war eine historische Schmiede, im Mittelpunkt standen zwei Riesenhämmer, die ursprünglich mit Wasserkraft angetrieben wurden. Zwei Männer und eine Frau besichtigten die Konstruktion. Keine Schindlers. Er tat so, als interessiere er sich für den Bau, und machte einige Fotos.

Anschließend probierte Vallerot es auf der anderen Seite der Anlage. Dann sah er sie: eine kleine Kapelle aus Holz. Dort mussten sie sein, durchfuhr es ihn, sie hatten einfach eine zweite Kirche in ihrem Programm, was immer der tiefere Zweck sein sollte. Laut Plan war es die Wallfahrtskapelle Maria vom Guten Rat aus Thierham, einst gebaut, um das Gelübde eines Soldaten einzulösen. Betont langsam schlenderte er zu dem Bauwerk, blieb stehen, machte Fotos. Die Kapelle verfügte über einen kleinen Glockenturm, das Holz war verwittert und mit Ziermalereien versehen.

Mit der Kamera ging Vallerot direkt zur Eingangsfront, er tat so, als wolle er Details aufnehmen. Die Tür war geschlossen. Er lugte durchs Fenster. Im Halbdunkel entdeckte er die beiden Schindlers und den anderen Mann. Sie knieten und beteten. Was sollte das bedeuten? Der lange Weg, nur um in eine Kirche zu gehen? Fast hätte er übersehen, wie sie wieder herauskamen. Er konnte sich gerade noch zur Seite drehen und den Fotoapparat zum Schutz vors Gesicht halten. Wortlos gingen sie in Richtung Ausgang, den Gegenstand hatten sie offenbar dagelassen. Vallerot entschied sich, dem Trio weiter zu folgen, und rief Baltasar an, um ihm eine Ortsbeschreibung zu geben.

Es hatte einige Überredung gekostet, Bruder Pretorius davon zu überzeugen, ihn zu dem Museumsdorf zu fahren. Baltasar war die Bettelei lästig, aber es blieb ihm nichts anderes übrig, nachdem Vallerot sein Auto selbst benötigte. Bruder Pretorius interessierte sich nicht für solches »Touristenzeug«, erst der Hinweis, dort stünde eine einzigartige Marien-Wallfahrtskapelle, stimmte ihn um. Die Unterhaltung während der Fahrt war zäh. Baltasar erzählte von seiner Arbeit in der Gemeinde, während sich Bruder Pretorius weitgehend in Schweigen hüllte. Das Brummen des Motors machte Unterhaltungen sowieso schwierig. Überdies verursachte der Fahrstil des Paters Magenschmerzen. Baltasar klammerte sich an einen Handgriff, bis seine Arme wehtaten.

Sie waren spät dran, die Ausstellung schloss in einer Viertelstunde. Baltasar zog Bruder Pretorius direkt zur Kapelle.

»Hier ist dieses einmalige Gotteshaus.« Er wusste, er übertrieb maßlos, aber er wollte seinen Gast ablenken. »Schauen Sie es sich ruhig an.«

»Sieht ganz gewöhnlich aus. Deswegen sind wir hergefahren?« In Pretorius' Stimme lag Enttäuschung.

»Ein wunderbares Zeugnis der Frömmigkeit im Bayerischen Wald. Das ist zwar nicht der Kölner Dom, aber immerhin. Schlicht, aber schön. Sie müssen die Details nur mit offenen Augen betrachten.«

Während der Pater um die Kapelle ging, sah Baltasar sich im Innern um. Die Einrichtung war einfach. Was auffiel, waren mehrere Ständer mit Opferkerzen. Besonders ein Objekt erregte seine Aufmerksamkeit: eine meterhohe Kerze mit zwei gekreuzten Rosen. Baltasar hatte keinen Zweifel: Das war der Gegenstand, den die drei mitgebracht hatten. Standen die verschiedenen Kirchen mit den Marienkindern in Verbindung, nutzte die Gruppe ein Netz von Andachtsorten für ihre verborgenen Zwecke? Baltasar untersuchte die Kerze, konnte aber nichts Ungewöhnliches feststellen. Bis er sie aus dem Halter nahm und am Boden nachsah. Tatsächlich klebte auf der Unterseite eine Marke mit Schriftzeichen. Vorsichtig löste er das Papier ab.

»Was machen Sie da?« Pater Pretorius stand in der Tür. »Das sind geweihte Dinge für die Jungfrau Maria. Es ist ein Frevel, sie wegzunehmen.«

Baltasar drehte sich um. »Sie stand schief, ich stelle sie gerade hin, damit sie gleichmäßig brennt, ein Dienst für die Mutter Gottes.« Er drehte ihm den Rücken zu, zog den Aufkleber ab und hielt ihn in der Hand verborgen.

»Erledigt.« Er ließ die Marke in der Tasche verschwinden. »Wollen wir wieder fahren? Ich kenne noch eine weitere Marien-Wallfahrtskapelle.«

»Wo denken Sie hin? Jetzt, wo wir da sind, werde ich eine kurze Andacht halten. Knien Sie neben mir nieder, Herr Senner.«

Pater Pretorius betete. Und betete. Und betete. Ständig murmelte er etwas Unverständliches, es war offenbar Latein. Baltasar hielt es nicht länger aus und stieß ihn an. »Es wird Zeit, das Museumsdorf schließt.«

»Einen Moment noch.« Pretorius holte sein Kreuz heraus und küsste es. »Wenn ich mit der Jungfrau Maria Zwiesprache halte, bin ich immer in seltsamer Stimmung. Wahrlich ein ungewöhnlicher Ort. Gehen wir.«

»Beten Sie immer in der Sprache der alten Römer?«

»Selbstverständlich. Latein ist die klassische Sprache des katholischen Klerus. Was über Jahrhunderte richtig war, kann heute nicht falsch sein. Ich finde, das Lob Gottes klingt so viel reiner und aufrichtiger.«

Sie gingen im Eilschritt zum Ausgang, der Pater blieb jedoch bei den Schafen auf der Weide stehen. Baltasar befürchtete schon, er wollte mit ihnen auch noch eine Andacht zelebrieren, aber Pretorius streichelte sie nur. »Wunderschöne Tiere, das Lamm Gottes, wie es in der Bibel heißt.«

Amen, fügte Baltasar im Geiste hinzu. Es lagen noch anstrengende Stunden vor ihm, wollte er doch den Pater auch nach Arnbruck zu den Totenbrettern und der Kirche lotsen. Er war sich sicher, dort unter der Kerze weitere Hinweise zu finden. Wenn dieser Bruder Pretorius nur nicht so gläubig wäre ...

28

Pater Pretorius vertilgte mittags die Reste von Teresas Abendessen, sodass für Baltasar nichts mehr übrig blieb. Eine willkommene Ausrede, ins Gasthaus »Einkehr« zu gehen. Doch an der Eingangstür klebte ein Zettel mit der Aufschrift »Heute geschlossen«. Das war sonderbar, sonst hatte das Lokal um diese Zeit immer geöffnet. Er ging um das Haus und nahm den Hintereingang, der in die Küche führte.

In der Tür stand Victoria Stowasser. Er begrüßte sie, erhielt aber keine Antwort. So hatte er die Wirtin noch nicht erlebt: Das Gesicht wirkte verkniffen, als ob sie auf eine Zitronenscheibe gebissen hätte, einzelne Haarsträhnen hatten sich selbstständig gemacht, unter den Augen lag ein dunkler Schatten.

»Was ist los, Frau Stowasser?«

»Was los sein soll? Mein Lokal ist geschlossen, gottverdammt ...« Der Rest ging in einer Serie von Flüchen unter, die jedem Niederbayer zur Ehre gereicht hätte.

Baltasar war wie vor den Kopf gestoßen. »Beruhigen Sie sich, bitte. Sind Sie heute mit dem falschen Fuß zuerst aufgestanden?«

»Ich bin falsch auf die Welt gekommen, glaube ich. Das Schicksal meint es nicht gut mit mir. Diese ... Diese Herren ...« Sie sprach das Wort aus, als handelte es sich um eine seltene Krankheit, und ging zurück in die Küche. Baltasar folgte ihr.

Auf dem Boden lag ein Mann in Overall. Ein anderer Mann räumte gerade den Schrank mit Geschirr aus. Neben sich hatten beide einen Koffer mit Utensilien wie aus dem Chemielabor stehen.

»Grüß Sie Gott.« Baltasar reichte ihnen die Hand. Doch statt den Gruß zu erwidern, machten sie mit ihrer Arbeit weiter.

»Gehören Sie zu dieser Betriebsstätte?« Der Ältere am Fußboden schaute hoch zu ihm. Baltasar stellte sich vor.

»Wie interessant, Pfarrer sind Sie, ein schöner Beruf. Haben Sie hier dienstlich zu tun? Ansonsten lassen Sie uns bitte unseren Job machen.«

»Diese beiden Herren sind staatliche Lebensmittelkontrolleure. Das Landratsamt hat sie geschickt«, sagte Victoria Stowasser. Ihr Unmut war deutlich zu hören.

»Gibt es dafür einen konkreten Anlass?« Baltasar wandte sich an den Jüngeren.

»Das geht Sie eigentlich nichts an, Herr Pfarrer. Wir sind da, um zu überprüfen, ob in diesem Betrieb fachliche Mängel vorhanden sind. Dann schreiben wir einen Bericht.«

»Gibt es einen konkreten Anlass?«

»In unserer Arbeit sind wir unabhängig, wir machen Stichproben bei den Unternehmen.«

»Unabhängig, dass ich nicht lache.« Victoria Stowasser schnaubte. »Das ist Schikane, reine Schikane.«

»Gegen diese Vorwürfe verwahre ich mich. Wir sind Beamte, die streng aufgrund gesetzlicher Vorgaben tätig werden.«

»Das ist ein kleines Gasthaus, da wundert es schon, warum es im Fadenkreuz steht, vor allem, weil es nie Kritik gab. Ich finde das Essen klasse, Sie sollten mal herkommen.« Baltasar stellte sich direkt neben den Jüngeren, sodass er gezwungen war, seine Arbeit zu unterbrechen.

»Wenn Sie es unbedingt wissen wollen, Herr Pfarrer. Das Landratsamt hat einen Hinweis auf erhebliche Hygienemängel erhalten. Diesem Hinweis gehen wir nach.«

»Sie haben doch bisher nichts gefunden.« Victoria Stowassers Zorn steigerte sich. »Dann machen Sie Schluss und hauen Sie ab! Ich muss kochen.«

Der Ältere setzte sich auf. »Wir machen so lange weiter, bis unser Auftrag erfüllt ist. Und wenn es länger dauert, dann ist es eben so. Ob wir heute, morgen oder übermorgen fertig sind, lässt sich momentan nicht sagen.«

»Ich weiß genau, wer mir die Lebensmittelkontrolleure auf den Hals gehetzt hat, es war ...«

Baltasar zog sie aus der Küche. »Genug, Frau Stowasser, heben Sie sich Ihre Energie für die nächste Auseinandersetzung mit dem Landratsamt auf.« Er setzte sich an einen Tisch in der Wirtsstube. »Vielleicht sind die beiden schneller fertig als gedacht.« Seinen Worten fehlte die Überzeugung.

»Dieser verdammte Wohlrab ist schuld. Er hat die Kontrolle veranlasst, da bin ich mir sicher. Anonym natürlich, der Feigling.«

»Warum sollte er das tun?«

»Er will sich rächen, weil ich gegen sein Bauprojekt bin. Aber nicht mit mir, das lasse ich mir nicht gefallen. Wenn der Herr Bürgermeister Krieg haben will, bekommt er Krieg!«

Sie sprachen noch eine Weile über den Fall. Baltasars Magen knurrte. Victoria Stowasser hatte es anscheinend gehört. »Sie haben Hunger, natürlich, wie konnte ich das vergessen, Sie sind zum Mittagessen hier. Ich bin eine schlechte Gastgeberin. Warten Sie, ich schneide Ihnen etwas Schinken und eine italienische Salami auf, etwas Nussbrot ist auch noch da, leider von gestern.«

Sein Hunger war größer gewesen als gedacht. Unwillkürlich kam ihm ein Gedanke: Auch das unbekannte Mädchen hatte damals irgendwo etwas essen müssen. Er erzählte Victoria Stowasser von seiner Überlegung. »Was tut eine Siebzehnjährige, wenn sie hungrig ist? Sie geht in einen Lebensmittelladen, eine Metzgerei oder ein Lokal und kauft sich was. Das Metzger-Ehepaar und die Geschäftsinhaber im Ort konnten sich nicht an die junge Frau erinnern – aber vielleicht der ehemalige Besitzer Ihres Wirtshauses?«

»Früher hieß es ›Zur Post‹. War der einzige Gasthof bei uns. Der Eigentümer hieß Johannes Detterbeck, er war schon im Rentenalter, als ich das Geschäft übernommen habe. Ich glaube, er wollte sich ins Warme absetzen, nach Südfrankreich, wegen seines Rheumas.« Sie überlegte. »Er hatte etwas von Bordeaux erzählt, weil er den Rotwein schätzte. Aber das ist schon einige Jahre her, ich weiß nicht, wo er heute steckt und ob er überhaupt noch lebt.«

»Einen Versuch wäre es wert.«

Baltasar beauftragte Philipp Vallerot, diesen Detterbeck ausfindig zu machen und ihm, wenn möglich, die Phantomzeichnung zu schicken. Er zeigte Vallerot auch den Aufkleber, den er unter der Kerze gefunden hatte. Darauf stand eine Adresse in Bodenmais. Vallerot sah im Internet nach. Unter der Anschrift firmierte eine Wachszieherei. »Meine Verfolgung hat übrigens nichts mehr gebracht. Das Trio ist schnurstracks nach Hause gefahren.« Vallerot holte seinen Fotoapparat und zeigte Baltasar die Aufnahmen auf dem Display. »Das ist der Unbekannte.«

»Nepomuk Hoelzl! Das ist Nepomuk Hoelzl, ein Eigenbrötler. Aber mit dabei in der Gruppe der Marienanbeter. Was hat der mit den Schindlers zu schaffen?«

»Das musst du mir erzählen. Es könnte ein ganz einfacher Grund sein, beispielsweise wenn sich mehrere Gläubige treffen und ihr Brauchtum pflegen, indem sie Marienstatuen Opfer in Form von Kerzen bringen. Bei euch Katholiken ist doch alles möglich, da laufen so viele Durchgeknallte rum, denk nur an die Typen, die sich selber auspeitschen und Dornengürtel anlegen.«

»Für normale Rituale der Gläubigkeit ist das alles zu geheimnisvoll angelegt. Da bräuchten sie nur zu mir in die Kirche kommen. Außerdem ist der Anführer etwas dubios mit seiner Verkleidung.«

»Ich bitte dich, Baltasar, im Verkleiden seid ihr Priester doch Meister! Eure Fantasieuniformen stellen jeden Karnevalsumzug in den Schatten. Mal was in Weiß, mal in Schwarz, mal in Rot und Gold. Da wird ja jede Frau neidisch, was ihr im Kleiderschrank habt.«

»Fragen wir doch bei der Kerzenfabrik nach, vielleicht bringt uns das weiter.«

»Soll das heißen, wir machen wieder einen Ausflug mit dem Auto? Nach Bodenmais, vermute ich.«

»Du hast es erfasst.« Baltasar steckte den Aufkleber ein. »Dafür spendiere ich danach einen Weißwein aus Monbazillac und einen Schimmelkäse dazu, passt wunderbar zusammen. Kleines Tauschgeschäft, wie du dir denken kannst.«

»Ich will lieber nicht wissen, mit was du da handelst. Also gut, fahren wir.«

Die Kerzenfabrik war in einem Flachbau außerhalb des Ortes untergebracht.

»Rede ich oder redest du?«, fragte Vallerot, nachdem sie aus dem Auto gestiegen waren.

»Ich rede, als Pfarrer bin ich glaubwürdiger.«

»Ha, ha, ha. Meinetwegen.«

An den Eingang schlossen sich mehrere Büros an. Baltasar fragte nach der Buchhaltung. Er wurde an eine ältere Dame verwiesen, die allein an ihrem Schreibtisch saß.

»Grüß Gott, ich bin Pfarrer Senner. Können Sie mir mit einer Lieferung behilflich sein?«

Die Frau bot ihnen Plätze an und fragte, worum es ging.

»Ich habe herrliche Kerzen gesehen, die aus Ihrer Fabrik stammen. Solche würde ich auch gern bestellen.«

»Wir können alle Größen und Sorten liefern. Ich bringe Ihnen einen Katalog.«

»Nein, nein, ich will genau dieselben für meine Kirche. Es sind Kerzen mit zwei gekreuzten Rosen als Schmuck. Genau die muss ich haben.«

»Das sind wahrscheinlich Sonderanfertigungen. Ich sehe in unserer Bestellliste nach.« Sie holte einen Ordner aus dem Regal und blätterte darin. »Hier haben wir's. Auftrag mit Rosenmuster, ein guter Kunde.«

»Wer hat die Ware denn bestellt?« Das war die Frage, weswegen sie eigentlich hier waren.

»Darf ich Ihnen nicht sagen, Hochwürden, das sind Geschäftsinterna. Sie wollen also exakt das gleiche Modell?«

Vallerot stieß Baltasar heimlich mit dem Fuß an und machte ein Zeichen in Richtung Halle. Er verstand.

»Das gleiche Modell, natürlich. Nur um sicherzugehen, dass wir von derselben Kerze sprechen, haben Sie ein Musterstück auf Lager, das Sie mir zeigen können?«

»Muss ich nachschauen.« Die Frau schob den Ordner zurück ins Regal.

Baltasar erhob sich. »Ich begleite Sie selbstverständlich. Philipp, du kannst ja hier warten, das wird dich eh nicht interessieren.« Zusammen mit der Frau verließ er das Büro.

Kaum war die Tür zugefallen, sprang Vallerot auf, ging ans Regal und nahm sich den Ordner, den die Frau zuvor benutzt hatte. Hastig sah er Seite für Seite durch, Rechnungen, Lieferscheine, Mahnungen in immer anderen Varianten. Da blieb sein Blick an einem Namen hängen. Das war es. Treffer. Er brachte den Ordner an seinen Platz zurück und konnte sich gerade noch rechtzeitig hinsetzen, bevor die Frau mit Baltasar wieder hereinkam. Er blinzelte ihm zu.

»Und wie viel darf ich für Sie aufschreiben, Hochwürden? Wir liefern frei Haus. Unsere Zahlungsfristen sind human.«

»Sie haben wirklich eine fantastische Auswahl. Mir schwirrt der Kopf. Ich glaube, ich muss noch mal darüber nachdenken, ob mir nicht doch ein anderes Modell besser zusagt. Danke für Ihre Beratung.« Sie verabschiedeten sich.

»Also halt dich fest«, sagte Vallerot, als sie im Auto saßen. »Ich glaube, wir haben deinen Sektenchef gefunden. Alle Lieferungen und Rechnungen gehen an Nepomuk Hoelzl.«

29

Nepomuk Hoelzl. Dieser unscheinbar wirkende Mann sollte der Anführer einer obskuren Gruppe von Gläubigen sein? Die Hinweise waren eindeutig: Er tauchte bei den Veranstaltungen der selbsternannten Marienkinder auf, konnte einen herrischen Befehlston annehmen und passte durchaus in Größe und Körperform zu dem Vorbeter mit Umhang bei der heiligen Quelle. Doch was war er eigentlich – ein Laienprediger, ein religiöser Fanatiker, ein Sektenführer gar, wie Vallerot glaubte? Das führte zu einer weiteren Frage: Waren die Marienkinder eine harmlose Vereinigung von Katholiken, die die Mutter Gottes verehrten und das Ganze mit Geheimniskrämerei würzten? Oder waren sie Abspalter, Sektierer, die die Lehren der Amtskirche mit Füßen traten, indem sie heidnische Ersatzrituale inszenierten? Die Grenze zwischen erlaubt und unerlaubt war fließend, gerade in den Augen der Bischöfe und ihres Vorgesetzten in Rom. Solange solche Gruppierungen die Vorherrschaft der katholischen Institutionen akzeptierten, war alles in bester Ordnung.

Selbsternannte Prediger waren im Bayerischen Wald immerhin nichts Neues. Baltasar kannte natürlich die Geschichte vom Mühlhiasl. Dahinter verbarg sich angeblich der Müllerssohn Matthäus Lang, geboren Mitte des 18. Jahrhunderts. Er soll sich als junger Mann mit der Obrigkeit eines Klosters zerstritten haben und daraufhin nach Rabenstein bei Zwiesel gezogen sein. Als Einsiedler machte er mit seinen Weissagungen von sich reden.

Er prophezeite einen dritten Weltkrieg, den großen »Bänkeabräumer«, und nahm geschichtliche Ereignisse und Erfindungen vorweg, zumindest lassen die Aussagen solche Deutungen zu. »Da wird eine Zeit kommen, in der man für zweihundert Gulden keinen Laib Brot erhält« – eine Ankündigung der Inflation? »Da wird ein strenger Herr kommen und ihnen die Haut abziehen und ein strenges

Regiment führen« – ein Hinweis auf das Dritte Reich? »Eiserne Straßen werden in den Wald gebaut, und grad am Klautzenbach vorbei wird der eiserne Hund bellen« – eine Vision der künftigen Eisenbahn? »Wenn im Vorwald die eiserne Straße gebaut wird, geht es los.« Ob Zufall oder nicht: Der Erste Weltkrieg im August 1914 begann am selben Tag, an dem die Eisenbahnlinie von Kalteneck nach Deggendorf eingeweiht wurde.

Es gab da aber auch noch den Schafhirten Matthias Stormberger aus Rabenstein, der etwa zur selben Zeit lebte und nahezu identische Prophezeiungen absonderte, weshalb manche glauben, Lang und Stormberger seien ein und dieselbe Person. »Es wird eine Zeit sein, da werden die Leut alleweil gscheiter und närrischer werden. Wenn ihr wüsstet, was euren Kindern und Kindskindern bevorsteht, ihr würdet in Schrecken vergehen.« Das soll eine Aussage von Stormberger sein, der außerdem die Erfindung des modernen Flugverkehrs vorhergesehen haben soll: »Die Leut werden in der Luft fliegen wie die Vögel.«

Der Haken an all diesen Geschichten ist nur – schriftlich findet sich aus jener Zeit nichts, es kann also genauso gut erfunden sein. Aber das juckt das fromme Volk im Bayerischen Wald nicht. Wenn man an Maria glaubt, warum darf man nicht auch mal an eine wilde Prophezeiung glauben? Denn die Bewohner dieser Region haben immer recht, ob sie nun Mühlhiasl oder sonst wie heißen.

Bei den Marienkindern konnte Baltasar ein Gefühl der Beklemmung nicht loswerden. Das lag weniger an deren religiösen Praktiken als vielmehr an der Verbindung mit dem Rosenkranz und damit mit dem ermordeten Mädchen. Es konnte kein Zufall sein, die Marienverehrung mit der

Gebetskette als Erkennungszeichen für die Statuen der Gottesmutter. Kam der Täter aus diesem Kreis? Wussten die Mitglieder der Gruppe mehr, als sie zugaben? Baltasar nahm sich vor, diesen Nepomuk Hoelzl genauer unter die Lupe zu nehmen.

Ein Anruf riss ihn aus seinen Gedanken. Es war Philipp Vallerot. »Schneller als erhofft habe ich diesen Detterbeck ausfindig gemacht. Ich habe einen Gesprächstermin in einer Stunde vereinbart. Der Herr wird quasi persönlich anwesend sein, beeil dich!« Baltasars Rückfragen wich er aus. »Komm einfach.«

Baltasar fläzte sich in einen von Vallerots Wohnzimmersesseln, die wie ein halbes Ei aussahen. »Also, wie hast du den Wirt herbeigezaubert? Du verfügst über magische Kräfte, ich wusste es, deshalb die Ablehnung alles Religiösen. In Wirklichkeit bist du ein Verwandter von Harry Potter.«

»Ich glaube an die Segnungen der Technik, die haben in diesem Fall geholfen, ganz ohne Hexerei.« Vallerot nippte an seinem Mineralwasser. »Scheußliches Zeug.«

»Warum trinkst du es dann?«

»Hab mir den Magen verdorben. Jedenfalls, dank des Internets habe ich den Gesuchten ausfindig gemacht. Wie du dir denken kannst, ist Detterbeck nicht gerade ein häufiger Name in Frankreich. Er lebt übrigens noch in Bordeaux. Ich habe den Herrn angerufen und das Treffen vereinbart. Er freut sich, wieder mit jemandem aus seiner alten Heimat zu sprechen.«

Baltasar runzelte die Augenbrauen. »Wie schaffst du das, hast du ein Flugzeug gechartert, das ihn herfliegt?«

»Wieder hilft uns der Computer. Wir werden gleich eine

Online-Videokonferenz beginnen, das ist heute kinderleicht. Du hast doch schon mal vom Internet gehört? Oder hältst du das World Wide Web für einen Naturschutzpark für Engel und andere Außerirdische?«

»Ha, ha, ich weiß, wie das geht. Aber Detterbeck ist nicht mehr der Jüngste, du glaubst, er kennt sich aus mit solchen Dingen?«

»Er hat den Enkel seines Nachbarn gefragt, der Junge hat alles gemanagt und stellt sein Gerät zur Verfügung. Der Mann braucht sich nur davorzusetzen und zu quatschen. Das Phantombild hat er schon. Testen wir, ob die Verbindung funktioniert.« Er schaltete den Laptop an. »Du darfst natürlich nicht vergessen, in die Kamera zu gucken, sonst sieht man dich am anderen Ende der Leitung nicht.«

Es kratzte aus dem Lautsprecher, der Monitor flimmerte, nach einigen Sekunden stand das Bild. Ein Mann mit lichtem Haar und wachen Augen blickte sie an. Im Hintergrund war die Silhouette der Stadt zu erkennen.

»Grüß Gott nach Bordeaux, Herr Detterbeck. Danke, dass Sie sich Zeit für das Gespräch genommen haben.«

»Wie kann ich jemandem aus meiner Heimat etwas abschlagen, noch dazu, wenn es der Pfarrer ist?« Der niederbayerische Tonfall war unüberhörbar. »Wie kann ich Ihnen weiterhelfen?«

»Sie haben die Zeichnung des toten Mädchens erhalten. Dazu bräuchte ich Hinweise, wer sie ist. Bislang hat sie noch niemand identifiziert.«

»Ihr Freund Vallerot hat mir von dem Fall berichtet. Das ist ganz an mir vorbeigegangen, so kann's gehen, wenn man nicht mehr in Deutschland ist. Schrecklich, so ein Verbrechen, sie war noch so jung, erst siebzehn.«

»Kennen Sie die junge Frau?«

»Ich hab mir das Bild lange angeschaut und überlegt. Ich bin mir nicht sicher, nach all den Jahren.«

»Was macht Sie unsicher?«

»Ich kann mich an ein Mädchen erinnern, das so ähnlich aussah wie das von dem Bild, aber älter wirkte. Deshalb weiß ich nicht, ob es dasselbe Mädchen ist.«

»Diese Phantomzeichnungen sind sehr ungenau, es ist nur die Rekonstruktion von einem Schädel. Wie war das mit der Frau, die Sie meinen?«

»Damals, das ist nun schon zwanzig Jahre her, kam das Mädchen in mein Gasthaus. Wissen Sie, bei mir sind im Laufe der Zeit eine Unmenge Gäste ein und aus gegangen, aber bei der war einiges seltsam. Deshalb hat es sich in mein Gedächtnis eingebrannt.«

Baltasar schöpfte Hoffnung, endlich jemanden gefunden zu haben, der die Existenz dieses Phantommädchens bestätigte. »Erzählen Sie einfach weiter, Herr Detterbeck.«

»Sie kam spätabends, allein. Das fand ich ungewöhnlich. Sie setzte sich an einen Tisch in der Ecke und bestellte nur eine Cola. Ich habe sie fülliger in Erinnerung als auf der Zeichnung, irgendwie unförmig. Das Verrückte war, deshalb ist mir das Mädchen unvergesslich, sie behielt den ganzen Abend ihren Mantel an. Und in meinem Lokal war es immer mollig warm.«

»Erinnern Sie sich an weitere Details?«

»Sie machte einen etwas wirren Eindruck. Es schien mir, als warte sie auf jemanden. Hat immer wieder zur Tür geschaut und von meinem Telefon aus Anrufe getätigt.«

»Wählte sie ins Ausland?«

»Es war eine kurze Nummer, muss also ein Ortsgespräch

gewesen sein. Und weil Sie es erwähnen: Sie hatte einen österreichischen Akzent, aus Oberösterreich, würde ich sagen.«

»Hatte sie Gepäck dabei?«

»Ich weiß nicht. Ich glaub schon, wenn, allenfalls eine Tasche. Später hat sie sich doch noch was zum Essen bestellt, eine Suppe oder so, was Einfaches. Genau, da war noch was: Sie hat mich gefragt, ob ich einen Arzt im Ort wüsste.«

»Einen Arzt? War sie denn krank?«

»Das war es ja, sie sah erschöpft aus, aber eigentlich pumperlgsund. Ich fragte sie, was ihr fehle und ob ich sie ins Krankenhaus fahren solle, aber sie meinte, ihr gehe es gut, sie wolle sich nur später mal durchchecken lassen.«

»Wann ist das Mädchen wieder gegangen?«

»Irgendwann, fragen Sie mich nicht nach der genauen Uhrzeit, erreichte sie jemanden am Telefon. Es wurde ein lautes Gespräch, das mehrere Minuten hin und her ging. Ich kann mich nicht daran erinnern, was da besprochen wurde. Ich glaube, sie war sauer, weil sie so lange warten musste. Dann rief sie mich und zahlte. Eine Weile blieb sie auf ihrem Platz sitzen, dann wurde sie abgeholt.«

»Jemand anderes kam und nahm sie mit?« Baltasar war aufgeregt. War er dem Mörder auf der Spur?

»Ein Mann kam. Das Dumme ist nur, ich habe ihn nicht gesehen, ich hatte zu der Zeit in der Küche zu tun. Ich habe nur seine Stimme gehört. Keine Ahnung, wer er war. Jedenfalls: Als ich wieder in den Gastraum ging, waren die beiden verschwunden. Ich habe das Mädchen nie mehr wiedergesehen.«

30

Brachten die Informationen aus Bordeaux endlich eine Wende in dem Fall? Baltasar wusste es nicht, aber er war nun optimistischer. Er musste nur mit diesem Arzt reden, falls die Unbekannte dort hingegangen war. Teresa räumte den Schrank in der Küche aus auf der Suche nach einem großen Topf.

»Ich machen neues Rezept«, verkündete sie. »Für unseren Gast. Etwas aus dem Bayerischen Wald.«

Baltasar bemerkte, dass sie seinen Namen nicht erwähnte. »Gute Idee. Womit wollen Sie ihn überraschen?«

»Ich machen Pichelsteiner Eintopf, das Original aus unserer Region. Frau Stowasser hat mir ein Rezept kopiert.« Sie wedelte wie zum Triumph mit einem Blatt Papier. »Jetzt kann nichts mehr schiefgehen.«

In der Tat war Pichelsteiner eine Erfindung aus dem Bayerischen Wald. Die Zutaten waren simpel: mehrere Sorten Fleisch, Gemüse, Zwiebeln, in Brühe gekocht. Früher galt es als Essen für einfache Leute, das auf Vorrat zubereitet werden konnte. Handwerker und Bauern nahmen es für die Arbeit mit und brauchten es nur mehr erhitzen – niederbayerisches Fastfood sozusagen.

Die Kochgelehrten stritten darüber, wer das Pichelsteiner wirklich erfunden hatte und woher der Name stammte. Bereits Ende des 19. Jahrhunderts ist das Rezept nachgewiesen. Die einen sagten, eine Wirtin aus Grattersdorf habe die Speise kreiert, Namenspatron war demnach der nahe gelegene Berg Büchelstein. Andere behaupteten, der Eintopf habe seine Geburt in der Stadt Regen erlebt, die

Bezeichnung sei aus dem Pichel abgeleitet, dem Begriff für einen großen Kessel. Der Streit konnte bis heute nicht beigelegt werden, aber die Verantwortlichen in Regen handelten einfach auf eigene Faust und riefen ein Pichelsteinerfest aus, zu dem alljährlich Tausende Besucher strömten. Damit war auf pragmatische Weise durch die Macht der Masse das Scharmützel entschieden, ganz nach dem Motto: »Wo gefeiert wird, da ist die Wahrheit.«

Teresa dozierte über die Zutaten und die korrekte Zubereitung des Fleischs. Baltasar fand, es war an der Zeit, das Haus zu verlassen. Er schwang sich aufs Fahrrad und fuhr durch den Ort. Erst als er schon fast auf der Landstraße war, drehte er um und nahm einen Seitenweg. Das war die Gelegenheit, Walburga Bichlmeier einen Besuch abzustatten. Er hatte sie schon länger nicht mehr in der Kirche gesehen, was ungewöhnlich war. Sein Hintergedanke jedoch richtete sich auf die wirren Aussagen, die die Frau über die Tote gemacht hatte. Vielleicht lohnte es sich nachzubohren.

Sie wohnte in einem Austragshäusl, einem Bau also, den der Erbe eines Bauernhofes zu errichten hatte, um seinen Eltern eine Wohnstatt fürs Alter zu schaffen, so etwas wie der Vorläufer einer Rentner-WG. Walburga Bichlmeiers Heim glich mehr einer Hütte. Nur der hintere Teil war gemauert, der Vorderbereich aus Holz, selbst das Dach war mit Holzschindeln gedeckt. Das Gebäude duckte sich unter Bäumen, Hecken fassten es statt eines Zaunes rundherum ein, eine ungemähte Wiese, ein paar Obstbäume und ein Erdflecken mit verdorrten Pflanzen, Reste eines Kräutergartens.

Vor dem Haus stand ein Leiterwagen, dem ein Rad fehlte. Ein umgestürzter Blumenkübel lehnte daran. Verstreut am Boden lagen Wurzeln, Obstreste und Knochen, so als ob die Bewohnerin ihre Küchenabfälle auf diesem Weg entsorgte. Ein Fensterladen hing schief in den Angeln, das Glas hatte einen Sprung, ein Stück des Fensterbrettes fehlte. Darauf stand ein Topf, den wohl jemand die letzten zwanzig Jahre vergessen hatte. Baltasar hätte es nicht gewundert, wenn plötzlich die Hexe aus *Hänsel und Gretel* aufgetaucht wäre.

Er klopfte an die Tür. Stille. Er horchte. Das Haus lag wie ausgestorben da. Er klopfte noch einmal. »Frau Bichlmeier, sind Sie da? Hallo!« Immer noch Friedhofsruhe. Dann tat sich etwas. Ein Poltern. Schritte. Mit einem Quietschen öffnete sich die Tür, wenn auch nur einen Spalt. Zwei Augen spähten heraus.

»Ja?«

»Erkennen Sie mich nicht, Frau Bichlmeier? Ich bin's, Pfarrer Senner.«

Ihre Augen verengten sich zu Schlitzen. »Ach ja, stimmt, Hochwürden, Sie sind's. Was wollen Sie?« Ihre Stimme klang misstrauisch.

»Sie besuchen. Lassen Sie mich herein?«

»Ich mach gerade meinen Mittagsschlaf. Da will ich nicht gestört werden. Kommen Sie später wieder, Hochwürden.«

»Aber jetzt sind Sie eh schon wach. Und ich habe extra wegen Ihnen vorbeigeschaut.«

Sie überlegte. »Meinetwegen. Aber nur, weil Sie's sind, Herr Pfarrer.« Sie öffnete die Tür. Wie immer hatte sie ihr schwarzes Kleid an, nur das Kopftuch fehlte, das graue Haar war hinten zu einem Dutt geknotet. Baltasar fragte sich, ob das Kopftuch das Einzige war, was die Frau zum

Schlafen ablegte. Als er eintrat, bemerkte er, dass sie ihre Gehhilfe wie einen Schlagstock hielt.

Die Hütte bestand nur aus zwei Zimmern. Der Hauptraum war eine Küche, die zugleich als Wohnraum diente. Ein Sofa stand unterm Fenster, in der Mitte ein Tisch mit zwei Stühlen. Darüber hing eine nackte Glühbirne, eine Marienfigur stand auf dem Sims. Eine Tür gab den Blick frei in den zweiten Raum: ein Schrank, ein Bett, ein Nachtkästchen, darauf eine Kerze. Bad und Toilette mussten seitlich angebaut sein.

»Besuch hatte ich keinen erwartet.« Walburga Bichlmeier füllte einen Kessel mit Wasser und stellte ihn auf den Herd. Baltasar fragte sich, wann sie zuletzt einen Gast hier gehabt hatte.

»Ich mach einen Kräutertee. Sie mögen doch Tee?«

Kaffee wäre ihm lieber gewesen, doch er nickte.

»Ein Sud aus Melisse, Kamille und Rosmarin, ist gut für die Blase. Meine eigene Mischung.« Sie hantierte mit den Gläsern. Baltasar fielen die Tongefäße in den Regalen auf. Laut Beschriftung enthielten sie heimische Kräuter und Gewürze und Basismaterialien zum Anrühren von Arzneien, fast wie die Grundausstattung einer Apotheke.

»Eine nette Sammlung haben Sie da.« Er deutete auf die Gefäße.

»Was ich brauch, rühr ich mir selber an, die Kräuter helfen gegen alles.« Sie hielt inne. »Früher sind die Leit sogar zu mir gekommen, wenn sie krank waren. Ich hab eine Salbe oder ein Wässerchen hergerichtet, und schon ging's ihnen wieder besser. Aber nun erzählen Sie, Hochwürden, warum sind Sie hier?«

»Ich hab mir Sorgen gemacht, nachdem ich Sie nicht

mehr in der Kirche gesehen habe. Ich dachte, vielleicht sind Sie krank geworden, und ich schaue besser mal nach Ihnen.«

»Ich kann mir selber helfen, das können Sie mir glauben. Mein Lebtag war ich noch nicht beim Doktor, und ich werde auch zu keinem gehen, bis ich ins Kisterl falle. Die Jungfrau Maria hält ihre schützenden Hände über mich.« Sie bekreuzigte sich.

»Die Mutter Gottes bedeutet Ihnen sehr viel, nicht wahr?«

»Sie ist die Einzige, die Wahre, die Herrin meiner Schmerzen und meiner Freude. Ich bete jeden Tag zu ihr.«

»Warum kommen Sie nicht öfter zu mir in die Kirche?«

»Ich bete gern für mich, zu Zeiten, wenn es mir passt. Ich bin in meinem Alter nicht mehr so beweglich.«

»Jetzt, wo der Rosenkranz wieder seinen Platz gefunden hat bei der Marienstatue, wäre das nicht ein freudiger Anlass für einen Besuch?«

»Der Marien-Rosenkranz, ja.« Sie war in Gedanken versunken. »Er ist wieder da.«

»Ist das nicht eine Freude für Sie und die anderen Marienkinder?«

»Ma... Marienkinder?« Sie fing an zu stottern. »Was meinen Sie damit? Woher wissen Sie ...«

»Ich weiß auch von Nepomuk Hoelzl, dem Kopf Ihrer Gruppe – oder soll ich besser sagen: Sekte?«

»Heilige Maria und Josef!« Sie bekreuzigte sich wieder. »Das ... Das ist vertraulich! Wir ... Wir dürfen nicht darüber reden. Wir sind keine Ketzer, wir sind Gläubige.«

»Weshalb dann die Geheimnistuerei?«

»Ich kann nichts sagen, ich hab ein Gelübde abgelegt.

Nur so viel: Wir tun nichts Unrechtes, wir feiern unseren Glauben an verschiedenen Orten.«

»Dann hat den Rosenkranz also einst die Marienkinder-Gruppe gestiftet?«

»Wer ihn genau bezahlt hat, weiß ich nicht, aber er war gedacht als Lobpreisung unserer Jungfrau Maria.«

»Und wer hat ihn gestohlen? Jemand aus Ihrem Kreis, der ihn für sich allein haben wollte?«

»Wo denken Sie hin, Hochwürden! Des wär a Sünd, da holt einen der Deifi, dafür kommt man in die Höll!« Die Entrüstung der alten Frau schien echt.

Baltasar nahm einen Schluck des Kräutergebräus, mit Zucker war es einigermaßen erträglich. Er beschloss, Walburga Bichlmeier ohne Umschweife nach der Unbekannten zu fragen. »Das letzte Mal, als Sie den Teufel erwähnten, war es im Zusammenhang mit dem toten Mädchen.«

Walburga Bichlmeier sah ihn an und schwieg. Wie geistesabwesend wischte sie mit der Hand über die Tischplatte.

»Frau Bichlmeier, was wissen Sie über das Mädchen? Bitte, reden Sie mit mir!«

Noch immer starrte sie auf den Tisch. Nichts deutete darauf hin, dass sie ihn verstanden hatte. »Der Deifi. Der Deifi hat des Madl g'holt, jetzt ist es zu spät.«

»Was ist zu spät?«

»Sie ist tot, des Madl ist tot. Die arme Seel', der Deifi hat sich seinen Anteil genommen.«

»Warum sollte die Unbekannte in die Hölle kommen? Sie ist das Opfer eines feigen Mörders!«

»Opfer. Ein Opfer.« Wieder rieb sie über die Platte, als wolle sie unsichtbare Flecken tilgen. »Das Madl ist ein Op-

fer. Heilige Maria Mutter Gottes, hilf! Hilf uns Sündern.«
Sie schlug ein Kreuz.

»Erleichtern Sie Ihre Seele. Reden Sie!«

Aber die Frau blieb stumm, gefangen in ihren eigenen Gedanken, gefangen in einer Welt, die nur sie kannte.

Baltasar musste auf anderem Weg versuchen, ihren Abwehrpanzer zu durchbrechen. Sie wusste mehr, als sie sagen wollte. Er nahm die Marienfigur vom Sims und stellte sie auf den Tisch. Walburga Bichlmeiers Augen verfolgten jede seiner Bewegungen. Er faltete die Hände, betete den Anfang des Rosenkranzes und drehte die Statue so, dass sie direkt auf die Frau blickte.

»Das ist die Jungfrau Maria.« Er wählte einen pathetischen Tonfall, den er sich sonst für besondere Gelegenheiten wie Hochzeiten oder Beerdigungen aufhob. Es kam nun darauf an, überzeugend zu sein. »Sehen Sie die Mutter Gottes an, Frau Bichlmeier, schauen Sie ihr direkt in die Augen. Vertrauen Sie der Weisheit und Güte dieser Heiligen?«

Die alte Frau nickte stumm. Sie faltete ebenfalls die Hände.

»Die Beschützerin kennt die Wahrheit, kann in unsere Herzen blicken, sieht alles, weiß alles.«

Wieder nickte sie.

»Dann sagen Sie der Gottesmutter vor Ihnen nun die Wahrheit: Was war mit dem toten Mädchen?«

»Ich … Ich kann nicht. Ich … habe versprochen …« Sie zitterte.

»Sprechen Sie, schütten Sie der heiligen Maria Ihr Herz aus, sie hat Verständnis und wird Ihnen verzeihen. Sie wollen doch nicht Ihr ganzes Leben eine Lüge mit sich herumtragen.«

»Die ... Ich ... Ich kannte das Madl.« Ein Beben ging durch ihren Körper. Sie schluchzte und verbarg das Gesicht mit den Händen. Es dauerte eine Weile, bis sie sich wieder gefangen hatte. Tränen liefen ihr die Wangen herab. »Das Madl ... ich kannte sie. Sie war bei mir, damals, vor zwanzig Jahren. Wollt, dass ich ihr helfe.«
»Wie hieß sie?«
»Eva.«
»Und ihr Familienname, wie lautete der?«
»Weiß ich nicht, hab nie danach gefragt, und sie hat ihn mir auch nicht gesagt.«
»Was hat Eva sonst noch erzählt?«
»Sie war erst einen Tag hier, sagte, sie käme direkt aus Österreich und wolle auch bei uns nicht lange bleiben.«
»Was wollte das Mädchen von Ihnen? Wo hat sie übernachtet? Sie muss doch irgendwo geschlafen haben.«
»Eine Nacht blieb sie bei mir. Ich habe schwer gesündigt, Hochwürden, das zu tun, eine schwere Sünd war's. Das verzeihe ich mir nie, solange ich lebe. Ich bete zur Jungfrau Maria, sei gnädig zu mir, bete ich, wenn ich mich beim Jüngsten Gericht verantworten muss.« Walburga Bichlmeier weinte. Baltasar versuchte, sie zu beruhigen, sie zeigte jedoch keine Reaktion.
»Ich ... Ich kann Ihnen nicht mehr sagen, Herr Pfarrer, ich kann nicht, ich hab's versprochen.«
»Wiegt ein Versprechen mehr als ein Verbrechen?«
»Lassen Sie mich. Ich muss erst mit jemandem darüber reden. Geben Sie mir etwas Zeit. Ich muss um Erlaubnis fragen. Dann ... Dann können wir uns nochmal unterhalten.« Sie legte den Kopf auf ihre Arme. »Lassen Sie mich, Hochwürden, gehen Sie. Ich muss allein sein.«

31

Es sollte ein Festessen werden. Zumindest hatte sich Teresa das so vorgestellt. Die Premiere ihres Bayerwald-Menüs. Sie war sogar mit Pater Pretorius zur Quelle gegangen, um das ganz besondere Kochwasser zu holen, denn mit dem Segen der Heiligen Jungfrau Maria musste es einfach eine Gaumenfreude werden – Pichelsteiner Eintopf à la Teresa Kaminski. Extra hatte sie eine weiße Tischdecke herausgeholt, Stoffservietten und Weingläser hergerichtet, von Baltasar einige Flaschen »besonders guten Weins, aber nicht zu sauer« geordert.

Pater Pretorius sprach ein Tischgebet auf Latein und segnete die Suppenterrine. Hoffentlich hilft's was, dachte Baltasar. Er schenkte Wein aus, einen Zweigelt aus einem österreichischen Kloster.

Teresa hob mit einer theatralischen Geste den Deckel ab. »Ist Pichelsteiner, Original aus Bayerischem Wald. Guten Appetit.« Sie füllte die Teller. Der Geruch traf Baltasar wie ein Faustschlag. Ihm schwante Schreckliches. Unter einem Vorwand zupfte er seine Serviette zurecht und wartete, bis Pretorius die ersten Bissen verdaut hatte. So mussten wahrscheinlich die Vorkoster im Mittelalter arbeiten, dachte er.

Pretorius schlürfte zuerst die Brühe. Keine Reaktion. Er nahm den nächsten Löffel, Brühe und etwas Gemüse, und lächelte die Haushälterin an. »Wirklich vorzüglich, Fräulein Teresa, sehr lecker. So schmeckt also der Bayerische Wald.« Er nahm den nächsten Löffel, diesmal mit Fleischbrocken. Er kaute an den Stücken. Teresa lächelte. Er kaute weiter. Kaute immer noch. Seine Kiefer mahlten, die Gesichtsmuskeln traten hervor. Baltasar probierte etwas Brühe. Sie schmeckte scharf, pfeffrig, war aber sonst in Ordnung. Er achtete darauf, kein Fleisch zu erwischen, während sein Gegenüber immer noch kaute.

Baltasar konnte sich einer gewissen Schadenfreude nicht erwehren, der Himmel möge ihm verzeihen. »Exzellent, nicht?« Er ließ seine Stimme vor Begeisterung vibrieren. »Teresa schafft es immer wieder, ihre Gäste mit ihren Kreationen zu verwöhnen. Stimmt's, Pater Pretorius?«

Der Angesprochene nickte. Reden konnte er immer noch nicht, sein Gebiss hatte es offensichtlich noch nicht geschafft, die Fleischbrocken zu zerkleinern. Schweißperlen standen ihm auf der Stirn. Die Farbe war aus seinem Gesicht gewichen.

»Teresa, verraten Sie uns Ihr Rezept. Unser Gast ist sicher begierig darauf zu erfahren, welche Köstlichkeiten Sie zubereitet haben.«

Wieder nickte der Pater. Teresa lächelte ihn an. Er machte Schluckbewegungen, sein ganzer Körper spannte sich, und nach einer kleinen Ewigkeit schien das Essen im Magen gelandet zu sein. Pretorius tat einen tiefen Luftzug und sagte mit letzter Kraft: »Kann ich noch etwas Wein haben?«

»Sie nicht brauchen schüchtern sein, Herr Pater, gerne noch etwas nehmen.« Noch ehe er reagieren konnte, hatte ihm Teresa einen weiteren Schöpflöffel auf den Teller gekippt. »Also ich habe Zwiebeln und Möhren genommen und eine Mischung aus Schweinebauch, Halsgrat vom Ochsen und Hammelfleisch.«

»Teresa, ich wusste gar nicht, dass Hammel zu diesem Rezept gehört.« Baltasar beäugte seine Portion.

»Tut es auch nicht, war aber Sonderangebot bei Metzger.

Das Fett und die Knorpel geben der Suppe eine besondere Sämigkeit. Hat meine Oma in Polen auch immer so gemacht. Greifen Sie ruhig zu, Herr Pater!«

Baltasar beschränkte sich darauf, die Gemüsestückchen herauszufischen, und sah zu, wie Pretorius unter den unerbittlichen Augen der Köchin einen Löffel nach dem anderen in sich hineinzwängte, nur unterbrochen durch den Griff zum Weinglas. Am Ende hatte er Mitleid mit Pretorius, der auf den Nachtisch verzichtete, eine »bayerische Creme nach der Art des Hauses«, wie Teresa sagte, und schlug vor, zur Verdauung einen Schnaps zu trinken. Er holte einen Obstler, »original aus dem Bayerischen Wald«. Als er Pretorius' Augen sah, vor Schreck aufgerissen, beruhigte er ihn mit dem Hinweis, das sei das Geschenk eines Freundes.

Den ersten Doppelten leerte der Pater in einem Zug. Den zweiten in zwei Schlucken. »Schmeckt gut.« Er leckte sich die Lippen. »So stelle ich mir den Bayerischen Wald vor. Einen nehm ich noch.« Er ließ das nächste Glas die Kehle hinunterrinnen. Dann folgte ein Rülpser, als sei eine Gasleitung explodiert. »Mea culpa. Entschuldigung, die Dame, mea culpa.« Er hielt sich die Hand vor den Mund, konnte aber nicht verhindern, einen fahren zu lassen. »Oh Gott, Dio mio, ich muss mich bei Ihnen entschuldigen, Fräulein Teresa, in nomine patri, ich weiß auch nicht, was mit mir ist.« Er schenkte sich noch ein Glas ein.

Dann berichtete Pater Pretorius von seiner Wallfahrt nach Lourdes, von seiner Wallfahrt nach Fátima, dann wieder von seiner Wallfahrt nach Lourdes und wie er den Papst in Rom gesehen hatte. Er nahm noch zwei Schlucke und begann plötzlich ein lateinisches Lied zu singen. Baltasar glaubte ein Kirchenlied über Engel herauszuhören, nur der Text erschien ihm ziemlich obszön, aber dafür waren seine Lateinkenntnisse zu schlecht. Zwei Gläser später erzählte Pretorius von seiner Wallfahrt nach Rom, wie er den Papst auf der Fátima gesehen und in Lourdes Pichelsteiner Eintopf gegessen hatte.

»Wunder .... Wunder ... Wunderschön ... Ihr ... Menü, Fräulein Teresa.« Pretorius nahm mehrmals Anlauf für jedes Wort. »Sie ... Sie sind ... eine so begabte Köchin.« Er versuchte, ihre Hand zu tätscheln, rutschte aber aus und stieß sein Glas um. »Oh ... mea culpa ... das Glas ... das arme Glas ... Ich hab's umgebracht.« Er schluchzte. »Jetzt isses leer, das Glas, leer wie der Kelch nach dem Abendmahl.« Er griff nach der Schnapsflasche und leerte den Rest in einem Zug. »Ha ... Hall ... Halleluja! Geprie ... Gepriesen sei Gott in der Höh! Er hat das Ambrosia den Menschen geschenkt, nicht wahr, Fräulein?« Er zog Teresa zu sich her und versuchte, sie zu küssen. »Sie ... Sie Engel, Sie! Gott hat ... hat Sie geschickt! Vivant omnes virgines! Ist da noch was drin?« Er hielt die Flasche verkehrt herum hoch und fing einige Tropfen mit der Zunge auf.

Teresa versuchte, sich aus seinem Griff zu lösen. »Ich glaub, jetzt Zeit ins Bett zu gehen, Herr Pretorius. Schon spät.«

»Teresa. Was für ... für ein Engelsname! Wie die heilige Maria! Deo gratias, der Allmächtige hat die Engel erschaffen.« Er drückte der Haushälterin einen Kuss auf die Wange. Sie wich zurück. »Der göttliche Odem, Fräulein Engel, mein Odem, Engel zu Mensch, Mensch zu Engel, wie damals Jesus seine Jünger geküsst hat ...« Er wischte sich den Mund ab, lehnte sich zurück und fing an »Stille

Nacht, heilige Nacht« zu singen. Es klang allerdings mehr wie ein Fünfzigjähriger im Stimmbruch.

»Wo ist mein ... mein Engelchen?« Er legte den Arm um Teresas Hüfte, lehnte den Kopf auf ihre Brüste. »Mein Engelchen! Wie im Paradies. Gott, das ist das Paradies! Gloriosus eternam! Ich ...« Was immer Pater Pretorius noch sagen wollte, er kam nicht mehr dazu. Ohne Ankündigung kippte er nach hinten und krachte samt Stuhl auf den Boden. Dort blieb er regungslos liegen.

»Lebt er noch?« Teresa beugte sich über ihn und fühlte seinen Puls.

»Nichts Ernstes, nur ein paar Tropfen Alkohol zu viel im Blut. Bloß keine offene Flamme in die Nähe seines Atems bringen. Jetzt bleibt uns nichts anderes übrig, wir müssen ihn in sein Zimmer befördern.«

Sie packten Pretorius gemeinsam unter den Armen und hoben ihn hoch. »Ist schwerer, als er aussieht.« Es brauchte eine Weile, bis sie ihn auf sein Bett gehievt hatten.

»Sollen wir ihn ausziehen?« Teresa öffnete den obersten Knopf seines Hemdes und streifte ihm die Schuhe ab.

»Lieber nicht. Sicher träumt er jetzt von seinen Engelchen. Da wollen wir ihn nicht stören. Gute Nacht, Teresa!«

Wie spät war es? Baltasar starrte in die Dunkelheit. Er wusste nicht, warum er wach geworden war. Sein Kopf schmerzte, sein Magen rebellierte. Er fühlte sich wie der Wolf bei Rotkäppchen, den Bauch voller Wackersteine. Langsam kehrte die Erinnerung zurück. Das Pichelsteiner am Abend. Der Verdauungsschnaps. Im Dunkeln tastete er sich zur Toilette, suchte den Schalter. Das Licht blendete ihn. Bloß wieder zurück ins Bett. Das Kissen und die Dunkelheit taten gut. Nur wieder schlafen.

Er glitt in dieses wohlige Schweben, diesen Zustand zwischen Wachen und Wegdämmern, wo das Gehirn kapitulierte und auf Leerlauf schaltete, es nur noch eine Frage von Sekunden war, bis man sich von der bewussten Welt verabschiedet hatte. An nichts denken. Sich treiben lassen. Schlafen. Aber er konnte nicht hinübergleiten in die süße Leere. Irgendetwas störte. Etwas Lästiges. Ein Geräusch.

Baltasar schlug die Augen wieder auf. Hatte er sich getäuscht? Im Haus herrschte Stille. Da war es wieder. Ein Kratzen, nur ganz kurz. Dann Stille. Erneutes Kratzen, es senkte sich in Baltasars Kopf, verhinderte das Einschlafen. Er versuchte, die Quelle zu orten. Vergebens. Konnte eine Maus sein, das Gebäude war alt. Ein Quietschen, gefolgt von einem Tippeln. Das war keine Maus. Baltasar überlegte, ob er aufgeben und sich wieder dem Kissen widmen sollte. Aber es war zu spät, nun war er endgültig wach. Er richtete sich auf, schaltete die Lampe an, suchte nach seiner Hose.

Langsam öffnete er die Tür und horchte. Nichts. Typisch, dachte er, kaum kriecht man aus dem Bett, schon wird man genarrt. Ein anderes Geräusch drang an sein Ohr, wie wenn jemand eine Schublade aufzog und dabei versuchte, leise zu sein. Es schien aus der Küche zu kommen. Der Mond warf Lichtinseln auf den Flur.

Baltasar ging in die Küche und schaltete das Licht ein. Nichts Ungewöhnliches war zu entdecken. Der Tisch war sauber gewischt, einige Flaschen standen auf der Anrichte. Er nahm einige Schlucke von dem heiligen Quellwasser, um den Magen zu beruhigen, und sah zum Fenster hinaus. Der Garten lag friedlich da wie immer. Niemand zu sehen.

Ein Krachen. Diesmal war kein Zweifel möglich. Jemand war im Haus unterwegs – ein Einbrecher? Oder Teresa, die nicht schlafen konnte, so wie er? Der Lärm drang aus Richtung Gästezimmer zu ihm. Auf Zehenspitzen schlich Baltasar zurück zum Flur. Er wagte es nicht, Licht zu machen, weil er den Übeltäter überraschen wollte, der seinen Schlaf gestört hatte.

Im Türrahmen zum Zimmer der Haushälterin bemerkte er einen Schatten. Dort stand jemand. Baltasar hielt in der Bewegung inne, wagte kaum zu atmen. Er überlegte, ob ein Werkzeug zur Selbstverteidigung in Reichweite lag, aber dazu hätte er zurück in die Küche gemusst. Seine Augen versuchten, das Halbdunkel zu durchdringen. Der Schatten, ein Arm, bewegte sich. Langsam schob sich Baltasar die Wand entlang, immer darauf gefasst, angegriffen zu werden.

Dann ging alles sehr schnell. Die Toilettentür schwang auf, und eine Gestalt, unwirklich in ihrem weißen Gewand, erschien. Baltasar erinnerte sie an *Balduin, das Nachtgespenst*. Zugleich erklang ein übermenschlicher Schrei. Der Schatten stürmte auf das Gespenst zu, und beide fielen zu Boden.

Baltasar betätigte den Lichtschalter. Vor ihm lag Pater Pretorius, angetan mit einem überlangen Nachthemd. Auf ihm kniete Teresa und drückte ihm den Hals zu.

»Teresa, aufhören! Das ist unser Gast!« Baltasar zog die Haushälterin von ihrem Opfer weg. Pretorius brachte nur ein Röcheln zustande.

»Ich … Ich wollte … wollte nur aufs Klo. Mein Kopf … Kopfweh … Es ist die Strafe der Hölle.« Er richtete sich auf und bemerkte, dass Baltasar und Teresa sein Nachthemd anstarrten. »Das … Das trage ich immer zum Schlafen. Ist recht bequem.«

Die Haushälterin fing an zu kichern. »Ist Kleid, wie früher Firmungskleid in Polen, Ihr Hemd. Was Sie haben drunter an?«

»Was? Ich … Sie meinen, ob …?« Er zog den Stoff weiter übers Knie. »Das gehört sich nicht, danach zu fragen, das ist zu intim. Niemand sollte mich so sehen. Was tun Sie beide eigentlich hier?«

Teresa erzählte, sie habe ein Geräusch gehört, sei auf den Flur gegangen und habe im Dunkeln gewartet. Da sei der weiße Mann aufgetaucht und auf sie zugegangen, da habe sie sich dem Angreifer entgegengeworfen …

»Ich hab nix gehört, nix gesehen, Gott ist mein Zeuge.« Pretorius rieb sich den Hals. »Bei allen Engeln, Sie haben kräftige Hände, verehrtes Fräulein Teresa, sehr kräftige Hände.«

»Ich glaube, wir gehen alle wieder ins Bett. Aufregung hatten wir für heute genug.« Baltasar gähnte. »Pater Pretorius, sollen wir Ihnen helfen?«

»Geht schon. Ich bleib noch einen Moment sitzen, um mich zu sammeln. Das war heute zu viel für mich. Gute Nacht, Fräulein Teresa, schlafen Sie gut.«

Baltasar schleppte sich zurück ins Schlafzimmer, ließ sich aufs Bett fallen und rollte sich in die Zudecke. Endlich Ruhe. Er klopfte das Kissen zurecht. Ruhe. Schlafen. Träumen.

Es konnten höchstens ein paar Minuten gewesen sein, die er weggedöst war. Plötzlich ein Krachen. Kurz darauf ein Schrei.

Nicht schon wieder, dachte er. Lieber Gott, mach, dass

es nur ein Traum ist, ein schlechter Traum. Baltasar hob den Kopf. Leider war es kein Traum, sondern Wirklichkeit. Geräusche auf dem Gang, unüberhörbar. Er seufzte, suchte sich seine Hose. Ärger kroch in ihm hoch. Konnte man denn nicht mal eine Nacht durchschlafen? Schlaftrunken torkelte er aus dem Zimmer und schaltete das Licht ein.

Auf dem Boden im Flur saß Teresa. Sie weinte. Der Pater lag ausgestreckt vor ihr, Teresa hielt seine Hand. Baltasar ging näher heran.

Pretorius hatte die Augen geschlossen, er lag da wie tot. Und überall auf dem weißen Nachthemd waren rote Flecken, die feucht glänzten. Es war Blut. Überall Blut.

32

Das sieht übel aus.« Der Arzt beugte sich über den ohnmächtigen Pretorius. »Eine offene Wunde am Hinterkopf, blutend. Puls ist schwach, aber fühlbar. Immerhin etwas. Ich kann nur die Notversorgung machen. Wir brauchen einen Krankenwagen.« Er rief die Notzentrale an. »Übrigens, Herr Pfarrer, ich werde gleich auch die Polizei verständigen.«

Baltasar nickte. Er hatte Doktor Knoll, den Hausarzt, aus dem Bett geklingelt. Dem Himmel sei Dank – innerhalb weniger Minuten war der Mediziner ins Pfarrhaus gekommen. Baltasar hatte bis dahin die Wunde mit einer Mullkompresse abgedeckt, die er im Verbandskasten gefunden hatte. Das Blut war überall, am Nachthemd, auf dem Boden, im Gesicht von Pater Pretorius.

Teresa saß am Küchentisch und hielt eine Tasse in der Hand. Ihr Kaffee musste längst kalt sein. »Wie konnte nur passieren?« Sie schüttelte den Kopf. »Wie konnte passieren? Ist Herr Pretorius ausgerutscht? Er hätte nicht so viel trinken sollen.«

Baltasar versuchte sie abzulenken. »Die Polizei wird gleich da sein. Vielleicht setzen Sie frischen Kaffee auf?«

Die Haushälterin stand auf. »Ja, richtig, wir bekommen Gäste. Warum die Polizei?«

»Reine Routine. Weil der Unfallvorgang unklar ist.« Er wollte Teresa nicht noch mehr aufregen. Ihm war klar, dass das kein Unfall war. Pretorius war niedergeschlagen worden. Eine beunruhigende Erkenntnis.

Der Krankenwagen fuhr vor. Doktor Knoll gab den Sanitätern Anweisungen, besprach Details der Verletzung und worauf beim Transport zu achten sei. Obwohl es erst dämmerte, waren in der Nachbarschaft einige Lichter angegangen. Die ungewohnte Aktivität im Pfarrhaus lockte Neugierige ans Fenster.

»Ich kann jetzt nichts mehr tun.« Knoll packte seine Arzttasche. »Im Laufe des Vormittags wissen wir mehr. Kommen Sie einfach in meine Praxis, ich werde mir die Informationen vom Krankenhaus besorgen und halte Sie auf dem Laufenden, Herr Pfarrer.«

»Danke, dass Sie so schnell da waren.« Baltasar verabschiedete sich. »Also, bis später.«

Nachdem die Sanitäter und der Arzt gegangen waren, sah er sich auf dem Flur um. Dunkle Flecken markierten die Stelle, an der Pretorius gelegen hatte. Was war vorgefallen? Auf dem Gang waren keine Spuren eines Kampfes zu erkennen. Er hatte zu dem Zeitpunkt im Bett gelegen, die Haushälterin war in ihrem Zimmer gewesen. Er warf einen Blick in die Toilette. Alles sah aus wie sonst auch.

Das Arbeitszimmer, durchfuhr es Baltasar. Es lag schräg gegenüber des Gästezimmers. Er öffnete die Tür zu seinem Büro – und zuckte zurück. Schubladen waren aufgerissen, der Schrank stand offen, auf dem Schreibtisch herrschte ein einziges Durcheinander von Blättern, Akten und Schreibutensilien. Kein Zweifel: Jemand hatte diesen Raum durchsucht. Baltasar schloss das Zimmer ab. Das war ein Fall für Spezialisten. Er ging bis zum Ende des Gangs, wo er einen Knick nach links machte, und wusste nun, wie der Einbrecher eingedrungen war: Das Glasfenster der Tür zum Hinterhof war eingeschlagen, die Splitter wie gebrochenes Eis am Boden verteilt. Ein Gegenstand lag dort. Baltasar erkannte die Bronzefigur, den Bären aus seinem Arbeitszimmer. War das die Tatwaffe?

Blaulicht kündigte die Polizei an. Ein junger Beamter besah sich die Räume, nahm Personalien auf, fragte nach dem Hergang und nach Uhrzeiten. Baltasar bat ihn, Kommissar Dix in Passau anzurufen, der sei mit dem Fall befasst, was die Wahrheit ein wenig verbog, den Polizisten aber freute, weil er kurz vor Ende seiner Nachtschicht keine langwierigen Untersuchungen anstellen musste.

Kaum waren die Beamten weg, schickte Baltasar Teresa in ihr Zimmer und ermahnte sie, nichts anzurühren oder wegzuwischen. Er selbst fiel ins Bett, die Szene mit dem blutverschmierten Gewand verfolgte ihn, der Bär, die Wunde, die Polizei ...

Ein Klingeln schreckte ihn auf. Er musste doch noch eingeschlafen sein, die Sonne brannte durch das Fenster.

»Ist Herr Dix und sein Assistent«, rief Teresa durch die Tür. »Ich die Herren setzen in die Küche.«

Die beiden Kommissare hatten Kollegen der Spurensicherung mitgebracht. »Herr Senner, Sie ziehen das Unglück an«, sagte Mirwald. »Ständig müssen wir wegen Ihnen ausrücken. Schildern Sie uns bitte den Tathergang.« Baltasar erzählte von dem Abend und den Folgen.

»Also hat der Einbrecher Geräusche gemacht, die alle im Pfarrhaus aufgeweckt haben.« Dix kratzte sich am Kopf. »Sieht nicht nach einem Profi aus, bei dem hätten Sie garantiert nichts mitgekriegt. Dann schauen wir uns die Örtlichkeiten mal an.«

Teresa zeigte ihnen die Stelle im Flur und den Hinterausgang, dann öffnete sie die Tür zum Arbeitszimmer. »Hat alles unordentlich hinterlassen. Ein unordentlicher Mensch, dieser Einbrecher.«

»Und ich dachte, bei Hochwürden sieht's immer so aus.« Mirwald gluckste vor Freude über seinen Scherz.

»Was Sie sich denken! Teresa hält Haus in Ordnung! Da finden Sie keinen Dreck, bei sich zu Hause vielleicht, aber nicht hier.« Die Worte der Haushälterin waren wie Pfeile.

»Schon gut, schon gut.« Mirwald hob abwehrend die Hände. »Das ist was für die Spezialisten.« Er gab den Kollegen Anweisungen.

Dix wies auf die Bronzefigur am Boden. »Da sind Blutspuren dran. Höchstwahrscheinlich die Waffe, mit der der Täter zugeschlagen hat. Sie ist aus Ihrem Arbeitszimmer?«

Baltasar zeigte den Beamten die Stelle, wo der Bär gestanden hatte. »Ich frage mich, was der Einbrecher gesucht hat. Hier drin gibt's nichts Wertvolles.« Er dachte an seine

Weihrauchzutaten aus dem Ausland, aber die waren sicher in der Küche versteckt. Davon hatte er sich als Allererstes überzeugt. »Nur Unterlagen der Kirchengemeinde, Abrechnungen und Entwürfe für Predigten. Nichts von Interesse.«

»Und die Bronzefigur?«

»War das Geschenk eines Freundes. Ist mehr von ideellem Wert.«

»Nun, der Einbrecher hoffte womöglich, an Ihre Einnahmen zu gelangen. Was im Klingelbeutel und im Opferstock liegt, ist Bargeld. Begehrte Beute für Diebe.«

»Davon würde jeder Einbrecher verhungern.« Baltasar schüttelte den Kopf. »Die Gemeindemitglieder spenden regelmäßig beim Kirchgang, aber eben keine großen Beträge.«

»Haben Sie schon in den anderen Zimmern nachgesehen, ob was fehlt?« Dix hob einige der Papiere auf und las sie.

»Ich hab bereits nachgesehen. Alles da. Vermutlich war keine Zeit mehr, nachdem wir den Täter überrascht hatten.«

»Also, für mich stellt sich der Ablauf folgendermaßen dar: Der Unbekannte schlägt das Fenster beim Hintereingang ein, entriegelt die Tür und dringt ins Haus ein. Er nimmt sich zuerst das Arbeitszimmer vor. Vielleicht wollte er auch ins Gästezimmer und in das Zimmer der Haushälterin, hat aber bemerkt, dass dort jemand schläft. Deshalb das Büro. Der Täter kann etwas Lärm nicht vermeiden und hört, wie sich auf dem Flur drei Personen unterhalten. Er wartet ab, bis wieder Ruhe einkehrt.« Dix machte sich Notizen. »Ziemlich abgebrüht, muss ich sagen. Als der Eindringling denkt, die Luft ist rein, will er verschwinden und stößt auf den Pater, der immer noch im Flur ist. Er nimmt den Bronzebären, streckt den Pater mit einem Schlag auf den Hinterkopf nieder und flieht auf demselben Weg, den er gekommen ist. Vielleicht haben wir Glück und finden draußen im Garten Fußspuren.«

»Ich glaube, der Täter hat gezielt nach etwas gesucht«, sagte Baltasar. »Sie mögen mich jetzt für überdreht halten, aber ich glaube, es ging um den Rosenkranz. Er wurde in der Vergangenheit schon einmal gestohlen.« In Kurzform erzählte Baltasar von den Treffen der Marienkinder und davon, welche Bedeutung die Gebetskette für die Gruppe hatte.

»Sie meinen, das Ganze ist so ein Sektending, so was Durchgeknalltes, wie bei Charles Manson?« Mirwald verzog das Gesicht, als ob er gerade Essig geschluckt hätte. »Das ist total abgedreht, Herr Senner, richtig schräg, Ihre Theorien.«

»Ich gehe sogar noch einen Schritt weiter und behaupte, der Einbruch könnte auch etwas mit dem toten Mädchen zu tun haben. Wenn der Unbekannte den Rosenkranz suchte, hatte er womöglich Angst, darauf könnten seine DNA-Spuren zu finden sein. Weil er der Mörder der jungen Frau war und ihr den Rosenkranz mit ins Grab gelegt hat. Vor zwanzig Jahren machte man sich um solche Beweismittel wie DNA noch wenig Gedanken.«

»Das Problem ist nur, wir haben den Rosenkranz im Labor untersuchen lassen. Darauf waren keinerlei Spuren zu finden. Null Komma null. Das Ding ist einfach zu lange in der Erde verbuddelt gewesen«, sagte Mirwald.

»Das weiß der Täter doch nicht«, entgegnete Baltasar. »Er denkt, die Gebetskette könnte ihn belasten. Und in der Kirche haben wir sie nicht mehr ausgestellt. Deshalb sucht er sie im Haus des Pfarrers. Das ergibt Sinn, oder etwa nicht?«

»Ohne Beweise bleibt es Spekulation«, sagte Dix. »Uns fehlen die konkreten Hinweise.«

»Einen hab ich für Sie«, sagte Baltasar. Er berichtete von seinem Besuch bei Walburga Bichlmeier und ihrer Aussage, eine Eva aus Österreich sei bei ihr gewesen. »Leider spricht sie phasenweise in Rätseln.«

»Bei den Vermisstenmeldungen war keine Eva dabei. Es gibt viele Frauen, die Eva heißen. Ein Familienname wäre hilfreicher gewesen. Aber wir werden bei den österreichischen Kollegen nachfragen und später mit der alten Dame sprechen.« Mirwald schrieb sich die Adresse auf. »Das hat aber nicht höchste Priorität. Zuerst müssen wir den Überfall klären.«

Doktor Knoll hatte seine Praxis hinter dem Rathaus. Baltasar meldete sich bei der Sprechstundenhilfe an. »Ein Patient hat gerade seinen Termin abgesagt, das passt. Gehen Sie ruhig hinein.«

Der Arzt saß hinter seinem Schreibtisch und studierte eine Akte. »Ah, Pfarrer Senner, wie gut, dass Sie kommen. Ich wollte Sie schon anrufen. Der Befund vom Krankenhaus liegt vor.« Er blätterte zurück. »Pater Pretorius hatte Glück. Eine Platzwunde am Kopf, die von einem Schlag herrührt. Wurde genäht. Gehirnerschütterung. Ihr Kollege befindet sich schon auf dem Weg der Besserung. Übrigens, hat der Mann ein Alkoholproblem?«

Baltasar sah ihn fragend an. »Ich glaube nicht. Wir saßen am Vorabend gemütlich zusammen.«

»Nach den Promillewerten im Blut zu urteilen, muss es

ein sehr gemütlicher Abend gewesen sein. Einerlei, er muss die nächsten Tage das Bett hüten, er erhält Infusionen und bleibt unter Beobachtung. Er hat schon nach Ihnen gefragt.«

»Ich werde ihn besuchen.« Baltasar fand die Vorstellung nicht unsympathisch, wieder einige Tage Ruhe zu haben. Er erzählte dem Arzt von den Vorfällen und den Ermittlungen der Polizei. »Übrigens, Herr Doktor, Sie haben doch von dem siebzehnjährigen Mädchen gehört, dessen Skelett im Acker vergraben war?«

»Wer könnte nicht davon gehört haben? Das ist doch das bevorzugte Gesprächsthema hier, gleich nach dem Sporthotel, das bei uns gebaut werden soll.«

»Mir hat jemand erzählt, die junge Frau hätte Eva geheißen und wollte damals einen Arzt aufsuchen. Könnte es sein, dass Sie damals in Ihre Praxis kam?«

»Keine Ahnung. Ich habe die Praxis selbst erst vor zwölf Jahren übernommen.«

»Hat Ihr Vorgänger keine Unterlagen hinterlassen, Aufzeichnungen, Krankenakten?«

»Damals war alles noch auf Papier. Im Laufe der Jahre habe ich die aktuellen Fälle, also die Patienten, die irgendwann zu mir in Behandlung kamen, für den Computer aufbereitet. Den Rest, wenn Sie so wollen, die Karteileichen, habe ich entsorgt. Alles geschreddert.«

»Nichts mehr da? Schade. Auch keine Meldungen für die Krankenkassen oder so etwas?«

»Ist vernichtet. Ich ...« Knoll überlegte. »Doch halt, da fällt mir was ein. Mit etwas Glück habe ich noch die alten Terminbücher meines Vorgängers. Ich brachte es nicht übers Herz, sie wegzuwerfen. Sie waren so schön altmodisch, Sütterlin-Schrift, Sie verstehen, kaum zu entziffern, und oft hat der Doktor kleine Zeichnungen am Rand hinterlassen. Warten Sie. Vor genau zwanzig Jahren, oder?« Er verschwand und kam nach einer Viertelstunde wieder. »Da haben wir das Sammlerstück.« Es war ein Büchlein mit schwarzem Ledereinband, die Ecken zerstoßen. Er überreichte es Baltasar. »Viel Erfolg damit!«

33

Was hatte ihm Walburga Bichlmeier verheimlicht? Wer wusste noch von den Ereignissen, damals, vor zwei Jahrzehnten? Baltasar wollte mit der alten Frau erneut sprechen, um mehr über das fremde Mädchen zu erfahren. Eva. So hieß sie. Eva aus Österreich. Es war schon sonderbar, wie ein Name alles veränderte, wie eine Unbekannte dadurch plötzlich so etwas wie eine Identität erhielt, obwohl man genauso viel oder wenig über sie wusste wie zuvor. Eva. Ein einziges Wort genügte dafür.

Er schwang sich aufs Fahrrad und fuhr los. Er nahm einen Umweg, um die künftige Baustelle zu besichtigen, von der die Leute im Ort sprachen. Angeblich seien die Investoren gestern angereist, um Details des Vorhabens zu besprechen. Schon von weitem waren die Autos mit Frankfurter Kennzeichen zu sehen, die am Straßenrand parkten. Menschen liefen auf den Feldern herum, Messgeräte in den Händen.

Baltasar entdeckte Xaver Wohlrab inmitten einer Gruppe. Neben ihm standen Alfons Fink und Nepomuk Hoelzl. Der Bürgermeister winkte ihm zu.

»Hochwürden, gesellen Sie sich zu uns, die Besucher

würden Sie gerne kennenlernen.« Wohlrab zog ihn zu zwei Männern in Anzug und Schutzhelm, die auf der Motorhaube eines Wagens Baupläne studierten. »Darf ich die Herren kurz stören? Ich möchte Ihnen Baltasar Senner vorstellen, unseren Pfarrer. Er hat uns den Segen für das Projekt gegeben und wird das Hotel später einweihen, nicht wahr, Hochwürden?«

Baltasar sagte nichts dazu und schüttelte jedem die Hand. »Sie kommen aus Frankfurt? In welcher Branche arbeiten Sie, wenn ich fragen darf?«

»Katholisch oder evangelisch?« Der ältere Mann, das Silberhaar zu lang für sein Alter, sah ihn über seine Brille hinweg an.

»Wie bitte?«

»Sind Sie katholischer oder evangelischer Priester?«

»Wie können Sie fragen – wir sind hier im Bayerischen Wald. Und Ihr Beruf? Bau- oder Investmentbranche?«

»Wir bringen Geldgeber zusammen und vermitteln Projekte aller Art, sofern die Rendite stimmt«, sagte der Jüngere, dessen Haare zu viel Gel erwischt hatten.

»Und wann stimmt die Rendite?«

»Unsere Kunden sind anspruchsvoll, da muss es krachen, auf jeden Fall deutlich mehr als der übliche Marktzins. Warum, wollen Sie bei uns einsteigen?« Der Ältere lachte. »Ich fürchte, Herr Pfarrer, das ist nicht ganz Ihre Kragenweite. Bei uns fängt's erst bei sechsstelligen Summen an. Oder liegt so viel in Ihrem Klingelbeutel?« Der Jüngere fletschte die Zähne, was wohl ein Lächeln andeuten sollte.

»Und warum hier? Werfen die Investments in Frankfurt nicht mehr genug ab?«

»Es kommt darauf an, schneller zu sein. Und schlauer.

Einen Riecher dafür zu haben, wo das Geld vergraben liegt. Hier in der Pampa kann man noch auf Gold stoßen. Die Grundstücke sind billig, das Potenzial ist groß – ein todsicheres Geschäft. Wenn Sie uns jetzt entschuldigen.« Er beugte sich wieder über die Pläne.

»So sind sie, unsere Investoren«, sagte Wohlrab, als sie zurück zu den anderen gingen. »Sie bringen Geld mit. Investieren bei uns. Und wir brauchen diese Investments, weil sie Arbeitsplätze bedeuten.«

»Das kann aber auch andere Arbeitsplätze vernichten. Wenn Einheimische bei der neuen Konkurrenz nicht mehr mithalten können und aufgeben müssen.«

»Sie meinen sicherlich Ihre Bekanntschaft, Frau Stowasser.« Der Bürgermeister betonte das Wort Bekanntschaft, als wäre es etwas Anrüchiges. »Konkurrenz belebt das Geschäft, heißt es doch immer. Warten wir's ab. Wenn sich das Gasthaus nicht mehr rentieren sollte, kann sich Frau Stowasser doch in dem neuen Hotel bewerben.«

»Mal halblang, Herr Wohlrab. Es ist in Deutschland jedem erlaubt, seine Meinung zu äußern, egal, ob Bürgermeister oder Wirtin. Da gleich die Lebensmittelprüfer zu benachrichtigen, ist nicht gerade die feine Art.«

»Was das Landratsamt macht, fällt nicht in meine Zuständigkeit. Ich will nicht darüber reden. Schauen wir uns lieber die Baustelle an.«

»Tut mir leid, ich wollte Frau Bichlmeier besuchen. Ein anderes Mal.«

»Die alte Dame ist nicht daheim, ich habe sie vorhin im Ort gesehen. Kommen Sie, es dauert nicht lange.« Wohlrab zeigte auf die Pfosten, die in den Himmel ragten, verbunden durch ein Plastikband. »Sie markieren die Stelle, wo das Hotel stehen wird. Ein imposantes Projekt, finden Sie nicht?«

Baltasar malte sich das Gebäude vor seinem inneren Auge aus. In diesen riesigen Dimensionen musste es später wie ein Betonbunker aussehen, besser gesagt, wie eine Beton-Ritterburg, die die Umgebung überragte – ein Albtraum.

»Und was für einen Zweck haben die Kreidelinien?«

Am Boden verliefen Markierungen bis hinein in den Wald. Sie verloren sich in der entgegengesetzten Richtung in der Ferne.

»Das werden die Fairways des Golfplatzes. Spektakulär, sage ich Ihnen. Abschlag am Weiher, direkt in den Wald, dort geht's weiter in einer Linkskurve bis zum Grün.«

»Aber da stehen doch lauter Bäume im Weg. Wie sollen die Spieler da ihre Bälle wiederfinden?«

»Mehr Fantasie, Herr Pfarrer, mehr Fantasie. Es wird natürlich eine fünfzig Meter breite Schneise in den Wald geschlagen und Rasen gesät. Englischer Spezialrasen, so was haben Sie noch nicht gesehen, sattes Grün, weicher als ein Wohnzimmerteppich. Er braucht zwar etwas mehr Dünger und Unkrautvernichtungsmittel, aber dafür gibt es keine Mückenplage mehr, das ist auf jeden Fall ein Fortschritt! Die Leute werden Schlange stehen, um darauf spielen zu dürfen.«

»Sie machen Kleinholz aus unserem Wald?«

»Wir haben doch genug davon.«

Sie kehrten um und gingen zu Alfons Fink und Nepomuk Hoelzl, die gerade über etwas diskutierten.

»Hallo, ihr beiden. Überzeugt unseren Pfarrer von den Vorzügen des Bauvorhabens, Hochwürden ist noch skeptisch. Er wollte zu Frau Bichlmeier, aber ich habe ihn davon überzeugen können, sich unsere Argumente anzuhören.«

Die beiden schienen ungehalten darüber, dass sie im Gespräch gestört worden waren. »Wenn du's nicht schaffst, Xaver, bei deinem geölten Mundwerk, dann werden wir uns erst recht schwertun«, sagte der Landwirt Fink.

»Na gut, dann lass ich euch jetzt allein. Ich muss zurück ins Rathaus. Soll ich Walburga einen Gruß von Ihnen ausrichten, Herr Pfarrer, wenn ich sie sehe?«

»Nein danke, ich werde demnächst sowieso mit ihr plaudern.«

»Hochwürden, was wollen Sie eigentlich von Walburga?«, fragte Fink.

»Mit ihr sprechen. Ich kümmere mich um alle meine Schäfchen. Sie sehe ich auch sehr selten in der Kirche, Herr Hoelzl.«

»Der Mensch denkt, Gott lenkt. Ich bin zeitlich ziemlich eingespannt, Herr Pfarrer. Oft bete ich deshalb allein zu Hause. Ich bin mir sicher, dass der Allmächtige mir zuhört.«

»Oder Maria.«

»Wer ... Was?« Hoelzl blickte entgeistert drein.

»Na, ich meine, die Jungfrau Maria wird Ihre Gebete ebenfalls erhören, falls Sie zu ihr beten.« Baltasar lächelte. »Sie beten doch zu ihr, oder?«

»Ich weiß nicht, was Sie meinen, Hochwürden. Ich wende mich oft an die Heiligen und natürlich an die Mutter Gottes. Was sollen diese Fragen?«

»Reine Neugier.«

»Kümmern Sie sich lieber um Ihre eigenen Angelegenheiten, Herr Pfarrer, ich komm schon klar.«

»Haben Sie denn auch finanzielle Interessen an diesem Bauprojekt, Herr Hoelzl? Oder was treibt Sie her?«

»Wo denken Sie hin! Dazu reicht mein Sparkonto nicht aus. Ich habe mich mit Herrn Fink verabredet. Ich muss jetzt los.« Er verabschiedete sich.

Baltasar wandte sich an den Bauern. »Und Sie, Herr Fink, wie sieht's bei Ihnen aus? Mischen Sie bei diesem Geschäft mit?«

»Was Sie für Fragen stellen, Herr Pfarrer. Nur so viel: Ein Teil der Felder, auf denen der Golfplatz gebaut werden soll, gehört mir. Wenn ich das sagen darf: Sie stecken Ihre Nase in Dinge, die Sie nichts angehen. Ich hab schon mitgekriegt, dass Sie alle möglichen Leute ausfragen. Das tote Mädchen verfolgt Sie anscheinend.«

»Das Schicksal der Siebzehnjährigen berührt mich, das stimmt. Mich wundert allerdings, dass Sie das so kalt lässt. Wo die Tote doch auf Ihrem Grund und Boden gefunden wurde.«

»Einen solchen Quatsch muss ich mir nicht anhören, wirklich nicht! Das war Zufall, reiner Zufall! Wie oft soll ich das noch sagen? Die Kripo hat mich auch schon danach gefragt. Diese jungen Dinger – was gehen mich solche Schnoin an?«

»Trotzdem irgendwie merkwürdig, der Zufall. Ihr Grundstück ist doch ziemlich abgelegen. Kein Fremder käme auf die Idee, ausgerechnet dort eine Leiche zu vergraben. Deshalb muss es ein Einheimischer gewesen sein. Und ich frage mich, warum der Täter gerade Ihren Acker gewählt hat.«

»Sie ... Sie Spinner! Was denken Sie sich für einen Schwachsinn aus! Sie verdächtigen mich, Alfons Fink? Das ist gelinde gesagt eine Unverschämtheit. Eine Sauerei ist das! Nur weil Sie ein Priesteramt bekleiden, dürfen Sie sich nicht alles erlauben! Sie werden noch sehen, wie Sie damit auf die Schnauze fallen! Sie werden sich eine blutige Nasn holen, glauben Sie mir! Jemand wird Ihnen schon eins auf den Schädel geben, wenn Sie so weitermachen.«

»Sachte, sachte. Ich habe niemanden verdächtigt. Ich mach mir nur meine Gedanken. Mir geht es einfach nicht in den Kopf, dass niemand das Mädchen gekannt haben will.«

»Ach, vermuten Sie doch, was Sie wollen. Ich gebe zu solchem Schwachsinn keinen Kommentar mehr ab.«

»Ist das schwachsinniger als diese Treffen der selbsternannten Marienkinder? Was sagen Sie dazu, Herr Fink? Zumindest in diesem Punkt müssten Sie doch bestens Bescheid wissen. War die Tote Mitglied bei den Marienkindern? Wurde sie Ihnen lästig? Musste sie deshalb verschwinden – auf Ihrem Land, wo niemand nachschauen würde?«

»Sie ... Sie können mich mal am Arsch lecken, Hochwürden.« Alfons Fink drehte sich um und ging, ohne ein weiteres Wort zu sagen.

34

Was wollte Nepomuk Hoelzl auf der Baustelle von Fink? Die beiden hätten sich sonst wo treffen können. War Hoelzl tatsächlich der Anführer dieser Mariensekte? Die Indizien legten es nahe. Baltasar musste sich Gewissheit verschaffen. Ein Ansatzpunkt war die Finanzierung des Rosenkranzes, irgendjemand musste das Geld dafür auf den Tisch gelegt haben. Und eine Stelle musste davon wissen: die Diözese in Passau. Das Büro erstellte Spendenquittungen, der Bischof gab sein Einverständnis für Kirchenaktionen und hielt sich über alles auf dem Laufenden, was die einzelnen Gemeinden planten.

Auf ein Gespräch mit Vinzenz Siebenhaar hatte Baltasar keine Lust. Es gab nur einen, den er anrufen konnte. Daniel Moor, den Assistenten des Generalvikars.

»Wenn Sie sich freiwillig im Hauptquartier melden, Herr Senner, dann hat das was zu bedeuten«, sagte Moor zur Begrüßung. »Ich glaube kaum, dass Sie beim Bischof die Beichte ablegen wollen.«

»Was treibt denn der alte Herr so?«

»Seit wann interessiert Sie der Tagesablauf unseres Chefs?« Moor prustete los. »Sie wissen doch, der Stress des Amtes, die ständigen Essenseinladungen, wichtige Reisen zu Bischofskonferenzen. Oder nach Rom, besonders wenn es bei uns kälter wird. Sein Rheuma, verstehen Sie? Dazu noch all die Exerzitien und Wallfahrten, und seinen Angestellten will Seine Exzellenz auch noch auf die Finger schauen. Sie sehen, ein erfülltes spirituelles Leben.«

»Ich werde eine Kerze für unseren Bischof anzünden – falls ich grad mal eine übrig hab. Aber nur, wenn er mir endlich ein Auto für die Gemeindearbeit genehmigt.«

»Sie unterschätzen den Sparwillen des Generalvikars. Wie geht es unserem Pater Pretorius? Ist er schon wieder fit, macht er bereits Lateinübungen?«

»Ihr Jungs von der Konzernzentrale wisst offenbar über alles Bescheid.« Baltasar berichtete von der ärztlichen Diagnose.

»Der Bischof hat seine Ohren überall. Ich hoffe, er hört jetzt nicht gerade unser Gespräch ab.«

»Das würden Sie schnell merken, Moor, weil Sie dann nämlich ab morgen Hilfsdienste in Rumänien verrichten dürften.«

»Sehr witzig. Und Sie landen in Uganda in einem Eingeborenendorf. Oder Siebenhaar schickt Sie als Missionar in den Süd-Sudan – zur Bekehrung von Rebellen.«

»Jetzt im Ernst, ich brauch dringend eine Info über unseren Rosenkranz, der wieder aufgetaucht ist. Die einfache Frage lautet: Wer hat damals das Ding bezahlt?«

»Die Antwort lautet: zweiundvierzig. Mal ehrlich: Warum wollen Sie das wissen?«

»Das wollen Sie wiederum lieber nicht wissen.«

»Wie soll ich das herausfinden? Der Chef wird sicher misstrauisch, wenn ich ihn direkt danach frage.«

»Ihnen wird schon was einfallen, Sherlock.«

»Das kostet Sie was, das ist Ihnen doch klar. Big Daddy macht nichts umsonst.«

»Erpresser. Was wollen Sie?«

»Das liegt auf der Hand: eine Gratislieferung Ihrer Spezialmischung. Die mit den Zutaten aus dem Nahen Osten, Sie wissen schon, mit dem Manna, das so schön reinknallt.«

»Ich will sehen, was sich machen lässt.«

»Ich glaube, das ist der Beginn einer wunderbaren Freundschaft! Wir sprechen uns.«

Baltasars nächster Anruf galt Philipp Vallerot. »Neuer Auftrag, du musst nochmal jemanden beschatten.«

»Bitte nicht schon wieder. Brauche ich eine Schusswaffe oder Pfefferspray für Hunde? Peilsender für Autos, Satellitenüberwachung? Bei dir würde mich nichts mehr überraschen.«

»Harmlos. Nur an Nepomuk Hoelzl dranbleiben und schauen, was er die nächsten Tage Ungewöhnliches macht. Mir ist dieser Mann nicht ganz geheuer.«

»Aber das ist ein Ganztagsjob. Für Gotteslohn soll ich arbeiten, obwohl ich nicht mal an den Großen Außerirdischen glaube.«

»Ich habe dich noch nie für Geld arbeiten sehen. Betrachte es als aufregendes Hobby.«

Baltasar holte das Büchlein aus seinem Schreibtisch, das er von Doktor Knoll erhalten hatte. Ein ganzes Jahr zwischen zwei Buchdeckeln, Termine, Termine, Termine, ergänzt durch Anmerkungen und Diagnosen. Er musste sich anstrengen, die verschnörkelte Schrift zu entziffern, die Tintenflecken, die der Füller hinterlassen hatte, dazwischen Hinweise mit Bleistift, vermutlich von der Sprechstundenhilfe.

Einzelne Seiten zierten Skizzen. Sie zeigten die vermutete Diagnose in Form von Bildchen, etwa einen Kopf mit Verband, Masern als Punkte in einem Gesicht, eine Strichfigur mit Krücke. Baltasar konnte verstehen, warum der Arzt das Werk seines Vorgängers nicht weggeworfen hatte, auch wenn es zwanzig Jahre alt war – es war irgendwie unterhaltsam.

Nachdem der genaue Ankunftstag des Mädchens namens Eva unbekannt war, versuchte es Baltasar mit einem Zeitraum von drei Monaten. Er wusste nicht, ob er überhaupt etwas finden würde, aber einen Versuch war es wert.

Nach dreißig Seiten tränten seine Augen, die Buchstaben verschwammen, die Zeichnungen tanzten. Die immer gleichen Diagnosen, Zahlen und Abkürzungen medizinischer Fachausdrücke. Fast hätte er die Zeile überlesen, doch dann zog ein Eintrag am achtundzwanzigsten des Monats seine Aufmerksamkeit auf sich:

Fr. Eva H., wohnh. in Ö., keine Krankenka., Berat.gespr., wünscht abrupt.gravi. Abgelehnt. Neuer T.

Daneben hatte der Arzt eine Figur gezeichnet, eine Frau, deren auffälligstes Merkmal ein dicker Bauch war. War Eva H. die unbekannte Tote oder war es nur eine Namensgleichheit? Das Datum passte. Das »wohnh. in Ö.« hieß wohl wohnhaft in Österreich. Ein weiterer Beleg. Genauso wie »keine Krankenkasse« oder »keine Krankenkarte«. Nun war sich Baltasar fast sicher: Der Eintrag wies auf die Gesuchte, sie hatte tatsächlich einen Arzt aufgesucht. Aber warum hier und nicht in ihrer Heimat in Österreich? Johannes Detterbeck hatte damals nicht bemerkt, dass das Mädchen krank gewesen war, als es vor zwanzig Jahren allein in seinem Gasthaus saß.

»Neuer T« konnte sich auf eine Behandlung beziehen, eine frische Tetanusimpfung zum Beispiel, auf eine Transfusion, eine Blutübertragung, doch das ergab für ihn keinen rechten Sinn. Möglicherweise ist es viel einfacher, dachte Baltasar, nicht immer nur kompliziert denken. Er probierte mehrere Begriffe, bis ihm die Erleuchtung kam, der Himmel sei gelobt: Es konnte schlicht »Neuer Termin« heißen. Das wäre konsequent nach dem »Abgelehnt«. Eva wollte behandelt werden, aber der Doktor hatte sie abgewiesen und einen weiteren Gesprächstermin vorgeschlagen.

Baltasar blätterte vor und suchte nach einem zweiten

Eintrag für Eva H. Vergeblich. Er hatte schon einen Monat durchgelesen. Keine Eva. Zur Sicherheit arbeitete er sich nochmal rückwärts durch, falls er etwas übersehen haben sollte. Es blieb dabei: keine Eva, auch keine andere Notiz, die dazu passen würde.

Das Mädchen war nicht mehr in die Praxis gekommen. Konnte sie nicht mehr erscheinen, weil sie zu dieser Zeit bereits unter der Erde lag – erschlagen und schändlich vergraben wie eine tote Katze?

Er überlegte, was Eva mit » abrupt.gravi« wollte. Es war Latein. Vermutlich hatte der Schreiber einen medizinischen Ausdruck verwendet. Baltasar konnte sich nicht vorstellen, dass die Worte von ihr stammten. Er rief bei Doktor Knoll an, dessen Antwort kam prompt. »abrupt.gravi« stand für *abruptio graviditatis*. Zu Deutsch: Schwangerschaftsabbruch.

Baltasar war wie vor den Kopf gestoßen: Die junge Frau war schwanger gewesen und wollte ihr Kind abtreiben lassen? Jetzt ergab auch die Zeichnung am Rand der Seite einen Sinn: Die Figur mit dem dicken Bauch sollte die schwangere Eva darstellen. Deshalb hatte das Mädchen damals im Gasthaus seinen Mantel nicht ausgezogen. Sie wollte verbergen, dass sie in anderen Umständen war. Deshalb hatte Detterbeck sie als korpulent in Erinnerung.

Abruptio graviditatis – welche Seelennot trieb das Mädchen dazu, eine solche Entscheidung zu treffen, über Leben oder Nicht-Leben des eigenen Kindes? Hatte sie ihre Schwangerschaft auch zu Hause in Österreich verborgen? War sie aus Angst vor Entdeckung über die Grenze geflohen, um in Deutschland den Eingriff vornehmen zu lassen? Dann brauchte sie einen Helfer, einen Verwandten, der sie in der Fremde im Bayerischen Wald unterstützte. Der Mann, der sie an jenem Abend vor zwanzig Jahren vom Gasthaus abgeholt hatte. War dieser Mann auch der Mörder? Es fehlte ein klares Motiv. Vielleicht war es zum Streit gekommen. Vielleicht war der Mann zudringlich geworden, und Eva hatte ihn zurückgewiesen.

Oder der Unbekannte, mit dem sich Eva an diesem Tag verabredet hatte, war ihr Freund gewesen. Ihr Liebhaber. War das Ungeborene das Motiv für das Verbrechen? Die Schwangerschaft, die dem Partner ungelegen kam? Eine Auseinandersetzung darüber, das Kind zur Welt zu bringen oder nicht? Doch wer war dieser Mister X?

Baltasar raufte sich die Haare. Wie der Kommissar richtigerweise gesagt hatte, waren das alles nur Spekulationen. Er rief Wolfram Dix an und informierte ihn über seinen Fund, versprach, das Buch des Doktors sofort nach Passau zu schicken, ermahnte die Herren Kriminaler jedoch, den Fall endlich mit mehr Nachdruck anzugehen, eine Vermisstenanfrage nach Österreich zu schicken und nach einer Eva H. suchen zu lassen.

Ein Gedanke quälte Baltasar: Trotz aller Bemühungen blieb Eva ein Phantom. Niemand kannte bis jetzt ihre wahre Identität. Das einzig Greifbare blieb der Name. Wer um alles in der Welt war dieses Mädchen?

35

Victoria Stowasser servierte Weißwürste mit selbst gemachtem süßem Senf und Sesambrezn. Seit zwei Tagen war das Gasthaus wieder geöffnet.

»Dann ist nunmehr alles in Ordnung?« Baltasar schnitt die Wurst der Länge nach auf und teilte sie in zwei Hälften – für die Fundamentalisten unter den bayerischen Weißwurstessern ein Sakrileg, aber ihm war das egal. Er bat die Wirtin, sich zu ihm zu setzen. Er mochte den Glanz ihrer Haare, ihre trotz der Küchenarbeit feinen Hände, ihr Lächeln, das einen entwaffnete.

»In Ordnung?« Victoria Stowasser schaute ihn als, als habe er gerade die erste Pforte der Hölle geöffnet. »Von wegen. Die Lebensmittelkontrolleure haben nichts gefunden, rein gar nichts. Das habe ich jetzt schriftlich. Ich werd's mir rahmen und dem Herrn Bürgermeister eine Kopie schicken. Die kann er sich dann sonst wo hinschieben.«

»Ja und?«

»Dieser Mistkerl hat mir heute eine Mahnung durch seine Sekretärin schicken lassen. Meine Gäste würden zu viel Lärm machen, wenn sie nachts heimfahren. Anrainer hätten sich beschwert. Wenn ich nicht für Ruhe sorge, würde die Sperrstunde auf zwanzig Uhr vorverlegt. Pah!«

»Mit Ihrer Unterschriftenliste haben Sie ihm einen Tritt vors Schienbein versetzt. Jetzt schlägt er zurück. Ich habe mir übrigens die Baustelle angesehen. Das wird ein Riesenkasten, King Kongs Spielzimmer in Beton. Schrecklich!« Er berichtete von dem Treffen mit dem Bürgermeister und den Investoren.

»Noch ist es nicht zu spät. Soviel ich gehört habe, sind die Verträge noch nicht unterzeichnet.« Victoria Stowasser strotzte vor Kampfgeist. »Ich werde mir ein Plakat umhängen und mich vor der Tür des Rathauses anketten! Oder mir auf den nackten Bauch die Parole ›Wohlrab weg!‹ malen und ihn bei seinem nächsten öffentlichen Auftritt wie ein Schatten verfolgen.«

»Da helf ich Ihnen danach beim Saubermachen.« Baltasar grinste. »Aber im Ernst, ich denke, Sie sollten sich auf andere Aktionen verlegen. Ich unterstütze Sie dabei.«

»Derzeit sind keine Wahlen, der Bürgermeister hat also nichts zu befürchten. Und ich habe keine Möglichkeit, ihn zum Einlenken zu zwingen. Mir bleibt nur der Protest.«

»Als ich gesehen habe, wie viel Wald für das Bauprojekt vernichtet wird, ist mir eine Idee gekommen. Sie ist noch nicht ausgereift, lassen Sie mir ein wenig Zeit. Es könnte funktionieren.«

Kaum war er im Pfarrheim, erhielt er einen Anruf aus Passau. »Ich habe gute Nachrichten für Sie, Herr Senner.« Daniel Moor klang ausgelassen. »Wollen Sie zuerst die gute oder die richtig gute Nachricht hören?«

»Die richtig gute.«

»Ich habe nicht nur einen Namen für Sie, sondern zwei. War eigentlich ganz einfach. In der Buchhaltung habe ich nach der Spendenquittung gesucht. Demnach hat ein gewisser Nepomuk Hoelzl drei Viertel des Kaufpreises aufgebracht. Ein Viertel übernahm eine Lydia Schindler. Hilft Ihnen das weiter?«

»Wunderbar. Aber behalten Sie die Namen für sich. Und was ist die gute Nachricht?«

»Ich habe einen weiteren Interessenten für das Weihrauchpaket, das Sie mir schulden, gegen Bezahlung, versteht sich. Also doppelte Menge liefern. So ist die finanzielle Einbuße nur halb so groß.«

Die Information bestätigte, was Baltasar bereits geahnt hatte: Hoelzl als die treibende Kraft, der Anführer der

Marienkinder, der auch für eine passende Reliquie gesorgt hatte. Vermutlich hatte er noch Sponsoren gesucht und sich an Lydia Schindler gewandt, deren Familie über genügend Geld verfügte. Wurde Zeit, sich näher mit diesem Hoelzl zu beschäftigen. Baltasar radelte zu Philipp Vallerot und fragte ihn nach seinen Spionageaktivitäten.

»Der Job, den du mir gegeben hast, ist stinklangweilig.« Vallerot machte ein verdrießliches Gesicht. »Und das bei dem Gehalt. Ich hoffe, dein Großer Außerirdischer weiß es zu schätzen. Eigentlich müsste ich Schmerzensgeld fordern. Da ist es spannender, sich Rosamunde-Pilcher-Filme anzugucken.«

»Du wirst es schon überleben. Hast doch sonst nichts vor. Immer nur vor dem Computer sitzen, Musik hören oder Videos anschauen, das ist auf Dauer doch öde. Jetzt hast du immerhin das gute Gefühl, etwas Sinnvolles in deinem Leben zu machen.«

»Als Knecht der katholischen Kirche, was für eine Perspektive! Außerdem weißt du gar nicht, was ich sonst noch mache.«

»Das stimmt. Du erzählst nie was von deiner Vergangenheit und deinen früheren Jobs. Schon gar nicht, woher du dein Vermögen hast.«

»Ich will dich nicht mit alten Geschichten langweilen. Was diesen Hoelzl angeht: Er fährt jeden Tag zur Arbeit und bleibt abends allein zu Hause. Einmal ist er mit diesem Landwirt Fink auf den Berg marschiert zu dieser Quelle, einmal war er bei den Schindlers zu Besuch. Ich hab's übrigens nur von fern aus beobachtet, da ich nicht auch noch Freundschaft mit diesem Dobermann schließen wollte. Ansonsten fuhr der Mann zwei Mal in die Kapelle nach Arnbruck. Hat die Kirche offenbar in sein Herz geschlossen. Oder es waren die Totenbretter davor, die ihn so faszinieren, dass er immer wieder dort hinfährt, ich weiß es nicht. Das war's schon, das war mein ganzer Bericht. Und dafür habe ich meine kostbare Lebenszeit geopfert.«

»Ich werde für dich eine Kerze anzünden. Unter der Heiligen Mutter Gottes. Vielleicht hat sie Erbarmen mit dir. Bis dahin bräuchte ich wieder dein Auto, um diesen Nepomuk Hoelzl zu besuchen. Es dauert nicht lange ...«

»Oha, du suchst das Abenteuer. Ich denke, ich sollte mitkommen und dir mit einer Schrotflinte den Rücken freihalten. Bei diesen Glaubensfanatikern weiß man nie. Erinnerst du dich noch an die Jones-Sekte in Südamerika, deren Mitglieder sich reihenweise selbst ins Jenseits befördert haben? Oder an die Sonnentempler in der Schweiz und in Frankreich, die Abtrünnige massakrierten? Ich kann dir nur raten, dich zu bewaffnen. Nimm wenigstens einen Elektroschocker mit. Denk an Max, den Dobermann.«

»Ich bin doch nicht auf dem Kreuzzug. Mir reicht dein Autoschlüssel.«

Hoelzls Arbeitsstelle lag in der Nähe von Mauth, einem Ort unweit der tschechischen Grenze. Das Sägewerk bildeten drei langgezogene Gebäude in einem kleinen Gewerbegebiet im Wald. Baltasar parkte vor dem Verwaltungstrakt. Das Büro war geschlossen. Hatte die Belegschaft schon Feierabend? In einer offenen Halle lagerten bis an die Decke Holzbalken, gehobelte Bretter und ganze Baumstämme. Von der dritten Halle war Maschinengeräusch zu hören. Die Tür war nur angelehnt, Baltasar ging hinein. Sofort empfing ihn ohrenbetäubendes Kreischen. Ein Angestellter in Blaumann, mit Helm, Ohrenschutz und Sicherheitsbrille bediente eine Kreissäge. Baltasar rief, aber der Lärm war stärker. Er ging auf den Arbeiter zu und tippte ihm auf die Schulter. Der Arbeiter fuhr herum – Baltasar blickte direkt in die Augen von Nepomuk Hoelzl. Das Bild passte gar nicht zu dem Mann, der als Prediger im Umhang bei der Bergquelle aufgetreten war. Niemand würde vermuten, dass es sich dabei um ein und dieselbe Person handelte.

Hoelzl legte einen Schalter um. Der Lärm erstarb. »Was wollen Sie denn hier, Herr Senner? Die Gegend gehört doch gar nicht zu Ihrer Gemeinde.«

»Mit Ihnen reden, es gibt da ein paar Themen ...«

»Kann das nicht warten bis Feierabend? Überhaupt: Was ist, wenn ich gar nicht mit Ihnen reden will? Wenn ich nichts zu erzählen habe?«

»Warum so unfreundlich, Herr Hoelzl? Ich bin extra hergefahren, um Sie zu treffen. Ich denke, Sie sprechen lieber mit mir als mit der Polizei.«

»Drohen Sie mir nicht, Herr Pfarrer. Keine Drohungen! So können Sie mit Ihren Ministranten umspringen, aber nicht mit mir!«

»Ich bitte Sie lediglich um ein Gespräch, mehr nicht. Sie haben doch nichts zu verbergen, oder? Es sind einige Tatsachen ans Licht gekommen, für die ich gerne eine Erklärung hätte, weil sie in meinen Bereich als Pfarrer fallen. Diese Tatsachen könnten auch die Kripo interessieren, deshalb mein Hinweis darauf.«

»Was wollen Sie wissen? Ich muss weiterarbeiten.« Er ging zu einer Werkbank, holte einen armdicken Stamm und spannte ihn ein. Mit einem Stift schrieb er den Typ, die Auftragsnummer und eine Buchstabenfolge auf das Holz.

»Zuerst der Rosenkranz, Sie wissen schon, welchen ich

meine. Nach meinen Informationen haben Sie damals den Ankauf finanziert und ihn dann der Kirche gestiftet, was sehr nobel ist. Warum aber diese Heimlichtuerei?«

»Wer sagt, dass ich die Gebetskette gekauft habe?«

»Verlässliche Quellen der Diözese.«

»Verstehe. Dort hocken auch nur noch Weicheier und Klatschweiber. Auf nichts mehr ist Verlass, das sag ich schon immer. Nun, es stimmt, ich habe Geld für den Rosenkranz gegeben.«

»Und?«

»Nichts und. Der frühere Pfarrer hatte um Spenden gebeten, und viele haben was in den Klingelbeutel getan. Aber es reichte nicht. Also hab ich den Rest draufgelegt. Weil das damals für mich viel Geld war, habe ich um eine Quittung gebeten, das aber nie an die große Glocke gehängt. Mir ging's nicht darum, mich mit der Gabe zu brüsten, der Herr sei mein Zeuge.«

»Seinen Glauben zu zeigen, dazu braucht es kein Vermögen.«

»Wir … Ich meine, ich wollte etwas Einzigartiges für die Maria der Kirche, ein Dekor, das ihrer würdig ist, das die Bedeutung der Heiligen Jungfrau hervorhebt.«

»Warum gerade die Gottesmutter, warum nicht einen anderen Heiligen verehren oder unseren obersten Herrn?«

»Das verstehen Sie nicht, Hochwürden. Die heilige Maria ist etwas Besonderes. Eine Frau, voll der Gnade. Sie ist mein Herz, meine Seele. Sie ist wie eine Braut für mich. Ich teile mit ihr alle Freude, alles Leid, sie versteht mich, sie hört mir zu. Deshalb habe ich auch nie geheiratet. Ich brauch keine andere Frau. Die Mutter Gottes gibt mir so viel.« Er bekreuzigte sich.

»Und deshalb haben Sie die Marienkinder gegründet?«

Hoelzl sah ihn wortlos an, ging zu einem Regal und nahm eine Art Machete aus massivem Stahl, ein Mittelding zwischen Beil und Schwert. Er begann, mit geschickten Schlägen überstehende Astreste wegzuhacken. Baltasar stellte sich vor, wie leicht man mit einem solchen Werkzeug die Wirbelsäule eines Mädchens durchtrennen konnte.

»Sie sind doch das Oberhaupt dieser Marienkinder? Warum leugnen Sie das, warum leugnen Sie Ihren Glauben?«

»Wagen Sie es nicht, mir so etwas zu unterstellen!« Er hatte aufgehört zu arbeiten, behielt die Machete aber in der Hand. »Sie mit Ihrem armseligen Amtsglauben! Gott stellt uns frei, wie wir zu ihm finden, ob wir ihn direkt ansprechen oder über Maria. Sie ist die Allerhöchste. Die Marienverehrung ist fast so alt wie der christliche Glaube selbst. Schon immer kamen Menschen zusammen, um die Gottesmutter gemeinsam zu verehren.«

»Ihr Denkfehler ist nur: Dazu braucht es keine Geheimsekte, keinen selbsternannten Guru und keine Gehirnwäsche.«

Hoelzl hob die Machete und zielte damit direkt auf Baltasars Brust. »Sie … Sie Unwissender! Sie haben ja keine Ahnung! Ein Versprechen, der Mutter Gottes zu dienen, ist wie eine Hochzeit im Glauben.«

»Und welche Rolle spielen Sie dabei? Den Bräutigam? Den Brautvater? Den lieben Gott?«

»Ich helfe den Menschen spirituell, das ist eine Gabe, die mir Gott gegeben hat. Ein Geschenk. Ich höre ihn, verkünde den anderen seine Worte. Und die Gruppe gibt dafür das Versprechen ab, ihr Glück nur mit den Erleuchteten zu teilen und Fremde außen vor zu lassen.«

»War das unbekannte Mädchen solch eine Fremde? Wollte sie aufgenommen werden in den Kreis der Marienkinder? Ein Wunsch, der tödlich endete?« Es war ein Versuch, Hoelzl aus der Reserve zu locken.

»Ihre Frage ist mutig. Sie glauben. Deswegen haben Sie Mut.« Hoelzl hob die Machete so, dass die Spitze sich in Baltasars Kleidung bohrte. Er konnte das Metall auf seiner Brust spüren. Es schmerzte. Doch er blieb unbeweglich stehen und schickte zwei Stoßgebete gen Himmel, eins für Jesus, eins für Maria, dass er heil aus der Sache herauskäme.

»Sie sind nicht unser Kontrolleur, wir sind Ihnen keine Rechenschaft schuldig. Nicht Ihnen und auch sonst niemandem.« Der Druck der Spitze verstärkte sich. »Was ist ein einzelnes Leben? Was ist der Tod? Der Tod eines Mädchens? Ihr Tod? Mein Tod? Gott allein wird uns richten am Jüngsten Tag. Haben Sie Angst vor dem Tod, Hochwürden?« Hoelzls Worte waren in Eiswasser getaucht.

Baltasar wich zurück. Warum bloß hatte er Vallerots Rat, sich zu bewaffnen, nicht angenommen?

»Ich fürchte den Tod nicht.« Plötzlich setzte Hoelzl die Machete ab und fuhr sich in einer einzigen fließenden Bewegung mit der Klinge über den Unterarm. Eine rote Linie zeigte sich auf der Haut, Blut tropfte heraus und vermischte sich mit dem Sägemehl auf dem Boden. Hoelzl beachtete es nicht. Er starrte Baltasar in die Augen. »Der Tod ist mir gleichgültig. Schmerzen sind mir egal. Was sollte mich also eine Frau interessieren, eine Sünderin, eine Gefallene, warum sollte mich ihr Tod kümmern? Wissen Sie, wie viele Menschen jeden Tag sterben? Ich lege mein Schicksal in die Hände der Heiligen Jungfrau Maria. Wenn es ihr gefällt, wird sie mich zu sich rufen, wenn es ihr gefällt, wird sie mir ein langes Leben schenken. Ich vertraue ihr.«

Baltasars Atem ging schneller. Er sah sich um, suchte nach einer Möglichkeit, sich zu wehren oder zu fliehen.

»Machen Sie sich gerade Gedanken, Hochwürden, wie weit ich gehen würde?« Baltasar spürte die Klinge an seinem Hals. »Wir sind hier drin ganz allein. Die anderen fahren gerade eine Lieferung aus. Niemand kann uns hören. Na, wie fühlen Sie sich jetzt, Hochwürden?« Hoelzl fuhr mit der Machete langsam an Baltasars Hals hinauf. »Haben Sie Angst vor dem Sterben, Herr Pfarrer? Ist Ihr Glaube so groß, dass Sie auf die schützende Hand Gottes vertrauen? Oder suchen Sie gerade nach Alternativen zur Flucht?« Das Blut hatte ein bizarres Muster in den Staub gemalt. Noch immer konzentrierte sich Hoelzl auf Baltasars Augen. »Ich sehe Angst in Ihnen aufkeimen. Ihr Glaube ist nicht so stark, wie es scheint.«

Dann brach Hoelzl in schallendes Gelächter aus. Er ließ die Machete sinken. »Verschwinden Sie, Hochwürden! Kommen Sie nie wieder hierher! Und überprüfen Sie Ihren Glauben!«

Baltasar stolperte hinaus. Als er längst im Auto saß, verfolgte ihn noch immer dieses schaurige Lachen von Hoelzl.

36

Es war dieser typische Krankenhausgeruch, diese Mischung aus Desinfektionsmitteln, chemischen Substanzen und Heilmitteln, der bei Baltasar ein Unwohlsein auslöste. Pater Pretorius saß in seinem Bett wie ein Märtyrer, der auf seine Hinrichtung wartet. Das Gesicht war bleich, ein Verband verhüllte den Kopf, die Augen flackerten. Dabei waren die Verletzungen nach Auskunft des Stationsarztes gar nicht so schlimm, und der Patient befand sich auf dem Weg der Besserung.

»Mein Leben, mein Leben, ich danke dem Herrgott, dass er mir das Leben gerettet hat. Deo gratias.« Die Sätze waren mehr gehaucht als gesprochen. »Ich hätte sterben können, Herr Senner, einfach so, auf dem Fußboden Ihres Flurs, in meinem Blut, im Dreck.«

»Nix Dreck, den Boden hatte Teresa vorher gewischt.« Baltasar versuchte es mit Humor, um den Leidenden aufzuheitern. »Freuen Sie sich doch auf die Vollpension hier, und Fernsehen gibt's auch.«

»Die übertragen keine Gottesdienste, nur diesen Schund, diese Shows und Filme mit anzüglichen Frauen, halbnackt, die einem ihre … ihre Brüste entgegenstrecken, schamlos, so etwas.«

»Wie wär's, wenn Sie einfach mal umschalten auf einen anderen Sender? Auf den dritten Programmen gibt es wunderbare Heimatsendungen …«

»Ich muss studieren, in welcher Fratze sich der Teufel uns heute offenbart. Das ist eine Prüfung für mich, schlimmer als eine Selbstgeißelung mit der Peitsche. Sonst komme ich nie dazu, diese Filme anzuschauen, ich lese lieber theologische Schriften. Die Welt von heute ist so … so …« Erschöpft ließ er sich ins Kissen zurückfallen.

»Sie haben doch einen Zimmergenossen.« Baltasar wies auf das leere Bett neben dem Pater. »Wo steckt der eigentlich? Mit dem können Sie sich unterhalten und die Zeit vertreiben.«

Ein Schmerzensseufzer entfuhr Pretorius. »Dieser ... Dieser Mensch! Hat dauernd Besuch, Kinder, die laut rumschreien, seine Frau, noch zwei Frauen, die seine Schwestern sind, wie ich mit anhören musste, ich bin froh, dass er gerade in den Garten gegangen ist, eine Zigarette rauchen. Und dann schnarcht dieser Mensch! In der letzten Nacht habe ich kein Auge zugetan. Ich habe zu Gott gebetet, um Schlaf gebetet, aber er wollte mich, seinen treuen Diener Pretorius, testen. Aber ich hab's nicht mehr ertragen und mit Bananen nach ihm geworfen.« Er deutete auf die leere Obstschale. »Vergeblich! Aber wissen Sie, was das Schlimmste ist, schlimmer als das Schnarchen? Dieser Mensch ist evangelisch! Das passiert mir, einem Jesuiten! Von allen Bewohnern des Bayerischen Waldes muss ich gerade den einen erwischen, der kein Katholik ist. Mit einem solchen Subjekt kann man sich nicht unterhalten, das müssen Sie doch verstehen, Herr Senner. Was macht übrigens Fräulein Teresa? Warum ist sie nicht mitgekommen, meine Lebensretterin?«

Baltasar sagte etwas von dringenden Erledigungen und überlegte, mit welcher Ausrede er diesem Krankenzimmer entfliehen konnte.

»Eine Bitte, Herr Senner. Könnten Sie Teresa auftragen, mir ein frisches Nachthemd zu bringen und einige Bücher? Ist alles in meinem Koffer. Und wenn Sie zu diesem Arzt, Herrn Knoll, gehen könnten und mit ihm reden, damit er mich rausholt. Ich halt's hier nicht mehr aus.«

Baltasar nutzte den Auftrag, sich umgehend von Pretorius zu verabschieden, und betete im Stillen, das Krankenhaus möge ihn noch recht lange dabehalten. Er fuhr zu Emanuel Rossmüller, mit dem er sich verabredet hatte. Der

Heimatpfleger empfing ihn an der Tür, und sie setzten sich in die Küche.

»Ich habe mich an unsere Besichtigungstour wegen der Totenbretter erinnert«, sagte Rossmüller. »Ich habe gerade einige Kartons mit altem Material erhalten, Fotos, Listen, Landkarten und so was. Als Heimatpfleger bekommt man solche Schenkungen öfter von Leuten, die ihren Speicher ausmisten und glauben, die Sachen wären von historischem Wert. Meistens taugt es leider nur für den Abfall. Sei's drum. Bei den jüngsten Lieferungen habe ich allerdings einige schöne Aufnahmen alter Gedenkbretter gefunden. Wenn es Sie interessiert, Hochwürden, zeige ich Ihnen demnächst die Fotos. Ich muss das Material erst noch sichten und katalogisieren.«

»Gerne, danke, dass Sie an mich gedacht haben.« Baltasar beugte sich vor. »Ich habe noch eine Frage, Herr Rossmüller, es ist nichts Besonderes, nur persönliche Neugier.«

»Ich helfe immer gerne, wenn ich kann. Worum geht's?«

Jetzt kam der schwierigste Teil. Baltasar hatte sich einen Plan zurechtgelegt, um der Wirtin der »Einkehr« zu helfen. Was er nun machte, war strenggenommen eine Sünde, aber eine harmlose kleine Sünde. Er tat es für Victoria Stowasser. Nur für sie. »Ich war neulich auf der Baustelle für das neue Sporthotel. Ich weiß nicht, wer es erzählt hat, aber irgendjemand meinte, er habe dort eine tote Fledermaus gefunden, direkt am Waldrand. Das fand ich spannend. Ich wusste gar nicht, dass wir in unserer Gegend Fledermäuse haben. Haben Sie mehr Informationen darüber?«

»Das höre ich zum ersten Mal. Fledermäuse sind hier äußerst selten. Wie sah das Tier denn aus?«

»Keine Ahnung. Ich glaube, der Mann sprach davon, das

Tier habe schwarzes Fell, breite Ohren und einen seltsamen Mund gehabt, irgendwie eingedrückt, wie die Schnauze eines Boxerhundes.«

»Mit Fledermaus-Arten kenne ich mich nicht besonders gut aus, ich müsste mich schlau machen. Hat man das tote Tier denn aufgehoben? Dann könnte ich es von einem Fachmann untersuchen lassen.«

»Nein, der Mann hat den Kadaver verscharrt, wenn ich mich recht erinnere. Ist auch nicht so wichtig, ist nur eine Fledermaus.«

»Sagen Sie das nicht! Es kommt auf die Art an. Mir ist das bei meiner Arbeit noch nicht begegnet.« Rossmüller klang aufgeregt. Wahrscheinlich, dachte Baltasar, sah er sich bereits als Entdecker einer neuen Gattung auf den Titelseiten der Fachmagazine.

»Übrigens habe ich selbst vor Kurzem eine Fledermaus bei uns gesehen.«

»Wirklich? Handelte es sich dabei um dieselbe Art?«

»Das müssen Sie herausfinden, Sie sind der Experte. Es war schon Nacht, ich wollte noch Luft schnappen, und dann habe ich ein großes Exemplar oben am Berg bei der Quelle gesehen.« Was in etwa der Wahrheit entsprach, wobei Baltasar verschwieg, dass es eine Fledermaus in Menschengestalt gewesen war – Nepomuk Hoelzl, der im Vampirgewand zu den Marienkindern predigte.

Jedenfalls hatte Rossmüller den Köder geschluckt. Nun hieß es abwarten. Baltasar verabschiedete sich und fuhr weiter zur Praxis des Arztes.

Doktor Knoll begleitete gerade einen Patienten zur Tür. »Was kann ich für Sie tun, Herr Pfarrer?«

Baltasar berichtete noch einmal von dem Eintrag in dem

Terminbüchlein. »Gibt es noch mehr Unterlagen aus jener Zeit? Dann könnte man den kompletten Namen und die Adresse des Mädchens feststellen. Das würde der Polizei ungemein helfen.«

»Bedaure, wie schon gesagt, die alten Krankenakten habe ich längst schreddern lassen. Ein Hausarzt ist sowieso die falsche Adresse für einen Schwangerschaftsabbruch«, sagte Knoll. »Erstens gibt es dafür spezialisierte Beratungsstellen, und zweitens könnte er, selbst wenn er wollte, gar keinen Eingriff vornehmen. Dazu schickt man die Betroffenen ins Krankenhaus.«

»Apropos, ich soll Sie von Pater Pretorius grüßen. Er sieht noch ziemlich mitgenommen aus und würde sich am liebsten selbst entlassen, aber ich denke, es wäre heilsamer, wenn er sich dort noch einige Tage ausruht und nicht schon wieder mit der Arbeit beginnt. Er ist ein so fleißiger Mensch, der Pater.«

»Ganz meine Meinung. Mit einer Gehirnerschütterung ist nicht zu spaßen. Ich rede mit den Kollegen, bei denen ist er in guten Händen. Ich bin der Meinung ...« Das Telefonklingeln unterbrach ihn. »Ja, Doktor Knoll selbst am Apparat.« Eine Zeitlang hörte der Arzt nur zu, seine Miene verdüsterte sich. »Natürlich, ich komme sofort.« Er sprang auf. »Tut mir leid, Hochwürden, ich muss los. Ein Notfall.«

»Was ist denn passiert?«

»Eine Seniorin ist zusammengebrochen, Sie kennen sie, die alte Frau Bichlmeier. Während eines Spaziergangs.«

»Walburga Bichlmeier? Ich wollte sie die nächsten Tage besuchen. Kann ich mitkommen?«

»Lieber nicht. Das ist Sache des Arztes. Sie können mir nicht helfen.«

»Ich bin Pfarrer und Seelsorger. Und Frau Bichlmeier ist sehr religiös. Falls die Dame geistlichen Beistand braucht, Sie wissen schon ...«

»Also gut. Kommen Sie!«

Sie fuhren über die Landstraße, die zum nächsten Ort führte, und bogen ab. »Wer hat denn angerufen?«, fragte Baltasar.

»Gabriele Fink. Sie war gerade auf dem Heimweg.«

Die Frau erwartete sie bereits am Wegrand. Es war dieselbe Route, die Baltasar genommen hatte, als er die Finks besucht hatte. Weiter vorn musste die Abzweigung sein und die Stelle mit den Totenbrettern und dem Fundort des Skeletts. Gabriele Fink war überrascht, auch ihn zu sehen, aber sie war zu aufgeregt, um etwas zu sagen, und zeigte stattdessen auf eine Stelle im Straßengraben.

Dort, halb vom Gras verborgen, lag eine Frau mit dem Gesicht zum Boden. Sie rührte sich nicht. Das schwarze Kopftuch hatte sich gelöst und gab den Blick frei auf ein graues Haarbüschel. Das schwarze Kleid war verrutscht, darunter lugten grobe Wollstrümpfe und Sandalen hervor. Einige Meter entfernt lag ein Spazierstock, wie ihn die alte Frau immer benutzt hatte.

Doktor Knoll stieg in den Graben und kniete sich hin. Er fühlte den Puls an der Halsschlagader. Dann drehte er die Frau auf den Rücken, holte ein Stethoskop und horchte das Herz ab. Er nahm einen Taschenspiegel und hielt ihn ihr direkt unter die Nase, um festzustellen, ob er durch den Atem beschlug. Er sah auf und schüttelte den Kopf.

Walburga Bichlmeier war tot.

Baltasar sprach ein Gebet für sie, dachte an ihre letzte Begegnung, an ihre Mariengläubigkeit und ihre Angst vor der Wahrheit. Was hatte sie sich nicht getraut, ihm zu erzählen? Wen wollte sie um Rat fragen? Und warum machte sie sich zu Fuß auf in Richtung der Finks, in Richtung Totenbretter? Sie konnte nicht gut gehen, brauchte immer ihren Stock, und der Weg hierher war beschwerlich. Oder hatte sie jemand mit dem Auto mitgenommen?

Was ihn viel mehr beschäftigte, war der angstvolle Ausdruck in den Augen der Toten. Das ganze Gesicht war verklebt mit Erde und Gras, der Mund war weit aufgerissen.

Es war klar: Hier stimmte etwas nicht. »Wir müssen die Polizei anrufen«, sagte Baltasar.

37

Die Straße war in beiden Richtungen gesperrt, Polizeiwagen blockierten die Zufahrt, Absperrbänder hielten Neugierige fern. Kommissar Dix begrüßte Baltasar.

»Sie schon wieder, uns bleibt auch nichts erspart«, zischte Oliver Mirwald im Vorbeigehen. Er nahm die Aussagen von Gabriele Fink und Doktor Knoll auf.

»Denken Sie sich nichts dabei, Herr Pfarrer, mein Assistent ist heute nicht gut aufgelegt.« Der Kripobeamte gab dem Ermittlungsteam Anweisungen. »Herr Mirwald hat eben keinen Sinn für die gute Luft und die herrliche Landschaft hier. Er ist noch nicht akklimatisiert, wie Sie wissen, solchen Menschen muss man einiges nachsehen. Das ist wie der Jetlag beim Fliegen, dieses Gefühl, die verschiedenen Zeitzonen nicht richtig verdaut zu haben. Genauso brauchen manche Leute Zeit, sich an die bayerische Lebensart zu gewöhnen. So was kann Jahre dauern.«

»Ihr Kollege zeigt zumindest guten Willen, wenn ich an seine Lederhosen denke. Das muss man ihm hoch anrechnen.« Baltasar berichtete, wie er zusammen mit dem Doktor hergekommen war und was sie bisher getan hatten.

»Das ist das alte Problem für uns, wenn Zivilisten zuerst am Tatort eintreffen: Niemand denkt in so einem Fall daran, dass ein Gewaltverbrechen vorliegen könnte. Stattdessen wird das Opfer untersucht und bewegt. Das ist auch nur verständlich und natürlich. Aber leider werden dadurch wertvolle Spuren für immer vernichtet.« Er deutete auf den Straßengraben. »Sehen Sie nur die verschiedenen Fußabdrücke. Alles niedergetrampelt. Wie sollen die Kollegen da noch etwas Verwertbares entdecken?«

»Was ist Ihre Meinung zum Tod der Frau?«

»Sie ist vermutlich erstickt worden. Der Täter wird sie von hinten gepackt und zu Boden geworfen haben, was nicht schwer gewesen sein dürfte, denn die Tote hat kaum was gewogen. Oder er hat der alten Dame einfach ein Bein gestellt, sie ist gestolpert und in den Graben gefallen. Danach hat der Mörder ihren Kopf so lange in die Erde gedrückt, bis die Ärmste tot war. Darauf deuten zumindest die Druckspuren im Gesicht hin. Außerdem finden sich Erde und Grashalme im Mund der Toten, ein weiterer Beleg. Genaues wird die Obduktion ergeben.«

»Wie lange ist der Mord her?«

»Vielleicht ein, zwei Stunden, bevor der Arzt sie entdeckt hat. Der Mörder muss sich seiner Sache ziemlich sicher gewesen sein, wenn er am helllichten Tag zuschlägt. Oder es war eine Tat im Affekt.«

»Die Stelle ist ziemlich abgelegen, genauso wie die Totenbretter in der Nähe. Die Frau war im Vorbeifahren im Straßengraben leicht zu übersehen. Frau Fink hatte ein scharfes Auge.« Baltasar sah zu, wie die Experten den Leichnam untersuchten. »Das spricht für Ortskenntnis, also für einen Einheimischen als Täter.«

»Sehe ich genauso. Die große Frage bleibt: Gibt es eine Verbindung zwischen dem toten Mädchen und dieser Frau, so wie Sie vermuten, Herr Pfarrer? Bisher sind die Indizien dünn. Die beiden mögen sich gekannt haben, die Siebzehnjährige hat vielleicht sogar bei dieser Bichlmeier übernachtet, aber wo ist das Motiv? Wir wissen nicht, ob das Opfer tatsächlich über die Vorfälle von vor zwanzig Jahren reden wollte, ob sie den Täter von damals kannte. Es klingt etwas unwahrscheinlich, dass eine derart religiöse Frau ein Verbrechen all die Jahre für sich behalten hat. Wie Sie selbst gesagt haben, Hochwürden, redete die alte Dame manchmal wirres Zeug.«

»So wirr kann es nicht gewesen sein, sonst hätte Walburga Bichlmeier nicht dafür sterben müssen.«

»Wohl wahr. Wie die Tat sich wohl abgespielt hat?« Dix ging zu einer Stelle am Straßenrand, die einige Schritte von der Toten entfernt lag. »Sehen Sie, Hochwürden, hier ist das Gras der Böschung niedergedrückt. Also wird das Opfer von dem Punkt, wo ich jetzt stehe, in den Graben gestoßen worden sein. Dazu passt auch der Fundort des Spazierstocks. Was meinen Sie, hätte es die alte Frau zu Fuß von zu Hause bis hierher geschafft?«

»Sie war zäher, als Sie denken. Ich frage mich nur, was Walburga Bichlmeier dazu bewogen hat, diese Strapaze auf sich zu nehmen.«

»Möglicherweise war sie mit jemandem verabredet. Oder sie wollte zu den Totenbrettern.«

»Oder zu den Finks.«

»Das klären wir gleich.« Dix ging hinüber zu Gabriele Fink und redete mit ihr. »Keine Verabredung«, sagte der Kommissar, nachdem er wieder bei Baltasar war. »Auch ihr Mann Alfons hätte mit Frau Bichlmeier nicht sprechen wollen, glaubt sie.«

Ein Beamter brachte zwei Tüten. »Das haben wir in den Taschen der Toten gefunden.« Eine Geldbörse und ein Schlüsselbund.

»Also ist Raubmord auszuschließen.« Dix untersuchte die Fundstücke. »Wir sollten uns die Wohnung des Opfers vornehmen. Sie wissen, wo die Frau gewohnt hat? Dann brechen wir auf.« Er gab Mirwald und einigen Kollegen ein Zeichen mitzukommen.

Baltasar dirigierte den Kommissar zu Walburga Bichlmeiers Adresse.

»Bitte das Haus außen und innen nach Einbruchsspuren untersuchen«, wies Dix die Kollegen an. Sie machten sich in ihren Schutzanzügen an die Arbeit. Der Kommissar öffnete die Eingangstür mit dem Schlüssel der Toten und zog Baltasar beiseite. »Lassen wir der Spurensicherung den Vortritt.«

Sie umrundeten das Haus. Baltasar fragte Dix nach den Ermittlungsergebnissen zum Überfall auf Pater Pretorius. »Fingerabdrücke haben wir jede Menge gefunden, aber die stammen alle von Ihnen oder von Ihrer Haushälterin. Der Täter trug sicher Handschuhe. Wir haben mehrere Abdrücke von Schuhen beim Hintereingang sichergestellt, können sie aber niemandem zuordnen. Bei Ihren vielen Besuchern im Pfarrheim dürfte das schwierig werden.«

»Und die Vermisstenmeldungen in Österreich?«

»Fehlanzeige. Aus jener Zeit passt keiner der ungelösten

Fälle auf die Beschreibung dieser Eva. Wir sind immer noch nicht weiter als in den vergangenen Wochen.«

Als beide später das Haus betraten, waren die Mitarbeiter der Spurensicherung fast fertig.

»Keine Einbruchsspuren.« Mirwald zog seine Gummihandschuhe aus. »So wie es aussieht, fehlt nichts. Wobei ich auch nichts sehe, was zu klauen sich gelohnt hätte.«

Der Wohnraum war noch in demselben Zustand, wie Baltasar ihn in Erinnerung hatte. Alles wirkte karg, spärlich, die Heimat einer Frau, die wenig Bedürfnisse hatte und auf Äußerlichkeiten keinen Wert legte. Er betrachtete die Flaschen und Behälter im Regal. Die Etiketten waren verblasst, die Handschrift war kaum lesbar. Die Begriffe auf dem Papier ergaben keinen rechten Sinn, wohl Spezialabkürzungen von Walburga Bichlmeier, dachte Baltasar.

»Interessant, nicht?« Dix betrachtete eine Flasche gegen das Tageslicht. »Zum Kochen waren diese Zutaten nicht gedacht. Eine nette kleine Hausapotheke, wie es scheint. Wir lassen das Ganze im Labor analysieren.«

»Sie werden meine Fingerabdrücke hier entdecken«, sagte Baltasar. »Von meinem letzten Besuch bei der Dame.«

»Ich bin gespannt, ob wir überhaupt verwertbare Spuren finden. Es macht den Eindruck, als hätte das Opfer ein Einsiedlerdasein geführt. Hatte Frau Bichlmeier Verwandte, die wir benachrichtigen müssen?«

»Ich hab sie immer nur allein angetroffen.«

»Na ja, das werden wir bald feststellen.«

Das Schlafzimmer glich einer Mönchszelle. Bett, Stuhl, Nachtkästchen, Kleiderschrank, ein Kruzifix an der Wand und eine Marienstatue auf dem Fensterbrett. Nebenan eine Toilette mit einem Waschbecken. Es war erstaunlich, wie wenig persönliche Gegenstände in der Wohnung zu finden waren, keine Familienfotos, keine Souvenirs, keine Briefe oder Notizen. Nur eine Schatulle mit Zetteln voller Rezepte und Mischungsverhältnisse für Heilmittel. Selbst die Kleidung bestand nur aus einigen Kleidern und Blusen, Unterwäsche und einem Mantel. Es wirkte, als sei Walburga Bichlmeier in ihrem eigenen Haus nur zu Besuch gewesen.

»Und was ist mit der Falltür dort oben?« Baltasar wies auf ein Quadrat, das sich kaum vom Holz der Decke unterschied und nur bei genauem Hinsehen zu entdecken war. Einzig eine Öse stand vor.

»Ausnahmsweise mal aufgepasst.« Mirwald suchte nach einem Gegenstand, um die Tür zu öffnen. »Kein Haken im ganzen Haus, wir müssen improvisieren.« Er kramte in der Küchenschublade, nahm einen Schöpflöffel heraus und bog das Ende um. »Sieht gut aus.« Er stieg auf den Stuhl, hakte sein Werkzeug in die Öse und zog daran. Nichts rührte sich. Er zog fester, diesmal mit beiden Händen. Plötzlich fiel die Klappe mit einem Ruck nach unten, Mirwald verlor das Gleichgewicht, knickte zur Seite und rollte sich ab. Dix und Baltasar hatten sich hinter dem Tisch in Sicherheit gebracht. Staub und Mörtel regneten auf Mirwald herab. Alle drei husteten. An der Falltür hing eine Leiter zum Ausziehen. Dix betätigte den Auslösemechanismus, und mit einem Krachen rutschte sie nach unten. Er machte eine einladende Handbewegung. »Ihr Auftritt, Herr Mirwald. Bei Ihnen ist es eh schon egal, so wie Sie aussehen.«

Der Assistent kletterte nach oben, verfing sich in Spinnweben und verschwand auf dem Dachboden. Seine Schritte und sein Husten verrieten, wo er gerade war. Nach einigen Minuten kam er wieder herunter. »Da oben war seit Jahren kein Mensch mehr. Den Boden bedeckt eine gleichmäßige Staubschicht, dort sind keinerlei Fußspuren zu entdecken.«

»Und wie schaut's mit anderen Hinweisen aus, die uns weiterhelfen könnten?«

»Ansonsten liegt nur Krempel herum, kaputte Möbel, alte Taschen und so was.« Er nieste in sein Taschentuch und hastete Richtung Garten. »Ich brauch dringend Frischluft.«

Dix ging gemächlich hinterher. »Wir werden vorsorglich den Eingang versiegeln, bis die Ermittlungen abgeschlossen sind.«

Baltasar wartete, bis die beiden die Wohnung verlassen hatten. Dann drehte er um, rannte zur Toilette und hängte leise den Verschluss des Fensters aus.

»Was ist los, Herr Senner, wir warten auf Sie?«

Er drückte die Spülung und ließ einige Sekunden verstreichen. »Tut mir leid, ich musste mal.«

»Konnten Sie nicht warten, bis Sie zu Hause sind?« Mirwald klopfte den Staub von seinem Anzug. »Ihr Priester haltet auch gar nichts mehr aus.«

38

Das neue Verbrechen war sofort Gesprächsthema Nummer eins im Ort. Fast jeder hatte Walburga Bichlmeier gekannt, jeder konnte eine Geschichte zu ihrem Leben beitragen, jeder seine eigene Vermutung anstellen, wer die alte Frau umgebracht hatte und warum. Wobei als Favorit die Theorie gefiel, ein Sextäter von auswärts habe sich über das arme Ding hergemacht, ein Durchreisender von München oder gar von Berlin, Städte, wo man öfter von solch schlimmen Dingen hörte. Aber die Spekulationen wechselten fast stündlich. Es konnte auch ein Krimineller aus Tschechien gewesen sein, der auf Raubzug im Bayerischen Wald war und von Frau Bichlmeier dabei überrascht wurde. Oder ein entflohener Massenmörder aus der geschlossenen Abteilung von Mainkofen, einem Bezirkskrankenhaus für Psychiatrie in der Nähe von Deggendorf.

Die Regionalausgabe der Tageszeitung widmete sich in einem Aufmacher dem Fall, selbst ein Zitat von Doktor Oliver Mirwald wurde gedruckt: »Die Ermittlungen laufen noch.« Auf der zweiten Seite des Lokalteils fand Baltasar wiederum einen Artikel, für den der Heimatpfleger Emanuel Rossmüller verantwortlich zeichnete. Darin hieß es:

Seltene Mopsfledermaus bei uns wieder heimisch?

Mehrere Personen haben unabhängig voneinander ein äußerst rares Lebewesen gesehen. Nach den Beschreibungen handelt es sich um die Mopsfledermaus, wissenschaftlicher Name Barbastella barbastellus, aus der Ordnung der Fledertiere (Chiroptera) und der Familie der Laurasiatheria. Die Mopsfledermaus hat eine dunkelgraue bis schwarze Färbung, ihre Flügel haben eine Spannweite bis zu dreißig Zentimeter, das Gewicht beträgt bis zu fünfzehn Gramm. Charakteristisch für die Mopsfledermaus sind die großen Ohren und die typische Schnauze, die einem Mops ähnelt. Sie kann bis zu zwanzig Jahre alt werden.

Die Mopsfledermaus lebt an Waldrändern und Waldwegen, ihre Nahrung besteht aus Mücken und Käfern. Die scheuen Tiere sind mittlerweile fast ausgestorben und stehen auf der Roten Liste gefährdeter Arten. Im Bayerischen Wald wurde die letzten fünfzig Jahre kein Exemplar gesichtet. Umso erfreulicher ist es, dass unsere Region einen solchen »Zuwachs« erfährt. Das belegt auf eindrucksvolle Weise, wie gesund die Natur bei uns im Bayerischen Wald mittlerweile wieder ist.

Baltasar faltete die Zeitung zusammen und machte sich auf den Weg zur Metzgerei. Teresa hatte ihm einen Einkaufszettel mitgegeben. Sie wollte Kalbsschnitzel probieren, zusätzlich hatte sie Wurstaufschnitt und Schinken aufgeschrieben. Als Treffpunkt für Klatsch und Tratsch war der Laden der Hollerbachs ideal. Mehrere Kunden diskutierten gerade über den Mord, als Baltasar eintrat. Sofort bestürmten sie ihn mit Fragen, was es Neues zu dem Fall gebe, er als Priester müsse doch über solche Dinge Bescheid wissen, außerdem sei er ja am Tatort gewesen mit dem Doktor Knoll. Aus dem sei aber kein Wort herauszubringen, obwohl sich einige extra deswegen bei seiner Sprechstunde angemeldet hatten. Baltasar verwies auf die Kripo in Passau und erklärte, man müsse die Polizei in Ruhe ihre Arbeit machen lassen.

»Da hat uns aber Gabriele mehr erzählt, Hochwürden.« Lydia Schindler lächelte. »Wir wollen eigentlich von Ihnen eine zweite Version hören.«

»Genau, noch etwas Fleisch an die Knochen«, sagte ihre Schwiegertochter. »Welche Geheimnisse haben die Kripobeamten noch ausgegraben?«

»Die werten noch alle Spuren im Labor aus«, antwortete Baltasar. »Erst danach wissen wir mehr.«

»Gibt es denn überhaupt Spuren?« Gabriele Fink machte

ein nachdenkliches Gesicht. »Für mich sah das ziemlich unergiebig aus. Wie sollen da im Dreck noch Hinweise zurückgeblieben sein? So blöd ist kein Mörder.«

»Man weiß nie«, sagte Christina Schindler. »Und das bei uns, das ist ja spannender als im Fernsehen.«

»Ich könnte darauf verzichten, Liebes«, sagte Lydia Schindler. »Das Ganze hat etwas Gruseliges. Walburga war schon eine komische Heilige. Ich kann mich noch erinnern, wie sie mir ein Mittel zum Einreiben für meinen Hexenschuss gebraut hat. Gestunken hat das Zeug, sag ich euch. Nach einem Tag wurde der Schmerz immer größer, ich hatte so was wie Brandblasen auf der Haut. Erst als ich mit Wasser und Seife rangegangen bin, ging's wieder besser.«

»Bei mir hat sie eine Warze weggeschnitten, genau hier.« Gabriele Fink zeigte auf eine Stelle zwischen ihren Fingern. »Ich war bei ihr daheim. Sie hat meine Hand einfach auf dem Küchentisch platziert, als ob es ein Operationssaal wäre, die Warze mit einer Tinktur beträufelt und sie dann mit einem Messer herausgeschnitten. Die Klinge hat sie in heißem Wasser sterilisiert. Methoden waren das, heute würde es einem die Zehennägel hochdrehen, aber damals ... Das muss schon mehr als zwanzig Jahre her sein.«

»Stimmt. Früher war Walburga sehr aktiv mit ihren alternativen Heilbehandlungen. Manche würden sie eine Quacksalberin nennen, aber das hat lange aufgehört«, sagte Christina Schindler. »Ich habe sie eigentlich immer als eigenbrötlerische alte Frau erlebt, die sich in ihrem Haus verkrochen hat. Wenn man sie auf der Straße traf und mit ihr redete, hing es von der Tagesform ab, ob man eine vernünftige Antwort bekam oder nicht.«

»Sie war ein Original«, sagte der Metzger Hollerbach,

der bisher nur zugehört hatte. »Bei mir hat sie immer dreißig Gramm Gelbwurst gekauft, für ihr Abendbrot. Ich musste ganz genau abwiegen, und sie verlangte immer, vorher ein Scheibchen zu probieren. Man kann kaum glauben, dass jemand sie so hasste, dass er sie ins Jenseits beförderte.«

»Man kann nicht ins Gehirn anderer Leute schauen«, erwiderte Gabriele Fink. »Ich weiß ja nicht mal, was mein Gatte denkt.« Die anderen lachten. »Es ist schon schauerlich, der Mörder könnte unter uns sein.«

»Oder es war jemand von außerhalb«, sagte Lydia Schindler. »Alles ist möglich.«

»Hochwürden, wissen Sie schon, wann die Beerdigung ist?«, fragte Christina Schindler.

»Die sterblichen Überreste liegen in der Pathologie. Erst wenn die Polizei die Leiche freigibt, kann man einen Termin festlegen. Hatte Frau Bichlmeier Verwandte?«

»Soweit ich weiß, war sie nie verheiratet«, sagte Hollerbach. »Ich habe sie immer nur allein gesehen. Aber jeder Mensch hat doch irgendwelche Angehörigen.«

»Sie hatte einmal von einer Tante gesprochen und von einem Neffen, zu dem sie aber keinen Kontakt habe«, sagte Christina Schindler. »Wer weiß, ob die überhaupt noch leben.«

»Das wird die Kripo schon rauskriegen.« Gabriele Fink ließ sich ihren Kalbsbraten einpacken. »Jedenfalls sollte man nur noch in Begleitung draußen spazieren gehen.«

Baltasar legte Hollerbach seinen Einkaufszettel vor. Gabriele Fink verabschiedete sich. Die Schindlers nahmen ihre Taschen und wollten gerade den Laden verlassen, als Baltasar Lydia Schindler aufhielt.

»Entschuldigung, haben Sie noch einen Moment Zeit für mich?«

»Geht's um unseren Hund, macht die Versicherung Ärger?«

»Was anderes, einen Moment noch.« Er zahlte und griff sich die Tüte.

»Christina, Liebes, geh bitte schon mal vor und pack alles ins Auto. Ich komme gleich nach.« Lydia Schindler hielt Baltasar die Tür auf. Als sie auf der Straße standen, fragte sie: »Was gibt es denn so Wichtiges?«

»Ich brauche Ihre Hilfe«, sagte er. »Ich suche gerade Informationen zusammen für eine Dokumentation über unseren Rosenkranz.« Das stimmte nur halb. »Und da ist mir ein alter Beleg in die Hände gefallen, laut dem Nepomuk Hoelzl das Schmuckstück damals finanziert hat.«

»Ich verstehe nicht, worauf Sie hinauswollen.«

»Nun, der Beleg zeigt auch, dass Sie einen Teil der Kaufsumme übernommen haben. Früher haben Sie mir gegenüber so getan, als wüssten Sie von nichts.«

»Hochwürden, nehmen Sie das nicht persönlich, ich bitte Sie.« Lydia Schindler verschränkte die Arme. »Das hat nichts mit Ihrer Person zu tun. Ich wollte und will über dieses Thema nicht reden.«

»Was ist daran denn so schlimm? Es ist doch eine noble Geste, wenn jemand etwas spendet.«

»Das hat, wie gesagt, nichts mit Ihnen oder der Kirche zu tun, sondern mit meinem Mann.«

»Ihrem verstorbenen Mann?«

»Also gut, Sie haben recht, es ist nichts Verwerfliches daran. Die Sache ist im Grunde ganz einfach. Mein Gatte hatte, als es mit ihm zu Ende ging, immer davon gesprochen, für die Kirche etwas spenden zu wollen. Leider kam er vor seinem Tod nicht mehr dazu. So sah ich es als meine Pflicht an, ihm diesen letzten Wunsch zu erfüllen. Als Nepomuk mit der Idee des Rosenkranzes für die Marienstatue ankam, habe ich deshalb sofort ja gesagt, als er noch Geld brauchte.«

»Das hätten Sie doch früher schon erzählen können.«

»Mir liegt nicht dran, dass ich an die Öffentlichkeit gehe und mit dieser Spende prahle, das ist nicht meine Art. Außerdem bin ich es unserer Familie schuldig, sie von Neidern fernzuhalten. Sie wissen doch, wie die Leute sind und hinter dem Rücken reden, wenn jemand vermögend ist. Das muss man nicht auch noch zur Schau stellen. Außerdem wollte Nepomuk, dass niemand darüber spricht.«

»Der Chef der Marienkinder. Unterwerfen sich alle seinem Befehl so wie Sie?«

»Ich bitte Sie, Herr Pfarrer! Ich bin doch keine Marionette. Zu unserer Glaubensgemeinschaft will ich keinen Kommentar abgeben, das ist meine Privatsache.«

»Was halten Sie von der These, das ermordete Mädchen habe ebenfalls zu den Marienkindern gewollt?«

»Wer denkt sich denn so was aus? Wie gesagt: kein Kommentar. Wenn Sie mich jetzt bitte entschuldigen, meine Schwiegertochter wird langsam ungeduldig.«

39

Zum Frühstück gab es selbstgebackenes Hefegebäck mit Marmeladenfüllung und Glasur, von Teresa als polnisch-bayerisches Schmankerl angepriesen. Beim ersten Bissen glaubte Baltasar, einen Zuckerschock zu erleiden, aber zusammen mit einem Schluck Kaffee ließen sich die Dinger ganz gut essen. Die Zeitung brachte einen kurzen Artikel über den Mord, wobei zu spüren war, dass es eigentlich nichts Neues zu vermelden gab. Im Regionalteil hatten sich drei Leserbriefschreiber zu Wort gemeldet, die ebenfalls die Mopsfledermaus gesehen haben wollten.

Baltasar genoss es, allein mit Teresa zu frühstücken, ohne seinen übereifrigen Gast. »Wir müssen Pater Pretorius seine Sachen bringen«, sagte er. »Sonst steht er plötzlich vor unserer Tür, weil er nichts zu lesen hat.«

»Ich schaun in sein Zimmer und suchen alles heraus.« Teresa räumte ihr Geschirr weg und verschwand.

Für heute hatte er sich vorgenommen, nochmal zum Haus von Walburga Bichlmeier zu gehen. Seit dem Besuch mit Kommissar Dix hatte er das Gefühl, etwas übersehen zu haben. Er konnte einfach nicht glauben, dass die alte Frau keinerlei Erinnerungsstücke, keine Andenken, keinen Talisman aufbewahrt hatte. Ihm war die Wohnung zu kühl, zu unpersönlich erschienen.

»Herr Senner, bitte kommen!« Teresa rief aus dem Gästezimmer.

Er ging zu ihr. Sie hatte den Koffer von Pretorius aufgeklappt auf dem Bett liegen, auf der einen Seite ein Stapel mit Kleidung, auf der anderen Bücher und Papiere.

»Sehen Sie, was ich gefunden habe.« Teresa zeigte ihm einen schmalen Aktenordner. »Ich hab zufällig aufgeschlagen, weil ich schauen wollte, ob unser Gast diese Unterlagen vielleicht braucht. Dann ich entdecken das.« Sie tippte auf die aufgeschlagene Seite. Darauf stand, in Pretorius' typischer Schnörkelschrift, der Name Baltasar Senner. Zusammen mit Angaben über die Gemeinde, und auch ein aktuelles Datum fehlte nicht. Baltasars Neugier war geweckt.

»Das nehme ich mit.« Baltasar breitete den Ordner auf dem Küchentisch aus. Die Seite war ein Vordruck, eine Art Protokoll, bei dem der Pater begonnen hatte, die einzelnen Felder auszufüllen. Den meisten Platz nahm ein Feld mit dem Titel »Abschlussbericht« ein. Es war noch leer und zog sich bis über das nächste Blatt. Dann las Baltasar die Überschrift des Ganzen: Visitation. Er spürte, wie ein Schock durch seine Nervenbahnen wanderte. Er brauchte einen Schluck heiliges Wasser, bevor er weiterlesen konnte.

Pater Pretorius war ein Visitator.

Der Begriff kam aus dem Lateinischen und hieß übersetzt Besucher. Nur hatte das Wort in der katholischen Kirche eine andere Bedeutung. Dort klang es eher nach »Dementoren«, jenen Kreaturen aus der Harry-Potter-Welt, die alles Leben aus einem heraussaugten. Eine Visitation war der offizielle Besuch eines Bischofs oder seines Vertreters, eben des Visitators. Dessen Anwesenheit, obwohl in nette Floskeln verpackt, hatte nur einen einzigen Zweck: Kontrolle der Untergebenen. Er war also so etwas wie ein Oberinspekteur mit besonderen Vollmachten. Besser gesagt: ein Schnüffler. Ein Spion im Auftrag Seiner Exzellenz.

Mit einem Schlag offenbarte sich der Plan von Vinzenz Siebenhaar. Baltasar bewunderte, wie geschickt der Bischof diesen Pretorius als normalen Gast eingeführt hatte, ein Besucher, der nur ein wenig den Bayerischen Wald erkunden wollte. Dabei sollte sich der Pater in Wirklichkeit bei ihm einschleichen und im Geheimen einen Bericht über ihn und die Zustände in seiner Pfarrei verfassen, so wie er es bereits in anderen Gemeinden in ganz Deutschland getan hatte. Vermutlich hoffte sein Vorgesetzter, damit einen Hebel in die Hand zu bekommen, um Baltasar loszuwerden.

Noch war Zeit zu reagieren. Er grübelte über Abwehrmaßnahmen. Dann fasste er einen Entschluss. Er telefonierte mit Philipp Vallerot, schilderte ihm das Problem und erklärte ihm, was er vorhatte. Er bat ihn, mit Teresa ins Krankenhaus zu Pater Pretorius zu fahren, weil er noch etwas anderes erledigen musste und kein Auto hatte.

Im Sonnenlicht des späten Vormittags wirkte das Haus Walburga Bichlmeiers freundlich und einladend. Fast erwartete man, dass die Tür aufging und die Bewohnerin einen zu sich hereinbat. Aber die alte Frau war tot, ermordet von einem Unbekannten. Baltasar blickte sich um, ob ihn jemand gesehen hatte. Das Grundstück lag abseits, geschützt durch Hecken und Bäume. Und ein Fußgänger konnte sich unbemerkt anschleichen.

Das Eingangsschloss trug das Siegel der Polizei, eine Hintertür gab es nicht. Deshalb musste er wohl oder übel klettern. Er nahm die Bank vom Vorgarten und trug sie unter das Fenster der Toilette. Das Toilettenfenster schwang mit einem Knarren auf. Baltasar hielt inne und horchte, ob sich in der Nachbarschaft etwas rührte. Doch es blieb still. Die Fensteröffnung war ziemlich eng, er zwängte sich kopfüber hinein, blieb mit seinem Gürtel hängen, suchte nach einem Halt, klammerte sich an der Kloschüssel fest, zog daran, plötzlich ging die Spülung, der Gürtel löste sich, und Baltasar fiel auf den Badezimmerboden. Eine

Zeitlang blieb er auf dem Rücken liegen. Vorsichtig bewegte er seine Glieder. Er schien sich nichts verstaucht zu haben.

Es war ein seltsames Gefühl, sich im Haus einer Toten aufzuhalten. Er kam sich vor wie ein Eindringling, was er de facto ja auch war. Denn er hatte das Haus unbefugt betreten, trotz Polizeisperre. Er war also so etwas wie ein Einbrecher, nur ohne böse Absichten. Es diente dem höheren Zweck der Wahrheit und Gerechtigkeit, deshalb plagten ihn keine Gewissensbisse, und der liebe Gott hatte dafür sicher Verständnis.

Was genau suchte er? Baltasar wusste es selber nicht. Er wusste nicht einmal, wo er suchen sollte.

Zuerst probierte er es im Schlafzimmer. Es gab wenig Möglichkeiten für Verstecke. Er hob die Matratze hoch, tastete die Unterseite der Nachtkästchen-Schublade ab, strich mit der Hand über die Rückseite. Nichts. Die Bücher auf dem Stuhl: Werke über Kräuterheilkunde, Medizin und Christentum. Die Taschen der Kleider im Schrank gaben ebenso wenig her wie der Platz zwischen den Lagen von Handtüchern oder oben auf dem Möbel. Alles war einfach, ordentlich – und unpersönlich.

Die Regale in der Küche waren größtenteils ausgeräumt, die Heilsubstanzen hatte die Kriminalpolizei mitgenommen. Im Hängeschrank lagerte Geschirr. Baltasar zog einzelne Tassen heraus, prüfte, ob sie leer waren, fand einige Münzen, legte sie zurück. Im Unterschrank lagerten Kerzen, Streichhölzer und Schüsseln, neben der Spüle fanden sich Eimer, Besen und Putzlappen. Er nahm die Marienfigur vom Fensterbrett, es war eine billige Ausführung aus bemaltem Gips. An der Seite hing ein Rosenkranz an einem

Nagel, die Holzperlen der Gebetskette waren abgegriffen, das Kreuz hatte einen Sprung.

Gab es einen Keller? Baltasar untersuchte den Fußboden, ob dort eine Klappe eingelassen war, fand aber nichts. Er ging nochmal alle Räume ab, um zu prüfen, ob er den Kellerzugang übersehen hatte, doch das Gebäude war direkt auf die Erde gebaut, so wie oft bei alten Bauernhäusern im Bayerischen Wald. Alles in allem war seine Suche bisher ein Fehlschlag gewesen. Hatte sich bereits vorher jemand Zutritt verschafft und alles Belastende beiseitegeräumt?

Blieb noch der Dachboden. Baltasar zögerte, weil er keine Lust hatte, abermals Staub zu schlucken. Außerdem hatte Kommissar Mirwald oben bereits alles inspiziert. Dennoch gab Baltasar sich einen Ruck. Er benutzte den verbogenen Schöpflöffel als Hilfswerkzeug und sprang zur Seite, als die Falltür nach unten schwang und ihm eine Dreckdusche bescherte.

Oben roch es muffig und säuerlich. Die geringe Firsthöhe des Dachstuhls ließ eine aufrechte Haltung nur in der Mitte zu, ansonsten musste man sich bücken, um zum Rand zu gelangen. Die Schmutzschichten der beiden Fenster ließen nur gefiltertes Licht herein. Baltasar verspürte das Bedürfnis, die Fenster aufzureißen und Frischluft in seine Lungen zu lassen, aber er traute sich nicht aus Angst davor, entdeckt zu werden.

Auf der einen Seite lagerten Teile eines zerbrochenen Stuhls, eine Zinkwanne, mehrere leere Bilderrahmen aus Holz. An der Kaminsäule lehnte ein Eisengestell. Er zog es hervor, der Mörtel bröckelte. Es sah aus wie eine Klappliege, der Lack war abgeplatzt, Rostflecken hatten sich wie ein Geschwür über das Gestell ausgebreitet. Baltasar öffnete den Verriegelungsmechanismus und zog mehrmals, bis er das Gestell ausfahren konnte. Es handelte sich nicht um ein Notbett, sondern um eine Art Massageliege. Das Leder der Auflagefläche war zerschlissen, die Seegrasfüllung quoll heraus. Wozu hatte die alte Frau eine solche Spezialliege gebraucht? Sie war zum Schlafen völlig ungeeignet.

In einer Ecke stand ein Koffer. Baltasar rutschte auf den Knien dorthin, es war wie ein Bußgang um die Gnadenkapelle in Altötting. Der Koffer enthielt vergilbte Zeitschriften über Heilkräuter, das Hebammenwesen und religiöse Phänomene. In einer Pappschachtel fanden sich Muscheln und ein Glas mit Sand. Ein Schwarzweißfoto zeigte ein Bauernhaus in einer Naturlandschaft, ohne Beschriftung. Zeigte das Bild die ursprüngliche Heimat von Walburga Bichlmeier?

Neben dem Koffer lag eine Blechkiste von der Größe eines Schuhkartons, von einem Vorhängeschloss gesichert. Baltasar suchte nach einem Hebel, fand eine alte Eisenstange und sprengte den Verschluss. Die Box war gefüllt mit seltsam gebogenen Werkzeugen aus Stahl, dem Aussehen nach handgefertigt. Sie erinnerten entfernt an chirurgische Instrumente. Welchen Zweck erfüllten die Geräte ursprünglich? Er konnte sich nicht vorstellen, dass die alte Frau als Handwerkerin gearbeitet hatte.

Der Schweiß floss ihm von der Stirn. Er musste niesen. Einen Moment ausruhen, sich auf den Boden setzen, den Rücken an die Wand lehnen, durchatmen und warten, bis sich der Staub gelegt hat. Es war Zeit zu gehen. Baltasar wuchtete sich hoch, worauf die Holzwand hinter ihm leicht nachgab. Ein Brett war lose. Als er wieder stand, fiel ihm etwas auf: Die andere Seite des Dachbodens bestand aus Ziegeln, diese jedoch aus Holz. Er lockerte das Brett weiter, bis es sich verschieben ließ. Dahinter war es dunkel. Er tastete hinein, sein Arm verschwand fast darin, bis er eine Mauer fühlte. Offenbar zog sich ein Bretterverschlag über die gesamte Breite des Daches.

Baltasar nahm die Eisenstange und hebelte weitere Bretter weg, bis die Lücke groß genug war, um hineinzusehen. Im Dunkel zeichneten sich einige Gegenstände ab. Er griff danach und holte sie heraus. Sein Herz schlug schneller. War das ein Geheimversteck?

Es waren drei Gegenstände: zwei rechteckige Pakete, in Leintuch eingeschlagen, und eine altmodische Sporttasche aus Kunstleder, auf der das Logo einer bekannten Sportfirma prangte. Er wickelte die Pakete aus. Sie enthielten jeweils ein Fotoalbum. Die Bilder mussten in den fünfziger Jahren entstanden sein. Viele zeigten eine junge Frau, die den Gesichtszügen nach Walburga Bichlmeier sein musste. Ein Teil der Fotos war auf Urlaubsreisen aufgenommen worden, Walburga Bichlmeier Arm in Arm mit einem jungen Mann, mal am Meer, mal auf einer Bergwanderung. Von anderen Bildern lachte ein Kleinkind, ein Mädchen, dazu Gruppenaufnahmen aus der Vorkriegszeit von einer Familie und einem älteren Ehepaar, vermutlich ihre Eltern.

Mit dem Ärmel wischte Baltasar die Staubschicht von der Sporttasche und öffnete den Reißverschluss. Darin waren eine Jeans, T-Shirts, Damenslips und flache Lederschuhe. Kleidung einer Frau, jedoch sicher nicht von Walburga Bichlmeier. Er wollte gerade die Sachen ausbreiten, als er von draußen jemanden rufen hörte.

»Hallo, ist da jemand?«

Er wusste nicht, ob das ihm galt. Schnell stopfte er die Kleidung und die Fotoalben in die Tasche und versuchte, so leise wie möglich hinunter in die Küche zu klettern. Jemand ging ums Haus herum.

»Hallo!« Eine Frauenstimme.

Vorsichtig, als müsse er eine Glasscheibe einpassen, ließ er die Falltür einschnappen. Es knarrte.

Ein Klopfen an der Haustür ließ ihn zusammenfahren. »Hallo, ich habe was gehört. Hier ist doch jemand drin. Machen Sie auf! Hallo!« Die Frauenstimme klang energisch. Es fehlte nicht mehr viel, und sie würde die Polizei rufen.

Die Zeit drängte. Baltasar lief ins Badezimmer, warf die Tasche aus dem Fenster und kletterte hinterher. Hoffentlich blieb die Unbekannte vorne am Eingang stehen. Als Pfarrer beim Einbruch erwischt zu werden, war das Letzte, was er sich wünschte. Es gelang ihm gerade noch, das Fenster zuzuziehen und mit seiner Beute in der Hecke zu verschwinden, als eine Frau mit Gartenschürze, etwa Mitte dreißig, um die Ecke gebogen kam. Er wartete, bis sie wieder verschwunden war, und schlug sich im Laufschritt zur Straße durch. Er hatte kaum den Gehweg erreicht, als er der Frau direkt in die Arme lief.

»Hochwürden, was machen Sie denn hier?« Die Überraschung war der Frau anzumerken. Das war der Nachteil des Jobs als Pfarrer – jeder kannte einen.

»Ich? Ich war gerade beim Joggen. Hab meine Sportsachen mitgenommen.« Er klopfte auf die Tasche. Es war eine erbärmliche Ausrede, aber etwas Besseres war ihm auf die Schnelle nicht eingefallen.

»Sie gehen joggen? Ich hab Sie noch nie laufen sehen, Herr Pfarrer.«

»Ich habe auch erst kürzlich damit angefangen. Wahrscheinlich ist es nichts für mich.«

»Soll ich Ihnen einen Lappen bringen? Ich wohne gleich nebenan. Ihre Tasche sieht ganz staubig aus. Wo waren Sie denn joggen? In einer Kiesgrube?«

»Danke, das ist nett von Ihnen. Aber ich muss jetzt los.«

»Einen Augenblick noch, Hochwürden, Sie können mir helfen.« Die Frau hielt ihn am Ärmel fest. »Ich habe Geräusche im Haus der toten Bichlmeier gehört. Da ist jemand drin!«

»Sie kennen doch die alte Hütte, in solchen Gemäuern knarzt und knackt es ständig. Manche meinen sogar, darin spukt's.«

»Aber es kam vom Dachboden. Als ob dort jemand herumging.«

»Das kann nicht sein.« Er deutete auf die Eingangstür. »Sehen Sie selbst, das Schloss ist von der Polizei versiegelt. Da kommt niemand rein oder raus, bestimmt nicht.«

»Aber ...«

»Ich glaube, das waren Mäuse.«

»Die sind doch nicht so laut.«

»Haben Sie schon mal eine Maus aus der Nähe beobachtet?«

»Du lieber Gott, nein! Mir graust's vor diesen Viechern.«

»Sehen Sie, aber ich. Und ich sage Ihnen, Mäuse machen einen Höllenlärm, wenn sie sich sicher fühlen, das hört sich an wie Stepptanz. Schönen Tag noch!«

40

Nachdem er sich geduscht und die Kleider gewechselt hatte, nahm sich Baltasar den Inhalt der Tasche vor. Er blätterte die Fotoalben durch, suchte nach Hinweisen, die einen Fingerzeig geben konnten auf ein mögliches Mordmotiv. Doch es waren Bilder, wie man sie tausendfach kannte: Landschaftsaufnahmen, Porträts, Schnappschüsse – Zeugnisse eines Lebens ohne besondere Höhen und Tiefen. Er hatte geglaubt, er verstehe Walburga Bichlmeier besser durch diese Fotos, doch er hatte sich getäuscht. Vielleicht hatte sie die Bilder versteckt, weil sie die Erinnerungen an ihr früheres Leben wegsperren wollte.

Um sicherzugehen, dass er nichts übersehen hatte, sah er sich die Aufnahmen ein zweites Mal an. Bei einem Foto blieb er hängen. Walburga, in die Kamera lächelnd, als junge Frau, schon damals ein schwarzes Kleid tragend. Es musste wohl ein ewiges Geheimnis bleiben, wer dieses Foto aufgenommen hatte. Sie stand auf einem unbefestigten Weg, links und rechts von ihr Felder. Ein Detail am Rande des Bildes ließ ihn innehalten. In der Ferne waren im Hintergrund schemenhaft Pfosten zu erkennen. Es konnten Marterl sein – oder Totenbretter. Baltasar holte sich eine Lupe und betrachtete die Stelle, bis ihm die Augen schmerzten. Er war sich fast sicher, es waren Totenbretter. Der Form nach war es die Gedenkstätte, bei der er das Skelett der Siebzehnjährigen gefunden hatte. Er spürte, wie sich sein Puls beschleunigte. Walburga Bichlmeier hatte also die Stelle gekannt. Die letzte Bestätigung fehlte, die Abbildung war dazu einfach zu unscharf.

Und eine Sache passte überhaupt nicht dazu: Auf diesem Foto waren eindeutig drei Totenbretter zu sehen.

Das Bild ließ ihm keine Ruhe. Er brauchte Hilfe und wusste, wen er anrufen musste – Emanuel Rossmüller. Der Heimatpfleger ging nach dem ersten Klingeln ans Telefon. Baltasar schilderte ihm seine Entdeckung, und Rossmüller versprach, so bald wie möglich vorbeizuschauen und sein Archiv mit Aufnahmen mitzubringen.

Danach besah sich Baltasar den restlichen Inhalt der Sporttasche. Die Kleidung würde gut zu einem jungen Mädchen passen, dachte er. Konnte es sein, dass sie einst Eva H. gehört hatte? Die Taschen der Jeans waren leer, bis auf ein altes Taschentuch. Zwei Taschenbücher steckten im Seitenfach der Sporttasche, ein Liebesroman und ein Reiseführer über Kanada. Er suchte die Seiten mit dem Impressum. Das eine Buch war vor einundzwanzig, das andere vor zweiundzwanzig Jahren erschienen.

Jetzt war kein Zweifel mehr möglich: Die Tasche gehörte dem ermordeten Mädchen.

Baltasar blieb bewegungslos sitzen. Endlich. Ein Hinweis. Doch wie war Walburga Bichlmeier in den Besitz der Tasche gelangt? Und warum hatte sie sie heimlich aufbewahrt? Hatte das Mädchen die Tasche bei ihr deponiert, als sie bei ihr übernachtet hatte? Und war dies tatsächlich Evas einziges Gepäck? Es kam Baltasar merkwürdig vor, dass sie nur mit ein paar Klamotten aufgebrochen zu sein schien und nicht einmal eine Zahnbürste dabeihatte.

Er blätterte in dem Reiseführer. Verschiedene Passagen im Text waren mit Kugelschreiber unterstrichen. Es ging um Flughäfen, Klimadaten und Sprachhinweise. Eine Seite war mit einem Eselsohr markiert, um eine Adresse ein

Kreis gemalt: das kanadische Konsulat in München. Hatte das Mädchen dorthin weiterreisen wollen?

In dem Liebesroman war die Stelle, wo sie aufgehört hatte zu lesen, mit einem Papierstreifen gekennzeichnet. Baltasar sah sich den Streifen genauer an. Es war eine Zugfahrkarte von Linz nach Passau, einfache Fahrt. Der Entwerteraufdruck war schlecht zu lesen, nur die Jahreszahl stach klar hervor – es war genau vor zwanzig Jahren, als Eva das Ticket benutzt hatte. Auf der Rückseite hatte sie verschiedene Busverbindungen vom Bahnhof in Passau notiert. So war sie also in den Bayerischen Wald gekommen, ohne eigenes Auto, schlicht mit öffentlichen Verkehrsmitteln. Kein Wunder, dass sie niemandem aufgefallen war.

Quer am Rand stand eine weitere Notiz: »Taxi sieben Uhr früh Abholung« und »Rosenauerstraße« mit einer Zahl – war es die Hausnummer?

Ihm kam ein Gedanke: Vielleicht konnte man die Adresse einem Namen zuordnen, genauer gesagt, dem Initial H., Evas Familiennamen. Die Idee begeisterte ihn. Jetzt brauchte er nur noch jemanden, der sich für Spezialrecherchen eignete.

Philipp Vallerot klang am Telefon allerdings wenig begeistert von Baltasars Plan. »Da häng ich wieder Stunden am Computer und am Telefon. Mir reicht schon dein letzter Sonderauftrag, als ich Teresa ins Krankenhaus zu diesem Pater chauffiert habe. Das ist eine Quasselstrippe, sag ich dir. Besonders deine Haushälterin scheint es ihm angetan zu haben. Ich konnte ihn gerade noch davon abhalten, sich anzuziehen und mit uns wieder heimzufahren.«

»Du tust ein gutes Werk, glaub mir. Das erste Mal sehe ich

eine reelle Chance, die Identität des ermordeten Mädchens zu klären. Gib dir etwas Mühe, das erhöht deine Chancen, dass du irgendwann doch noch ins Paradies einfliegst.«

»Tut mir leid, ich hab Flugangst. Ich bleibe lieber am Boden. Also meinetwegen, aber dir ist klar, dass dein Guthabenkonto mit Gefallen langsam aufgebraucht ist. Überleg dir was, es wieder aufzufüllen. Ich melde mich, wenn ich was habe.«

Schon eine Stunde später rief Vallerot zurück. »Treffer!« Seine Stimme war getragen von Euphorie. »Also, ich will dich nicht mit technischen Details langweilen, wie ich an die Informationen gelangt bin. Die Daten der alten Adressverzeichnisse und Telefonbücher waren da ideal. Kurz und gut, in der Straße in Linz wohnte vor zwanzig Jahren nur eine Person mit dem Anfangsbuchstaben H. Er oder sie hieß Helming. Geschlecht unbekannt, da kein Vorname angegeben war. Eine Frau, die mit Vornamen Eva hieß, war nicht gelistet. Das muss aber nichts heißen, da Familien oft auf die Angabe der einzelnen Vornamen verzichtet haben. Oder sie haben den Eintrag im Telefonbuch ganz streichen lassen.«

»Klasse! Ich wusste, dass ich mich auf dich verlassen kann. Hast du die Telefonnummer für mich?«

»Tja, jetzt kommt die schlechte Nachricht: Heute ist da niemand mehr namens Helming gemeldet. Und solange ich keinen Vornamen habe, ist es sinnlos, weiter nach dem Namen zu suchen. Die Person könnte sonst wo hingezogen sein.«

Baltasar bedankte sich und legte auf. Helming. Eva Helming. Das tote Mädchen hatte nun einen Namen. Eine Identität. Auch wenn es nur ein Wort war, er hatte das Gefühl, etwas Wichtiges für sie getan zu haben. Und er musste noch mehr tun.

Eigentlich hatte er geplant, die Tasche sofort der Kriminalpolizei zu übergeben, wohl wissend, dass er sich damit angreifbar machte. Denn er müsste erklären, woher er sie hatte. Und bei dieser Aktion hatte er es mit dem Gesetz schließlich nicht ganz so genau genommen. Wobei das in seinen Augen gewissermaßen höhere Gewalt war. Eine lässliche Sünde.

Doch jetzt änderte er sein Vorhaben. Er wollte zuerst nach Linz fahren und vor Ort nach der Familie des Mädchens suchen. Die Polizei konnte auch noch ein oder zwei Tage warten, bisher hatte sie es auch nicht so eilig gehabt mit den Ermittlungen. Außerdem konnte er sich bis dahin eine Entschuldigung ausdenken.

An der Haustüre klingelte es. Teresa meldete, dass der Heimatpfleger da war. Baltasar begrüßte ihn und gratulierte ihm zu seinem Artikel in der Zeitung.

»Die Resonanz war wirklich erstaunlich.« Ein Strahlen huschte über Rossmüllers Gesicht. »Eine solche Entdeckung in unserer Gegend! Sogar einen Anruf von der Universität in München hatte ich. Ein Biologieprofessor will ein Studienprojekt starten.«

»Das ist wunderbar. Ich hoffe, Sie bleiben an dem Thema dran. Keiner ist bei uns ein solcher Experte dafür wie Sie.«

»Danke.« Die Wangen des Heimatpflegers röteten sich. »Ich war schon beim Bürgermeister. Herr Wohlrab ist ganz angetan davon, dass sich die Mopsfledermaus gerade hier niedergelassen hat. Und nun zu meinem anderen Hobby.«

Emanuel Rossmüller legte mehrere Ordner auf den Tisch. »Meine Sammlung von Totenbretter-Fotos. Ich habe, wie gesagt, einige neue dazu bekommen, hatte aber wegen der ganzen Mopsfledermaus-Geschichte erst jetzt Zeit, sie durchzusehen und den Regionen zuzuordnen, soweit das möglich war.«

Sie sahen sich gemeinsam die zumeist mit Ort und Datum versehenen Aufnahmen an. Baltasar holte das Foto mit Walburga Bichlmeier und den Totenbrettern im Hintergrund.

»Sehen Sie sich das an, Herr Rossmüller. Könnten das die Gedenktafeln bei uns sein?«

Der Heimatpfleger ging mit dem Bild zum Fenster, um es genauer zu betrachten. »Ich bin mir nicht sicher. Aber warten Sie, ich glaube, bei der letzten Lieferung war was dabei, was passen könnte.« Er nahm ein Album und suchte in den hinteren Seiten. »Na, wer sagt's denn, auf mein Gedächtnis ist Verlass. Hier ist es.«

Das Foto war vergilbt, der Rand eingerissen. Es zeigte eindeutig die Totenbretter, bei denen das Skelett vergraben worden war, die beiden Namen »Ludwig Auer« und »O. Reisner« waren der Beweis. Daneben, einige Meter entfernt und etwas versetzt, stand ein drittes Totenbrett. Das Schild war stark verwittert, der Name darauf unleserlich, eine Seitenleiste, die ursprünglich ein Dach andeuten sollte, fehlte.

Baltasar legte das andere Foto daneben. Es war kein Zweifel möglich: Walburga Bichlmeier stand an der bewussten Stelle. Und es waren drei Gedenktafeln.

»Heute sind da nur mehr zwei Totenbretter. Haben Sie dafür eine Erklärung, Herr Rossmüller?«

»Das geschah früher öfter. Wie gesagt, die Tafeln sind aus Holz und sollen verwittern. Oder dem Bauern war das Totenbrett lästig, und er hat es einfach beseitigt.« Er wies auf die dritte Tafel. »Wie Sie bemerkt haben dürften, Hochwürden, wurde dieses Totenbrett an einer ungewöhnlichen Stelle platziert. Normalerweise stehen sie in einer Reihe.«

»Danke, das hilft mir weiter. Darf ich mir dieses Foto für einige Zeit ausborgen?«

»Selbstverständlich, Herr Pfarrer. Woher haben Sie eigentlich die Aufnahme? Sie muss sehr alt sein.«

»Dachbodenfund.«

»Aha. Und wer ist die Person auf dem Bild?«

»Ich glaube, Walburga Bichlmeier, die Frau, die ermordet wurde. Sie haben sicher in der Zeitung davon gelesen.«

»Und ob ich das habe.« Rossmüllers Stimme nahm einen anderen Tonfall an. »Ich kannte die Frau nicht persönlich, Sie wissen, Herr Pfarrer, ich bin nicht von hier, aber ich habe einiges über sie gehört.«

»Tatsächlich?«

»Diese Bichlmeier war in der ganzen Region bekannt, besser gesagt, berüchtigt.«

»Berüchtigt wofür?«

»Sie bringen mich in Verlegenheit, Hochwürden.« Der Heimatpfleger kratzte sich am Kopf. »Ich bin nicht der Mensch, der über andere tratscht oder Gerüchte verbreitet, die er nicht beweisen kann. Aber ich kenne jemanden, der hatte vor vielen Jahren mit dieser Bichlmeier zu tun. Es war sogar ein Fall für die Polizei, wenn ich mich recht erinnere.«

»Ich würde gerne mehr wissen, schließlich braucht die Kripo unsere Unterstützung.«

»Also gut.« Er nahm ein Blatt Papier und schrieb eine

Adresse auf. »Reden Sie mit ihm, wenn Ihnen das so wichtig ist. Und richten Sie schöne Grüße von mir aus. Sie werden Ihr blaues Wunder erleben!«

41

Der Bahnhof von Linz glänzte in der Vormittagssonne. Baltasar ging zu Fuß die Humboldtstraße hinunter, spazierte zwischen den Geschäften der Altstadt, besah sich die Gebäude am Hauptplatz. Er nahm ein Taxi und ließ sich zu der Adresse in der Rosenauerstraße fahren. Es war ein mehrstöckiges Wohngebäude.

Er starrte die Fassade hinauf. Im Erdgeschoss war ein Fenster einen Spalt breit geöffnet. Er glaubte, eine Bewegung hinter dem Vorhang gesehen zu haben. Baltasar tat so, als habe er es nicht bemerkt, und stellte sich an die Eingangstür. Die Namen auf den Klingelschildern fingen alle mit anderen Buchstaben an. Kein H. Keine Helming. Keine Eva.

Nun war er in Linz, genau an dem Ort, an dem das Mädchen gewohnt hatte, aber er wusste nicht, wie er weiter vorgehen sollte. Er hatte gehofft, einen Hinweis zu finden, aber vielleicht war er zu naiv gewesen. Eine Chance blieb noch: Im Archiv des Rathauses nach der Umzugsadresse der Helmings zu forschen, vorausgesetzt, er bekam spontan einen Termin.

»Was machen Sie da? Ich beobacht' Sie schon die ganze Zeit.« Das Fenster im Erdgeschoss war geöffnet, ein Kissen lag über der Fensterbank, eine Frau mit Lockenwicklern und Haube lehnte mit ihren Armen darauf.

»Entschuldigung, gnädige Frau, ich dachte, ich finde an dieser Adresse jemanden, aber ich habe mich getäuscht.«

»Sie sind nicht von hier, das merkt man gleich. So viele Fremde verirren sich nicht zu uns.«

»Ich bin aus Deutschland angereist, aus dem Bayerischen Wald.« Baltasar ging einige Schritte, bis er unter dem Fenster stand. »Und jetzt, alles vergeblich.«

»Dass Sie keiner der Tschuschen sind, das hört man. Ein Waldler also. Auch nicht viel besser.«

»Darf ich mich vorstellen. Mein Name ist Baltasar Senner. Ich bin Pfarrer von Beruf.«

»Pfarrer wolln's sein? Dass ich net lach! Wo habn's denn Ihr schwarzes Manterl? Das tragen Pfarrer doch, dachte ich immer. Bei uns in der Kirch hat der Priester was Schwarzes an. Und Senner ist auch kein origineller Name. Sie hätten sich was Besseres einfallen lassen sollen.«

»Den Namen habe ich von Geburt an, das lässt sich nun mal nicht ändern, gnädige Frau.« Er versuchte, weiterhin höflich zu klingen. »Ich kann Ihnen auch meinen Ausweis zeigen, wenn Sie wollen.«

Die Frau nahm eine Zigarette und zündete sie sich an. »Das sagen sie alle. Gefälschte Ausweise kann man heute an jeder Straßenecke kaufen. Sie treiben sich verdächtig bei uns rum, machen sich an der Haustüre zu schaffen. Was wollten Sie wirklich? Versuchn's net zu lügen, ich durchschau die Leut.«

»Wie ich schon sagte: Ich suche jemanden. Wenn Sie mich kurz hereinlassen, erkläre ich es Ihnen gerne genauer.«

»So schauns's aus! Wusst ich's doch! Sie sind einer dieser Trickbetrüger, von denen man immer im Fernsehen hört.« Sie nahm einen Zug aus der Zigarette. »Bleiben's bloß, wo

Sie sind! Wenn ich Sie in meine Wohnung ließe, dann wär mein Geld unterm Kopfkissen gleich weg. Der Enkeltrick, den kenn ich schon vom Fernsehen. Sie geben sich als unbekannter Verwandter aus, lenken mich ab und verschwinden mit meinem Geld. Nein danke!«

»Recht haben Sie, vorsichtig zu sein. Sie haben eine scharfe Beobachtungsgabe. Da wird Ihnen wohl nicht entgangen sein, dass die Täter sofort Reißaus nehmen, wenn sie entdeckt werden. Das Fernsehen berichtet immer wieder davon.«

»Das stimmt, ich beobacht' die Leut. Ich sitz fast jeden Tag hier am Fenster und schau mir ganz genau an, was die Leut so treiben, die vorbeigehen. Oder die von gegenüber. Kommen's a bisserl näher, damit ich Sie besser sehen kann.«

Baltasar lächelte und tat ihr den Gefallen.

»Nun, a ehrlichs Gsicht habn's, net wie a typischer Verbrecher. Aber des sagt nichts.« Sie musterte ihn von oben bis unten. »Also, aus dem Wald kommen's, sagten Sie. Wen suchen Sie noch mal?«

»Helming. Eine Eva Helming. Die Familie soll hier früher gewohnt haben. Ist schon länger her.«

»Ich hab ein gutes Gedächtnis, der Herr, was glauben Sie denn? Ich bin doch nicht verkalkt, ich erinnere mich an alles. Helming, sagten Sie?« Zigarettenqualm stieg in die Luft. »Helming. Ja, ich kenn den Namen. Ist aber wirklich lang her. Wohnt schon seit Ewigkeiten nicht mehr hier. Was genau wollten's von ihr?«

»Ihre Tochter Eva ist verstorben. Ich wollte die Nachricht überbringen.«

»Die Tochter? Wie traurig. War ein freches Ding, a Flitscherl, tut mir leid, wenn ich das sagen muss. Und aufgemotzt war die, frühreif, wenn Sie mich fragen. Wohnte bei ihrer Großmutter.«

»Und die Eltern?«

»Früh gestorben, soweit ich weiß. Autounfall. Hab sie nie kennengelernt. Das Mädel wuchs bei ihrer Großmutter auf. Hätte einen Vater gebraucht, der ihr mit harter Hand Manieren beibringt, dem Flitscherl. Aber so war es halt.«

»Eva Helming ist vor zwanzig Jahren von hier weggegangen. Was war mit der Großmutter?«

»Die arme Frau. Das war schlimm damals. War nicht mehr ganz richtig im Hirnkasterl. Mehrmals musste die Polizei sie nach Hause bringen, weil sie sich verlaufen hatte. Eine Aufregung war das, Polizei bei uns im Haus! Sie wurde immer wirrer, Demenz nennen das die Leut im Fernsehen.«

»Wie ging es weiter?«

»Eine Großtante dieser Eva kümmerte sich um die Oma. Ich glaub, das Mädel hat dann auch bei der Großtante gewohnt.«

»Lebt Evas Großmutter noch?«

»Soweit ich gehört hab, wurde sie in ein Pflegeheim in der Glimpfingerstraße gebracht. Hat mich dann nicht mehr interessiert. In die Wohnung sind neue Leut eingezogen.«

»Haben Sie zufällig den Namen oder die Adresse von der Großtante? Oder vielleicht Unterlagen, Fotos von der Familie? Das würde mir weiterhelfen.«

»Wo denken Sie hin? Ich brech doch nicht in andere Wohnungen ein. Was die anderen machen, geht mich nichts an. Ich werd mit denen doch nicht gleich persönlich. Man trifft sich im Hausflur, man grüßt sich freundlich, sonst nichts. Ich misch mich nicht bei anderen Leuten ein, wer bin ich denn?«

Baltasar bedankte sich für die Auskünfte und verabschiedete sich. Er ging vor bis zur Hauptstraße und besorgte sich ein Taxi. Eva Helming war also erst bei der Großmutter, dann bei der Großtante aufgewachsen. Warum hatte sie Linz allein verlassen? War sie von zu Hause ausgerissen? Der einzig konkrete Hinweis war das Pflegeheim.

Er ließ sich zu der Adresse fahren. Die Anlage war ein moderner Zweckbau im Südosten der Stadt, jenseits der Autobahn A 7. Baltasar meldete sich am Empfang. »Ich würde gern Frau Helming besuchen.«

»Erwartet sie Besuch?«

»Nein, ich bin nur diesen Tag in Linz und wollte sie sehen.«

»Bitte warten Sie.« Die Frau tippte etwas in den Computer. Es dauerte eine Weile, bis sie die Informationen auf dem Bildschirm abgerufen hatte. »Nehmen Sie einen Moment Platz. Es kommt gleich jemand.«

Er sah sich im Wartebereich um. Senioren stützten sich auf ihren Rollator, eine Schwester schob einen Mann im Rollstuhl vorbei. Eine Frau mittleren Alters, in grauem Kostüm, tauchte auf und sah sich suchend um. Sie kam auf ihn zu.

»Sind Sie der Herr, der Frau Helming sehen wollte?«

Er nickte.

»In welchem Verwandtschaftsverhältnis stehen Sie zu der Dame, wenn ich fragen darf?«

Baltasar stellte sich vor. »Ihre Enkelin wurde bei uns tot aufgefunden. Ich überbringe die Nachricht.«

»Verstehe, Herr Senner. Dennoch halte ich das für keine gute Idee.«

»Warum?«

»Frau Helming hat einen Schlaganfall erlitten. Sie liegt derzeit im Allgemeinen Krankenhaus der Stadt Linz. Das Letzte, was sie braucht, ist jede Form von Aufregung. Schon gar keine Todesnachrichten. Außerdem bezweifle ich, dass sie den Sinn Ihrer Botschaft überhaupt versteht. Sie hat fortgeschrittene Demenz.«

»Wer betreut sie denn?«

»Die Pflegekräfte natürlich. Wenn Sie meinen, ob sie von jemandem regelmäßig Besuch erhielt, so kann ich das nicht sagen.«

»Hat sie gar keine Verwandten mehr?«

»Ich sehe in den Unterlagen nach. Haben Sie etwas Geduld.« Die Frau verschwand in einem Gang und kam nach zehn Minuten wieder. Sie überreichte ihm ein Blatt Papier. »Das ist die einzige Adresse, die bei uns von Verwandten hinterlegt worden ist. Hoffentlich hilft es Ihnen weiter. Richten Sie der Frau mein Beileid aus. Schönen Tag noch.«

Auf dem Zettel stand der Name Josefa Breuer und eine Anschrift im Stadtteil Lustenau. Er probierte die angegebene Telefonnummer, aber niemand nahm ab. Er versuchte es noch einmal, und nach dem sechsten Klingeln meldete sich eine Frau.

»Hallo?« Die Stimme war brüchig.

Baltasar nannte seinen Namen und sagte ihr, woher er ihre Telefonnummer hatte. »Eine Frage: Sind Sie die Großtante von Eva Helming?«

Am anderen Ende der Leitung war es still. Er dachte schon, die Frau habe aufgelegt, als er ein Schluchzen hörte.

»Eva? Sie haben was von Eva gehört?«

»Frau Breuer, ich möchte Ihnen das ungern am Telefon sagen. Darf ich bei Ihnen vorbeikommen, jetzt gleich?«

Wieder hörte er eine Zeitlang nichts. »Also gut, kommen Sie. Ich erwarte Sie.«

Die Anlage mit der Wohnung Josefa Breuers gehörte zum Franckviertel, eine Gegend, die bei den Einheimischen als Glasscherbenviertel bekannt war. Baltasar klingelte. Hinter der Tür hörte er ein Schlurfen. Mehrere Schlösser wurden aufgesperrt, und eine Sicherungskette wurde zurückgelegt. Ein Kopf zeigte sich. »Sind Sie Herr Senner?«

Er bejahte. Die Tür ging auf. Vor ihm stand eine Frau, Mitte sechzig, mit ungekämmtem Haar. Sie trug einen speckigen Jogginganzug und verströmte einen intensiven Zigarettengeruch. Ein Aroma, das der gesamten Wohnung anhaftete. Josefa Breuer führte ihn in die Küche. Auf dem Herd pfiff ein Wasserkessel.

»Wollen's einen Kaffee? Ich hab leider nur löslichen Kaffee im Haus, ich trink so was nicht, wegen meinem Herzen.«

»Danke, ich will nichts.«

»Vielleicht einen Tee? Irgendwo müssten noch Teebeutel herumliegen. Einen Tee wollen's doch.«

»Danke, nein. Das ist sehr nett von Ihnen.« Auf dem Tisch lag eine Plastikdecke, eine Vase mit Kunstblumen stand darauf. Die Frau trank aus einem Becher, der deutlich nach Alkohol roch.

»Also erzählen's, was macht die Eva? Hab schon lange nichts mehr von ihr gehört.«

»Ich muss Ihnen leider eine traurige Mitteilung machen. Eva ist tot.« Baltasar berichtete von dem Skelettfund und den Ermittlungen der Kriminalpolizei.

»Tot is, des Madl? Ermordet?« Die Frau fing an zu zittern. Sie steckte sich eine Zigarette an und benutzte eine Tasse als Aschenbecher. »Ermordet. Und das scho vor zwanzig Jahren.« Sie nahm einen Schluck aus ihrem Becher, behielt ihn in den Händen. »Mein Gott!«

»Eva wuchs bei Ihnen auf, ist das richtig?«

»Sie kam mit vierzehn Jahren zu mir, nachdem ihre Oma ins Pflegeheim gebracht wurde. Darum gerissen hab ich mich nicht, kann ich Ihnen sagen. Ich ging damals noch zur Arbeit und hatte einige private Probleme. Aber ich war nun mal die nächste Verwandte. Eva war durch den Unfall der Eltern eine Vollwaise geworden. Deshalb nahm ich sie auf.«

»Wie war das Verhältnis zur Großmutter?«

»Sie hing sehr an ihr, Eva vergötterte sie. Deshalb war es ein Schock für sie, als sich die Krankheit immer mehr bemerkbar machte. Als Teenager ist man damit überfordert. Sie besuchte ihre Oma regelmäßig in dem Heim. Oft war ich mit dabei. Aber sie hat mehr und mehr geistig abgebaut und niemanden mehr erkannt. Es war herzzerreißend, sie so zu sehen.«

»Eva ging noch in die Schule. Wann machte sie einen Abschluss?«

»Mit fünfzehn war's bei ihr vorbei. Sie fing eine Lehre als Floristin an, brach dann aber ab, weil sie eine Allergie gegen verschiedene Pflanzen entwickelt hatte. Dann arbeitete sie bis zu ihrem Verschwinden als Verkäuferin, mal hier, mal da.«

»Wie war Ihr Verhältnis zu Eva?«

Josefa Breuer nahm einen weiteren Schluck. »Ich weiß, man sollte über Tote nur Gutes reden. Aber ich hatte so meine Schwierigkeiten mit ihr. Mir ging's zu der Zeit selber nicht gut, und dann noch dieses renitente Madl. Sie war ein bockiger Teenager, mitten in der Pubertät, gehorchte nie, hatte nur Flausen im Kopf.«

»Wie machte sich das bemerkbar?«

»Eva ging gern in Diskos und blieb abends lange weg. Ich wusste nie, wo sie steckte. Wenn ich ehrlich bin, hab ich sie nie ganz verstanden. Sie wissen schon, was ich meine. Ich hatte nie eigene Kinder, und mit diesem Madl kam ich nicht richtig klar.« Sie zündete sich eine weitere Zigarette an.

»Hatte sie einen Freund?«

»Mehrere Burschen, glaub ich. Hat nicht viel drüber erzählt. Gesehen hab ich keinen, ich hab's nur gemerkt, wenn sie sich so hergerichtet hat zum Weggehen. Sie war für ihr Alter gut entwickelt, wenn Sie verstehen, was ich meine. Und in den einen, den Mann aus dem Bayerischen Wald, da wo Sie herkommen, war sie total verliebt. Richtig aus dem Häusl war sie.«

»Wie kam's dazu? Wissen Sie mehr darüber, Frau Breuer?«

»Sie haben sich in einem Lokal hier in Linz kennengelernt. Der Jumpsterer war nur vorübergehend in der Stadt. Wie er hieß, weiß ich nicht. Sie hat mir seinen Namen nie verraten. Aber sie war sicher, dass er sie heiraten wird. Spinnst, hab ich ihr gesagt, Mannsbilder reden oft so daher, um jemanden ins Bett zu kriegen. Aber Eva war sich ganz sicher, sie würden heiraten. Redete davon, dass sie zusammen auswandern wollten, was ganz Neues aufbauen, in der

Fremde, wo sie keiner kennt. Schnapsidee, so was! Aber es war ihr nicht auszureden.«

»Wollte sie vielleicht nach Kanada?«

»Kanada, Amerika, Australien, des Madl hat immer neue Ideen g'habt. Sie war nicht davon abzubringen. Auswandern, sie und ihr Typ. Darüber haben wir uns öfter gestritten.«

»Und das war der Grund, warum sie Linz verlassen hat?«

»Der Mann hat ihr angeblich versprochen, sich mit ihr zu treffen und dann nach Übersee zu reisen. Wollte sie angeblich zu sich holen, es sei alles vorbereitet. Und das hat sie dann auch durchgezogen. Eines Tages, wir hatten uns gerade wieder gefetzt, sagte sie: ›Ich verschwinde jetzt nach Deutschland. In ein paar Monaten bin ich sowieso volljährig und dann hast du mir überhaupt nichts mehr zu sagen.‹ Womit sie recht hatte. ›Wenn du meinst, du kriegst woanders ein besseres Leben als hier‹, hab ich gesagt, ›dann hau halt ab!‹ Am nächsten Tag stand sie mit Koffer und Tasche vor mir und sagte: ›Servus, ich verschwinde jetzt. Du brauchst nicht nach mir suchen. Ich will von nun an mein eigenes Leben leben. Mit der Vergangenheit hab ich abgeschlossen.‹ Das war das letzte Mal, dass ich sie gesehen habe.«

»Wussten Sie, dass Eva schwanger war?«

»Schwanger? Von dem Freund? Das würde zu ihr passen! Aber aufgefallen ist mir bei ihr nichts. Schwanger war sie also.«

»Hat sie sich nie mehr gemeldet, um ihre restlichen Sachen abzuholen? Zwei Gepäckstücke sind nicht gerade viel zum Auswandern.«

»Den Rest hat sie dagelassen. Waren auch nur abgetragene Klamotten und anderer Krempel. Hab alles nach einem halben Jahr in den Sperrmüll gegeben. War nichts Wertvolles dabei. Ihre Ersparnisse hatte sie alle mitgenommen. Ich hab ja keine Miete verlangt, wissen Sie, aber ein Abschiedsgeschenk hab ich nicht bekommen, obwohl ich ihre einzige Verwandte war.«

»Die genaue Adresse, wohin sie im Bayerischen Wald gereist ist, haben Sie nicht zufällig?«

»Nein, keine Ahnung. Offen gesagt, auch wenn es hart klingt: Ich war froh, als sie weg war. Endlich hatte ich meine Ruhe. Und Eva war alt genug, um selber auf sich aufzupassen. Sie war ein großes Madl.«

»Und Sie haben nie mehr was von ihr gehört? Haben Sie sich keine Sorgen gemacht, dass ihr was zugestoßen sein könnte? Haben Sie nie darüber nachgedacht, warum sie sich all die Jahre nicht gemeldet hat? So was ist doch nicht normal.«

»Was heißt schon normal bei Eva? Sie wollte nichts mehr von mir wissen, und ich wollte nichts mehr von ihr wissen. Sie hat mir deutlich zu verstehen gegeben, dass sie nichts von mir hält und nur bei mir ist, weil sie eine Wohnung braucht. ›Mach dir keine Gedanken um mich‹, hat sie zum Abschied gesagt, ›ich komm schon klar. Ich will ein neues Leben anfangen.‹ In diesem neuen Leben war für mich kein Platz. Deshalb war es mir so was von bluntzn, was Eva künftig machte. Dass sie ermordet wird, daran hätte ich im Traum nicht gedacht. Außerdem hat sie sich später noch ein Mal bei mir gemeldet, um mir mitzuteilen, dass alles in Ordnung sei.«

»Eva hat sich bei Ihnen gemeldet?«

»Sie hat eine Postkarte geschickt. Aus dem Bayerischen Wald. Da war ich beruhigt.«

Baltasar horchte auf. »Haben Sie die Postkarte noch? Das könnte wichtig für die Ermittlungen sein.«

»Müsste ich schauen.« Sie stand auf, ging ins Wohnzimmer und kramte in den Schubladen. Mit einer Zigarrenkiste kam sie zurück. »Das ist alles, was ich von Eva aufgehoben hab.«

In der Kiste waren alte Schulzeugnisse, ein Silberkettchen, Fotos. Josefa Breuer zog eine Postkarte heraus. Auf der Vorderseite war der Große Arber zu sehen, der höchste Berg des Bayerischen Waldes. Auf der Rückseite stand handschriftlich in Druckbuchstaben eine kurze Nachricht an die Adresse Josefa Breuers:

Bin gut angekommen. Mein Schatz hat mich abgeholt.
Fahren übermorgen nach München. Dann geht es weiter
mit dem Flieger nach Kanada. Such nicht nach mir.
Mir geht es gut, das neue Leben wartet!

Darunter die krakelige Unterschrift: »Eva«.

»Darf ich die Karte mitnehmen? Sie erhalten sie später zurück.«

»Sie können sie behalten. Bin nicht scharf drauf. Hier habe ich noch was für Sie, hab mehrere davon.« Sie legte ein Foto auf den Tisch. Es zeigte ein junges Mädchen mit braunen Haaren, sympathischem Lächeln und einem Grübchen am Kinn. Die Ähnlichkeit mit der Phantomzeichnung war nur gering.

Und doch wusste Baltasar, er war am Ziel: Zum ersten Mal sah er Eva Helming.

42

Es gab Bußgänge im Leben, die machte man quasi nebenbei. Es gab Beichten, die waren mehr ein Geplauder. Und es gab Gespräche, da wünschte man, es gäbe Leben auf einem anderen Planeten, und man könnte sich dorthin beamen wie Captain Kirk vom Raumschiff Enterprise. Aber leider waren die irdischen Pflichten manchmal erbarmungslos – wer wüsste das besser als ein Pfarrer aus dem Bayerischen Wald?

Baltasar spielte nervös mit seinen Fingern. Er hatte ihnen alles erzählt. Nur dass er Philipp Vallerot vorher gebeten hatte, Kopien von der Postkarte und Eva Helmings Bild sowie Fotos von den anderen Beweismitteln anzufertigen, hatte er verschwiegen. Er war bei der Wahrheit geblieben und hatte lediglich ein paar Details ausgelassen. Die Polizei brauchte schließlich nicht alles zu wissen. Außerdem hatte er seinen Ruf als Priester zu wahren.

»Eine schöne Geschichte.« Wolfram Dix schüttelte den Kopf. »Herr Senner, Herr Senner, was haben Sie sich nur dabei gedacht? Warum gibt es die Kriminalbehörden, was meinen Sie?« Er hob die Hand. »Sie brauchen nicht darauf zu antworten, sonst kommen Sie in Versuchung, uns weitere Geschichten aufzutischen. Herr Senner, Herr Senner, was sollen wir nur mit Ihnen machen?«

Oliver Mirwald beugte sich zu ihm vor. »Ihnen ist doch klar, lieber Herr Pfarrer, dass wir Sie nun an den ... ich meine, am Kragen haben.« Triumph lag in seiner Stimme. »Ich wusste, wir kriegen Sie noch dran. Bisher haben Sie sich immer herauswinden können, aber nun ist es vorbei.« Der

Kommissar richtete sich auf. »Unterschlagung von Beweismitteln! Einbruch! Und Behinderung von Ermittlungen! Wenn ich länger nachdenke, fallen mir wahrscheinlich noch mehr Delikte ein.«

»Sie sollten mir dankbar sein. Schließlich bringen meine Entdeckungen den Fall endlich weiter.«

»Sehr witzig.« Mirwald verzog keine Miene. »Haben wir etwas verpasst, und Sie haben den Mörder gestellt?« Er tat so, als sehe er sich in der Küche um. »Haben Sie den Täter hier versteckt, direkt im Pfarrheim? Ich kann niemanden entdecken.«

»Ein bisschen Arbeit wollte ich Ihnen schon überlassen.« Baltasar wusste, das hätte er jetzt nicht sagen dürfen, aber es war ihm einfach herausgerutscht.

»Herr Senner, das ist nicht der Zeitpunkt für Überheblichkeit.« Dix betrachtete ihn wie einen Menschen, der eine seltene Krankheit hat. »Das ist eine ernste Angelegenheit, etwas mehr Demut wäre angebracht.«

»Demut, genau.« Mirwald nickte. »Das predigen doch alle Priester in der Kirche. Demut. Sie sollten sich daran halten.«

»Meine Herren, was ist denn schon passiert? Nichts Dramatisches. Einige Beweismittel halten Sie ein wenig später in den Händen, okay. Dafür entschuldige ich mich. Ich tat es, weil ich glaubte, die Zeit drängt.« Baltasar rutschte auf seinem Stuhl hin und her. »Auf der anderen Seite: Jetzt sind wir in dem Fall doch wesentlich weiter als vorher, oder etwa nicht?«

»Nun, da haben Sie nicht ganz unrecht, Hochwürden.« Dix klang versöhnlich. »Immerhin kennen wir jetzt ihren Namen. Ich bezweifle allerdings, dass wir an den Papieren und der Kleidung brauchbare Spuren finden.«

Baltasar wandte sich an Mirwald. »Außerdem, Herr Mirwald, denken Sie mal darüber nach, was es für Sie bedeuten würde, wenn Sie mein – sicherlich manchmal grenzwertiges – Vorgehen an die große Glocke hängen.«

»Was soll schon sein?« In seine Stimme mischte sich eine Spur Unsicherheit.

»Ich müsste natürlich alles erzählen, beispielsweise, dass ich die Tasche und die Fotoalben auf dem Dachboden von Walburga Bichlmeier gefunden habe, exakt an der Stelle, die bereits ein gewisser Doktor Mirwald ergebnislos durchsucht hatte. Erklären Sie das mal Ihren Vorgesetzten.«

»Das ... Das ist ...« Mirwald starrte ihn an.

»Da ist was dran, Mirwald. Das würde kein gutes Licht auf die Kriminalpolizei werfen. Und die Kommentare unseres Dienststellenleiters möchte ich mir auch ersparen.« Dix sah seinen Kollegen an. »Ich schlage vor, wir vergessen die Sache. Einverstanden, Mirwald?«

Mirwald schwieg und schaute finster drein.

»Dann werte ich das als Zustimmung. Aber Sie müssen uns versprechen, Hochwürden, uns künftig im Voraus zu informieren, wenn Sie etwas planen. Versprochen?«

»Versprochen«, sagte Baltasar und kreuzte die Finger hinter seinem Rücken.

An der Eingangstür des Wirtshauses »Einkehr« hing ein Schild, das eine stilisierte Faust und den Schattenriss einer Fledermaus darstellte. Darunter stand: »Aktionsbündnis Mopsfledermaus 21«.

»Was ist das denn für ein Verein?«, fragte Baltasar Victoria Stowasser, nachdem er sich gesetzt und seine Bestellung aufgegeben hatte. »Außerdem haben Sie neu dekoriert, wie ich sehe.« Eine Seite des Gasthofes war für eine überdimensionale Pinnwand leer geräumt. Darauf klebten Briefe, Zeitungsausschnitte und Fotos.

»Das ist die Schaltzentrale unserer Bürgerbewegung.« Victoria Stowasser stellte ihm einen Silvaner hin. »Geht heute alles aufs Haus. Wir feiern das dreißigste Mitglied unseres Bündnisses.«

»Gratuliere. Wie sind Sie denn auf die Idee gekommen?«

»Die Vorsitzende des Tierschutzvereins war vor Kurzem hier zum Essen, und wir sind ins Plaudern gekommen über die Mopsfledermaus und was man tun könnte, um diese einzigartige Spezies und ihren Lebensraum zu schützen. Und schwupps – schon war unsere Gruppe geboren, geleitet von der Vorsitzenden des Tierschutzvereins.«

»Ich sehe, Sie haben meinen Hinweis von früher verstanden.«

Victoria Stowasser zwinkerte ihm zu. »Und ob. Das macht richtig Spaß. Schauen Sie sich nur die letzten Veröffentlichungen an.«

Ein Artikel berichtete von der letzten Gemeinderatssitzung. Demnach bemängelte Bürgermeister Wohlrab, die Aufregung über die Mopsfledermaus grenze an Hysterie, wahrscheinlich sei alles nur eine Verwechslung. Er bezweifle, ob es diese Mopsfledermaus überhaupt gebe. Kein Mensch habe ihm bisher ein leibhaftiges Tier bringen können. Worauf der Vertreter der Opposition antwortete, es sei eine extrem scheue Gattung, deshalb sei sie auch sehr schwer zu entdecken, außerdem brauche sie Ruhe in ihrer gewohnten Umgebung, selbst Baulärm könne schädlich sein. Der Mann der Freien Wähler beantragte, die Mopsfledermaus als neues Wappentier der Gemeinde einzuführen, weil sie den Charakter des Ortes unterstreiche und gut fürs Image sei.

Eine Reportage schilderte die Spendenaktion des Heimatvereins, der selbst genähte Fledermausumhänge versteigerte, deren Erlöse dem Schutz des natürlichen Biotops dienen sollten. Der Vampirclub Twilight Passau e.V. hatte eigens einen Song zu Ehren der Mopsfledermaus komponiert: »Du bist das Dunkel der Nacht, da da, dein Biss ist eine Pracht, da da …«

Baltasar hörte auf zu lesen. »Was passiert als Nächstes?«

»Das kann ich Ihnen sagen: Wir werden zu einer Demonstration vor dem geplanten Sporthotel aufrufen, um die rücksichtslose Zerstörung des Lebensraums bedrohter Tierarten anzuprangern. Wenn es sein muss, kette ich mich an den Bauzaun.«

»Es gibt noch gar keinen Bauzaun.«

»Dann stelle ich eben einen auf. Das Foto würde sich gut in der Zeitung machen.«

Nach dem Essen nahm Baltasar sich die Adresse jenes Mannes vor, der laut dem Heimatpfleger Rossmüller mehr über die Vergangenheit Walburga Bichlmeiers wusste. Er hieß Hans Wittek und wohnte in Eppenschlag, einem verschlafenen Ort zwischen Grafenau und Regen. Baltasar kündigte telefonisch seinen Besuch an, lieh sich das Auto von Philipp Vallerot und fuhr zu Witteks Haus. Er überbrachte Rossmüllers Grüße und erklärte sein Anliegen.

»Er sagte, Sie könnten mir etwas über die ermordete Frau Bichlmeier erzählen.«

»Ich habe davon gelesen. Sie wurde umgebracht. Was für

ein schreckliches Ende.« Wittek betrachtete seine Hände. »Es klingt schlimm, wenn ich das jetzt sage, aber es gab eine Zeit, wo ich ... ich mir gewünscht habe, diese Frau wäre ... wäre tot.«

»Wie lange ist das her?«

»Fast fünfundzwanzig Jahre. Ich war damals jung, ein halbes Kind, sechzehn Jahre alt.«

»Was ist geschehen?«

»Dazu muss ich etwas ausholen. Ich erinnere mich noch wie heute daran. Zu der Zeit hatte ich meine erste Freundin, Franziska. Sie war fünfzehn, stammte aus dem Nachbardorf. Anfangs war es nur Schmuserei, doch dann ... Jedenfalls nutzten wir einen Nachmittag, als ihre Eltern unterwegs waren. Wir wurden miteinander intim. Es war für uns beide das erste Mal. Es war schön.« Er blickte Baltasar an. »Danach trafen wir uns regelmäßig. Dann passierte das, was wir nie geglaubt hätten: Franziska wurde schwanger.«

»Hatten Sie nicht vorgesorgt?«

»Heute im Rückblick war es natürlich hirnverbrannt, nicht an Verhütung zu denken. Richtig kann ich es mir auch nicht erklären. Wir dachten, uns betrifft das nicht, einfach aufpassen ... War das naiv, mein Gott!«

»Hat Franziska es ihren Eltern gesagt?«

»Was glauben Sie denn – bei diesem Elternhaus. Da wäre der Teufel los gewesen. Wie auch immer, Franziska hatte eine Höllenangst vor den Folgen. Sie fühlte sich viel zu jung für ein Kind. Am Ende entschied sie sich für eine Abtreibung. Aber damit fingen die Probleme erst an.«

Wittek richtete sich auf. »Aus Angst davor, dass alles auffliegen würde, trauten wir uns nicht, zu einem normalen

Arzt oder ins Krankenhaus zu gehen. Da hörte ich von Walburga Bichlmeier.«

»Die früher bekannt war als eine Art Heilpraktikerin.«

»Ein schönes Wort. Ich würde eher sagen, als Quacksalberin. Franziska und ich fuhren zu ihr nach Hause und erklärten ihr unsere Situation. Sie empfing uns sehr freundlich. Die Bichlmeier sagte, für dreihundert Mark könne sie das Kind wegmachen. Sie benutze scharfe Laugen, das sei ganz unkompliziert. Franziska könne noch am Abend wieder heimgehen.«

»Ihre Freundin hat den Eingriff vornehmen lassen.« Baltasar wusste die Antwort und ahnte, was kommen würde.

»Es war der Fehler unseres Lebens. Es kam zu Komplikationen, und die Bichlmeier nahm irgendwelche Geräte zu Hilfe. Danach blutete Franziska aus dem Unterleib, es wurde mit jeder Minute schlimmer. Ich bekam Panik und rannte weg, um einen Sanitäter zu rufen. Franziska wurde ins Krankenhaus gebracht und musste mehrere Wochen das Bett hüten. Irgendwelche Infektionen.«

»Wie ging es weiter?«

»Das war das Ende. Unsere Beziehung war von diesem Moment an vorbei. Die Eltern machten ein Theater, das können Sie sich vorstellen. Ich wollte zur Polizei und die Kurpfuscherin anzeigen, aber Franziskas Vater lehnte das ab. Er hatte Angst vor einem Skandal. Deshalb regelte er alles im Hintergrund, ich weiß nicht, wie. Eines sage ich Ihnen, Hochwürden. Als ich die Nachricht von Walburga Bichlmeiers Tod las, da dachte ich: Es war eine späte Strafe für ihre Sünden.«

43

Die Neuigkeiten über Walburga Bichlmeier beschäftigten ihn noch, als er längst wieder zu Hause war. Die alte Frau hatte ihren Kunden also nicht nur harmlose Cremes und Wässerchen verabreicht, sondern sich auch an medizinischen Eingriffen versucht. Mit fatalen Folgen.

Jetzt verstand er auch den Zweck der Werkzeuge, die er auf Walburga Bichlmeiers Dachboden gesehen hatte: Es waren primitive chirurgische Bestecke, die jemand für sie angefertigt hatte. Von Gewissensbissen schien sie nach dem Drama mit Franziska nicht geplagt gewesen zu sein – sie hatte noch mehrere Jahre so weitergemacht. Wenn er die spärlichen Informationen richtig wertete, endete ihre Karriere als Kurpfuscherin erst zu dem Zeitpunkt, als Eva Helming bei ihr aufkreuzte.

Eva war also von Linz in den Bayerischen Wald gefahren, um ihren Freund zu treffen, wahrscheinlich, um ihm von der Schwangerschaft zu erzählen und mit ihm gemeinsame Zukunftspläne zu schmieden – eine verliebte Siebzehnjährige, die glaubte, ihren Mann fürs Leben gefunden zu haben, und von der großen weiten Welt träumte.

Was war nach ihrer Ankunft geschehen? Baltasar konnte nur spekulieren.

Es musste zum Streit zwischen den beiden gekommen sein. Vielleicht wollte ihr Freund sie nicht bei sich zu Hause haben. Jedenfalls übernachtete Eva bei Walburga Bichlmeier. Wobei die Frage offen blieb, ob sie aus eigenem Antrieb ihr Ungeborenes abtreiben wollte oder ob sie dazu gedrängt worden war. Zu der alten Frau musste sie jedenfalls jemand gebracht haben – es war ausgeschlossen, dass die Linzerin von der Quacksalberin wusste, gar ihre Adresse kannte.

Wie es aussah, nahm Walburga Bichlmeier tatsächlich den Eingriff bei Eva vor. Und dann? Was war so schrecklich schiefgelaufen, dass die alte Frau ihr dubioses Handwerk für immer beendete und sich stattdessen dem Marienglauben zuwandte? Was war Schlimmes passiert, dass Eva in einem Acker vergraben ihr Ende fand?

Nun klärte sich auch das Motiv für den Mord an Walburga Bichlmeier. Baltasar erinnerte sich an seinen Besuch bei ihr. Sie hatte sich nicht getraut, etwas zu erzählen, sie wollte sich erst mit jemandem beratschlagen. War dieser Jemand der Mörder? Der Grund lag auf der Hand: Wenn die alte Frau zur Polizei ging, würden die Hintergründe der Tat – und der Täter – an die Öffentlichkeit gezerrt.

Deswegen brachte der Mörder Walburga Bichlmeier zum Schweigen. Sie schöpfte Verdacht, weil das Mädchen plötzlich verschwunden war, ohne seine Tasche abzuholen. Sie wusste, wer Evas Leichnam beseitigt hatte. Kannte sie auch den Ort, ahnte sie, dass bei den Totenbrettern ein Mordopfer lag?

Eine ganz andere Frage schob sich in Baltasars Bewusstsein: Wenn es zu einem Schwangerschaftsabbruch gekommen war, müsste es dann nicht einen weiteren Leichnam geben, nämlich den des ungeborenen Babys? Er hatte sich bisher darüber noch keine Gedanken gemacht, doch die Schlussfolgerung lag nahe. Es war unwahrscheinlich, dass es einfach verscharrt worden war. Hatte Walburga Bichlmeier doch noch eine Christenpflicht erfüllt und das Kleine beerdigt? Baltasar hatte plötzlich eine Idee. Es gab nur einen Ort, wo man suchen konnte. Er griff zum Telefon.

»Ich hoffe, Sie haben einen guten Grund, warum Sie uns herbeordert haben.« Oliver Mirwald rieb sich den Dreck von seinen Lederschuhen. »Es ist nicht besonders lustig, in feuchter Erde herumzumarschieren.«

»Ich habe Ihnen doch versprochen, Sie vorab zu informieren, wenn ich etwas unternehmen will. Das Versprechen löse ich hiermit ein.«

»Das ist lobenswert, Hochwürden, aber wir haben auch noch anderes zu tun.« Wolfram Dix blickte zum Himmel. »Es sieht nach Regen aus. Da reizt mich selbst die gute Luft nicht so sehr.«

»Ich habe geglaubt, Sie kommen mit Ihrem Einsatzkommando«, sagte Baltasar. »Wir brauchen Ausrüstung, wir brauchen die Experten der Kripo.«

»Was glauben Sie denn, wer wir sind?« Mirwald rümpfte die Nase. »Wir sind von der Kriminalpolizei. Und Ausrüstung haben wir natürlich im Kofferraum.«

»Bitte, Herr Pfarrer, Sie müssen uns schon verstehen«, sagte Dix. »Wir blamieren uns ungern in unserer Dienststelle. Wenn wir jetzt das große Programm abrufen würden, und am Ende käme nichts dabei raus – Sie können sich die Häme der Kollegen gar nicht ausmalen.«

»Haben Sie denn gar kein Vertrauen zu mir?«

»Ehrlich gesagt, nein.« Mirwald grinste. »Ihre göttlichen Eingebungen in allen Ehren, aber uns sind Fakten lieber.«

»Also, ich habe eine Theorie.« Baltasar erläuterte seine Überlegungen. »Deshalb bin ich davon überzeugt, dass wir hier etwas finden.«

»Haben Sie denn mehr als Ihre krausen Schlussfolgerungen? Vielleicht so etwas wie Indizien – oder gar Beweise?« Mirwalds Tonfall klang überheblich. »Sie wissen doch, was Beweise sind, Herr Senner, oder nicht?«

Baltasar holte das Foto aus der Sammlung des Heimatpflegers Rossmüller aus der Tasche. »Schauen Sie sich die Aufnahme an. Sie zeigt genau die Stelle, vor der wir stehen, die beiden Totenbretter, der Ort, an dem das Skelett Eva Helmings gefunden wurde.«

Die beiden Kommissare beugten sich über das Foto. »Na und?«

»Fällt Ihnen nichts auf?«

Mirwald nahm das Bild in die Hand. »Darauf sind drei Totenbretter zu sehen, hier stehen aber nur zwei. Und was soll mir das jetzt sagen?«

»Die alte Aufnahme beweist: Früher gab es hier drei Gedenktafeln. Und nun das Foto von Walburga Bichlmeier aus früheren Jahren.« Er zeigte ihnen die Kopie des Bildes aus ihrem Fotoalbum. »Was sehen Sie? Genau. Ebenfalls drei Gedenktafeln. Also ist mittlerweile ein Totenbrett verschwunden, warum auch immer.«

»Schön, dass Sie für uns eine Rätselstunde veranstalten, Hochwürden«, sagte Dix. »Aber deswegen sind wir eigentlich nicht gekommen.«

»Um es kurz zu machen: Ich vermute, dass Walburga Bichlmeier bei dem dritten Totenbrett das Ungeborene beerdigt hat.«

»Ahhaa.« Mirwald dehnte das Wort voller Unglauben. »Ich verstehe Sie richtig: Es fehlt etwas, deshalb muss da eine Leiche liegen.«

»Hören Sie, das ist kein Zufall. Walburga Bichlmeier

kannte diesen Ort, sie war sehr gläubig. Vielleicht hatte sie geahnt, dass die Mutter des Kindes bei der anderen Gedenktafel vergraben war. Jedenfalls ist es eine passende Stelle für jemanden, der keine offizielle Beerdigung will, aber doch ein christliches Symbol.«

Dix besah sich nochmal die Fotos. »Wo wäre dann logischerweise die mutmaßliche Stelle des Grabes? Wahrscheinlich direkt beim dritten Totenbrett.«

»Wir haben noch ein anderes Problem, wie Sie sehen.« Baltasar deutete auf den Zaun.

Tatsächlich hatte sich seit dem Fund des Skeletts einiges verändert: Der Acker war weiträumig mit einem Weidezaun eingegrenzt worden, der allem Anschein nach unter Strom stand. Ein handgeschriebenes Schild warnte:

PRIVATBESITZ. BETRETEN VERBOTEN!
FÜR DIE ÖFFENTLICHKEIT GESPERRT.
Der Eigentümer
Alfons Fink

Warum hatte der Landwirt diesen verlassenen Acker eingezäunt? Hatte ihm der Trubel nicht gepasst? Wollte er weitere Nachforschungen verhindern?

»Das ist der Vorteil, wenn man bei der Polizei ist.« Mirwald holte ein kleines Multiwerkzeug aus der Tasche und zerschnitt den Draht. »Alles dienstlich notwendig.«

»Na gut, dann wollen wir mal überprüfen, ob an der These des Herrn Pfarrers etwas dran ist.« Dix ging zum Auto und öffnete den Kofferraum. »Aber nur solange es nicht regnet.« Er winkte seinen Assistenten zu sich. »Was für Werkzeug brauchen wir?«

»Schaufeln, ganz einfach.« Mirwald holte drei Schaufeln heraus und lehnte sie an den Wagen. »Auf geht's, Buam, wie man hier im Bayerischen Wald sagt.«

»Was sollen die drei Schaufeln, Mirwald?«

»Na was wohl?«

»Tut mir leid, Mirwald, ich würde Ihnen ja gerne helfen, aber ich hab's momentan mit der Bandscheibe. Geht wirklich nicht. Sie wollen doch nicht, dass ich krankgeschrieben werde, oder?«

»Ich bin der falsche Ansprechpartner dafür«, sagte Baltasar. »Polizeiarbeit ist nur was für Profis, Mirwald. Das haben Sie selbst gesagt. Als Amateur sollte ich lieber die Finger davon lassen.«

Mirwald klappte der Mund auf – und wieder zu, ohne dass ein Ton herauskam. Wortlos nahm er eine Schaufel, ging zu der vermuteten Stelle im Acker, krempelte die Ärmel hoch und fing an zu graben.

»Gehen Sie behutsam vor, Mirwald, wir suchen die sterblichen Überreste eines Babys.« Dix nickte ihm zu. Mirwald antwortete mit einem Giftblick, bei dem sensiblere Naturen sofort tot umgefallen wären.

Eine Stunde war vergangen, der Himmel verdunkelte sich. Auf Mirwalds Hemd hatten sich Schweißflecken gebildet. »Wir sollten aufhören«, sagte er. »Das ist Sklavenarbeit, was ich hier machen muss.«

»Das ist Polizeiarbeit«, antwortete Dix. Er saß im Auto, die Beifahrertür stand offen. »In Ordnung, fünf Minuten noch, dann packen wir wieder zusammen.«

Sollte er sich geirrt haben? Baltasar war sich so sicher gewesen. All die Hinweise …

»Da ist was!« Ein Schrei. Mirwald winkte aufgeregt.

Sie eilten herbei. Dix hatte eine Kamera mitgenommen. »Kurze Pause. Ich mach Beweisfotos.« Er knipste die Fundstelle von allen Seiten. Nach ein paar weiteren Schaufeln Erde hatte Mirwald eine zerbeulte, rechteckige Blechdose freigelegt. Auf dem Deckel waren noch Reste von Farbe, die ihren ursprünglichen Zweck verrieten: Es war eine Keksdose. Dix und Mirwald streiften Gummihandschuhe über.

Vorsichtig öffneten sie den Deckel. Ein Stoffbündel kam zum Vorschein.

»Da ist was drin eingewickelt.«

Der Stoff zerbröselte zwischen ihren Fingern, als sie ihn berührten. Es dauerte mehrere Minuten, bis sie mit Pinzetten alle Stoffteile entfernt hatten.

Darunter kamen Knochenteile zum Vorschein, ein winziger Schädel.

Sie hatten gefunden, wonach sie suchten: Eva Helmings ungeborenes Kind.

Keiner sagte ein Wort. Baltasar atmete durch, um die aufkommende Übelkeit zu unterdrücken.

Mirwald fand als Erster die Sprache wieder. »Das ist jetzt doch ein Fall für unser Spezialkommando.« Er griff zum Mobiltelefon und rief die Zentrale an.

Dix holte das Absperrband aus dem Auto und begann, den Tatort zu sichern. Sie hörten, wie sich ihnen ein Wagen näherte. Er hielt direkt vor ihnen.

Alfons Fink ließ die Seitenscheibe herunter und beugte sich vor. »Können Sie nicht lesen? Betreten verboten!« Seine Worte klangen wie Gebell.

Baltasar wurde es langsam unheimlich. Ständig tauchte

wie aus dem Nichts dieser Landwirt auf, als hätte er irgendwo eine Überwachungskamera installiert.

»Kriminalkommissar Wolfram Dix, Sie kennen uns. Haben Sie keine Augen im Kopf? Wir haben hier eine Leiche gefunden, ein totes Baby. Bitte entfernen Sie sich vom Tatort. Und zwar sofort! Dies ist ein offizieller Polizeieinsatz!«

»Das ist mein Acker. Mein Grundbesitz. Was kümmern mich irgendwelche Kinderleichen!«

Mirwald war zum Auto getreten, die Fäuste geballt. »Wenn Sie jetzt nicht sofort Ihr Maul halten und verschwinden, gibt's eins in die Fresse!«

Alfons Fink erschrak, wendete den Wagen und raste davon.

Dieser Mirwald wird mir langsam sympathisch, dachte Baltasar. So regeln das Männer aus dem Bayerischen Wald!

44

Er breitete die Kopien der Dokumente und die Fotos, die er bisher im Fall Eva Helming zusammengetragen hatte, auf dem Küchentisch aus und versuchte, ihren inneren Zusammenhang zu entdecken. Er rief sich die früheren Gespräche in Erinnerung, die Aussagen der verschiedenen Personen, die Informationen der Polizei. Irgendwo musste ein roter Faden zu erkennen sein. Baltasar spürte, dass er dicht dran war an des Rätsels Lösung.

Da war das Opfer, Eva, die von Linz aus aufgebrochen war, um ihren Liebhaber zu besuchen. Da war eine Kurpfuscherin, die einen fatalen Eingriff vorgenommen hatte.

Da waren die Totenbretter und der Rosenkranz und die verschworene Glaubensgemeinschaft der Marienkinder. Und da war der Mann im Schatten. Der Vater des Kindes. Der Mörder.

Die Antwort auf all seine Fragen musste in den Papieren vor ihm liegen. Er betrachtete die Bilder von den drei Totenbrettern. Er studierte Eva Helmings Fahrkarte nach Passau und ihre Eintragungen auf der Rückseite. Er las die Zeitungsausschnitte über den Fall. Und er nahm sich noch einmal die Postkarte vor, die Eva ihrer Großtante geschickt hatte. Er schaute auf das Bergidyll der Vorderseite, las die wenigen Zeilen, die Eva geschrieben hatte, besah sich die Briefmarke mit dem Poststempel.

Baltasar hielt inne. Irgendetwas stimmte nicht mit dieser Postkarte. Er holte eine Lupe und betrachtete den Poststempel genauer. Das Datum stand direkt auf der Briefmarke und war nur mit dem Vergrößerungsglas zu entziffern.

Baltasar riss es beinahe vom Stuhl. Dass ihm das nicht schon vorher aufgefallen war! Die Postkarte war knapp eine Woche nach Eva Helmings Tod abgeschickt worden! Jemand anderes musste sie in den Briefkasten geworfen haben.

»Such nicht nach mir«, stand da. »Mir geht es gut.« Ein Satz, der verhindern sollte, dass die Verwandten sich Sorgen machten und zur Polizei gingen. Die Strategie des Täters war aufgegangen: Zwanzig Jahre lang blieb der Mord unentdeckt, und das wäre er auch für immer geblieben, hätte nicht ein Ministrant in einem Acker ...

Eigentlich war es unübersehbar, dachte Baltasar, das Schreiben sah überhaupt nicht nach einem jungen Mädchen aus. Die Botschaft war in Druckbuchstaben verfasst, so als wolle jemand seine Handschrift verstellen. Einzelne Buchstaben wirkten seltsam eckig, wie abgehackt. Es war eine Fälschung.

Die Handschrift erinnerte ihn an etwas … Er zerbrach sich den Kopf, wo er diese Art von Buchstaben schon einmal bemerkt hatte. Und dann … Es war, als hätte jemand einen Vorhang beiseitegeschoben. Was vorher im Dunkel lag, stand ihm plötzlich klar vor Augen. Baltasar dachte an die Hinweise, die er bei seinen Recherchen erhalten und denen er keine Beachtung geschenkt hatte. Ein Fehler. Er wusste, wer der Täter war. Alles passte zusammen. Nur der letzte Beweis fehlte.

Er musste sich beeilen. Vermutlich ahnte der Mörder, dass sich mit dem Fund des Ungeborenen die Schlinge zuzog. Sollte die Polizei einen Massen-Speicheltest durchführen, würde die DNA-Spur unweigerlich zum Vater des Kindes führen. Bis dahin konnte jedoch viel Zeit vergehen. Zeit, die der Täter zur Flucht nutzen konnte.

Er, Baltasar Senner, musste selbst das Heft des Handelns in die Hand nehmen. Er musste den Fuchs aus dem Bau locken. Und er wusste auch schon wie.

Sonntagsmesse. Vormittag. Baltasar streifte sich das Gewand über und wies Sebastian darauf hin, den Weihrauchkessel nicht zu schnell zu schwenken. Er hatte für diesen besonderen Anlass Eichenmoos und Kandea beigefügt, und diese Mischung brauchte Zeit, um sich zu entfalten. Er hoffte, sein Auftritt würde überzeugend genug sein, dass der Mörder den Köder schluckte. Der Täter brauchte nicht einmal selbst anwesend sein. Der Klatsch würde die Nachricht zuverlässig in alle Winkel des Ortes transportieren.

Die Kirche war zu zwei Dritteln besetzt. Baltasar vollzog die Zeremonien etwas schneller als sonst, darauf hoffend, dass es keiner bemerkte. Endlich kam der Moment, als er die Kanzel bestiegen hatte und seine Predigt begann. Er hatte beschlossen, die Kernbotschaft in Watte aus Bibelzitaten zu packen. Er hatte sich jene Passagen der Heiligen Schrift herausgepickt, in denen es um Schuld und Sühne, um verstoßene Frauen und um Kindsmord ging. Dazwischen streute er die Information, eine Babyleiche sei entdeckt worden, jetzt werde man den Schuldigen bald fassen, denn die Kriminalpolizei werde jeden um eine DNA-Probe bitten. Was selbstverständlich geflunkert war. Baltasar hatte keine Ahnung, was Kommissar Dix und sein Kollege wirklich planten. Er mahnte die Gemeinde, es sei Christenpflicht, an einem solchen Test teilzunehmen, nur so könne das Verbrechen aufgeklärt werden.

Als Überleitung auf den nächsten Punkt sprach er vom biblischen Weg der Maria, von ihren Versuchungen und Pflichten als Mutter. Er verwies auf den Marienglauben in der katholischen Kirche, der die Leistungen der Frau würdigte, und sagte, in der Gemeinde gebe es einige Kinder Mariens, die einen sündigen eigenen Weg gingen und einen Mörder deckten. Was zu einigem Raunen in der Kirche führte. Aber damit sei nun Schluss, die Vorbereitungen für die Aufklärung des Falles seien getroffen. Amen.

Den Rest der Messe vollzog er in doppelter Geschwindigkeit. Er war kaum zurück im Pfarrheim, als er Philipp Vallerot anrief und ihm einen weiteren Spezialauftrag erteilte.

Jetzt blieb Baltasar nichts anderes übrig, als zu warten. Er konnte sich auf nichts konzentrieren, versuchte ein Buch zu lesen, legte es nach einer halben Seite weg, ordnete seine Weihrauch-Utensilien, versuchte gar, seinen Kleiderschrank neu einzuräumen, unterließ es aber nach Teresas Protesten. Er legte sich aufs Bett, stand wieder auf, ging im Zimmer auf und ab und legte sich wieder aufs Bett.

Der halbe Tag war vergangen, als Vallerots Anruf kam.

»Apollo 13, Apollo 13, der Adler ist gelandet.«

»Etwas mehr Ernst bitte, es ist wirklich wichtig.«

»Bei dir ist alles wichtig, danach kann man nicht gehen.«

»Hol mich bitte ab, wir fahren sofort los.«

»Worum geht's eigentlich?«

»Mörderjagd.« Baltasar legte auf und erledigte einen weiteren Anruf. Er fühlte sich angespannt und war unsicher, ob sein Plan wirklich funktionierte. Die nächsten Stunden würden es zeigen.

Philipp fuhr vor, und Baltasar stieg ein. »Ich dirigiere dich, mittlerweile kenne ich die Route.«

Sie fuhren schweigend Richtung Norden. Als in der Ferne eine Galerie von Totenbrettern sichtbar wurde, sagte Baltasar: »Jetzt langsam vorbeifahren, wie Touristen, wir erkunden erst die Lage.«

Sie rollten an den Gedenktafeln vorbei, die am Ortseingang von Arnbruck standen. Vor der Marienkapelle parkten mehrere Autos. Menschen waren keine zu sehen. Bis auf zwei Straßenkehrer in orangefarbenen Schutzwesten, die den Straßenrand reinigten. Sie fuhren weiter bis zur Ortsmitte und wendeten.

»Park etwas weiter weg von der Kirche«, sagte Baltasar. »Ich geh den Rest des Weges zu Fuß.«

Vallerot brachte den Wagen fünfzig Meter entfernt zum Stehen. »Und jetzt, mon Général?«

»Du wartest hier. Ich gehe hinein.«

»Ach! Sieht so dein Plan aus? Wie ausgeklügelt. Du reißt die Tür auf und sagst: Mörder bitte vortreten! Dann bittest du ihn höflich, dir zur Polizei zu folgen. Ist das dein Plan?«

»Darin wird eine ganze Gruppe gläubiger Menschen sein. Die werden den Täter schon zur Vernunft bringen.«

»Du meinst diese Sektenfanatiker? Das ist genau der richtige Personenkreis, der auf deine Argumente besonnen reagiert und sie mit dir in einer Kuschelrunde ausdiskutiert. Ha, ha, ha!«

»Keine Sorge, das ist ein öffentlicher Ort, da gibt es Zeugen.«

»Was meinst du, wie viele Menschen schon an öffentlichen Plätzen aufgeschlitzt wurden, trotz Zeugen?«

»Ich pass schon auf mich auf. Der Herr beschützt mich.«

»Der Große Außerirdische hat keine Schrotflinte. Aber ich.« Philipp Vallerot nahm einen Gegenstand vom Rücksitz und schlug den Stoff beiseite. Es war eine doppelläufige Flinte, der Lauf war abgesägt, das Holz des Schaftes von Narben gezeichnet.

»Ist die vom letzten Weltkrieg übrig geblieben?« Baltasar betastete ungläubig die Waffe. »Wo hast du denn die her?«

»Frag lieber nicht. Für unsere Zwecke reicht's. Macht Löcher groß wie Kloschüsseln.«

»Das letzte Mal habe ich so ein Gewehr gesehen... Lass mich überlegen ... Das war bei der Kinopremiere von *Der Pate – Teil 1*. Mit solchen Dingern haben die auf Sizilien rumgeballert.«

»Daran siehst du, wie effektiv mein kleines Spielzeug ist. Munition habe ich genügend dabei, keine Sorge, das reicht, um ein Westernfort eine Woche gegen Indianer zu verteidigen.«

»Ich hab nicht vor, mich umbringen zu lassen. Wir sind hier im Bayerischen Wald und nicht im Wilden Westen.«

»Du überzeugst mich nicht. Ohne Begleitschutz lass ich dich nicht in diese Kirche. Wenn da wirklich der Mörder drin ist ...«

»Ich muss da zuerst alleine rein«, sagte Baltasar. »Also gut, wenn es dich beruhigt: Falls ich nach einer halben Stunde nicht rauskomme oder sonst etwas Gefährliches passiert, darfst du zum Sturmangriff ansetzen.«

»Worauf du dich verlassen kannst!«

45

Etwas mulmig fühlte sich Baltasar schon. Die Warnung seines Freundes Vallerot war berechtigt: Es war völlig unklar, was ihn in der Kirche erwartete. Aber er sah keine andere Möglichkeit, den Fall aufzuklären. Er ging an den Totenbrettern vorbei. Es war wie eine stille Mahnwache vor dem Gotteshaus. Ein letztes Geleit, dachte er.

Vor dem Portal der Liebfrauenkapelle blieb Baltasar stehen. Er überlegte, ob er einen Seiteneingang suchen sollte, entschied sich aber dagegen. Vielleicht schaffte er es, unbemerkt hineinzuschlüpfen. Doch das würde ihm allenfalls einen Aufschub bringen. Zentimeterweise schob er die Tür auf, darauf achtend, kein Geräusch zu machen und sich nicht durch hastige Bewegungen zu verraten.

Von drinnen hörte er eine Stimme, die nach der von Nepomuk Hoelzl klang. Er hielt offenbar gerade eine Ansprache. Von der Gemeinschaft der Marienkinder redete er, von ihrem Gelübde, ihrem Zusammenhalt über die Jahre, dem Dienst an der Mutter Gottes. Er sprach von den jüngsten Ereignissen, von äußeren Feinden, die Lügen verbreiteten, die es darauf anlegten, Hass und Zwietracht in die Gemeinschaft zu tragen. Dann folgte ein gemeinsames Gebet. Ein Rosenkranz.

Baltasar schob das Portal so weit auf, dass er sich durchzwängen konnte. Er brauchte einige Sekunden, bis er sich an das Halbdunkel der Kapelle gewöhnt hatte. Vorne am Altar, mit dem Rücken zu ihm, kniete Hoelzl in seinem Vampirumhang. In den vorderen Bänken knieten Menschen und sprachen die Verse des Rosenkranzes. Sie waren gekleidet wie zum Kirchgang: schwarze Anzüge die Männer, Kleider in gedeckten Farben die Frauen. Links vom Altar befand sich ein hüfthoher Messingständer, auf dem eine einzelne Kerze brannte. Zwei Vasen mit Rosen flankierten den Mittelgang.

Gerade wollte sich Baltasar auf die hinterste Bank setzen, als hinter ihm die Tür ins Schloss fiel. Nepomuk Hoelzl fuhr erschrocken herum, die Gebete erstarben.

»Herr Senner, Sie hier?«

Mehrere Augenpaare richteten sich auf ihn. Auf der linken Bank saßen Alfons Fink und seine Frau Gabriele, daneben zwei unbekannte Frauen. Auf der rechten Bank saß Lydia Schindler neben ihrem Sohn Hubert und ihrer Schwiegertochter Christina. Die Blicke der Anwesenden bohrten sich in Baltasar, als wollten sie ihn auf der Stelle ans Kreuz nageln.

»Was machen Sie hier, Herr Senner?« Hoelzl hatte sich wieder gefasst. »Sie stören unser Treffen.«

»Wir sind hier in einem Gotteshaus. Und nicht in einem Vereinsheim.« Baltasar ging einige Schritte Richtung Altar. »Und Sie, Herr Hoelzl, nehmen Sie zuerst einmal Ihren lächerlichen Fledermausumhang ab. Selbst mit einer solchen Verkleidung werden Sie nicht zum Priester.«

»Sie … Sie …« Hoelzl kam auf ihn zu. »Wir sind Christen wie Sie und haben uns zum Gebet versammelt. Da wollen wir uns nicht stören lassen. Von niemandem!«

»Sie spielen hier am Altar den Pfarrer. Aber diese Kirche ist kein Spielplatz für einen selbst ernannten Großmeister der Marienkinder.« Baltasar machte eine Geste, die alle Anwesenden einschloss. »Wenn Sie unter sich bleiben wollen, gehen Sie in den Wald. Und wenn Sie Geistlicher werden wollen, Herr Hoelzl, dann besuchen Sie ein Priesterseminar. Danach dürfen Sie vielleicht hier herumwerkeln. Aber ganz sicher nicht in diesen albernen Klamotten!«

Tatsächlich streifte Hoelzl das Gewand ab und warf es auf die Bank. »Glauben Sie wirklich, ich bräuchte solche Äußerlichkeiten? Die Gruppe hat mich erwählt, damit ich spirituellen Beistand gebe und in Fragen der Anbetung unserer heiligen Maria, der Mutter Gottes, vorangehe. Wir leben streng religiös auf dem Fundament der Kirche und der Bibel – und das schon seit Jahrzehnten. Wir brauchen keine Schlauberger, keine dahergelaufenen!« Hoelzls Stimme überschlug sich.

Wortlos ging Baltasar nach vorn. »Ich weiß nur, dass die Marienkinder, dass Sie alle hier«, jedem Einzelnen sah er dabei ins Gesicht, »dass Sie alle seit Jahrzehnten einen Mörder decken!« Er feuerte die Worte ab wie Kanonenkugeln.

»Das nennen Sie christliches Verhalten? Das verstehen Sie unter Glaube und Nächstenliebe? Das ist das genaue Gegenteil, sage ich Ihnen, das ist gottlos, geradezu teuflisch, auf jeden Fall aber ein Verbrechen!«

Ein Raunen ging durch die Menge. Eine der Frauen fing an zu kreischen und lief nach draußen. Alfons Fink sprang auf, packte Baltasar am Kragen und zog ihn zu sich heran.

»Sie wagen es, uns zu beleidigen? Eine Unverschämtheit! Man sollte Sie ...«

Baltasar befreite sich aus seinem Griff. »Lassen Sie das, Herr Fink! Machen Sie es nicht noch schlimmer, als es eh schon ist.«

»Sie stellen unhaltbare Verdächtigungen in den Raum!«, rief Finks Ehefrau Gabriele. »Wir sind keine Kriminellen!«

»Ich muss widersprechen.« Baltasar ging zum Altar. »Jemand von Ihnen, von den Marienkindern, kannte das Mädchen, dessen Skelett im Acker von Herrn Fink gefunden wurde. Jemand von Ihnen ist der Vater des Kindes, das genauso wenig leben durfte wie seine Mutter: Eva Helming. Und dieser Jemand ist Hubert Schindler!«

Es wurde totenstill in der Kapelle. Die Worte schienen nachzuhallen und wie Unheil im Raum zu schweben. Hubert Schindler fing an zu lachen, als ob er damit das Gesagte abwehren wollte.

»Sie sind mir einer, Herr Pfarrer.« Er schüttelte den Kopf. »Mich verdächtigen Sie, mich? Da geht jetzt aber die Fantasie mit Ihnen durch, Herr Pfarrer.«

»Sie haben Eva Helming in Österreich kennengelernt.« Baltasar stellte sich vor die Bank, auf der Hubert Schindler saß. »Lange habe ich gerätselt, wer aus dem Ort ihr Liebhaber gewesen sein könnte. Mehrere Männer kamen infrage. Aber dann habe ich mich an eine Unterhaltung erinnert, an den Hinweis, Sie seien früher gern gereist und oft im Ausland gewesen. Deshalb können nur Sie es gewesen sein.«

»Sie spinnen doch, Herr Pfarrer.« Hubert Schindlers Tonfall änderte sich. »Nichts als Gerüchte, nichts als Behauptungen.«

»Ich glaube, Sie unterschätzen die Möglichkeiten der heutigen Ermittlungstechnik. Aus den Knochen des Ungeborenen wird die Kriminalpolizei genetisches Material isolieren. Das ist wie ein Fingerabdruck. Dann brauchen die Beamten nur nach demjenigen zu suchen, dessen DNA damit übereinstimmt, und schon haben sie den Täter. Selbst wenn Sie sich einer Probe entziehen wollten, Herr Schindler, es findet sich schon etwas, worauf Sie Ihre Spuren hinterlassen haben.«

Christina Schindler rückte von ihrem Mann ab. »Stimmt das, Hubert, du warst mit dieser Siebzehnjährigen zusammen? Du hast mit ihr …« Ihre Stimme verlor jegliche Kraft. »Du hast mit ihr … während wir beide … längst verlobt waren und heiraten wollten?« Tränen liefen ihr übers Gesicht. Sie bemerkte es nicht. »Warum hast du mir das all die Jahre nicht erzählt? Du hast mich mit einem jungen Mädchen betrogen!«

»Sehen Sie, was Sie anrichten, Herr Senner!«, rief Nepomuk Hoelzl. »Jetzt reicht es wirklich. Hören Sie damit auf!«

»Bei unserem Herrn im Himmel und der Heiligen Mutter Gottes, Sie halten jetzt den Mund und bleiben still! Verstanden?« Baltasar schleuderte ihm die Worte entgegen.

Hubert Schindler versuchte, seine Frau in den Arm zu

nehmen. Sie wich weiter von ihm zurück. »So ... So war es nicht, Christina, Schatz, das musst du mir glauben.«

»Rühr mich nicht an!«

»Christina, bitte ... Hör mich an, es war alles ganz anders. Ich wollte dich nicht ... Bitte, glaub mir ...« Er sackte auf der Bank in sich zusammen.

»Erzählen Sie uns, was passiert ist, Herr Schindler.« Baltasars Tonfall klang beruhigend. »Sprechen Sie sich aus, wir sind hier in einer Kirche. Befreien Sie sich von der Last auf Ihrer Seele, wir hören Ihnen zu.«

Der Mann starrte auf den Boden. »Es war ... Es war ... Ich ... Ich ... war auf einer ... Reise durch Österreich und ... blieb in Linz hängen.« Er schien jedes einzelne Wort herauszuwürgen. »Ging ... Ging abends oft fort. In Diskotheken, was man halt als junger alleinstehender Mann so macht. Da lernte ich sie kennen. Eva. Sie sah viel erwachsener aus, als es ihr Alter erahnen ließ. Wir verabredeten uns wieder für den nächsten Tag. Ich blieb drei Wochen in Linz. Wir verliebten uns, damals glaubte ich wenigstens, dass es Liebe war. Wir ... Wir wurden intim ...«

»Wie ging es weiter?«

»Ich fuhr wieder nach Hause. Wir telefonierten oft miteinander. Ich fuhr regelmäßig nach Linz. Wir trafen uns meist in der Pension, in der ich wohnte. Sie sprach von ihren Plänen, wollte auswandern.«

»Und Sie?«

»Sie wissen doch, wie junge Menschen sind. Man hat Flausen im Kopf, malt sich aus, wie es wäre, wenn man in Amerika ein neues Leben anfinge, was man dort unternehmen könnte und welche Freiheiten man hätte. Für mich war's Schwärmerei, sonst nichts.«

»Eva Helming nahm Ihre Schwärmerei, wie Sie es nennen, sehr ernst. Sie wollte tatsächlich alle Brücken hinter sich abbrechen und nach Kanada übersiedeln. Zusammen mit Ihnen.«

»Das habe ich anders in Erinnerung, ich weiß nicht ... Es war eine schöne Idee, aber für mich war klar, dass ich vorerst im Bayerischen Wald bleiben würde.«

Die anderen Besucher der Kirche rührten sich nicht, die Beichte des Mannes hatte sie in den Bann gezogen. Hubert Schindler blickte noch immer zu Boden.

»Bis sie eines Tages bei Ihnen auftauchte.«

»Bisher hatten wir uns nur in Linz getroffen. Von einem Besuch in Deutschland war eigentlich nie die Rede. Sie hatte auch keinen Führerschein, deshalb war es für uns praktischer, wenn ich mit dem Auto kam und wir Ausflüge machen konnten. Eines Abends rief sie an und sagte, sie müsse mir etwas Wichtiges mitteilen. Sie wollte es mir nicht am Telefon sagen, sondern meinte, ich solle kommen. Ich sagte, es sei im Moment schlecht, wir müssten das Ganze verschieben.«

»Warum sind Sie nicht gefahren?«

»Nun, ich ... ich hatte mittlerweile Christina kennengelernt. Hatte mich neu verliebt.«

»Hattest wohl plötzlich genug von diesem Weib.« Die Worte seiner Frau klangen hasserfüllt. »Da kam ich gerade recht.«

»Christina, Schatz, nein. Eva war ein unreifes Ding, ganz anders als du ...«

»Jedenfalls war sie reif genug, dass du mit ihr ins Bett gestiegen bist.«

»Schatz, glaub mir, ich wollte Schluss machen, ich wusste

nur nicht, wie ich es anstellen sollte, ich habe es aufgeschoben ...«

»Aber Sie haben Eva Helming dann doch getroffen, hier bei uns«, sagte Baltasar.

»Eines Tages bekam ich einen Anruf. Eva sagte, sie sei mit dem Bus gekommen, und ich solle sie abholen. An dem Wochenende warst du gerade bei deinen Eltern, Christina.«

»Das hast du gut hingekriegt.«

»Bitte, Schatz, hör mir zu. Ich habe Eva abgeholt und sie ins Gasthaus gebracht. Ich überlegte, wo ich sie unterbringen konnte, ohne dass es jemand bemerkte. Später holte ich sie ab und fuhr sie zu Walburga Bichlmeier. Dort konnte sie übernachten. Sie fing wieder davon an, sie wolle mit mir nach Kanada auswandern.«

»Und das Kind?«

»Es war ein Schock für mich. Eva erzählte mir, dass sie ein Kind von mir erwarte und dass sie sich darauf freue, mit mir eine Familie zu gründen – im Ausland. Da habe ich es ihr dann gesagt.«

»Was?«

»Ich sagte, ich hätte mich in eine andere verliebt, die ich heiraten wolle. Ich sagte, es sei vorbei, und sie solle sich das Baby wegmachen lassen. Es kam zum Streit. Sie lief heulend weg. Sagte, dass sie mich nie mehr wiedersehen wollte. Und ich habe sie nie mehr wiedergesehen.«

»Du Mörder! Du hast das Mädchen umgebracht!« Alfons Fink war aufgesprungen. »Und ihr Kind mit dazu! Du hast die beiden auf meinem Grund und Boden begraben.«

»Ich habe Eva nicht umgebracht. Das musst du mir glauben, Christina, ihr alle hier. Ich dachte, sie wäre überstürzt abgereist nach unserer heftigen Auseinandersetzung. Dass es für immer aus gewesen wäre.«

»Lügner! Du feiger Mörder! Ein Kind ...« Alfons Fink kam bedrohlich näher.

»Alles, was ich gesagt habe, stimmt. Ich dachte, Eva lebt irgendwo in Kanada, hat einen Ehemann und Kinder. Ihr könnt euch gar nicht vorstellen, wie erschrocken ich war, als ich die Phantomzeichnung von ihr gesehen habe.«

»Du feiges Schwein! Gib's endlich zu.« Alfons Fink ballte die Fäuste. »Ich sollte dir ...«

»Hören Sie auf! Er ist unschuldig. Ich war's. Ich habe Eva Helming umgebracht.«

Lydia Schindler war aufgestanden. Die Menschen in der Kapelle verstummten.

»Mutter, wovon redest du?« Ihr Sohn hatte seinen Kopf gehoben, sah sie überrascht an. »Was redest du für dummes Zeug?«

»Es ist wahr. Ich habe das Mädchen getötet. Es musste sein.« Lydia Schindler sprach mit fester Stimme. »Sie wollte unsere Familie zerstören. Das konnte ich nicht zulassen.«

»Sei still, Mutter! Du musst mich nicht verteidigen. Ich weiß, dass ich unschuldig bin.« Hubert Schindlers Stimme klang flehentlich.

Lydia Schindler schien ihn nicht wahrzunehmen. »Dieses Mädchen ... Diese Schnoin ... kam einfach her, um uns zu erpressen. Ich wusste von dieser Eva. Hubert hat mir alles erzählt, hat mir an jenem Abend berichtet, was diese Schlamp'n von ihm wollte, welche Hirngespinste sie hatte, dass sie schwanger war – angeblich von ihm.«

Baltasar wandte sich an ihren Sohn. »Stimmt das, Herr Schindler, Ihre Mutter war eingeweiht?«

Hubert Schindler raufte sich die Haare, sagte kein Wort, nickte nur.

»Als mein Sohn ihr gesagt hat, es sei Schluss, es gebe keine gemeinsame Zukunft, und am besten solle sie sich das Kind wegmachen lassen, ist sie ausgeflippt. Hat geschrien und gedroht. Ich ging mit ihr spazieren und versuchte, sie zu beruhigen. Nach einiger Zeit ging es ihr wieder besser. Wir redeten lange. Ich überzeugte sie davon, dass Hubert andere Pläne hatte und dass es am besten sei, die Beziehung sofort zu beenden.«

»Und Eva änderte ihre Meinung?«

»Ich musste nachhelfen. Ich versprach ihr, den Flug nach Kanada zu bezahlen und ihr obendrein Geld zu geben, damit sie Startkapital für eine neue Existenz hatte. Aber ich stellte eine Bedingung: Sie musste das Kind abtreiben lassen. Ich wollte nicht, dass ein unehelicher Balg wie eine ständige Bedrohung über uns schwebte und einen Keil in die Familie treiben würde. Meine Schwiegertochter Christina wusste nichts von der Affäre. Ein Kind, das später, wenn es groß war, bei uns auftauchte und seine Rechte geltend machen würde, konnte ich wahrlich nicht gebrauchen. Allein schon unser Grundbesitz, unser Vermögen. Dieser Balg hätte Anspruch auf ein Erbteil gehabt. Das wollte ich auf keinen Fall.«

»Und Frau Bichlmeier hat geholfen, oder?«

»Ich redete mir den Mund fusselig und legte Bares auf den Tisch. Ein normaler Eingriff war unmöglich. Dafür war die Schwangerschaft schon viel zu weit fortgeschritten. Das hätte kein Arzt gemacht. Deshalb musste Walburga es tun. Es gelang ihr, diese Schnoin davon zu überzeugen, dass die Behandlung harmlos wäre. Das Mädchen willigte ein.

Noch am selben Abend ging Walburga in ihrer Küche zu Werke.«

»Aber es kam zu Komplikationen.«

»Nicht direkt bei dem Eingriff. Der war zweifellos schmerzhafter, als sich das die gute Eva vorgestellt hatte. Aber danach wollte diese kleine Nutte plötzlich von unserem Arrangement nichts mehr wissen. Sie drohte damit, zur Polizei zu rennen und uns anzuzeigen. Sagte, sie wolle so lange hierbleiben, bis Hubert wieder zu ihr zurückgekehrt sei. Ich bekam Panik, sah meinen Plan scheitern und wusste nur einen Ausweg: Dieses Dreckstück musste für immer verschwinden.«

»Da fassten Sie den Entschluss, Eva zu ermorden.«

»Diese Zuchtl war selbst schuld, sie hätte nur das Geld nehmen und verschwinden müssen.« Lydia Schindler sah in die Runde, ihre Miene war regungslos. »Es war ganz einfach: Ich lockte dieses Weib mit der Bitte in mein Auto, wir sollten uns nochmal aussprechen. Ich fuhr bis zu den Totenbrettern. Schon während der Fahrt machte sie mir klar, dass sie ›ihr Ding durchziehen‹ werde, wie sie es nannte. Als wir ankamen, holte ich den Spaten aus dem Kofferraum und sagte, ich wolle ihr etwas in der Erde zeigen. Sie war so naiv, so dumm, glaubte mir alles. Als sie mir den Rücken zudrehte, schlug ich zu – wieder und wieder. Ich begrub sie an Ort und Stelle.«

»Mutter, du … du hast Eva wirklich umgebracht?« Ein Beben ging durch Hubert Schindlers Körper. »Warum hast du das getan?«

»Für dich. Für Christina. Für uns alle.« Lydia Schindler strich ihrem Sohn übers Haar.

Er schlug ihr die Hand weg. »Lass mich!«

Sie gab sich unbeeindruckt. »Ich bereue es nicht. Es war notwendig, die Jungfrau Maria sei meine Zeugin.«

»Lassen Sie die Gottesmutter bei Mord aus dem Spiel«, sagte Baltasar. »Ihre Taten wären auch ohne Geständnis ans Tageslicht gekommen.«

»Sie Schwätzer! Dass ich nicht lache! Es war allein meine Entscheidung, mich zu offenbaren.«

»Sie haben mehrere Fehler begangen, Frau Schindler, die Sie bald überführt hätten.« Baltasar ging zu ihr. »Sie haben beispielsweise übersehen, dass Eva Helming Gepäck bei Walburga Bichlmeier zurückgelassen hatte. Die alte Dame hat diese Tasche all die Jahre auf ihrem Speicher versteckt. Die Laborergebnisse der Polizei liegen noch nicht vor, aber wahrscheinlich finden sich auf Evas Kleidern Faserspuren von Ihnen.« In Wahrheit hatte er keine Ahnung, ob es tatsächlich etwas Verwertbares gab. »Ihr größter Fehler jedoch war die Postkarte, die Sie Tage nach dem Mord an Evas Großtante geschrieben haben. Die brachte mich auf Ihre Spur.«

»Ha, lächerlich! Wovon reden Sie?«

»Haben Sie es schon vergessen? Ihr Pech, dass die Großtante die Karte aufbewahrt hat. Die Schrift ist mir aufgefallen: Die Buchstaben hatten dieselbe seltsame Form wie auf dem Zettel, auf dem Sie mir die Anschrift der Versicherung aufgeschrieben hatten. Und ich bin mir sicher, unter der Briefmarke wird die Polizei Ihre DNA entdecken, einen winzigen Rest Ihres Speichels, mit dem Sie vor zwanzig Jahren die Marke befeuchtet hatten.«

»Was sollen diese Spitzfindigkeiten?« Lydia Schindler wurde lauter. »Das ändert gar nichts!«

»Ich frage mich nur, warum Sie auch Walburga Bichlmeier umgebracht haben. Wollte sie ihr Wissen preisgeben?«

»Walburgas Gewissensbisse fingen gleich nach dem Eingriff bei dieser Schlamp'n an. Sie wollte das Ungeborene unbedingt beerdigen, anstatt es auf den Müll zu werfen. Sie verbuddelte es bei den Totenbrettern, ›damit das Kindlein so etwas wie ein christliches Grab erhält‹, wie sie es nannte. Danach brachte ich Walburga dazu, sich den Marienkindern anzuschließen. Die Totenbretter brachten mich übrigens erst auf die Idee, Eva an derselben Stelle zu vergraben. Es war doch ein Akt der Nächstenliebe, die Mutter neben dem Kind zu bestatten.«

»Und was sollte das seltsame Ritual mit dem vergrabenen Rosenkranz?«

»Es war eine Form der persönlichen Buße, wenn Sie so wollen, ein Opfer. Ich habe den Rosenkranz aus der Kirche genommen und als eine Art Grabbeigabe gespendet. Schließlich gehörte er teilweise mir, weil ich ihn mitfinanziert hatte. Dummerweise haben Sie ihn sich dann gegriffen und bei sich aufbewahrt, Herr Senner. Ich bekam es mit der Angst zu tun, dass doch noch verwertbare Spuren von mir darauf zu finden wären. Deshalb habe ich mich ein wenig in Ihrem Pfarrheim umgesehen. Leider kam mir dabei dieser Mann in die Quere.«

»Du hast uns missbraucht, um deine Taten zu vertuschen?« Nepomuk Hoelzl war aufgesprungen. »Alles war nur eine Farce?«

»Beruhig dich, Nepomuk. Walburga war ein treues Marienkind. Leider hat sie kalte Füße bekommen, als Sie, Herr Pfarrer, ihr zugesetzt haben. Sie kam zu mir und meinte, sie müsse alles beichten, Maria habe ihr das befohlen. Was blieb mir anderes übrig, als ihr für immer den Mund zu stopfen.« Sie fixierte ihren Sohn und dessen Frau Christina. »Ich hab es nur für euch beide getan. Bitte vertragt euch wieder und zerstört nicht alles, was ich aufgebaut habe.«

»Sie haben nichts aufgebaut, sondern alles zerstört.« Baltasar fasste Lydia Schindler am Arm. »Kommen Sie, machen Sie nun den letzten Schritt, fahren wir zur Polizei.«

»Lassen Sie meine Mutter los!« Hubert Schindler war aufgesprungen und hatte sich den Kerzenständer gegriffen. Die Kerze fiel zu Boden, der Docht erlosch. Er hielt den Ständer wie eine Lanze und zielte mit der Spitze auf Baltasars Brust. »Zurück, sage ich! Sofort!«

Baltasar wich zurück.

»Meine Mutter geht nirgendwo hin.« Hubert Schindlers Augen flackerten. Er zog seine Mutter hinter sich. »Ihr bleibt alle, wo ihr seid, sonst … Wir verschwinden jetzt. Und versucht nicht, uns zu folgen!«

»Waffe runter, sofort!« Der Befehl klang wie ein Bellen. Er kam aus dem Munde eines Mannes, der vom Seiteneingang hereingeschlichen sein musste. Er trug die orangefarbene Schutzweste eines Straßenkehrers, hielt eine Pistole im Anschlag und zielte direkt auf Hubert Schindlers Kopf. Sein Kollege stand etwas abseits und versperrte Schindler den Rückzug. Bei genauerem Hinsehen entpuppten sich die beiden vermeintlichen Straßenkehrer als Oliver Mirwald und Wolfram Dix.

Hubert Schindler ließ den Kerzenständer fallen. Mirwald legte ihm und seiner Mutter Handschellen an.

»Na endlich! Ich dachte schon, Sie greifen überhaupt nicht mehr ein«, sagte Baltasar. »Einen schicken Anzug haben Sie übrigens, Herr Kommissar!«

46

Zur Beerdigung hatte Baltasar Rosen gewählt. Sie bildeten einen hübschen Kontrast auf dem weißen Sarg, in dem Eva Helmings sterbliche Überreste lagen, zusammen mit dem Ungeborenen. Endlich waren Mutter und Kind vereint, sie würden mit zwanzig Jahren Verspätung eine angemessene Bestattung bekommen und ihren Frieden finden, auf dem Friedhof der Gemeinde. Spenden der Einheimischen hatten das ermöglicht.

Sebastian schwenkte das Turibulum heftiger als sonst, was vielleicht der Tatsache zuzuschreiben war, dass ihm Baltasar seinen Finderlohn zugesteckt hatte, der für einen Computer und mehrere Videospiele reichen dürfte. Der Duft kitzelte Baltasars Nase und verschaffte ihm ein Hochgefühl. Wunderbarer Rosenweihrauch aus einem französischen Kloster, vermischt mit Olibanum, Myrrhe und einem Spezialextrakt aus Eritrea. Er trat vor, stimmte ein Lied an, die Gemeinde fiel ein.

Des Menschen Tage sind wie Gras,
er blüht wie die Blume des Feldes.
Fährt der Wind darüber, ist sie dahin,
der Ort, wo sie stand, weiß von ihr nichts mehr.

Die Kirche war voll bis auf den letzten Platz. Zwei Zeitungsreporter standen am Rand, in der ersten Reihe Bürgermeister Xaver Wohlrab und seine Frau, daneben der örtliche Parteivorsitzende sowie die Leiterin des Tierschutzvereins und des Aktionsbündnisses Mopsfledermaus

21. Zwei Reihen dahinter Metzger Hollerbach mit Gattin, selbst der Direktor der Sparkasse war gekommen.

*Wie ein Vater sich seiner Kinder erbarmt,
so erbarmt sich der Herr aller, die ihn fürchten.*

Am Mittelgang saß Wolfram Dix, dessen Fuß im Takt mitwippte, sein Assistent saß mit verdrießlichem Gesichtsausdruck daneben. Evas Großtante Josefa Breuer war aus Linz angereist. Sie hatte sich vorher bei Baltasar darüber beschwert, dass man in der Kirche nicht rauchen dürfe. Unruhig nestelte sie an ihrer Handtasche. In der hintersten Reihe waren Alfons Fink und seine Frau Gabriele auszumachen.

*Denn er weiß, was für Gebilde wir sind,
er denkt daran: Wir sind nur Staub.*

Unter der Marienstatue funkelten die Edelsteine des Rosenkranzes im Kerzenlicht. Baltasar sprach ein Gebet und lud die Besucher ein, dem Leichenzug auf den Friedhof zu folgen. Nach einigen Minuten setzte sich die Kolonne in Bewegung. Die Sonne schien, es war windstill.

Nach der Beerdigung löste sich die Schar der Kirchenbesucher auf.
»Eine ergreifende Zeremonie, das haben Sie gut gemacht, Herr Pfarrer.« Bürgermeister Wohlrab schüttelte ihm die Hand. »Ich bin froh, dass diese schreckliche Geschichte ein Ende hat. Nicht gerade Werbung für unseren Ort.«
»Übrigens – was macht denn Ihr Immobilienprojekt?«

»Hören Sie auf damit, Hochwürden! Es ist eine einzige Katastrophe!« Wohlrab verzog das Gesicht. »Das Landratsamt hat den Golfplatz nicht genehmigt. Zu starker baulicher Eingriff in ein Naturbiotop, in dem seltene Tierarten leben, hieß es. Dass ich nicht lache! Diese blöde Mopsfledermaus. Wenn ich den Kerl erwische, der dieses Märchen in die Welt gesetzt hat, dem drehe ich eigenhändig den Hals um.« Der Bürgermeister machte eine entsprechende Bewegung mit den Händen. »Außerdem verfügte die Behörde, das Sporthotel müsse ein Stockwerk niedriger gebaut werden. Daraufhin sind die Investoren abgesprungen. Das Projekt würde sich nun nicht mehr rentieren, sagten sie. Das war's.«

»Und nun?«

»Ich hab schon wieder neue Pläne. Sie kennen doch diese Quelle mit dem angeblichen Wunderwasser oben im Wald? Dort ist auch eine kleine Kapelle, leider ein Schwarzbau, den das Landratsamt abreißen lassen will. Und das Wasser ist laut Analyse nur so gut wie stinknormales Leitungswasser.«

Baltasar runzelte die Stirn. »Und wo steckt da die gute Nachricht?«

»Sehen Sie das nicht? Eine wundertätige Quelle! Wie Lourdes! Dort ist auch nur normales Wasser. Man könnte den Ort zur Wallfahrtsstätte ausbauen, das würde Touristen aus ganz Deutschland, was sag ich, aus ganz Europa anziehen. Wer spricht von Neukirchen beim Heiligen Blut? Wer kennt schon Altötting? Allerdings bräuchte ich Ihre Mithilfe, Hochwürden, es ist zum Vorteil der Gemeinde.«

»Sie meinen?« Baltasar ahnte Schlimmes.

»Nun, es fehlen noch die Wunder, wissen Sie, eine kleine

Spontanheilung vielleicht, ein Blinder kann wieder sehen oder gewinnt im Lotto, so was in der Richtung. Sie hören doch viel ...« Der Bürgermeister zwinkerte ihm zu. »Da wäre es doch schön, wenn Sie ein kleines Wunder bezeugen könnten. Das würde helfen! Die Zeitungen berichten darüber und schon ...«

»Vielen Dank, Herr Bürgermeister, kein Bedarf.«

Xaver Wohlrab ließ sich nicht abschütteln. »Oder Ihr Rosenkranz, ist das nicht eine heilige Reliquie, die Wunder tut? Ihre Kirche würde sich fantastisch als Wallfahrtsstätte eignen, da würden wir uns die Kosten für einen Neubau sparen und hätten auch keine Probleme mit dem Landratsamt. ›Kirche zum heiligen Rosenkranz‹ – klingt doch gut, finden Sie nicht?«

Baltasar schüttelte ihm die Hand. »Viel Erfolg mit Ihren Projekten, ich muss mich um die anderen Besucher kümmern.«

Er wandte sich den beiden Kriminalbeamten zu, die abseits am Zaun standen. »Nun die Herren, Fall gelöst?«

»Frau Schindler hat ihre Aussage zu Protokoll gegeben und das Geständnis wiederholt«, sagte Wolfram Dix. »Damit ist der Fall abgeschlossen.«

»Und Hubert Schindler?«

»Wir mussten den Sohn freilassen, nachdem Sie keine Anzeige erstatten wollten, Herr Senner«, sagte Dix. »Und eine Mittäterschaft an den Verbrechen der Mutter können wir ihm nicht nachweisen. Uns fehlen die Beweise.«

»Wobei schon spannend wäre nachzuforschen, ob die Mutter tatsächlich die Täterin war oder ob sie nur ihren Sohn schützen wollte«, sagte Mirwald. »Ihr schien die Aussicht, lebenslänglich ins Gefängnis zu wandern, gar nichts auszumachen. Es sei ein Opfer für die Familie, meinte sie. Das ist doch seltsam.«

»Wir werden den Teufel tun und den Fall wieder aufrollen«, sagte Dix. »Die Beweise sind eindeutig, die DNA-Spuren, die Fasern, das Geständnis. Mirwald, schreiben Sie sich das endlich hinter die Ohren, abgeschlossen ist abgeschlossen. Die Aktendeckel bleiben zu. Basta!«

»Sie haben recht, die elende Schreibarbeit im Büro.« Mirwald seufzte. »Da lob ich mir doch unseren Undercover-Einsatz in der Kapelle. Pistole ziehen, Handschellen, Verhaftung – so stelle ich mir Polizeiarbeit vor! Das war grandios!«

»Mirwald, ich entdecke ganz neue Seiten an Ihnen.« Dix zog ihn in Richtung Auto. »Fahren wir lieber, bevor Sie noch Ihre Leidenschaft für die Kirche entdecken und Ministrant werden wollen.«

Baltasar ging hinüber zum Pfarrhaus, zog sich um und genehmigte sich eine Tasse Kaffee. Er war froh, dass der Schrecken nun vorüber war und er sich wieder um seine Gemeinde kümmern konnte. Er überlegte, ob er eine neue Weihrauch-Mixtur ausprobieren sollte.

Draußen fuhr ein Auto vor. Dem Motorengeräusch nach zu urteilen, war es Pater Pretorius mit seinem VW Käfer.

»Unser Besucher sein aus dem Krankenhaus entlassen worden«, sagte Teresa.

Der Pater trug ein kleines Pflaster am Kopf.

»Wie geht's? Alles abgeheilt?« Baltasar begrüßte ihn.

»Es war eine einzige Quälerei, sag ich Ihnen. Die Schwestern nahmen keine Rücksicht auf meine Verletzungen.« Er deutete auf sein Pflaster. »Haben einfach den Verband abgerissen, wie ein Pferdedoktor, das tat weh. Jetzt verstehe ich das Leiden Christi am Kreuz. Und dann mein Zimmergenosse, dieser Trampel mit seiner Trampelfamilie.«

»Sie sehen wieder ganz gesund aus«, sagte Teresa.

»Ja, Fräulein Teresa, Sie haben ein Auge für die Selbstheilungskräfte eines Mannes.« Pretorius tätschelte ihren Arm. »Mit Ihrer Pflege wäre ich viel früher wieder zurückgekommen.«

»Bloß nicht!«, entfuhr es Baltasar. »Ich meine, man muss seine Verletzungen sorgsam auskurieren, sonst bleibt etwas zurück.«

»Ein wahres Wort. Leider muss ich Sie verlassen, ich wäre gern noch ein paar Tage geblieben.« Der Pater blickte traurig drein. »Aber die Pflicht ruft. Ich reise ab, packe bloß noch meine Sachen.«

Baltasar sandte im Stillen ein Dankgebet gen Himmel, Gott der Allmächtige war gnädig mit seinem Diener. »Warten Sie, ich habe noch etwas, was Ihnen gehört. Teresa hat es zufällig gefunden.« Er überreichte Pretorius dessen Berichtsakte.

»Sie … Sie haben … das gefunden?« Das Gesicht des Paters verfärbte sich dunkelrot. »Was erlauben Sie sich?«

»Jetzt mal halblang, Pater. Wir haben Sie gastfreundlich bei uns aufgenommen. Ist das der Dank dafür – Geheimberichte über uns an den Bischof?«

»Das … Das ist meine Pflicht. Meine … Meine Arbeit«, stammelte er. »Ich bin zur Vertraulichkeit angehalten. Was glauben Sie, wie es wäre, wenn die Besuchten wüssten, warum ich wirklich komme? Sie würden alles vorbereiten für eine große Show, und ich könnte nicht unvoreingenommen urteilen.«

»Und wie fällt Ihr Urteil über uns aus?«

»Sie waren sehr nett, Herr Senner.« Pretorius straffte sich. »Aber das darf ich nicht zum Maßstab machen. Das verbietet mein katholischer Dienstherr. Wohin ich sehe, sehe ich bei Ihnen Mängel, Mängel, Mängel. Ihre lasche Dienstauffassung, fehlender Respekt gegenüber dem Vorgesetzten, Ihr moralisch zweifelhafter Lebenswandel – ich weiß, es ist hart, es Ihnen direkt ins Gesicht zu sagen: Aber so ist es, hier stehe ich und kann nicht anders, so wahr mir Gott helfe!«

»Das ist schade. Dennoch habe ich ein Geschenk für Sie zum Abschied. Ein Andenken.« Baltasar holte einen Umschlag aus der Schublade und überreichte ihn Pretorius.

»Für mich?« Pretorius war überrascht. »Was ist da drin?« Er riss den Umschlag auf und nahm einige Fotos heraus. Schweigend betrachtete er die Aufnahmen. Seine Gesichtsfarbe wechselte von Rot zu Leichenblass. »Das ... Das ist ... Woher haben Sie ...?«

Die Fotos stammten vom letzten Krankenbesuch Teresas mit Philipp Vallerot. Baltasar hatte beide vorher um einen großen Gefallen gebeten. Deshalb war die Haushälterin überschwänglich freundlich zu Pretorius gewesen. Sie hatte halb auf dem Krankenbett gelegen, als sie dem Pater einen Begrüßungskuss gab. Derweil hatte Philipp Vallerot auf den Auslöser seiner versteckten Kamera gedrückt.

»Sind die Schnappschüsse nicht klasse geworden?« Baltasar lächelte. Teresa grinste. »Diese Schärfe, diese Farben. Obwohl ich sagen muss, Pater, auf den Fotos sieht es so aus, als würden Sie Teresa unangemessen belästigen. Ihr Blick bei dem Kuss, wirklich allerliebst. Und erst diese Aufnahme.«

Er zog ein Foto heraus, auf dem Pretorius nur wenige

Zentimeter von Teresas Hals entfernt war – unglücklicherweise sah es so aus, als wollte er im nächsten Moment seine Nase zwischen ihre Brüste stecken.

»Daran werden Sie sich ewig erinnern, oder nicht, Pater?«

»Was ... Was wollen Sie mit diesen Aufnahmen? Sie können doch nicht ...«

»Ich will gar nichts. Nehmen Sie die Fotos mit und erfreuen Sie sich daran, wenn Sie Ihren Abschlussbericht über uns schreiben. So etwas wirkt ungemein inspirierend.«

Schweißperlen bildeten sich auf Pretorius' Stirn. »Sie wollen mich erpressen?«

»Wo denken Sie hin, die Fotos bleiben unter Verschluss – vorerst zumindest. Sie sind ein kluger Mann, Sie werden sich sicher beim Schreiben von der göttlichen Eingebung lenken lassen.«

Wortlos nahm Pretorius die Fotos und verschwand im Gästezimmer. Nach einer halben Stunde kam er mit gepacktem Koffer heraus. Baltasar begleitete ihn zum Auto.

»Einen Moment.« Der Pater verstaute sein Gepäck im Wagen. »Ich habe auch ein Abschiedsgeschenk.« Er drückte Baltasar einen Schlüssel in die Hand. »Das ist für Sie. Von Ihrem Vorgesetzten.«

Es war der Autoschlüssel des VW Käfers. Fragend sah Baltasar Pretorius an.

»Ein Geschenk des Bischofs, wie gesagt. Herr Siebenhaar wollte das Gefährt eigentlich verschrotten ... Verzeihung, ich meinte natürlich, er sieht es bei Ihnen in guten Händen. Dreißig Jahre ist Schwester Angelika damit jeden Tag zum Milchholen und auf die Post gefahren, bis sie letzten Monat verstarb, Gott sei ihrer Seele gnädig in eternam. Die Kiste geht noch gut für das Alter, nur beim zweiten Gang müssen Sie aufpassen. Die Papiere liegen im Handschuhfach. Eine Bitte zum Schluss: Fahren Sie mich zur nächsten Bushaltestelle. Aber vorsichtig!«

Baltasar konnte es nicht erwarten, die gute Nachricht seinem Freund Philipp Vallerot mitzuteilen. »Ein eigenes Auto? Wow, du hast einen großzügigen Chef. Ich sollte doch eine Kerze für den Großen Außerirdischen kaufen, weil er mich von meiner Aufgabe als Autovermieter erlöst hat. Aber es wäre besser gewesen, du hättest dir einen Scheinwerfer schenken lassen.«

»Warum das?«

»Wegen deines neuen Jobs als Batman, oder genauer gesagt, als Mopsfledermausmann. Immer wenn die Gemeinde deine Hilfe braucht, müsste sie mit dem Scheinwerfer nur eine Mopsfledermaus in den Nachthimmel projizieren, und du rückst im passenden Kostüm an.«

»Wie witzig du sein kannst. Unterschätze nie die Kraft dieser kleinen Tierchen!«

Am nächsten Vormittag rief Daniel Moor von der Diözese Passau an. »Achtung, Achtung, Chefalarm! Seine Exzellenz will Sie sprechen, ich stelle durch.« Noch ehe Baltasar etwas sagen konnte, hörte er die Stimme Vinzenz Siebenhaars.

»Wie geht es Ihnen, mein Lieber? Ich habe gehört, Sie haben mitgeholfen, diese Verbrecherin zu stellen. Applaus, Applaus, obwohl Sie natürlich wissen, dass das nicht im Entferntesten zu Ihrem Aufgabengebiet gehört. Die Seelsorge, sage ich, die Seelsorge. Die Schäfchen brauchen ihren Hirten.«

»Ich tue mein Bestes, Exzellenz.«

»Nicht so förmlich. Haben Sie mein großzügiges Geschenk bekommen? Wunderbar, nicht? Ein Sammlerstück, dieser VW, Gott wacht darüber, dass er nicht zu oft in die Werkstatt muss. Den haben Sie sich wirklich verdient. Nach allem, was mir Pater Pretorius Gutes über Sie und Ihre Arbeit berichtet hat. Weiter so, Senner!«

»Danke für dieses ... Geschenk. Es könnte einen Ölwechsel gebrauchen. Und der zweite Gang ...«

»Das ist nicht mein Bier. Wir können hier im Bistum nicht auch noch die Unterhaltskosten für den Wagen übernehmen, ich muss eh schon überall sparen. Wie ich Sie kenne, kriegen Sie das schon hin – mit Gottes Hilfe.«

»Wie recht Sie haben.« Wie gut, dass der Bischof keinen Sinn für Ironie zeigte.

»Ach, noch was. Danke auch für den Hinweis auf diesen Sektierer Nepomuk Hoelzl. Das war wichtig. Wo kämen wir hin, wenn jemand anderes als der Bischof die Leitlinien des richtigen Glaubens vorgäbe? So weit kommt es noch! Nein, nein, Glutnester muss man austreten, bevor die Umgebung Feuer fängt.«

»Was wollen Sie dagegen unternehmen?«

»Ich habe mir überlegt, Pater Pretorius darauf anzusetzen. Er war früher als Exorzist tätig, wissen Sie.«

»Na dann viel Erfolg oder Waidmannsheil oder wie man sonst in Exorzistenkreisen sagt.«

Baltasar legte auf und schnaufte durch. Er wollte sich den Tag nicht durch ein solches Gespräch verderben lassen. Denn heute Abend erwartete ihn ein besonderes Ereignis. Ein himmlisches Vergnügen.

Victoria Stowasser hatte ihn, »wenn's ganz dunkel ist«, wie sie geheimnisvoll erklärte, zu einem Mopsfledermaus-

Essen zu zweit eingeladen. Er solle sich überraschen lassen, als Pfarrer habe er doch einen schwarzen Umhang, hatte sie gesagt, den dürfe er mitbringen. Der Rest ...

Welchen Zauber die Fantasie doch ausübt, dachte Baltasar. Wann hatte er sich das letzte Mal so auf die Dunkelheit gefreut?

Um die ganze Welt des
 GOLDMANN Verlages
kennenzulernen, besuchen Sie uns doch
 im Internet unter:

www.goldmann-verlag.de

Dort können Sie
   nach weiteren interessanten Büchern *stöbern*,
   Näheres über unsere *Autoren* erfahren,
   in *Leseproben* blättern, alle *Termine* zu Lesungen und
   Events finden und den *Newsletter* mit interessanten
   Neuigkeiten, Gewinnspielen etc. abonnieren.

Ein *Gesamtverzeichnis* aller Goldmann Bücher finden
Sie dort ebenfalls.

Sehen Sie sich auch unsere *Videos* auf YouTube an und
werden Sie ein *Facebook*-Fan des Goldmann Verlags!

www.goldmann-verlag.de
www.facebook.com/goldmannverlag